江南风情好 菜蔬清如诗

江南风情好

菜蔬清如诗

嵇元 著

作家出版社

图书在版编目（CIP）数据

江南风情好　菜蔬清如诗 / 嵇元著. -- 北京：作家出版社，
2021. 5

ISBN 978-7-5212-1388-1

Ⅰ. ①江… Ⅱ. ①嵇… Ⅲ. ①散文集 – 中国 – 当代 Ⅳ. ①I267

中国版本图书馆CIP数据核字（2021）第062517号

江南风情好　菜蔬清如诗

作　　者：嵇　元
责任编辑：桑良勇
插　　画：嵇　元
装帧设计：薛　怡
出版发行：作家出版社有限公司
社　　址：北京农展馆南里10号　　　　　邮　　编：100125
电话传真：86-10-65067186（发行中心及邮购部）
　　　　　86-10-65004079（总编室）
E-mail:zuojia@zuojia.net.cn
http://www.zuojiachubanshe.com
印　　刷：唐山嘉德印刷有限公司
成品尺寸：170×230
字　　数：417千
印　　张：28.5
版　　次：2021年5月第1版
印　　次：2021年5月第1次印刷
ISBN　978-7-5212-1388-1
定　　价：50.00元

目录

根茎类

水生类

豆制品

南北货及其他

序
从一棵青菜看江南人的小日子

　　疫情期间，接到苏州嵇元老师的电话，希望我为他的书写篇序。虽然我没有为人作过序，但是却答应嵇元老师了。

　　认识嵇元老师，是在2018年，我应邀给苏州电视台策划一部纪录片，做外宣之用，但是作为一个北京人，我对苏州毫无概念，除了苏绣、园林、评弹，几乎一无所知。我必须从零开始做调研，在国家图书馆查了一堆书，发现一本《走读苏州》，看下来，很喜欢。首先，凭借记者的直觉，我感到书里的很多细节，是一般人不易获知的。作者就是苏州人嵇元，有将近三十年记者工作经验，这让他有一双能发现故事的慧眼。他走遍苏州的角落，和各种人聊天，田野调查让他获得了许多鲜为人知的细节，这种细，不是特写镜头般的细，是微距镜头般的细，这是令人着迷的。同时，作者的历史观、价值观格局之大又赋予这些细节以独特的生命力。我决定一定要见到嵇元老师，通过他，了解苏州和那里的人。

　　我通过苏州电视台的记者约了嵇元老师见面，他当时非常意外，其实我也很意外，我没有想到他的工作室在一个旧工厂的办公楼里，没做任何装修，简陋狭小，窗帘都不完整，以至于我带的摄影师找不到好的拍摄角度，不过我们很快就开始了愉快的谈话，其间我问了他一个问题："您觉得，苏州是个什么样的地方？"他说："苏州是个高贵而低调的城市，苏州人也是这样的，高贵的人都是孤独的，但是他们都有目标。"这句话，令我有所触动。我觉得嵇元老师，就是这样的人。

后来，我把这句话用在了我的片子里，并把这个纪录片起名为《低调苏州》，先导片花做出来后，获得广泛好评，其中的一句解说词"他们生活在这个城市看不见的角落，高贵而孤独，高贵的人都有目标"，深得人心，这句话，我写的就是嵇元老师。

因为种种原因，片子最终没有拍成，当然很遗憾，但我和嵇元老师就这样结下了友情。春节、清明、端午，我就会收到苏州粉红色的年糕，最好的青团、蹄髈和肉粽子。放粽子的塑料袋里，会有小纸条，用圆珠笔写着"鲜肉粽"。

我呢，其实不是文字工作者，我是个纪录片导演。《舌尖上的中国》第一季是九年前我和同事们一起完成的，后来红遍全中国。观众为什么喜欢这个片子，其实我很清楚，除了诱人的美食之外，大家喜欢这个片子里中国人的朴素和勤劳。所谓"谁知盘中餐，粒粒皆辛苦"就是这个纪录片的价值观。

中国农民自古就懂得如何高效利用有限的土地，精耕细作，生产出丰富的食物原材料。为了这个目标，他们不惜最大限度地投入劳动力，极端节俭，克制欲望，任劳任怨，但是这些农业时代弥足珍贵的生活智慧日趋消失，在网上随手点外卖的年轻人根本不知道怎么和土地相处、怎么劳动、什么才是干净的食物，我觉得这太可惜了。

为此，我走遍全国，寻找朴素而内心丰富的寻常百姓，寻找中国人和食物本来的关系。其实，自古以来，中国人就讲究吃干净清洁的食物，吃自己地里的菜，没有长途运输，没有反季节蔬菜，讲究当时当令，每个家庭主妇都或多或少地知道怎么腌咸菜、点豆腐、晒菜干、做腊肉，她们把本不富裕的日子操持得有滋有味儿。

嵇元老师这本新书的写作理念确实和我有许多相通之处，写的都是老百姓的小日子，越读就越想好好生活。我认为这才是活着的本真之美，或者就如嵇元老师所说的这是一种诗意吧。

这本书，是说江南人如何吃素蔬吃出诗意，这种诗意在我而言，就是人情味儿。这是一本让人感到活力和温度的好书，就像苏州清代小说《浮生六记》里，芸娘寒夜为沈复准备的"暖粥并小菜"那样，令人感同身受。

今天的生活是富足的，但如果人们只是一味地满足口腹之欲，那就非常苍白无聊了。吃得干净，吃得节制，吃下的和需要的相得益彰，是至高境界，于是乎，怎么吃好一日三餐，变成了一个命题，这本书通过探究菜蔬的来龙去脉，给我们找到答案。

从阅读感受来看，文字淡雅，和江南、素蔬气质一致，不油腻，也不寡淡，掩卷之后，令人回味。

关于嵇元老师的这本只写蔬菜和素菜的新书，我就不说太多了，因为，一个对的作者，是不可能写错的东西的，大家看就好了，高贵的你，会喜欢的。

任长箴

《舌尖上的中国》第一季执行总导演

叶类

苏州厨师悄悄帮了庆妃一个忙

苏州厨师帮庆妃别出心裁

清乾隆三十年（1765）闰二月，皇帝南巡正驻跸在苏州。

乾隆皇帝是个大吃货，要让他吃好吃满意可不容易。清宫里还有个规矩，就是要互相赠菜，皇帝给皇后、妃嫔、大臣送菜叫赏，妃嫔、大臣赠给皇帝菜叫进，如果太后来给皇帝送菜，那就叫赐。进给皇帝的菜，表示关心和忠诚，目的是让皇帝开心，无非是邀宠。进什么样的菜，那可要非同小可地用心。

很显然的是，乾隆皇帝非常喜欢苏州菜。他这一次来苏州，待的时间差不多有两个月了，苏州菜吃得非常过瘾，到了这个月的二十七日要用晚膳，照例皇后、总督和御厨都有进菜，他们为每道菜都动足了脑筋，务必要让皇帝留下难忘印象。

有一个规矩，进菜可以让御厨代做。这次跟随皇帝南巡的后宫除皇后外，还有贵妃、庆妃、容嫔等。庆妃这天为皇帝晚膳所进的菜，想了好久，最后决定冷盆菜进拌金花菜，热菜首先是菜花头炖肉，其次是金花菜炒火熏虾米肉丁（火熏不知为何食材，也可能是指用茶叶、糖等进行烟火熏加工，也可能"火"是指火腿）。两道菜用了春蔬金花菜，极为时鲜，还有一道菜，庆妃用的是菜花头。

庆妃想来不会精通苏州菜，然而她所进的这三道菜很见心思：一是用蔬菜体现春天以合时令，非时不食正是苏州食俗的指导思想之一；二是用了当地的蔬菜。我不太相信庆妃会懂菜花头为何物而主动选择，更不相信她知道春天有菜花头这食材，并知道菜花头独特的美好风味；三是这三道菜是苏州本地菜，属于农家菜范畴，有着满满的乡土气息。总之，庆妃一定是想让吃惯山珍海味的皇帝有新鲜感，从而会喜欢吃。

深夜看史料到这里，不禁喟叹，庆妃您费心了！但又想，乾隆皇帝在苏州期间，苏州织造府的三四位大厨，就和御膳房随驾南来的御厨一起上班，共同侍奉着皇帝，庆妃设计的这三品进呈菜肴，应该有苏州厨师在出主意、替庆妃张罗。这天皇帝用过膳后，大概心情蛮好，赏了贵妃、庆妃、容嫔各一道御膳房做的菜，而将总督尹继善所进专供皇帝食用的野鸭末子（大概是太湖野鸭，取肉切末炒制的菜肴），赏了庆妃，让她尝尝外面的味道，也即享用大臣进贡皇帝之菜的意思，应该是对庆妃进菜满意的回敬（菜单来源：余同元、何伟编著《历史典籍中的苏州菜》第一章，天津古籍出版社，2014年）。

人们一说到江南的春天，就是桃红柳绿、春水方生，其实江南还有油菜花，"菜花深处是侬家"，"油菜花，阳光一样的花"，"醉美最是故乡的油菜花"……人们写引动乡情最多最浓的，往往并不是桃花、杏花、李花之类，而是油菜花开。江南春天的第一花应数油菜花。

油菜花开，其景象当然是无与伦比的辉煌、壮观，最盛那几天甚至能将蓝蓝的天空都映得有点黯淡。花海间点缀几间粉墙黛瓦房子，一座石拱桥……和长城、故宫、泰山等给人的美感并不一样。但只是看油菜花开就是春天的江南了吗？

江南的春节，节前几天大多是大寒，除夕买来荠菜做春卷、炒冬笋，往往菜叶上还有冰屑，但常常是在年初三啊、年初五啊……过了除夕没几天就是立春了。立春这一天开始，再看买回来的青菜心，怯生生地长着比米粒还小的花蕾。虽然说来奇怪，但这却是真的，春天的江南，是从油菜出现花蕾开始的。

这说的是江南北部的苏州。江南南部的浙江，也许还有皖南、江西，应该在春节前油菜就已孕育好了花蕾了吧！但这也太性子急了，毕竟立春后有花蕾，方合节气之正道啊！因此，说江南、道江南，苏州是江南代表性城市，这是没有疑义的。

春天的菜荠梗如岫玉

无论是西藏还是宁夏、甘肃、四川……祖国大地到处有油菜种植，但人们往往会因油菜花开得美丽而说那里是"高原江南""塞上江南"……弄得油菜花成了江南的代言"人"似的。或有人会觉得这有点不公平，但也值得研究，是一种什么心理使然，春天里百花开，却让油菜花独占了风流。

菜荠

江南种植油菜，是为解决食用油，但在开花之前，取来一点作为蔬菜食用，这一食材名曰"菜薹"，也叫"菜心"，苏州人叫"菜荬"（也有写作菜苋、菜剑）。人大都是很势利的呢，菜荬一上市，寒冬腊月一直当宝贝的青菜，价格就上不去了。菜荬身材苗条，绿叶和菜梗水嫩嫩的，上面还若敷着浅浅薄粉，就像十六七岁少女的皮肤，谁见了不爱呢？菜荬价格一般要比青菜贵一点，起先是贵一倍、一倍半，甚至两倍，再往后青菜不堪食了，市面上只有菜荬当道，菜荬一多，价格也就下来了。

　　菜荬主要是菜花未开时为最佳食用期，并且要取上端，是一道时令好菜。等有金黄色油菜花开出，表示菜已转老，菜梗皮变硬，吃口就差了。所以苏州人买回菜荬，往往不用刀切，而是用手折菜梗。为的是有硬一点的茎皮可以撕去，而且还能知道菜梗是否还脆嫩，也就是菜荬是否还堪食用。所以说苏州女人心细，往往体现在细节上——吃菜荬可以作证。

　　所以说呀，江南的春色不全在看油菜花，还体现在吃菜荬。

　　吃菜荬也有细致的讲究。大致可分四期：刚立春没几天，花蕾还在叶下，半是冬天青菜风致半是初春气息；接着是菜梗挺着腰长出来了，头上有一簇花蕾，但半露出脸，还有着带羞的娇怯；再过几天，菜梗又长高了，有几粒花半开，绽出灿烂的金黄；再往后，花大多已开，菜梗已半老，大部分需要"剥了皮吃"（这是上海滑稽名家周柏春、姚慕双表演节目中语）。

　　嫩菜荬当然是急火油炒为佳，不要配什么调料、配料，什么香肠、蒜末、红辣椒、橄榄菜、虾米……放这些东西都俗了，一味是盐，一味是油，火猛一点，足矣，灶上端出来的菜，叶子碧绿，梗如岫玉，自带清香，吃的就是这春天的气息。过些日子，菜荬不再那么嫩了，甚至有点花了，可以加点蘑菇、香菇、百叶、油豆腐（切小块），油面筋也是可以的，菜荬极嫩时如加菇或豆制品，其气味会冲了菜荬的清香，不大适宜。加切成片的慈姑可以吗？嗯，这款水中蔬菜，色如淡金，可以吧。如果真的一定要加配料，那么就加一点冬笋片吧。先冬笋切片炒出笋香，锅中留一点笋油，下菜炒熟，最后加笋片颠翻几下就成了。

再往后，菜荽有点老了，菜梗下部折下，撕去皮（苏州人叫筋），可以炒，但更多人是腌一下。吃时放酱油、麻油和少许白糖，拌了做粥菜。民国初年生活于上海的常熟人时希圣在其《素食谱》（1925年初版，1941年再版）中有"腌油菜梗"，就是这样介绍制法的，还夸赞说"味较为可口哩"。在改革开放前，麻油不太容易得到，我父母做此菜就用其他素油熬熟拌食。回想艰苦岁月的这道菜，感觉更可以品尝到菜荽梗的原味，其味也甚佳，并不一定要用香味很足的麻油。

菜荽上有花开了，苏州人要摘去花朵。有时小姑娘问母亲："为什么要把花朵摘掉啊？"母亲悄悄告知："吃了花粉会放屁的呢。"小姑娘大惊失色后脸颊泛红，不好意思再问。其实这无可考证，苏州是一个以织造精美丝绸著名的城市，过去市民对色彩普遍比较在意。碧绿的菜荽中，夹杂着几粒黄的杂色，那多刺眼啊，同时也表示菜荽有点老了，故需摘去，大概是这意思吧。

菜花头干，几人品过？

到了菜荽涌市，价格便宜之际，苏州城里许多人家去买了来，洗净，开水焯（和苏州话"拆"同音）过，这焯，和烫并不相同，烫的蔬菜，多半带生，焯是一种浅煮、略煮。菜荽焯后已八成熟了，捞出滤干水，再经几个大太阳晒干，这就是菜花头干。

记得苏州人晒菜干，一年大致有两次高潮，春天晒菜干，是一高潮，夏天也有人会晒点菜干（也是焯过），是一小高潮。春、夏晒的菜，都是为了得到一种特殊的食材——菜干，而这菜干都是以炖猪肉（五花肉）为好，好到什么程度呢？比肉好吃。说实话，夏天的菜干并没有春天的菜干质量优，故而春天焯的菜荽菜干有个专用名词叫菜花头干。苏州餐饮界一位超级大咖解释说：烹制菜干炖肉菜，过程并不复杂，将菜干用热水泡开再清水洗净，切成菜末，加上调味料与猪肉（五花肉）同炖，猪肉的鲜香、肥腴，都会进入到菜干里，因此菜干炖肉菜比肉好吃。

菜花头干不用于炖肉，做成菜花头糯米粉团子，也是风味卓著的点心，极受欢迎。苏州明月楼糕团店老板是桐乡人，来苏州开店，用熟糯米粉做菜花头团子（馅为菜花头干里放肉末和猪油），和肉团子一个价，还总是供不应求；吴江震泽镇也有家阿婆团子店，只做豆沙馅的青团子和菜花头馅的白糯米粉团子，一绿一白，就打响了名声。

苏州一年里还有一次晒菜，是在冬天腌菜时，菜摘去嫩心后晒过，去掉点菜中的水分，方能入缸腌制。但这晒的是生的青菜，有时还和雪里蕻同晒，不是本文要介绍的内容，这里从略。

晒菜是过去苏州小巷里的一道风景，然而晒菜花头，情景有点特别。一种是"焯"过后的菜荠，放在竹匾中或芦席上晒，一种晒法是将菜荠"焯"过后，细心地一棵棵在菜梗上穿了细绳甚至棉线，然后挂在竹竿上晾晒。农村晒菜荠我没有见过，想来也差不多是这样的吧。晒过几个太阳，菜已干了，收在罂内，罂底一般还要放生石灰（苏州人叫"梗灰"）作为干燥剂。

菜花头干都是各家自晒自食，商品性不高，要吃到此物除自己晒制外，便是亲友馈赠。有时有农民带一点进城出售，也不过三斤五斤，一个口袋或小竹筐，老苏州人多半视为奇货，很快就会售完。

庆妃进给乾隆皇帝菜花头炖肉，那时间段的菜花头，应该用的是很嫩的菜荠，而且是刚晒好，是为妙品。我不相信是庆妃亲自动手焯菜、晒菜做的菜花头干，为这顿晚膳准备好了这一食材。这菜花头干必然是苏州厨师所准备的一款"秘密武器"，不知怎么的，会奉献出此食材，做成一道特色菜，从而帮了庆妃一个大忙。

——谁又能说，唱好戏、做好菜，靠的只是"戏子的腔，厨子的汤"呢？菜花头炖肉可以作证，世上事都不简单的。

人间苏州青，最是慰乡愁

青菜是苏州最重要的蔬菜

"杭州不断笋，苏州不断青"，这句俗语是说江南这两座人间天堂城市，一个以吃笋著名，一个以吃青菜著名。

苏州人还有句俗语，叫"三日不吃青，肚里冒火星"，意思是苏州人的餐桌上不能缺少青菜。苏州著名作家陆文夫在《姑苏菜艺》中说到一件往事："我有一位朋友千方百计地从北京调回来，我问他为什么，他说是为了回苏州来吃苏州的青菜。这位朋友不是因莼鲈之思而归故里，竟然是为了吃青菜而回来的，虽然不是唯一的原因，但也可见苏州人对新鲜食物是嗜之若命的。"

苏州人确实非常喜欢吃青菜，三天没吃青菜，就会若有所失，性情也会有点火烧火燎似的。过去苏州城外种菜较多，特别是城里的南园，更是一处青菜种植基地。现代苏州作家范烟桥1934年写的《茶烟歇》中说："苏州居家常吃菜蔬，故有'苏州不断菜'之谚。城外农家园圃，每于清晨摘所产菜蔬入市，善价而沽，谓之'挑白担'，不知何所取义？城南南园土肥沃，产物尤腴美，庖丁亦善以菜蔬为珍羞之佐。"

苏州古城内南面有大片空地，辟为菜圃，称为南园，城内北部也有大片农田，自然也会种蔬菜包括青菜。清乾隆时苏州底层文人沈复在其《浮生六记》中说："苏城有南园、北园二处，菜花黄时，苦无酒家小饮。携盒而往，对花冷饮，殊无意味。"后来他的妻子芸娘想出了雇馄饨担（苏州人叫骆驼担），让他挑了酒食前往南园。沈复夫妇和他的朋友们作乐要求并不高，不过赏油菜花时能吃到热酒和菜，最后还因此吃到了热粥："（众人）并带席垫。至南园，择柳阴下团坐。先烹茗，饮毕，然后暖酒烹肴。是时，风和日丽，遍地黄金，青衫红袖，越阡度陌，蝶蜂乱飞，令人不饮自醉。既而酒肴俱熟，坐地大嚼……"文章讲的赏油菜花，但也反映出苏州城里人过去可以吃到新鲜的青菜。

新中国成立后，政府重视青菜种植，扩大了种植面积，满足市民日常能吃到新鲜青菜的小目标。据有关1990年的资料，苏州郊区全年几茬栽培青菜累计面积超过全郊区常年蔬菜田总面积（1.5万亩）。供应时间之长超过任何一个蔬菜品种，全年上市数量之多，达全市人民每人30公斤以上。可见苏州吃青菜之多。

不仅苏州人习性爱吃苏州青菜，还因为苏州青菜实在好吃，而且，许多外地人来苏州吃过了青菜后也喜欢。苏州国家级工艺美术（刺绣）大师顾文霞向我回忆了一件往事：1978年，时任苏州刺绣研究所所长的她请当时国内十四位书画名家集体合作，绘成了一幅大型国画作品《春回大地》，画好后需要题词以作全图点睛。她想到了赵朴初先生，打电话到北京请他为画作题款。赵朴初先生爽快答应了。顾文霞将画送到赵朴初家里，赵朴老根据画里表现的内容，题写了"春回大地"四个字。

这些全国顶尖水平书画家联袂为苏州刺绣挥毫创作一幅国画巨作，这是苏州历史上前所未有的艺术盛事。而其中"春回大地"四个题画字尤其精辟，反映了那个时代的风貌和人们的精神，一幅花卉画就有了历史意义，今天看来这幅画价值已无法估量。那么赵朴老为什么和顾文霞老师这么熟悉，这么愿意帮忙呢？

在顾文霞老师家里，她向我回忆起一件两人交往的逸事。原来赵朴老是佛教徒，平时吃素，但在北京吃不到苏州青菜。顾老师那时年纪还轻，有一次赴京给他送去了二十斤地道的苏州青菜，让赵朴老喜出望外，大快朵颐。真是君子之交淡如菜，也可见苏州青菜，在许多外地人心目中是多么有魅力。

此外还可能有另外的意思。赵朴初先生考入苏州东吴大学附属中学预备班，后于1926年秋季十九岁时升入东吴大学。其间因曾参加"五卅"游行事，受到追查，不得已避祸外地，不幸又患了嗽血之症，养病期间开始茹素断荤，后来就因病肄业，非常可能因在苏州求学期间吃了苏州的青菜，从此喜欢上了苏州青菜。

吃青菜的名堂多

苏州的青菜，确实不同凡品，叫苏州青，是苏州蔬菜中最具有地方特色的传统品种。

苏州青很容易分辨，叶片深绿色，平滑肥厚，菜心的叶子微皱，叶柄（苏州人叫菜梗）微绿而肥厚。而且这菜梗在梗与叶的接合部向内收拢，抱合紧密，叫"束腰"，称为百合种，显得很秀美的样子，新鲜时水灵灵的，就像苏州农村少女，惹人喜爱，这是辨别苏州青和其他品种青菜的特点。因为菜梗不长，苏州青又叫矮脚菜。上海有的人最有意思，因为此菜的叶柄弯弯就像如意，又像汤勺，就叫它勺子菜或汤勺菜。假如有人说："今天炒了一盆勺子，味道老好。"其他地方人听了岂不是要堕入五里雾中？

也因为苏州青，让苏州吃青菜挑剔、心胸狭隘起来，简直到了非苏州青不食的痴迷程度。

因为生长季节的不同，在苏州人眼里，青菜也分好多种。四、五月份叫小青菜，其实是一种一手掌长的菜秧；八、九月份正是七月流火季节，也是蔬菜伏缺季节，这时种的青菜叫火青菜。此外，在盛夏季节苏州人还会吃一种很嫩很小的菜秧，叫鸡毛菜。九到十一月份上市的叫大青菜，棵头大，一斤只有四五棵。霜打以后到春节期间，市场上还有一种青菜，棵头不过比中指略长，有的根子上隐然有两条淡赤豆红色的筋，一斤当有二十来棵菜。这种在秋冬季长成的青菜，吃口微带甜味，水分适中，肥嫩少筋，苏州人最为喜欢，本名叫"小藏菜"，也叫"小尚菜""小上菜""小棠菜"，意思是虽然菜棵不大，但品种上佳；也被叫作"小糖菜"，这可能是因为冬天时菜有点甜吧。

一到三月份上市的大青菜，那才是真正的上品青菜，肥腴香美，无以形容。这时段中正好有个春节，所以苏州人在新春佳节或冰雪天时也能吃到这碧绿生青品味绝佳的青菜，有时连自己也一脸幸福感地赞叹"做苏州人真是好福气"。到来年早春二三月间，青菜抽薹，在尚未有花蕾或菜花还是嫩蕾未开时，取其菜心，就是前文介绍的"菜荐"。此时的菜薹粉绿淡雅，并有微香，是青菜中的上品。

夏季吃鸡毛菜，炒了吃、做汤吃，可以消人暑意。秋天时天气尚有点热，上市的是小青菜，一般长度不会超过一根筷子，菜梗特别脆嫩，一米多高跌落到地上，菜梗竟然会跌断。过去菜农卖小青菜为保这鲜灵，是一路洒水挑进城来的，称菜时手抓菜的动作都特别温柔。

苏州人吃青菜方法很多，看起来是一道平常的粗菜炒青菜，但也往往炒得有声有色。清炒青菜苏州人叫煸青菜，菜香、糯，带着一丝天然甜味，是最为家常的吃青菜法。

也可以分别选用笋片、香菇（或蘑菇、草菇、蕈）、木耳、豆腐、百叶、白果（银杏）、油豆腐、慈姑、油面筋、豆干条、素鸡、栗子、胡萝卜片等中的一种同炒，不仅色彩好看，营养和口味也因此更丰富。

特别是白果，去壳、去衣后，先入油中煎过，生银杏变成熟银杏，银杏肉也会收紧一点，吃起来带一点软韧的口感。这油煎过的银杏，可以和青菜同炒，也可在青菜炒好盛盆了在菜上面放上银杏，油亮亮的好看。为什么银杏要油煎过？难道仅仅是为了口感？我猜想银杏肉有一点点小毒，油温高于水温，油煎过后银杏中的毒素就被破坏掉了，入馔更安全了。因为银杏又是一味中药，有止咳喘的功效，因此这银杏青菜也可以说是药膳呢。

而苏州菜馆、饭店供应青菜，主要以菜心为主，比较有名的有四宝菜心、南腿菜心等，当然还有属于苏州名菜的鸡油菜心。据华永根会长专门对我介绍说："菜心煸炒后，浇上些鸡油，此菜黄金色鸡油，翠绿菜心，透着清香，鲜美可口，苏州名菜也。"

父亲的私房菜

我父亲出身大户人家，虽然新中国成立后变成了工人，但在烹饪上时不时会露出不同于小家碧玉出身的母亲的路数，但母亲对父亲的厨艺又不肯认同，老是撇嘴，显得不屑一顾的神色，让父亲有点自讨没趣。其实那个时代，物质实在缺少，母亲持家不易，不欣赏父亲的厨艺也是可以理解的。

我父亲炒青菜的绝活是，先煮一点红枣（水少放点，不要煮太久，这样得到的是枣汁而不是煮枣水），炒青菜时放入五六颗熟枣子，菜炒好后放一点枣汁，盖上锅盖再煮一会儿，时间不要长，然后可以起锅。这道炒青菜，菜中有点枣子的香甜，味道佳胜，从养生角度来看这样搭配也不错；而且菜盛入碗中，红的绿的相配颜色也很好看。如不放枣子，父亲就放煮熟的胡萝卜（切细条、切片均可），风味和营养价值也是不错的。

适合青菜的荤的配料有香肠、火腿、水煮小肉圆等，反正表面上看起来尽可随心所欲，其实不然，而且其中的可以与不可以难以说清楚，需要用心悟一下怎么配、怎么烧，方才佳妙。炒青菜有了这些搭配后，不仅看上去颜色很悦目，而且营养也更均衡。

菜馆里用鸡油炒的青菜，叫鸡油菜心，就如华会长所说的，属于上品炒青菜法；蟹粉炒成糊后浇在已炒熟的青菜上，叫蟹粉青菜；炒好的青菜上放一点先已熘熟的虾仁……和一般家庭烧的青菜不同的是，这些菜往往是采用菜心整棵烹调，根部先切十字花，使菜易熟并且入味，先将青菜热油熘过，然后加调味料略煮一会儿，起锅将青菜在盆子里摆放成扇形，再放浇头，这类菜都是上得宴会的苏州名菜，这样做的目的是让炒青菜上档次、卖得出价钱，而家里所不为也。

不过不要以为我父亲烧的青菜好吃，对于一些水乡农民来讲，眼也不起（瞧不上的意思）。据苏州古城东南的澄湖边的农民介绍，澄湖里面蚌很多，用蚌叉扒上来，很容易获得。用蚌肉烧青菜，营养丰富，味道最好。蚌有三种，一种叫三角帆蚌，背上有一个三角形的突起，蚌壳边缘有一条翠青色的细条，好看，但肉质一般，有趣的是里面容易吃到珍珠；一种叫江蚌，壳椭圆形，但背上没有突起，也能吃到珍珠但不圆，审美价值不大，但蚌肉比较好吃；还有一种圆蚌，肉最肥美好吃，农民摸到圆蚌，大多自己留着吃了，所以城里人很少吃到。农村人先将蚌的厚厚的肉肌敲烂，加大块姜焖烧到蚌肉烂，然后炒青菜，放酱油烧。那农民得意地说：这样好吃的蚌肉青菜，城里人无论是用火腿还是童子鸡，也是烧不出这鲜美的风味来的。

我记得父亲也烧过蚌肉青菜，但城里买到的只是三角帆蚌，肉质最差的一种蚌。父亲用卤点老豆腐（先煮过）、熟咸肉和煮咸肉的汤一起烧，加姜自不必说，上桌前还撒了胡椒粉，我已觉得这样的青菜又鲜又肥又香，饭都可以多吃一碗，或者可以说是人生永远的回忆。但农村人笑笑说，肯定没有我们的酱油烧圆蚌青菜好吃。

听了这话，不由得感慨，真是各有各的乡愁啊。

小白菜，以及许多其他青菜

小白菜和塌棵菜

晚清，浙江发生了一件所谓谋杀亲夫的案件，后来此案办成了冤案，经过浙江籍和苏州籍官员努力，最后得以翻案。上海的《申报》反复做报道，因此案情的曲折进展也牵动着长三角一带社会的神经。此案平反后，在上海的苏州弹词艺人根据报道和收集到的材料，创作成一部弹词。因男主人公是举人杨乃武，女主人公豆腐店媳妇葛毕氏因清秀美丽，邻居叫她小白菜，创作者就将这部弹词取名《杨乃武与小白菜》。

此书一出，轰动书坛，并且成为苏州评弹中的经典书目，至今弹唱不绝。小白菜是什么蔬菜，其文学意象各人各理解，反正借这部书以小白菜喻人，令这位悲剧女性鲜活地烙印在人们心中。

想来小白菜是一种娇嫩、清丽、脱俗、白中带点翠青的菜吧？问题是江南人绝大多数说不清学科意义上的小白菜是什么菜，总之不是今天的"娃娃菜"。专家坚持说青菜实际上是白菜中的一种，那小白菜是不是小青菜？或者有一种细长、梗白、叶皱而色淡绿带嫩黄的菜才是小白菜？此菜不仅娇嫩更有体软、不能立起（青菜、大白菜能立起）的特点，叫一女子"小白菜"，除了姣美清秀的外貌，也影射体软易倒，似也有点语涉狎邪呢⋯⋯反正一般人分不清白菜和青菜，只分得清大白菜和青菜两大类。

众所周知，青菜上市品种有季节之分，其实也有品种之分。比如，塌棵菜是苏州许多人很喜欢的一种特色青菜。冬季天寒地冻之际，这绿色蔬菜会让人眼睛一亮呢。所谓塌棵菜，是菜片散开贴地面而生，菜梗较细，叶子颜色深绿，前辈说这绿犹如翡翠中的老油青，惹人喜爱，不过现在也有叶色淡绿带娇黄的塌棵菜了。太湖东和南是水乡，空气中水汽大，冬天比较阴冷，母亲说农民在麦田里种这菜是为了给土地保暖，不知是否这样。

苏州人喜欢吃经霜青菜，是认为其带有点"甜津津"味道，但塌棵菜吃口却略有点苦，其口味在青菜中是反弹琵琶。有一些苏州人就是喜欢吃这种似有淡淡苦味的菜，就像苦瓜、百合，都有点苦味，说是吃了口中很清爽。确实苦味也是五味之一，蔬菜这天然微苦的味道，有人喜欢，甚至还说吃了感觉神清气爽。

塌棵菜这苦味，也逐渐被香港、广东人所接受，那是上海人带去的。著名美食作家蔡澜先生说："喜欢上塌棵菜，你就会发现它的甜味中还带点苦涩，滋味是独特的，绝对在其他蔬菜找不到，吃了上瘾，即使有毒也愿意尝之。塌棵菜当然没毒，只不过人们常将之与河豚比喻，称之为'堆雪河豚'。"将一蔬菜比喻为河豚，这评价可谓高矣！叫"堆雪"，这名字多有诗意呀，蔡澜解释道：据说塌棵菜"耐寒性极强，大雪里也能生长，但因被雪压住而变种，叶子只须向周围散开，成飞碟形状"。他有点想象，应该是这道理，只能说纯属文人雅意。

晚清上海县人秦荣光写了一首竹枝词，说："圃蔬一种味难忘，堆雪河豚冰腐汤。贴地塌科唯邑产，种经迁地勿称良。"诗中的"塌科"就是指塌棵菜，他还在诗后注说："塌科菜贴地而生，为邑中专产。分植他处，种味俱变。按：俗称'河豚菜'，言其肥也，堆雪则更佳。寒夜入冰交豆腐，放汤食之，味逾珍错。"秦老先生说塌棵菜在冬天下雪时最为肥美，当地人称之为"河豚菜"，河豚是鱼中至味，鲜美无比，将塌棵菜比作河豚，是盛赞此菜，并说与冰冻豆腐同煮，味道比山珍海味还佳，评价很高。原来蔡澜先生对此菜的高度评价，是源于秦老先生啊。

秦先生说塌棵菜是松江府上海县的特产，那是他太爱家乡的缘故。江南其他地方也有所产。南宋苏州诗人范成大，从高位上退下来后居住在姑苏城西南的石湖之畔，他写的《四时田园杂兴》中《冬日田园杂兴》，反映苏州冬季的农家生活情景，是江南农家诗中的名篇。其中第七首就是专门写的塌棵菜，诗是："拨雪挑来踏地菘，味如蜜藕更肥酥。朱门肉食无风味，只作寻常菜把供。"其中"踏地菘"就是塌棵菜，菘者，是古代指可以越冬而生的青菜，冬而不凋，因而谐音"松"，加个草字头表示是蔬菜。范成大这首诗表明苏州至少在南宋已经种植塌棵菜，并且都知道塌棵菜的味道肥美。问题是可能诗里透露那个时候的苏州塌棵菜比今天的塌棵菜品种更好，不仅没有苦味，甚至还有点甜，所以范老先生夸奖说"味如蜜藕"。吴江松陵镇（此镇也是县城）过去冬天一早就有人挑着当地出产的塌棵菜进城售卖，这菜是镇东庞山湖一带所种植的，是庞山湖地区历史悠久的特产。

各有妙韵醉人情怀

苏州人吃青菜比吃猪肉还要嘴巴刁，非常讲究。记得1960年前后的三年困难时期，苏州菜场出售一种和苏州青相仿的青菜，叶梗薄一点，叶子颜色淡一点，含水量大，叫上海菜。苏州人认为一烧就会出很多水，而且没有青菜特有的香味，认为菜不糯不软又难入味，很是不喜欢。为了增加味道，加酱油烧，甚至交流吃上海菜的体会时还说："上海菜淡水寡气，必须放酱油烧才好吃！"

真想骂苏州人没良心。那三年里食品、副食品供应是多么紧张，想来是苏州自种的青菜不够供应市场，上海把自己种的青菜运来支援苏州，当时叫发扬共产主义风格，现在叫恩德。而且上海菜也是很优良的品种，据有的资料："上海青，叶片碧绿，菜茎白白的像葫芦瓢，因此，上海青也叫作瓢儿白。口感很嫩，容易炒熟，带微微甜味。上海青喜冷凉，一般在秋季种植，可安全越冬。特矮上海青是菜茎较短的一个上海青品种。"不过苏州人不大习惯其梗带脆的口感,潜意识里流露出老省会城市的"空心大老倌"派头和小市民心理。现在苏州常有上海菜在市场上卖,五十岁以下的苏州市民再没有过去那样挑剔瞎讲究了,但得月楼等坚持正宗苏帮菜的菜馆和大厨,还是表示绝对不用上海菜;有的卖菜人告诉我说,一些单位食堂会买上海菜。

讲真江南人都喜欢吃青菜,各地土壤、气温等自然条件不同,加上选育菜种等其他因素,各地的青菜确实有一点细微差别,沪、苏、常、宁四城市,即使同在苏南,吃的青菜也不一样。记得我1985年从苏州工作调动到南京,那年冬天时报社发青菜,一看这青菜梗子白,高有苏州青的三四倍,同事拿回家去主要做腌菜用。看这青菜威武的模样,确实有点"骇然"的感觉,就送了同事了。后来才知道,这也是南京青菜中的名种"高脚白",是一种耐热性强、适于夏季或秋季栽培的品种。此菜口感较脆,适宜炒食或腌制,可惜我不懂金陵风物之雅。

南京菜谱中有一名菜"炖菜核",已有百多年历史,用的青菜是南京特产"矮脚黄",此菜和那半米高的长梗菜又不一样,棵矮叶肥、梗白心黄。八斤菜取其菜心一斤,叶仅留四五瓣,菜心根部修成橄榄形再划两刀成十字形,鸡脯肉、虾仁、冬笋片、熟火腿片、水发冬菇等,放砂锅中慢火炖酥,最后淋鸡油,其味鲜美隽永,汤汁醇浓。青菜能这样烧,真可谓善用火功、颇有巧思了。

常州的青菜,也有自己的特长。2014年2月10日,中国江苏网推出一篇报道《老菜农周志文挖掘到30多个常州本地的蔬菜品种》,文中说:"一月份有耐寒的'常州青'和瓢儿菜,接下来是'二月白'、'三月白'、大叶菜花菜、'四月曼'、'五月曼',到了夏天吃中梗青菜、矮梗青菜,10月份以后就有长梗青菜和乌塌菜。……11种青菜中,大叶菜花菜、瓢儿菜和'三月白'现在已失传了。"从常州青菜地方品种之多也可想见江南地区青菜的种质资源该有多么丰富了。

"江南人住繁华地,雪月风花分四季",在江南,一个青菜也是十里不同风，各地都有特产青菜，各有妙韵醉人情怀啊！

菜中一绝——吴江香青菜

"苏州青"固然是苏州不可或缺的绿叶蔬菜，但一种太湖香青菜，可以说是苏州地方传统特色珍稀蔬菜品种。除了吴江的震泽镇，在沿东太湖及太湖西南岸，涉及横扇、七都、桃源以及松陵、平望、盛泽等镇的部分地区，都有种植。

据专家研究后发现，太湖香青菜主要分布地在东太湖地区，这里的土壤以小粉土为主要种植土壤类型。吴江香青菜的种植面积，二十世纪八十年代有较大发展，曾经达到大约为1.5万亩，总产量为2万吨。2018年发表的论文上透露种植面积有66公顷，已不到3000亩。更可惜的主要还是农民小面积种植，没有实现规模化，这样就种子提纯、规范栽培、抗病毒、品牌打造、现代销售（比如包装、进入超市、卖场或电商渠道）、科技研究等都没有开展。因为吴江是经济高度发达、城市化进展很快地区，土地资源紧缺，香青菜作为江苏省最有特色蔬菜之一的珍稀品种，如何在发展大潮中保持一定规模并有发展，将是今后一个需要重视的课题。

专家说，香青菜是一种香味浓郁、品质柔嫩、风味独特的不结球的小白菜（此话缩略一下，就是"香青菜是一种小白菜"，青就是白，实在让苏州人听不懂），栽培历史已有一百多年，和苏州常见的那种叶片光滑的青菜不同，香青菜棵比较大，一株有400来克重，叶片比较生脆，不耐储藏。由于其冬性不强，不易抽薹开花。南京农业大学教授黄保健认为，吴江太湖香青菜在国内具有唯一性，其优势别的地方无法复制。

香青菜最有代表性的是一种叫"绣花筋"（我认为香青菜叶片相对较大，叫"绣花巾"比较合适，或说此菜白色筋状纹理如绣花）的传统特色品种，已获国家农产品地理标志。这种菜塌地生长，叶片椭圆形、扇状，叶黄绿色，叶缘浅缺刻，呈花边波状皱褶，叶面起皱不平。叶脉绿白色，又宽又明显，呈网格状，故有其名。绣花筋品质好，有香味，含纤维少，柔嫩易烂，吃口好，为炒食上品，但美中不足的是产量低。另外还有三个品种，也是香青菜中的佼佼者。一是黑叶香青菜，叶深绿色，有光泽，全缘，叶面起皱不平，叶脉白色，香味浓郁，含纤维稍多，口感好。二是黄叶香青菜，叶面皱，呈波状突起，叶脉绿白色，香味较浓，含纤维中等，口感好。三是黑杂一号香青菜，这是新育成的一代杂交种，叶深绿色，有光泽，全缘，叶面起皱不平，绿白色，扁平。叶脉白色，香味浓郁，含纤维稍多，口感好。所有香青菜品种，经过霜打后，菜又香又糯，才更好吃。但一般人也就只认大棵的香青菜和小棵的香青菜，觉得大棵的更香糯一点。

吴江烹饪界大咖蒋洪老师对吴江餐饮研究很深，他告诉我说："关于'绣花筋'，筋是指此菜白色筋状纹理如绣花。吴江香青菜是国家农产品地理标志，地域保护范围为吴江的七都镇、震泽镇、桃源镇及平望镇部分、盛泽镇部分、松陵镇部分。2019年规模种植2000亩，3000吨左右。"我印象里香青菜的种植近年来有所增加，但这点产量还是让香青菜显得很珍稀。

香青菜就像普通"小糖菜"那样炒来吃，洗净，切碎，表面看上去一点不细腻，炒出来的颜色没有"小糖菜"那样深绿，一放上桌子就有股香气飘出来，让人食欲大开。吴江庙港镇（现已并入七都镇），有家叫老镇源的菜馆，因饭店所在村就是核心种植基地，许多上海、苏州等外地食客到冬天还特地赶去品尝香青菜。老板姜震波向笔者透露了烹饪香青菜的秘诀：一是香青菜工斜切成丝，把叶筋切断；二是用菜油，大火炒；三是可以纯香青菜，也可配以油豆腐、油面筋、百叶之类，吴江有特产"酱肉"，就是大块猪肉腌过后浸以酱油，吴江酱肉蒸熟切片和香青菜同炒，是非常好吃的吴江特色乡土菜肴。

也有人将香青菜用来做馅包馄饨，或者和米饭炒成菜饭，味道都很不错，是吴江人的经常吃法。不过，吴江吴越美食推进会创始人蒋洪先生告诉朋友一个秘诀，炒香青菜不能放水，用煸炒的方法，油要多放些。

现在，吴江以外也有地区在种植香青菜，我也买过，说实话，这些地方种植出来的"香"青菜，香味淡薄，风味较逊。如何扩大种植、保护资源，选育优秀品种，提高商品程度，适应今天消费……还是一个很不简单的课题，好在吴江区已经在规划香青菜种子资源保护基地和种植基地。只要真心珍惜先人留传下来的名贵青菜——香青菜，相信就会高度重视、有效解决这有关问题。值得期待。

据说，南宋理学家朱熹的《小学·善行实敬身》里有这么一句话："汪信民尝言：'人常咬得菜根，则百事可做。'"苏州日常吃了不少青菜，肚子里的"火星"消了不少，因此性格也较为平和，容易和人相处，做事也多顺利，不知是不是这样？

蔬菜中的巨无霸：白菜

系红头绳的蔬菜

宴席所用食材不宜重复，这是常理，但不知为什么，苏州过去的宴席菜，竟可以出现两道大白菜做的菜肴。

一道是冷盆菜，叫"辣白菜"。其实苏州人不吃辣，这辣白菜里放白醋、白糖，有没有放盐搞不清楚，再加实在是微乎其微的那么"一滴滴"辣，妙在似有似无之间，基本上是放几粒小指甲那么大的红干辣椒以作点缀，也许叫酸甜菜更合适吧。后来请教了大厨，告诉我说，苏州人的辣白菜确实是酸甜口味为主，但是先用盐腌过的，这就是人们常说的底味，这样咸味、辣味有那么一点，但又不明显，加上菜的脆爽，如果细品，会觉得苏州辣白菜口感丰富，特别好吃。

有人说辣白菜源自东北，甚至可能是从朝鲜传来。清朝期间满族人来苏州不少，著名的古典园林拙政园曾做过"奉直会馆"，那是旗人的大本营，应该对苏州带来一点影响的。甲午战争之前，朝鲜半岛是苏州绸缎的传统市场，商人和那里有商路，交往频繁，朝鲜泡白菜因此被引入苏州，也是有可能的。但因为苏州人不吃辣，也不喜欢吃大蒜，作了改良，有了甜酸微辣无蒜香的苏味"辣白菜"，一派温柔的江南气质。

另一道白菜做的菜肴更是夸张，一是名字离谱，叫"烂糊"；二是居然位居全宴殿阵的大菜之列。

苏州晚清形成的宴席常规菜单，叫"四六四"。前"四"是指四个冷盆，每个冷盆是双拼或三拼，诸如拆烧、拼辣白菜拼爆鱼，或辣白菜、油爆虾拼糟肚丝……反正荤素搭配两或三种，码菜时冷菜当中要凸起显得好看一点，名曰"桥面"。中间的"六"是指六道热炒菜，后一个"四"是压桌的四道大菜，无非是整鱼、整鸡或整鸭、酱方肉或蹄髈，三只超级硬菜，再加一只莫名其妙的大菜"烂糊"，就是焐（或曰炖、煨）白菜。当然，炒好的白菜里放点高汤文火煮（或曰炖、焖、煨、焐）烂，还要放点肉丝，考究一点起锅前放点熘虾仁，做"帽子头"（苏州烹饪家的术语吧），就叫肉丝"烂糊"、虾仁"烂糊"，哦，出锅前还需要勾个芡、淋点熟猪油增加香味，这"烂糊"才算功德圆满。

无独有偶，北京有个著名的私房菜，叫谭家菜，里面有道菜叫"开水白菜"，一碗清澈的白开水中，坐着一株白牡丹似的或似卧株如玉美人的白菜。那开水大有名堂，居然是用鸡啊、猪腿骨啊、干贝啊、火腿啊好多种荤的食材慢火吊出，又用鸡脯肉剁成茸过滤尽杂质所得的清汤，这么多名堂加上细模细相功夫，炼九转金丹似的侍候一株白菜心，这白菜的味道自然就不一样了。也有文章说"开水白菜"原本是川菜："原系川菜名厨黄敬临在清宫御膳房时创制，后来由川菜大师罗国荣发扬光大，成为国宴上的一道精品。"

"开水白菜"是何帮名肴看不去讨论了，让人有点纳闷的是，大白菜这么上台面，能烧成名菜、大菜、主菜，应该有什么原因的吧？

鲁迅先生在厦门大学写了篇回忆性散文《藤野先生》，里面说：

> 大概是物以稀为贵罢。北京的白菜运往浙江，便用红头绳系住菜根，倒挂在水果店头，尊为"胶菜"……

鲁迅先生写这篇文章，时在1926年，那时（应该是鲁迅懂事至1926年这一清末民初时期）交通不便利，时光走得慢，大白菜运输既不容易，保存

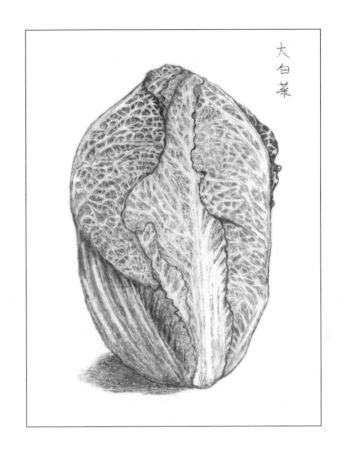

大白菜

亦不便当，运到浙江再分驳到下面县城、镇上，就成了稀罕之物了。苏州那时也是这样，北方大白菜长途跋涉到了苏州，价格自然不会便宜了，再看到它那水灵娇嫩的样子，于是就被隆重推出：又是作前菜安排在冷盆里，又是让它再一次隆重登场安排在宴席的大菜中。

走下神坛的喜剧

不过，鲁迅先生的文章没有细说，为何北京白菜运到浙江叫"胶菜"了呢？原来，这"胶"是指山东胶州，"胶菜"就是胶州所产的大白菜。胶州市的大白菜是当地特产，现在更被国家列为原产地保护的农产品了。中国有大白菜品种近千，家族庞大，其中北京大白菜品质上乘，但还不能和胶州白菜混为一谈。

有一个小典故也许可以参考。李时珍《本草纲目》中记述："一种茎圆厚微青，一种茎扁薄而白，其叶皆淡青白色……燕京圃人又以马粪入窖壅培，不见风日，长出苗叶皆嫩黄色，脆美无滓，谓之黄芽菜，豪贵以为嘉品。"但据说南宋咸淳《临安志》上有记载："冬间取巨菜覆以草，积久而去其腐，叶黄白鲜莹，故名黄芽。"明万历《杭州府志》也有记载："杭人讹为黄雅菜。明人《戒庵老人漫笔》：黄矮菜，杭州呼为花交菜。"《群芳谱》："黄芽菜，乃白菜别种，茎叶皆扁。"

从以上文字可见，南宋时杭州为都城，出现了窖中培育白菜的栽培法，名曰黄芽菜，估计是为达官贵人服务的名特蔬菜，但并不是后来出现的白菜。这一技术北传明代都城北京，估计也是继续为豪富者享用。

后来菜农培育出的大白菜，是一种速生快长、能结球、内叶自来白的蔬菜，可喜的是产量又大，只要种三四个月就可收获。从个头来说，它体态硕大，人多敬称为大白菜。因为很受菜农欢迎，白菜种植面积不断南移、西拓、北上，成了中国种植量相当大的一种蔬菜了，特别是北方、东北等地区，大白菜更是成了冬季到来前必须大量准备的过冬主要蔬菜。

随着铁路发展，物流不断进步，导致大白菜成为最一般也是最廉价的普通蔬菜。大约鲁迅先生写文章不久白菜就享受不成"红头绳"（疑是红绒线）束身的待遇，退出了水果店吧。大白菜的出现并普及，走下高贵的神坛，成为价廉之蔬是一种进步，是一件嘉惠庶民的好事，也是中国蔬菜史上值得记载的重大成果。

但在菜单里，还有个滞后效应，苏州直到二十世纪八十年代，经济飞速发展，社会变化眼花缭乱，"四六四"的宴会菜式退出宴席，辣白菜沦至菜场酱菜摊出售，"烂糊"也基本消失了。至于还有苏州人在缅怀"烂糊"，去得月楼、松月楼、协和、吴门人家等正宗苏帮菜馆等点吃这菜，那多半是一种文化情怀，当不得真的。

北方人吃白菜多，像白菜肉馅饺子，蘸了醋、辣酱吃，打遍天下独占风流，还有北方"人家一般做得更多的是醋熘白菜"（作家肖复兴《大白菜赋》）。南方甚少用白菜单独为菜肴，在苏州人看来，白菜是"轧荤淘的"，只有在条件好了的今天，烧白菜才有条件选配其他荤菜食材：或配开洋，叫金钩白菜；或配小排骨（水煮小肉圆、咸肉也可以，量无须多）加粉丝宽汤煮；或者做暖锅的锅底，上面是咸肉（或酱肉，或走油肉）、爆鱼、肉圆、蛋饺之类，这么多荤菜众星捧月和白菜"轧淘"，这白菜自然好吃异常……

素烧白菜也成佳肴

记得过去没有什么荤菜，白菜有股"淡水刮喇的水汽"。含水量大，材质显得特别水嫩，这其实就是白菜的特点，但作为食材，水分多、味道淡，是特点也是问题。

《舌尖上的中国3》中介绍了陕菜"金边白菜"，据说此菜有香、鲜、酸、辣、咸五味俱全的特点，通过大厨的高超厨艺，成为一道名菜。电视里的旁白是这样介绍的："将白菜用刀轻拍，使之变松入味；切成四厘米的条块。点燃炉火，锅内表面温度达200度时将白菜放入。烹醋燎火，火随菜转，菜随瓢走，前推后翻，左掉右阖，白菜向四个方位翻起，东西南北，四野八荒之义蕴含其中。飞火炒菜，花打四门，大开大合，焰势磅礴，短短几分钟，白菜四周被火焰燎染上金色，微微的焦煳锁住了汁水，脆嫩爽口的金边白菜，散发着时光的幽香，一道经典再次重生。"语言好华美，迹近走江湖，说实话，所谓酸、辣、咸无非调味，关键是用猛火、高温，出锅时间拿捏得精确，导致"微微的焦煳锁住了"白菜的汁水，方才成了口感独特、脆嫩爽口的金边白菜。

普通人家没有"花打四门"的特殊本事，但也还是可以想办法做出纯素又好吃的白菜菜肴。我曾和父亲商量怎么素吃白菜，煤球炉子火力不大，白菜很难炒好，后来想到了用咖喱来取香，冲掉一点白菜的"水汽"。方法是这样的：

白菜根据需要取三分之一或四分之一；去老叶，洗净，沥干水。切前先将叶柄部分拍一下，横切成约两指宽（刀斜一点切，使叶柄的切口大一点），菜叶切大一点，约半张扑克牌大。

咖喱粉一小袋（当时考虑是这种调料非常便宜），盐适量，生抽约小半匙。

开中火，锅先烧热，放入油（最好植物油中加一点猪油），油温五六成热时，放入咖喱粉炒开，再放入生抽，翻炒两三秒钟即可（时间不要长，搅和就可），盛出一半咖喱浆待用。锅中放入白菜，转大火，和另一半咖喱浆同炒至菜蔫，放少许开水，如有高汤更佳（如菜出水足够多，就不必放水了），盖锅盖烧一会儿至菜熟，开锅盖，再烧一会儿（主要是为了让水分蒸发，收汤），起锅前放入炒好的咖喱浆，尝一下咸淡，再淋一点猪油就可起锅了。家庭里一般人没有陕菜大师那种"花打四门"的翻锅本事，但弄袋咖喱粉，烧出这金边白菜，而且香味独特，要咸要酸味可自调，也聊可自慰了。

南通狼山寺住持在二十世纪九十年代初教过我一招，白菜叶（不用梗）切细丝，油里炸一下，成脆丝，吸掉点油，用盐拌一下，就可以了。他请吃时还切了点青菜丝炸过，碟子里一半绿一半白，清清白白，让人俗虑顿消。

大白菜是中国的发明，也一直是中国人享受的美味蔬菜，并且被尊称为"菜中之王"。随着改革开放扩大，中国的一些饮食、食材也走出了国门，白菜就是其中的一名友好使者。我有位叫卢晓宇的朋友嫁到德国做媳妇，做《华商报》记者。她说大白菜、花菜等，德语发音，有点像"库尔"，大白菜因为来自中国，就叫"西那·库尔"，德语"西那"是中国的意思。大白菜大约二十世纪八十年代初进入德国，当时德国总理叫科尔，中德关系相当友好，中国大白菜这时进入德国，现在超市都有卖，成了德国普通蔬菜，有的人就调侃大白菜是"中国科尔"，意思是科尔任总理时友好中国来的礼物，当然翻译时还是"中国大白菜"或者索性就叫"大白菜"。

想到中国白菜开始成为世界性蔬菜，那还是让人高兴的事。

嗨！励志的卷心菜

最大众的蔬菜，借食堂走来

常听人说，古人有一句励志的话："咬得菜根，则百事可做。"

其实即使那时物质不太丰富，但菜头也不入馔。但话又说回来，在不吃菜头的时代，如果一个人胸有人生目标，面对贫困能够泰然自若地吃菜根（就是菜头），那还有什么困难会让他意志消沉呢？今天很少有人去咬菜根（头）了，但是，有一种蔬菜，好像大家都吃过，回想起来，那也是很励志的呢！

那就是卷心菜。在大学食堂，在工地食堂，在工厂食堂……或者说，任何一家单位食堂，菜牌上常年写着卷心菜，而且这总是最便宜的菜。一个人没有很长时间吃卷心菜经历的，好像不足以谈人生志向或职场努力似的。

不过，和二十世纪五六十年代甚至七十年代单位食堂里清汤寡水清炒卷心菜相比，现在食堂里的炒卷心菜，那进步就很明显了。以前是一大锅切碎的卷心菜，少量的油，大火、大铲翻炒，菜蔫了，放点盐和水，焖煮至熟，能放一点点酱油，调点味道，那就很好了。也有的食堂大厨有良心，在这最大众的菜里，放点猪油渣，或者放点切成小块的油豆腐，提高卷心菜的档次。不过，原来五分钱一份的炒卷心菜，食堂领导关照要卖六分钱了，加价也高达20%呢。现在面浇头也往往是双浇了，而那个时代，上班族包括建筑工人，大学生或商场营业员或公交公司司机或医院医护人员，凡在食堂吃饭的，基本只吃一只菜，因此卷心菜在江南的推广开来，企业食堂的功劳很大呢！不过这也是时代使然，今天一顿午餐或晚餐，假如只有一小碟清炒卷心菜佐餐，几天下来，试对着镜子看看，眼睛会发绿还是发红？

卷心菜对于江南人来说，是一种很特殊的菜。因为江南人最喜欢吃青菜，那种清香，已经渗进了江南人的基因。卷心菜有一股特别的味道，虽然是大叶蔬菜，但其气味和青菜大不相同，过去老派江南人叫它"洋白菜"，心目中地位不如青菜。

"洋白菜"这名是有点来历的。卷心菜确实不是中国本土蔬菜。它虽然也是十字花科、芸薹属植物，但它的老家在地中海，学名结球甘蓝，是一种

卷心菜

　　　　　　　　　　　　　　　　　　　　江南风情好

甘蓝的变种。传到中国后，因其外形，比较多的名称叫卷心菜、包菜，老一辈的人叫洋白菜（据说它的营养和大白菜差不多），其他的名称有疙瘩白、圆白菜、包心菜、莲花白等，这表明它进入中国时并没有统一规范的名字，曾经有过各地人随意取名阶段。

卷心菜在小苗时，和普通青菜也没甚大区别，以后就叶子伸展，长很大，叶片深绿色，上面还有层粉似的，叶子就不沾水了。后来中心嫩叶结球了，收获下来就是卷心菜；那底叶太老了，人不能吃，用于喂猪或牛。收下的卷心菜，有的叶白，有的叶淡绿，有的圆球形，有的扁圆，有的尖圆据说如牛心，现在还有紫色的，有的很大，有的较小，反正品种的不同，也是菜农选育的成果。一亩地可种一般品种卷心菜2500至3000棵，以每棵收一个结球，每个卷心菜球1500克计，亩产可达万斤，所以是一种很便宜的菜，可能比萝卜还价廉吧。再加上卷心菜性耐寒、耐热、耐旱，而且耐贮藏，种种优点，让它种植遍于中国，这也和人一样，如果一个人性格有种种优点，也是走遍天下都受欢迎的。

卷心菜耐贮存，相对青菜来讲，不那么娇贵，因此以前政府会作为贮备菜之一，蔬菜少的季节，调拨出来投放市场，或者用于救灾用菜。二十世纪九十年代初，苏州遭到特大水灾。苏州的地理特征是处在太湖下游，是太湖的"洪水走廊"，而向苏州下游泄水的太浦河（太湖向东到黄浦江的人工开挖的供水、泄太湖水主干河流），在红旗塘那里被筑了水下暗坝；太湖向北的望虞河（望亭经常熟向北入长江的调节太湖水的运河）在沙墩港那里也筑有坝，这样太湖来水，在苏州无处可泄，导致许多地方被淹，因此定性为"特大洪涝水灾"。洪者，客水来袭；涝者，积水不泄。后来中央领导来视察，国务院也派小组来调查，感觉苏州受淹，损失巨大，淹的是金盆子。于是下令炸开阻水的暗坝，让水下泄，说实话，特别是炸红旗坝也让下游分担了压力。这时，从遥远的地方给苏州发来一封电报，山西省大同市赠送若干吨卷心菜，已联系了火车车皮，正发运南下。我知道后很是感动，大同平素和苏州联系甚少，听说苏州遭到水灾，想到百姓要吃蔬菜，特意赠送新鲜卷心菜，正所谓洪涝无情人有情，千里赠菜意感人，我连忙向自己报社发了消息。第二天报纸见报，从此白纸黑字，留下一段卷心菜的佳话。

特殊味道背后是个什么鬼？

卷心菜那股特殊的气味，有人喜欢有人不喜欢。这特殊的气味，可能是含有丰富的维生素U的缘故。

关于维生素U还有一个传说。说是欧洲有个医生看见兔子吃菜皮、青草，觉得人吃得那么好，兔子那么可爱，却只能吃丢弃之物，心有不忍，于是改喂牛奶面包，但兔子都消瘦而死了。解剖后发现小兔的胃里有溃疡。后来他给尚存的兔子喂了卷心菜，兔子又活蹦乱跳了。这事让他的化学家朋友知道了，心有所思，回到实验室就捣鼓起来，竟从卷心菜里提炼出了一种物质，化学名叫"氯化甲硫氨基酸"，可治胃及十二指肠溃疡，命名为维生素U。不过，这故事也只能是作益智童话类说说，可信度有多少说不清楚。二十世纪末七八十年代开始，我国用维生素U治疗胃溃疡、十二指肠溃疡很是风行，而这维生素U，就有一股卷心菜味。

维生素U的获得，现在可以人工合成，这样就无须将大量卷心菜做制药原料了，卷心菜的作用，还是做蔬菜入馔吧。

《医药世界》杂志2007年第12期刊登了一篇文章《WHO推荐——世界十大健康蔬菜》，WHO是世界卫生组织，此文报道的世界十大健康蔬菜，分别是：红薯、胡萝卜、芹菜、茄子、雪里蕻、甜菜、白菜、卷心菜、芦笋、花椰菜。卷心菜的"上榜理由"是："含有大量维生素C、纤维素以及碳水化合物及各种矿物质，并具有分解亚硝酸铵的作用。通过WHO长时间的采样调查，新鲜的卷心菜中含有植物杀菌素，有抑菌消炎的作用，对咽喉疼痛、外伤肿痛有一定的作用。除此之外，卷心菜内还含有维生素U，即一种溃疡愈合因子，对溃疡有着很好的治疗作用——能加速创面愈合，是胃溃疡患者的有效食品。"在其他传媒也看到类似文章，2019年的十大健康食品，卷心菜排名升至第三了。

也有文章介绍，多吃卷心菜可以减少米饭、面粉类食品的摄入，如能坚持，会收到瘦身的效果，有的说吃卷心菜可以美白皮肤，甚至还有文章说癌症病人吃卷心菜有一定的抑癌作用……我想，吃卷心菜有益，这是没有疑义的，但是不是真有这么多好处，还是应该听医生怎么说。

不是细菜？烧法多样

作为商品卖的卷心菜，虽是此菜的菜心、也是最嫩部分，但相比其他蔬菜，质地还是有点硬，在苏州人看来，卷心菜不属细菜。

不过，因为西餐中有只俄式菜"罗宋汤"，里面用到卷心菜。这道汤原是用红菜头，但是在中国不容易得到，于是上海的西菜馆就用番茄酱起油锅加糖炒，以去番茄酱的酸味，然后加牛肉汤、胡萝卜片、红肠片，再加卷心菜以取代红菜头，再放一点黄油炒香的面粉进行"着腻"（类似用淀粉勾芡），从而成为一道中国式的罗宋汤。一经推出，就受到欢迎，也传到了苏州——说实话，上海对苏州是高势能城市，一些风很容易吹到苏州来，影响着苏州，两个城市异中有同，真是一对璀璨的双子星座城市。卷心菜也因此增加了洋气而减少了粗气。苏州人煮牛肉汤，不太习惯牛肉之味（改革开放前大部分苏州人不吃牛肉），放点卷心菜，以它的菜味来中和一下牛肉腥味。

近年饭店里有一叫"手撕包菜"的卷心菜菜肴，就是弃用菜梗，只用叶片。不过菜梗纤维多，有利排便，炒时如果嫌梗（菜柄）太硬，切菜时可以随意用手撕成块片（食堂里卷心菜用量大，无法讲究，就只能刀切或者机器切了），或者可以考虑切掉粗梗，主要食叶，但留一点细叶梗。

现在卷心菜也在精品化，品质都比较嫩，甚至还有了比胡桃还小的卷心菜，可以一口吞了。这种很精致的卷心菜叫抱子甘蓝，有人写作孢子甘蓝，意思是像很小的孢子。这种卷心菜的茎直立，顶芽开展，腋芽能形成许多小叶球，品种规格分4厘米以下和4厘米以上，当然是小者贵。这种可爱的迷你卷心菜进入中国，大约还是新世纪后的事。刚出现在市场上时，价钱好贵，超过牛肉，随着种植地方多了，价格就逐渐亲民了。孢子卷心菜鲜嫩，味甜浓郁，营养丰富，可熟食（烤、焖、煮、炒），可生食，吃时是一口吞，风味远胜大个子的卷心菜，在西餐中应用较多。

现在炒卷心菜较过去讲究，不仅油放得多，还会根据自己口味放些豆豉、辣椒、花椒之类，虽是素的，但这样炒的味道要好吃不少；还可以放蒜蓉、放香醋、放生抽、放辣酱、放橄榄菜、放沙茶酱、放咖喱、放蚝油等种种调味炒；卷心菜和西红柿、土豆三位洋兄弟同烧，是比较经典的素菜；还可以和腊肉、肉片、火腿肠、培根、榨菜末、粉丝之类同炒，显得风味多样。甚至还有生吃的，那是要用专门的嫩卷心菜，不过这种吃法要拌入沙司酱，导致热量很高，而且调色用的紫红卷心菜的纤维多，口感老，多切细丝为菜。除了宾馆自助餐等有这样的沙拉卷心菜，家庭自己做了吃比较少。

有一种食卷心菜好方法，那就是四川泡菜。主料是洗净晾干水的卷心菜，用姜片、蒜瓣、小辣椒、花椒、芹菜、萝卜片、胡萝卜条、豇豆、黄瓜、烧酒、辣椒等，放进洁净的泡菜坛里，浸泡在盐开水（冷却）中，隔断空气腌渍，其实是乳酸菌在努力做风味加工呢，经过大约十天，就可以吃了。这泡菜有点酸有点脆有点微辣，还有一股清香，不仅很爽口，而且热量也低，可以在有做泡菜经验朋友、同事的指导下一试。

最后想透露一个诀窍，买卷心菜如何挑选？

——挑结球松一点、无黑点的购买。

那么，烧卷心菜有什么诀窍吗？

——烧此菜时带生点更好吃，加点酱油味更佳！

蓬哈菜的"哈"，原来是清香一族

你的老家在哪里？此谜难解

苏州四季分明，冬天往往很冷，小寒以后，有树叶落尽、万户萧瑟的感觉，这个季节里绿叶蔬菜就显得格外吸引人。

冬季的蔬菜中，有一种菜，有的人尊称之为"皇帝菜"，在市场上的诸菜中，颇为显目。这一蔬菜据说是生于农历九月秋风萧瑟、万物凋零之时，在风刀霜剑中努力成长，算得上是宫廷佳肴。这一说法是从网上看到的，说是皇宫里吃这菜，不过还没有查到原始材料。

那么，这是什么菜呢？蓬哈菜！

什么蓬哈菜？许多北方人会说，没有听说过哇，百度上不容易找到，找到也没有什么明确说法。原来，苏州人喜欢读白音，蓬哈菜就是茼蒿菜，是一种菊科一年生或二年生草本植物，被培育成了一种蔬菜。不过也不要责怪苏州人，吴语和北方语本就差别很大，南宋诗人陆游是绍兴人，他在《初归杂咏》中写道："小园五亩剪蓬蒿，便觉人迹间可逃。"他到自家的园子里剪点茼蒿准备做菜，他就是写茼为蓬的，可见两种写法都有其历史经纬。至于"蓬哈"之"哈"，那估计是卖菜人、食堂人，文化层次不高，改"蒿"字为"哈"字写在价格牌上，以后就在小范围里约定俗成了。

南宋诗人陆游这首诗，也反映了江南地区应该很早就食茼蒿了。唐以前关于此菜的记载不多，根据陆游的写法，本文叫法以茼蒿为主，不用蓬哈菜，但也会用蓬蒿菜。

蓬蒿菜属菊科植物，生长又迅速，李时珍在《本草纲目》中说它"茎叶肥嫩，微有蒿气，故名茼蒿，花深黄色，状如小菊花"，它开花单瓣或半重瓣，雏菊状，夏季开放，头状花序黄色或黄白色，直径达5厘米，至今还有大型公园用它做花卉，和天人菊、金鸡菊、波斯菊、月见草、黄小菊、荷兰菊、洋地黄、鼠曲草等搭配，布置园中花带，营造出独特的绿化美化风情。

它从哪里来，专家们也不是太清楚，有的说是我们中国的原产，有的说是原产地在地中海，现在只好两说并存。假如是作为花卉引进，那么何时成为蔬菜的呢？假如古代时作为蔬菜引进，是不是地中海人此前已经将它驯化

成蔬菜了？如果不是地中海人当蔬菜，那么是中国人将茼蒿驯化成蔬菜的？

唐代孙思邈是道士，也是医学家，他的学术名著《千金方》中这样介绍茼蒿："味辛，性平，无毒。安心气，养脾胃，消痰饮。"后来随着医学、药学发展，茼蒿退出了药物的范围，药食同源都说不上，总不见得医生会开出茼蒿二两这样的处方的吧？有人写茼蒿菜文章说它"有蒿之清气、菊之甘香"；也有人说吃了蓬蒿菜，有明目、清心、安神、健脑、降压、利尿、补血、减肥、温脾养胃、清肺化痰、防感冒等效果，想来这些大多是心理上的吧，最多是食疗辅助作用。或许有利于通便、预防便秘倒是可能有点效用的，说吃茼蒿菜佐饭有利减少吃肉、减少脂肪摄入，也是可能的，至于其他的疗效性作用就不能肯定了。反正绿叶蔬菜，冬季多吃对身体是有益的。

孙真人将茼蒿列为药物或药食同源植物，那么又多了一个谜：茼蒿引进中国时是当作药物还是当作食物的呢？

反正茼蒿它到底是中国原有植物还是引进植物，来历成谜。如果是外来植物，那么先是作为药物引进后来成了蔬菜，还是先是作为花卉引进后来发现了用它的食用或药用价值？都有点说不清楚。但肯定的是，它"归化"已久，说它是"洋蔬菜"，没有人肯买账地说"是"的。

大叶茼蒿和小叶茼蒿

不过话又说回来，蓬哈菜又不完全等同于茼蒿。

茼蒿的品种依叶片大小，分为大叶茼蒿和小叶茼蒿两类。小叶茼蒿又叫蓬蒿，因茎长又叫蒿子秆，由于它的花很像野菊，黄色的，所以又名菊花菜。小叶茼蒿主要在北方种植，在南方是近十来年才时兴的蔬菜，这其中很可能是小叶茼蒿的产量只有大叶茼蒿的一半，种植的效益比较差，故而种得少。在菜农的引导消费作用下，蓬蒿菜尽人皆知，但许多苏州人对小叶茼蒿这一蔬菜是熟吃还是拌成沙拉生吃，还不太清楚，有时烧个菜饭觉得挺香的。这种蔬菜在南方显得很是小众，在卖菜人的摊上，众多蔬菜里它只有一小撮，蜷缩在角落里，显得有点孤单。不过估计消费人群以后会慢慢增加的，因为还陌生，目前聊不起来，本文主要说说大叶茼蒿。

被苏州人读白音叫作蓬哈菜食用的蓬蒿菜，就是大叶茼蒿，这种茼蒿叶片大而肥厚，茎枝短粗到几乎没有，纤维少、品质好，口味绵软，其性耐热却不耐寒，因此多在南方种植，这样就导致北方人不懂苏州人的蓬蒿菜是什么蔬菜了。

以上海地区为例，蓬蒿菜的品种有"超级大板叶""汕美大圆叶""虎耳大叶"等。这种蔬菜不喜欢强烈的光照，太阳光线太强反而会灼伤叶片，而且温度也不要太高，以较弱光照为好。在长日照及高温条件下，容易产生叶面灼伤，植株生长得不到充分发展，很快转入生殖生长，易开花结籽，因此过去菜农选择秋天播种。

但现在大棚栽培技术成熟了，在大棚里，可以春播加秋播，播种后1个来月叶片长约5厘米时，就可以剪取了，此时的叶片十分地脆嫩。蓬蒿菜一年中可采收四五次，每亩总产量2400公斤左右，种植效益是比较好的。相对来说，蓬蒿菜价格不应该卖很高。

蒿类蔬菜最主要的特点是它自带菊科植物的清香气味（经研究这种清香气味是一种挥发性精油），是个性很骄傲的一种蔬菜。它与什么菜都不为伍，买回不用太拣，洗一洗滤干水，也不用切，就可以下锅炒了。放点植物油，放点盐，急火，炒到出水，就可以了。简单清爽，原汁原味，又滑又嫩，清炒蓬蒿菜很是下饭，这是苏州人的吃法。

做蔬菜栽培出来的蓬蒿菜很嫩，一碰叶子都会折断，太娇滴滴了，所以炒它首先一定要把水沥干，要用急火、大火，锅要热，盐和菜同时下锅，手法太温和了把菜汁都逼出来了，影响风味。

有人说，炒法这么简单？是的，就这么简单，而且以素蓬蒿菜为佳。

苏州人吃口清淡，喜欢吃本味，炒茼蒿加蒜蓉、辣椒、花椒、蚝油之类，主妇和大厨都会认为这样吃口味太重，对娇滴滴的蓬蒿菜，态度有些粗野了。蓬蒿菜作为菊科蔬菜，人们吃它就在于它那股清香、那纯粹的翠绿，如果放任何其他味很大的东西，都有点唐突它了。如果说冬天里人容易感冒，要吃点大蒜，用这个理由坚持要放蒜蓉炒蓬哈菜，那也只好随便了。不过苏州人会暗中摇头，和蒜蓉蓬蒿菜撇清关系："嗯，这不是苏州人的吃法。"或者说："我们苏州人和晴雯是一样的吃菜审美，蓬蒿菜要纯素吃才味道悠长。"如果蓬蒿菜一定要配点其他菜，那就放点熟的蘑菇，或熟的胡萝卜片，或熟的冬笋丝之类。

也有人硬要在炒蓬蒿菜上桌前撒上几粒蒸熟的枸杞子，红红的，好似翠玉上几颗夺目的珊瑚，认为这样显得好看……那勉强可以吧；也有人说把蓬蒿菜烫熟了挤水，切碎，拌点炒香的花生碎，或炒香的白芝麻，做冷菜……也许可以一试吧，效果如何不知道，更不要说这是传统苏州菜，就说是创新菜。如果是老人，既要考虑补充蛋白质，又要让他老人家吃绿叶蔬菜，那可以搞几棵蓬蒿菜，切碎了，炒鸡蛋，好看又好吃。

说实话，吃蔬菜不懂欣赏它本身的清香，不足以谈江南诗意——总之蓬蒿菜以清炒为佳。

大冬天或者早春二月时，来一盆苏州人家的清炒蓬蒿菜，不仅味道甚为可口，而且青翠欲滴的，颜色诱人，给人以一种生机——它之所以让人感动，就是无论怎样烧，它都不变其碧绿的本色。

其性高贵在于素吃为佳

《红楼梦》第六十一回里有这样的情节：

> 莲花听了，便红了面，喊道："谁天天要你什么来？你说上这两车子话！叫你来，不是为便宜却为什么。前儿小燕来，说'晴雯姐姐要吃芦蒿'，你怎么忙的还问肉炒鸡炒？小燕说'荤的因不好

才另叫你炒个面筋的，少搁油才好'。你忙的倒说'自己发昏'，赶
着洗手炒了，狗颠儿似的亲捧了去。……"

晴雯是大丫头，虽是下女，但在大观园里也有一定地位，可以吩咐厨房
为自己做菜，厨娘一般认为配荤炒才有档次，故而问用鸡丝还是肉丝炒？但
晴雯却只要素的，关照用面筋同炒，还要少放油。

根据冯其庸整理的校注批本《红楼梦》，晴雯要吃的是芦蒿；而有的书
说是"蒿子秆儿"，蔬食大家聂凤乔《蔬食斋随笔续集》中《没上谱的茼
蒿》篇，就是这样引用的，想来必有所据，但不知什么版本，并说那是"北
京茼蒿"。这里借冯本说说蒿类的另一江南名蔬芦蒿，也许是蓬蒿菜的表兄。

《中国江苏名菜大典》中介绍："芦蒿又名蒌蒿、香艾、水艾等，菊科蒿
属，有白蒿、青蒿等多种种类，青蒿是芦蒿中的珍品。芦蒿在古代已成为人们
食用之菜，在北魏《齐民要术》及明代《本草纲目》中均有记载，专吃它的茎
部。它有一种浓郁的清香味，吃口外脆，里糯、嫩，很少有纤维感。芦蒿不仅
有如此之高的食用价值，同时含有较高的营养价值，含有许多维生素和钙、
磷、铁、锌等多种矿物质元素，其性凉、清热解毒，具清凉、平抑肝火、祛
风湿、消炎、镇咳等功效。含有侧柏莲酮芳香油（$C_{10}H_{10}O$）而具有独特风
味。……芦蒿以鲜嫩茎秆供食用，清香、鲜美、脆嫩爽口……早在明朝，芦蒿
与笋同拌肉食之，最为美味，碧如玉针，嫩不需嚼。……芦蒿抗逆性强，很少
发生病虫害，所以是一种无污染的绿色食品，深受广大消费者欢迎。"

屈原《楚辞·大招》中写有"吴酸蒿蒌，不沾薄只"，意思是长江下游
的吴人善于调出带咸酸味的调料汁，浸泡了蒿蒌，味道真的好好吃。屈原所
说的蒿蒌，有多种解释，但从这八个字来看，芦蒿应该是中国的原生植物、
吴地的一种秋季蒿类时蔬。现在芦蒿是南京的特产性蔬菜，苏州这吴人区虽
然也有好长的江岸线，还有江中岛，但现在江苇少了好多，更是不产芦蒿，
咸酸芦蒿这名菜早已失传。好在南京人最喜欢吃芦蒿，也种植芦蒿，成为江
南蔬食的一道风景。

　　　　　　　　　　　　　　　　　　　江南风情好

南京的芦蒿以长江中的八卦洲最好，此洲四面环江，位于南京主城区北部，原因形似草鞋，曾名草鞋洲。清代后期与另一七里洲合并，渐成为八卦状，随之更用今名。八卦洲气候、水土等条件非常适合芦蒿等野菜的生长，为保护芦蒿优良品质，洲上没有污染企业，因此被评定为国家地理标志产品，有"中国芦蒿之乡"的美誉。南京人太爱吃芦蒿了，每天要吃3万来斤，以至市面上卖的大多数是外地品种芦蒿，才能满足市场所需。

现在八卦洲上种的芦蒿也不只清香味最为悠长的青蒿一种，还种有昆明白蒿，这品种可以上市早一点，但口感比较老；真正的芦蒿香味要淡一些；而芦蒿中的青蒿最嫩，是八卦洲本土品种"南京大叶青"，上市也最晚，大约只占市场份额的四分之一。这三种芦蒿，如非南京当地人，并不能分出其中微妙的差别。

芦蒿和茼蒿一样自带清香，配了荤的炒，影响了原先的天生丽质，便俗了，要配点其他食材，还是以素的相配，才能保持茼蒿的原有风味。我到南京朋友家里去，或者在饭店，芦蒿一般是炒肉丝或炒香豆腐干丝，两者味俱佳，显然我是太俗了。晴雯先已有荤的炒芦蒿了，拿腔拿调嫌不好，关照要另炒纯素的，这是晴雯的气质、饮食审美决定的。而《红楼梦》的高明，是无一闲笔，书里写素炒芦蒿，其实也是在写人。

吃芦蒿时请想起一首古诗，或能增加清雅之兴。这是苏东坡在江阴时吃芦蒿后留下很深的美好印象，为远方朋友惠崇和尚的画作而题，诗名《春江晚景》：

竹外桃花三两枝，春江水暖鸭先知。
蒌蒿满地芦芽短，正是河豚欲上时。

可见，芦蒿是地道的江南风味菜，吃芦蒿能让人口齿馨香、心境清灵，和北方的大口啃蒜泥羊腿，是不一样的感觉呢！

苋菜：最是那桃花红的温柔

去国才女的乡愁

小时候过年是件大事，留有许多美好的记忆。有一次看父母蒸团子，那时食品紧张，为凑齐糯米粉、糖、赤豆之类准备了好久，好像家里就蒸过这一次。

印象最深的是，母亲特地到苏州城中心什么东西都有卖的观前街上，去花五分钱买了一小包"色洋红"（也许叫食洋红）。糯米粉的团子坯做好了，她在碗里用水调了一点"色洋红"，那汁红中似带紫，鲜艳好看，上笼前母亲用一根筷子蘸了那红汁水，给每个团子顶上点了一个红圆点。

有红点的团子好精神好喜庆啊！给团子点红这是苏州的风俗，农村做的大团子，用一种叫苘麻的野草结的果子，蘸上红色点的，那红点像一朵花，更像一颗光芒四射的星星，比筷子点红更好看。我更怀疑团子上点的这星芒标志是三四千年前传下来的图腾。

但是后来有人说，这"色洋红"是化学色素，不能吃，只能用来煮红蛋。反正后来家里也不再蒸团子了，"色洋红"这三个字，今天已不知是啥东西了。苏州得月楼的船点非常精致、逼真，船点大师朱阿兴先生生前告诉我说，做船点用的所有颜色都是可以食用的天然色素，比如那红色，是从红色苋菜中提取的。

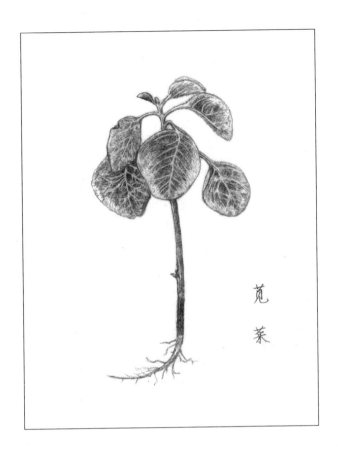

苋菜

　　苋菜里含有一种天然色素，叫苋菜红，存在于细胞液泡中，这种颜色无毒，性质稳定，其特点就是色泽鲜艳可耐高温，是优良的天然食用色素。炒苋菜时，热量破坏了苋菜叶细胞的膜和壁，解体了叶绿体，也即破坏了叶绿素的结构，液泡中的红色渗出，菜汤就呈红色了。据说这苋菜红是一种营养价值很高的有机物质，也可谓苋菜精华。苋菜汤浇在饭中，不仅佐饭，而且好比是吃天然"补品"呢！

　　大概每个孩童小时都喜欢吃苋菜，菜汤将白米饭染得嫣红，就像晚霞落在了碗里。而且苏州人炒苋菜，喜欢油锅里先放两三枚拍开的大蒜头炝锅，这和广东的水煮苋菜后加虾仁、皮蛋等食材的"上汤苋菜"烧法有点不同。蒜头和苋菜同炒后，这汤里有股不太浓烈而有点柔和的蒜香，可能受了红色的诱惑，即使平时不吃大蒜的人，也不会拒绝这蒜香文雅的苋菜汤将大米饭染红，有时觉得就像少女的颊红。苋菜出口到日本，中国人就介绍这是"带有红汁的野菜"，日本人为了吃到这美丽的中国"野菜"，还因此要赶到中华料理餐馆来品尝。

1955年，上海女作家张爱玲离开香港，远赴美国定居。但她有一次在旧金山（华人传统叫三藩市）看到红红的苋菜，触动了她的思绪，回家后写下了散文《谈吃与画饼充饥》，关于苋菜的一段文字是这样的：

> 我在三藩市的时候，住得离唐人街不远，有时候散散步就去买点发酸的老豆腐——嫩豆腐没有。有一天看到店铺外陈列的大把紫红色的苋菜，不禁怦然心动。但是炒苋菜没蒜，不值得一炒。此地的蒜（如）干姜瘪枣，又没蒜味。在上海我跟我母亲住的一个时期，每天到对街我舅舅家去吃饭，带一碗菜去。苋菜上市的季节，我总是捧着一碗乌油油紫红夹墨绿丝的苋菜，里面一颗颗肥白的蒜瓣染成浅粉红。在天光下过街，像捧着一盆常见的不知名的西洋盆栽，小粉红花，斑斑点点暗红苔绿相同的锯齿边大尖叶子，朱翠离披，不过这花不香，没有热乎乎的苋菜香。

去国日久，谈的是苋菜，想念的是故乡上海，好多年前的往事清晰地浮上她晚年的心头。当时人曾有评论，说她性格比较冷，但读这文章，应该能够体会得到文字中有着思念的温度——这大概就是乡愁在血液深处的呼唤吧。

为何叫米苋？

苋菜是我国一种偏南方的普通蔬菜，但据有人写文章说"苋菜为江南特有，北方鲜见"，大概过去在北京或更北、西北等地区没有苋菜。现在物流发达，加上温棚栽培，也可以吃到苋菜了吧，但不知能实现南方人这样的苋菜自由否？

有人说苋菜不是中国原生蔬菜，而是原产于南亚。但有一则伊索（前620—前560）寓言《玫瑰和苋菜》，故事是这样的："玫瑰花和苋菜在花园里并排而立，苋菜对自己的邻居——玫瑰花说：'我真羡慕你，有着漂亮的颜色和芬芳的香味！毫无疑问，你是世上最美丽的花朵！'玫瑰花却回答说：'亲爱的朋友，我只开一季而已。我的花瓣很快就会枯萎凋谢，然后我就死去了。而你的花却永不褪色，即使被割断了，它们依然能够常绿、不褪色。'"这则寓言的意思，是歌颂苋菜高贵更甚于玫瑰，评价是高的，但也透露出在两千五六百年前的古希腊时，爱琴海那里就已经有苋菜了——难道说，苋菜从那之前就已漂洋过海从南亚到了希腊了？不过从这则寓言里还看不出那时苋菜是不是蔬菜，和玫瑰同论，好像是一种观赏植物。

苋菜从四五月份开始上市，春分后到夏至前的苋菜质量最好，口味爽嫩。国人有"立夏尝三鲜"风俗，三鲜是何食物，各地因物候而异，而且古今有所不同，现在苏州立夏三鲜中有苋菜，从此开始在餐桌上一直持续到十月。有了大棚，苋菜全年可吃，但应该是土地上自然生长的风味为佳。

苋菜品种较多，各地都有培育，至少有30多个品种资源，提供着同中有异的风味。苋菜依叶形可分为圆叶形、卵圆形与尖叶形；依叶色可分为红苋、彩色苋与绿苋。苏州的江苏太湖地区农业科学研究所育成了红苋品种"苏苋1号"，这苋菜叶片玫红色、有光泽，非常美丽，高温季节种植二十天植株就可长到20厘米上市，即使低温季节，45天左右也可采收。

苏州人不知何故往往叫苋菜为"米苋"，可称一怪，因为苋菜和米，无论形状、口味，根本就是风马牛不相及。其实是苋菜烧了容易软烂，但又不是糜烂，苏州人爱吃糯米和糯米制成的糕团，这种软烂叫作"糯"，甚是喜欢，卖菜人吆喝时总是介绍说："阿要买糯米苋菜？"估计北方人听了也是会一头雾水，实际上"米苋"是糯米苋菜的简称而已，形容菜嫩易烂。

但太湖农科所研究思路反弹琵琶，在"苏苋1号"育成后又育成了"苏苋2号"，这是一种绿苋品种，亩均产量超吨，有意思的是炒煮后颜色鲜绿，口感脆嫩，营养也好。一红一绿，口感可称苋菜中的双璧。

以前苏州人吃苋菜只有清炒（或加蒜炒）一种，现在因为各地文化交流，苋菜吃法多起来了，有的加皮蛋（切碎）同炒，汤多一点叫上汤苋菜（加皮蛋或鸡蛋同烧叫金银蛋上汤苋菜），有的加虾米同炒，有的与粉丝同炒，有的与先熘好的肉片（丝）同炒，有的凉拌苋菜（已烫熟）加点麻油，有的做苋菜馅包子或饺子，有的只取苋菜红汁拌在面粉里，做面条，或做一半红一半本色的饺子皮……苋菜营养丰富，还有减肥轻身、促进排毒、防止便秘的辅助功效，有些地方叫它为"长寿菜"，总之，是一种美丽又健康的蔬菜。

炒苋菜加虾米、虾仁，这是源于《随园食单》中的做法："苋须细摘嫩尖，干炒，加虾米或虾仁，更佳。不可见汤。"但我不理解为何苏州和广东烧苋菜有此不同？于是就请教了我小学、中学的同学鲁钦甫先生，他是行业内所定的苏州烹饪界十二宗师之一，精通苏州菜点。他说，苋菜的叶和梗，微有毛感，苏州厨师烧时就多放点油，让苋菜的口感滑润点。他当然不会去评论外帮菜，但我已明白，广东厨师烧苋菜放皮蛋，一是调味所需，二是皮蛋黄也有利于让苋菜的口感滑润。

就吃这臭不可闻

苋菜是一种时鲜蔬菜，以春夏之交时最为应令，现在有反季节苋菜，且不说这好与坏，而从吃蔬菜应该应时令的角度来讲，苋菜入盛夏后开始变老，主妇在拣苋菜时需撕去梗上的老皮再入锅，到秋天苋菜真的老了就不堪再折了。

不过江南人还是有办法，让老苋菜吃出让人意想不到的境界——这就是臭苋菜。

浙江的宁波、绍兴、安徽的黄山等少数江南地方，有吃臭菜的食俗。吃臭豆腐地域比较广，不是稀奇事，但宁绍地区的臭菜较有特色，当地人也比较痴迷。比较著名的"三臭"，指的就是臭冬瓜、臭豆腐和臭苋菜，其中以臭苋菜为三臭之最。三臭有时单吃，有时双臭，有时臭三拼，真是臭名远扬，成为一大食俗。

　　腌制"三臭"的关键得先做好一瓿臭卤，各家搞出臭卤汁的方法有所不同，要让菜在卤中臭而不烂（其实"臭"是分解植物蛋白为氨基酸的过程，故鲜美异常），是成功的关键。因此这瓿臭卤都会视为家中之宝而珍藏。

　　老苋菜的梗越粗越好，去叶子、洗净、切段，据说要放在清水中浸两三夜，等水面起一层白色的泡沫，便将苋菜梗取出沥干，放入瓿里，并撒上盐和一些干净的蔬菜汤，然后密封，不让其他菌落进去捣蛋，不然就臭不成了。过四五天苋菜梗就臭功告成可以取出食用了。

　　我小时有绍兴邻居，两个女儿貌美似花，人也勤俭，但其他邻居有时私下议论说她们家里要吃臭苋菜、臭菜头。邻居中有苏州人、无锡人、常州人、丹阳人甚至广东人，都说绍兴人喜欢吃臭物这个生活习惯可不大容易接受；也有人认为这也是吴越风俗差别的一个标志。

　　我的绍兴邻居平时会在巷子里公用的井台收集丢弃的老苋菜梗。那时苏州也有一些零星地，杂草丛生，其中就有苋菜，可以长到一米多高，有的苋菜长有刺，据说这是野苋菜。我的绍兴邻居家长会去寻了拔回去，见到特粗特长的还会脸露喜色。据说他们将这腌成臭苋菜，作为邻居，虽闻其名，但从未吃过甚至没有见过，可能是躲着悄悄地吃吧。看他们这么爱吃，都说这臭苋菜一定是神秘又无与伦比的美妙。

　　前些年有同学在苏州一家名菜馆请客，因是杭州厨师承包厨房，因此除保留有一些苏州风味的菜外，还有一些炸响铃、醋鱼、东坡肉等杭州菜，菜单上有道蒸菜是厨师推荐的招牌菜叫"臭双拼"，同学欣然点了此菜。这臭双拼上桌，果然臭味馥郁，充满包厢，让大家不知如何下箸。细看那菜，一半是臭豆腐，可以接受，另一半是小指粗细、无名指长短的苋菜梗，整齐排列在一边。主人同学率先示范，夹一根放嘴中，却是轻轻一吸，脸露幸福的满足感。盛情难却，于是大家努力学样，觉得苋菜梗如管子，里面的梗髓透明如冻，吸到嘴里，鲜美异常，果然不觉得臭。然则味虽美矣，大家同声赞曰"味道独特"，却也不敢夹第二根了。那同学当仁不让，皆夹而吸之，自是大快朵颐——原来他是绍兴女婿。

不过不要以为这是黑暗料理。清代诗人袁枚的《随园食单》中就记载："绍兴人喜食臭，吾杭友善率而效之，如苋菜腌之，使溃乃取而蒸之，浇以麻油，又若干千层、豆腐并取而霉之，乃花椒麻油拌之，闺阁中嗜者，尤有海滨逐臭之风。"而我还看到文章，说这食臭之俗是为纪念越王勾践卧薪尝胆云云，那是很古老的食欲了——但那时还没有苋菜呢，臭苋菜梗的臭美如此登峰造极，可见我们的口福比勾践好。

如此美丽的苋菜，竟能让它变得奇臭而食之，江南有这样吃法，岂不让人拍案称奇？

最古老的栽培蔬菜——韭菜

祖先啊，请享用最鲜美的蔬菜

农历二月，扑面而来的风不再像寒冬时那样如刀子割脸般疼痛了，风中能让人感觉到春意，早春的风柔和了也意味着农活即将开始。古代人在忙农活之前，为了祈求祖先保佑这一年收成好和合宅平安，要举行一场春耕之礼，祭告祖先：那么献上什么祭品为好呢？

羊羔是最美的肉食；蔬菜呢，田里长出了嫩嫩的韭菜，谁都知道春韭乃无上的美味，于是，就以羊羔和春韭为祭品吧。这场祭祖仪式很是隆重，想来祖先对祭品会享用得很满意。

这是一种农事祭，显示了对农业生产的重视。有人吟唱道，"四之日其蚤，献羔祭韭"，就是说的这事。

这唱词收在《诗经·豳风·七月》中。因为诗中介绍年份用"一之日、二之日、三之日、四之日"，后人研究认为这是一种非常古老的夏历中的说法，分别为夏历的十一月、十二月、一月、二月。这让人很震惊，这首诗反映的有些内容，竟在商代之前，保守地说至少有三千六百年历史了。

但在记载殷商历史的甲骨文中，并没有"韭"字。我为此请教中国社会科学院夏商史研究泰斗级学者宋镇豪先生，他告知说在《夏小正》中，有"囿有见韭"的记载。

《夏小正》虽是东周时所辑，但却是收有许多夏朝历法信息的古籍，其辞甚古，一些记载值得重视。"囿有见韭"四字，记载了夏朝帝王的园子里已经种植韭菜，显示出中国栽培韭菜的历史，非常地久远，甚至可以说韭菜是我国目前已知最古老的栽培蔬菜了。至于甲骨文中没有见到"韭"字，宋先生解释说："殷墟考古发现的不少东西，甲骨文也都不见，故需要多重互补互征。"他的意思可以理解为，甲骨文中没有见到的事物，不等于没有（言下之意《夏小正》中关于韭菜的记载不宜否定）。

苏州和韭菜的关系，也有着很悠久的历史。公元前490年，越军在越王勾践率领下倾全国之武装力量侵入吴国。前方谍报还没有传来，越军的船队入吴境数十里后悄悄停泊在今天吴江区平望古镇西北。越军此次侵入吴境，

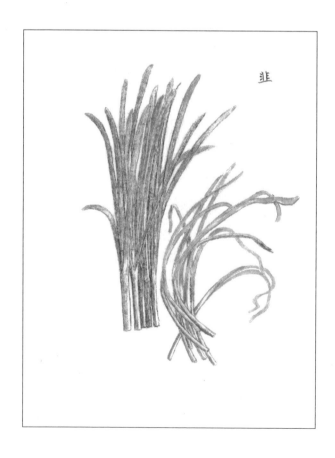

韭

江南风情好

是准备和吴国打一场你死我活的最后决战。要开饭了，越军就用韭菜炊饭。刚要吃，前面传来攻击佳机出现的消息，兵贵神速，越王下令立即进军。全军将士将韭菜倒入河里，饿着肚子扑向吴都。越军此去果然灭了吴国，后人因此事叫这河为韭溪，此名保留至今。

越军做炊的这么多韭菜，不会是从越国带来的，必定是在当地收割的。让人遐想的是，这些韭菜是野生的，还是吴民栽培？这很难有学术上的结论，但可以肯定的是，食用韭菜，在吴越地区，至少有两千五百多年的历史了。

《说文解字》中收有"韭"字："菜名。一种（这个种字是指种植的种）而久者，故谓之韭。象形。在一之上。一，地也。"一种而久，意思是一种下后，可以多年收获，表明这是一种多年生的草本植物。韭菜是一种冬眠植物，每年冬天要冬眠五六十天，到了春天，开始萌出新叶，叫作春韭，其味最美，夏朝时人将它祭祖，也是显示出一种虔诚的敬意。

敬神认为春韭味美，其实也是活着人的体会。南朝《南史·周颙传》中介绍南朝刘宋时，有个文人兼官员叫周颙的人，他曾经在苏州城东北居住过一段时间，和苏州文化名人张融最谈得来。他家境清贫，没有太多欲望，整天吃蔬菜，虽然有妻子儿女，却一个人住在山间的屋舍里。周颙很有机锋辩才，卫将军王俭曾问他："你在山中常常吃什么？"周颙说："红的米、白的盐、绿的葵菜、紫的蓼实。"文惠太子问："周颙你吃的菜食，哪一种味最好？"周颙说："初春早季吃的韭菜，秋末晚季吃的白菜。"这个典故让春韭和苏州也有点小关系了。

大概是唐肃宗乾元二年（759）春天，大诗人杜甫做华州司功时，自洛阳返回华州，途中遇到了一位姓卫的故友。他和这位平民朋友二十年未见了，再见面孩子都很大了，天正下着雨，主人以"夜雨剪春韭，新炊间黄粱"招待。虽极简单，但世事茫茫，人生难得相见，因此炒春韭和黄粱饭都倍感香美，其中所蕴含的情谊非大鱼大肉可比，他们连喝了十杯也未觉得醉。杜甫为这次相见写下《赠卫八处士》诗，因这诗，留下了一段有关春韭和友情的佳话。

香美可口，并不壮阳

韭菜初春割了一茬后，还会再长，一年中通常可以收割六至八次，而以太湖流域的苏州为例，韭菜种一次可割四五年。韭菜通过壅灰土、施肥等方法，每半月、二十天即可割一次，随割随长，随长随割，对主人毫无怨言，是一种很忠诚的蔬菜，因而有人将反复获利叫作"割韭菜"。比如股市有"割韭菜"这个词，意思是说散户股民损失惨重，利益被大鳄收去了。因每年有新股民加入，总有大量股民亏损，大鳄们年年获益，因此有人说入股市是被"割韭菜"，细品词义，对中国股市的评价并不太正面。

春韭以后的韭菜，风味一茬不如一茬。每一次收割韭菜，苏州叫"刀"，头刀韭菜就是春韭，嫩而香，当然为上乘；二刀韭菜最鲜美，三刀、四刀……往后的韭菜，菜农就不会详细介绍了。秋韭风味确实次了点，叶老而香淡，而且许多人觉得吃春韭不口臭，吃秋韭会口臭，过去有的苏州人家夏天后就不吃韭菜了。不过，霜打后的秋韭，最后一刀收割，其香远胜春韭！

农村商品经济不发达，基本是自己种啥吃啥，韭菜这种割了又生的天性，给农家人吃蔬菜很大的便利。我在苏州枫桥采访，那里的老农告诉我说，过去自留地里总要留几畦种韭菜，需要时去割几把，就可当菜了，而且比较下饭，如果有个鸡蛋炒一下，那是非常讲究的菜了，甚至可以用来招待客人。

对韭菜人们有个误会，说是壮阳草、天然伟哥什么的。据说北京刚时兴酒吧摇滚时，有的民间歌手故意裤脚管一高一低，贴着假胸毛，牙齿缝嵌一半片韭菜，沙哑着喉咙唱歌，以示阳刚而沧桑，形象十分之酷。有次有个女生去参加相亲，对方那个男士说，我喜欢吃韭菜，这道理你懂的。意思是他会努力做威猛先生。这话让那女生花容失色，差点呕吐，这亲自然也没有相成。韭菜无非就是一种营养成分比较全面也很香美的蔬菜，对它不应还寄托有诸如壮阳功效什么的期望。

韭菜的吃法非常多，清炒是最家常的吃法。不过要炒得碧绿喷香，也要有点小技巧，比如火要旺、锅要热、（植物）油要偏多、盐也要略多一点，咸味稍微出点头、急火炒的韭菜才好吃。

韭菜除清炒外，可以搭配许多其他食材，炒鸡蛋是最好的一种，黄绿相间，好比金子配翡翠，可口而营养好。素的有百叶（切0.5至0.7厘米宽、10至15厘米长的条，煮过）、粉丝（发好）、香干丝等，荤的有肉丝（预先浆过、炒好，以里脊肉为好）等。

特别要介绍一款江南水乡春天应景的有特色的韭菜菜肴，名叫螺蛳肉炒韭菜。春天的螺蛳，净养几天，让其吐净泥沙，然后洗净外壳，放在开水中煮熟，挑出其肉，剪去螺尾。春韭菜洗净、切段，起油锅，放入螺肉同炒，韭熟即成。如果放较多煮螺水，也可放点预煮过的豆腐（切丁或丝），勾芡成羹，盛大汤碗里后撒以胡椒粉上桌。

但我有一次和一位北方女性谈了江南的此菜后，她一脸不屑："这烧的是什么呀，无论你说得如何如何，都不如咱们的鸡蛋韭菜饺子好吃！还有韭菜合子、韭菜烙饼我就不说了！"鸡蛋韭菜馅的饺子，确实好吃得让人不想鱼肉，用来招待亲朋好友，无往而不胜，嘴巴再刁的孩子，也会食欲大开。但其实并不是北方独有呀，江南地区，喜欢吃韭菜馅比如韭菜蛋、韭菜肉的馄饨和饺子，也是很常规的品种呀！

韭黄：色如淡金香如兰

"文革"初期曾猛烈批判马南邨的《燕山夜话》，其中有些引文，什么腊鼓催春、不要说"伟大的空话"之类，当时印象很深，但也不是太懂，以后除研究者外这些细节不会有人记得了。

十年动乱结束，进入拨乱反正新时期，这本当初视为大毒草的书也再版了。看了看，无非是些刊于报纸副刊类的杂文、随笔，未见特别。但有篇文章引起了我的注意。半个多世纪来，中国最重要的传统节日春节，变化很大，人称年味变淡了。此书中有篇介绍春节的知识小品《今年的春节》，反映了1960年前后的年俗，今天看来倒是意味悠长。比如文中介绍："为了表明人们对于劳动的重视，许多地区的农民家庭，无论男女老幼，在春节这一天都要吃'春盘'。什么是'春盘'呢？它是用芹菜、韭黄、竹笋等组成的，表示勤劳、长久、蓬勃的意思。"

春盘里要有韭黄，这颇有些历史了。北宋大文豪苏东坡（1037—1101）徙官徐州时的《送范德孺》诗中写道："渐觉东风料峭寒，青蒿黄韭试春盘。"东风拂面，那是指春风，又感料峭寒，那是早春，这时候黄韭上市，正应春节所需。徐州那里至今用地窖培育韭黄还有相当规模，尤以沙塘韭黄出名，获得国家地理标志。同时代的江西诗人黄庭坚（1045—1105）《萧巽、葛敏修二学子和予食笋诗次韵答之》诗中有句："韭黄照春盘，菰白媚秋菜。"从诗中还有"江南家家竹"句来看，应该是写江南立春日的事。

那时就有韭黄，培育水平如何呢？南宋诗人陆游（1125—1210）《蔬食戏书》诗，"新津韭黄天下无，色如鹅黄三尺余"，新津在成都西南，能把韭黄培育得长约一米，十分惊人。有次和新津县人谈起，说他们那里至今仍产韭黄，犹以兴义镇为盛，韭黄还长三尺余，而且以切碎做汤浮在汤面为其特点，也获得国家地理标志的荣誉。

但我想的却是另外一个问题，就是至少在宋代，韭黄就成为普遍的食材，尤其是春节时，作为春盘里最有标志性的蔬菜。另一个感想是宋代韭黄似乎以南方为多，南宋时四川新津韭黄培育技术更是独步天下。

民国时有文章说北方培育韭黄是在窖中，冬天时还需要生火，那培育出来的韭黄该多么贵重啊。计划经济年代韭黄多半是北方的食材，也可能是运输问题，运销南方不方便，故而少见。有次春节父亲搞了点韭黄（苏州人一般叫作韭芽），也就一握吧，不知有没有一两（50克），稀罕得不得了，觉得其色雅致，其香如兰，觅来肉末、笋丝，做了一点春卷。但我外祖母不吃，告诉我说这韭黄是粪土捂出来的。

同为北宋诗人的梅尧臣（1002—1060）在《闻卖韭黄蓼甲》诗中说："百物冻未活，初逢卖菜人。乃知粪土暖，能发萌芽春。柔美已先荐……"韭菜生长需要大量肥料，韭黄又是冬天或早春为贵（这时期培育出的韭黄很嫩），天气寒冷，需要堆很多腐熟的粪肥壅根，一亩地要用上万斤粪肥。我外祖母想当然认为韭黄虽然色如淡金十分好看，但它是终生在粪土中生长，又不见日光，故嫌韭黄脏，鲜香的韭黄冬笋肉丝春卷在那特殊年代无论怎么诱人她都不肯吃。今天想来有点好笑，但也说明过去苏州妇女对吃有多么讲究"冰清玉洁"，并不是什么东西都能拿来吃的。

那时韭黄真的很金贵，我印象中江南地区的政府蔬菜部门很少安排培育，一般人吃不到也吃不起。直到今天，苏州人还不大会吃韭黄，最多炒鸡蛋、炒肉丝，偶有韭黄炒肉丝水磨年糕或韭黄炒虾仁，那已是很了不起了；杭州菜中有韭黄炒鳝丝，苏州人爱吃鳝丝但也鲜见烧此菜。用韭黄配上肉末包饺子，有非同一般的美味，这是天下人都知道的常识，但苏州人吃馄饨、吃包子，却都没有韭黄馅的，到街上任何一家有馄饨、包子卖的点心店，都买不到。看来苏州人吃韭黄的仍然不是太多，喜爱韭黄的热情不如北方。

然而韭黄实在是一种很好的食材，菜馆饭店常用韭黄入菜，如韭黄炒鱼片、韭黄冬笋炒肉丝，有的做成炒面浇头，作为冬季时令菜。吃到韭黄之美，苏州人又有话说了："韭芽炒肉丝，贼骨头偷来吃。""韭"即"九"，苏州话中贼音同十，这是一句很俏皮的赞美话。

其实韭黄在窖中培育，既不需要生火，也不用粪土全盖着，在地底下的窖中（窖的地面要盖厚厚的秸秆），自然会有约二十来摄氏度的温度，韭菜在不见光亮的环境里很自然地生长为叶黄根白的韭黄，早春前后，能割三四茬。大概二十世纪九十年代开始用黑色遮光薄膜为棚培育韭黄以来，产量多了，加上运输也快捷了，韭黄成为大众蔬菜，不仅大量进入江南，甚至还出口韩、日。

——如果一个苏州人很诚恳地请您去家里吃他亲手拌馅并包的韭黄虾仁馅馄饨，那要恭喜您在他心目中已是贵宾，因为这一定是在想方设法要别出心裁讨您喜欢。

美味的菠菜，远方的客人留下来

学者头痛着呢：它来自南亚还是西亚？

菠菜是我国城乡一种很常见的蔬菜，有资料说我国菠菜种植面积非常大，在青菜、青花菜、甘蓝后名列第四位。

"我们中国种了那么多菠菜？"也许我们感觉没有吃那么多菠菜啊！

原来，菠菜也是我国的一种出口商品，而且是主要的出口蔬菜之一。种了那么多菠菜，未必全是中国人自己吃掉的。

菠菜，据说这个名字是个外来语，原叫波棱，是古尼泊尔语。宋人王溥编纂的《唐会要》卷一百"泥婆罗国"条记载：贞观"二十一年，（该国国王）遣使（向大唐皇帝）献波棱菜、浑提葱"；《新唐书》卷二百二十一"西域上·泥婆罗"中也有差不多的记载："（贞观）二十一年，遣使入献波棱、酢菜、浑提葱。"两大权威史籍所记，应该是很可信的吧。

但李时珍在《本草纲目》菜部第二十七卷中说："刘禹锡《嘉话录》云：菠种出自西国。有僧将其子来，云本是颇陵国之种。语讹为波棱耳。时珍曰：按：《唐会要》云：太宗时尼波罗国献波棱菜，类红蓝，实如蒺藜，火熟之能益食味。即此也。方士隐名为波斯草云。"但是我在《唐会要》中没有找到这段文字。《太平御览》卷九百八十中有这样的文字："《唐书》曰：太宗时尼婆罗献波棱菜，叶类（似）红蓝，实如蒺藜，人食之能益食味。"

菠菜

《唐书》所说的尼婆罗,据《新唐书·西戎传》及《敦煌本吐蕃历史文书》记载,七世纪前后,尼婆罗是位于吐蕃西南部的一个小国,居民多商贾,少田作,就是今天的尼泊尔。由此史料记载看来,菠菜应该来自喜马拉雅山南麓。

在《刘宾客嘉话录》中,刘禹锡说:"菜之菠棱者,本西国中,有僧自彼将其子来,如苜蓿、蒲陶,因张骞而至也。"《刘宾客嘉话录》由唐韦绚所记刘的话,因以为书名,韦在这条后面附上自己的话:"岂非颇棱国将来,而语讹为颇棱耳。""将来"是"带来、携来"之意。也就是说,刘禹锡认为是由一僧人从西域那里的一个国家带到中土来的。

此菜从颇棱国带到中土来,在中国以国名为菜。宋代孙奕《履斋示儿

菜蔬清如诗

编·字说·集字二》："《艺苑雌黄》云：'……蔬品有颇陵者，昔人自颇陵国将其子来，因以为名。'今俗乃从艸而为菠薐。"

颇陵国音近波斯，结合刘禹锡的"本西国中"语，有专家说，菠菜原产伊朗，栽培历史已有两千年了。

那么，菠菜来到中国，到底是翻越天山沿丝绸之路进到中原的，还是翻越喜马拉雅山经青藏高原进入内地的？看来还需专家学者费一点脑细胞再作一点考证了。但有意思的是，据说我国有的地方将菠菜还是叫作菠棱菜，到底是什么地方仍保持有这古名，值得进一步留意。

红嘴绿鹦鹉

总之，菠菜是外来菜，是从路途遥远的国家经过跋山涉水来我们这里安家落户的，今天我们能吃到，殊属不易。而且想想也很幸福，至少孔子、秦始皇、刘邦他们没有吃过菠菜。

菠菜来中国定居后，是很受欢迎的一种蔬菜，而且有个雅名，叫红嘴绿鹦鹉。这出典还有个故事，说有个皇帝，是明朝的正德皇帝还是清朝的乾隆皇帝那倒无关紧要，反正是这两个皇帝中的一个，微服到民间来，肚子饿了，前不着村后不着店，而且皇上身上也不带钱啊，就去一农妇家里要吃饭。农妇家是白米饭、炒菠菜（有的版本还有豆腐、发芽豆），他吃得很香，问这叶菜是什么菜？因为菜有季节性，怕皇帝要吃某菜，但不是节令，吃不到就要杀人，所以皇宫里不供应时蔬。那农妇就回避说菜名，因为菠菜叶鲜绿、根嫣红，就说这叫"红嘴绿鹦鹉"。说实话，菠菜确实很妩媚的，至今这个雅名还常有人念叨呢。

苏东坡走到哪，诗写到哪，有一次他发现春寒料峭的日子里，居然吃到碧绿的菠菜，立马赋《春菜》诗一首：

北方苦寒今未已，雪底菠薐如铁甲。

岂知吾蜀富冬蔬，霜叶露芽寒更苗。

这诗也反映了古时菠菜主要在冬天和早春能吃到，所以那农妇有顾虑也是可以理解的。

今天菠菜四季可种，有春菠、夏菠、秋菠、冬菠的区别，全年能吃到。也许这个民间故事在餐前说了，能提高孩子吃菠菜的兴趣吧，所以一直流传，这诗也常被人引用。

菠菜国内外都在种植，因各国各有培育，因此导致品种较多，依其种子（果实）形态，分为有刺种与无刺种；按叶片的形状可分为尖叶种（戟形）和圆叶种。尖叶种一般即有刺种，圆叶种一般即无刺种。有一种小叶菠菜（尖叶菠菜）植株矮小，高10～12厘米，叶小而尖，深绿色，暗而无光泽，叶柄短，塌地或半立生长，株形开展，因耐寒力强，菜农就在秋季种植或越冬栽培，产量较低，但是叶厚、味甜，品质好。秋冬季的菠菜因为水分较少，常叫作"干头菠菜""小菠菜"，苏州人比较喜欢。还有一种圆叶菠菜，植株要大一点，叶色鲜绿，冬天时根粗而红，吃起来有点甜，苏州人叫"大圆菠菜"，冬季尤其喜欢吃。这种菠菜洗净后，炒前常要剖开根，将菜切两截或三截。菠菜根在苏州人看来，好看，微甜，富有营养，因此很是珍视。但也有非苏州人会将菠菜根切了弃去，一问原因，原来是北方人，不喜欢菠菜根的甜味。苏州人当然尊重各地人的食俗，嘴上不好说什么，心里却既为菠菜根被弃作餐厨垃圾而可惜，也为有的人不能欣赏菠菜根的美味而惋惜。

有次我去拜访苏州市烹饪界最权威的专家美食家华永根先生，在他办公室里聊起苏州人吃菠菜的讲究，他说，步入年节的时候苏州人家有吃暖锅的习俗，暖锅中荤的食材吃得差不多时，除少数放白菜外，基本上是放入菠菜，在暖锅荤汤中烫着吃，个个吃得欢心满满。烫吃菠菜，苏州人有个小窍门：菠菜不能烫熟，半生半熟时，口感最佳也！

因为蔬菜专家近年精心培育，或者有的品种通过杂交，菠菜出现了一些新品种，其目的有的从栽培需要，有的从产量，有的从适应性，有的从口味，有的从抗病性……各依人设，有重点地突破，有的索性从境外或国外引入，总之菠菜新品种多起来了，因此谈菠菜风味也不能完全靠老皇历来判断，可以在买菜时请教一下。大致说来，株不要太高、叶片较厚、颜色深绿的，风味比较好。

此菜吃法越来越多

四季的菠菜中，苏州人最爱吃的还数冬菠，又名赤根菜。苏州很喜欢吃绿叶的蔬菜，寒冷的冬季，有青菜、青菜中的塌棵菜，还有荠菜、蓬蒿菜、芹菜，不过菠菜绝对是绿叶蔬菜中的主角。

菠菜虽然在中国归化已有悠久年份了，但可能还是有外国基因。作为一种耐寒蔬菜，而耐寒能力是中国大多数蔬菜所缺少的一种高贵品质。越是到冬季，菠菜就越绿得精神，叶片厚，这是因为菠菜细胞内的原生质胶着度比较大，水分通常不易渗透到细胞间隙内结冰，所以能耐低温。冬天的菠菜还有一特点，就是根色呈嫣红并带有甜味，是菠菜最为可口的季节。有时天寒地冻，买回的菠菜上还有冰屑，但叶子仍然碧绿，一点不变色，让人有点感动。而且菠菜耐贮藏，不洒水，不清洗，以干的状态放上一周也没有关系，等到要吃时洗干净，又是绿得生机盎然似的像刚从田头挖来。

菠菜还有一个好品质，虽然入锅煮过、炒过，熟时叶色不但不变黄，反而会绿得更深，衬以红根，更加好看。冬日树叶萧疏，饭桌上有一碗这样的蔬菜，那是多么动人。利用菠菜这一特性，有的人将菠菜打汁，拌入面粉做成饺子皮，下锅煮熟的饺子，其色翠绿，如一碗春色，而且还营养丰富。

菠菜吃法多样，炒食为多，一般要火大、油也稍多些，苏州人不放葱、姜、蒜等调料，就吃其清香微甜的本真风味。不过现在苏州人口中一半以上为外来人口，故而炒菠菜也有放蒜蓉、放辣椒、放皮蛋等炒法了，这是引入了外地烹饪方法，丰富了炒菠菜的风味，自有其特色。炒菠菜放点百叶丝或豆腐，或者和水发粉丝或粉皮同炒，味道都很好，也很好看，如和肉丝炒，营养搭配更好，很是下饭。

菠菜也可入汤，但久煮易烂，汤味也会变差（可能是草酸溶入汤里的缘故吧）。一般各食料配好，汤煮开了，最后放入菠菜，随即起锅上桌，所以苏州人也叫"烫菠菜"。也有烫（焯水）后切末，浇以调料（如芝麻酱、花生碎、蚝油、姜汁、开洋末等，各取所需，无有定规），做拌食（冷菜）的，也有剁碎做饺子馅的，或者切碎和入面粉摊饼，据说吃口很好，但在苏州还不多。

菠菜还有一段公案，一直说不清楚。就是菠菜含草酸多，过去有人宣传说是不宜多吃，又说不能和豆腐同食，因为豆腐中的钙会和草酸结合形成草酸钙。一般说来，我们并不是顿顿吃菠菜，就是吃，菠菜中那点草酸与钙的结合物对身体的影响也是微不足道。至于对痛风病人，菠菜可以先烫（焯水）一下后再炒食，总的说来吃一点菠菜利大于弊——只要不是医生特意关照，我们不必忌讳吃菠菜！

最后回到大鼻子矮冬瓜形象的《大力水手》故事上来，吃菠菜增强力气虽是幽默，但后来柏林大学的科学家真的发现，菠菜中有一种蜕化类因醇，能够增强人的体能。当然，菠菜中含这物质太少了，即使每天大量食用，也无法满足增强力气的作用。

腌雪里蕻：此菜有乡愁，至老情弥深

江南佛门第一素菜？

1972年的某天，在医院见到教我妇产科的毕蓉蓉老师的丈夫周鸿度先生来苏州探亲，他是复旦大学新闻系毕业的高才生，当时是中央人民广播电台对台湾广播的记者。我虽在学医，但听了他关于采访的逸事，觉得好有趣，也愿意向他学习写作知识，从此和他建立了亦师亦友的关系。

他生前和我讲起有一次采访罐头食品厂的经历。他说，厂长让他品尝了鱼啊鸡啊肉啊各种罐头，到最后感觉嘴巴好腻味，厂长又神秘兮兮地拿出一个小罐头请他再品尝，说这个保证你喜欢。周说，这是一罐咸菜，打开后他吃了一小口，哎呀，味道鲜美爽口，简直是所有罐头中最好吃的。

这个故事让我深受启发，成了省报记者后，有时要给通讯员开课讲讲业务，就会举这个例子。我说，每天出版的省报就像一桌菜，全省各地好比无数小食堂，每天给这桌子上菜。苏州人的宴席上，虾仁是第一道菜吧？但如你送来虾仁他也送来虾仁，菜品重复了，自然有的虾仁菜会上不了桌，同样，主题重复的稿子，也上不了版面。谁知有个地方的小食堂来个"笋丝咸菜"，让人耳目一新，稿子必然会被看中。

我用咸菜作比喻，一方面是受周老师的启发，另一方面也是自己的体会，或者说很多苏州人生活中吃菜的体会。

雪里蕻

有的苏州人一到夏天，就会胃纳欠振、茶饭不香，鱼啊肉的"硬菜"就不能看见，如果来个咸菜豆瓣冬瓜汤或咸菜炒毛豆、咸菜炒茭白，必然让他口水津津。冬天肥腴菜吃得较多了，如果最后上来的是咸菜炒冬笋（咸菜美其名曰"雪菜"，此菜就叫"炒雪冬"），哪怕是在高档宴席上，这菜也是镇宴之菜。平时雪菜炒肉丝，是一道开胃好菜，面馆里也有这面浇头，不谈价格，味道之鲜美完全可以打败网红灼人的三虾面。

有次和苏州的华永根大师就咸菜话题谈到这里，他顿生感慨，说了一点我也不太了解的秘辛：在苏州餐饮界看来，雪菜与蘑菇同炒，是一味美鲜可口的冷菜，宴席时常会用到，安排了此菜后，就不再安排热菜"炒雪冬"了。雪菜黄鱼汤苏州菜馆常有供应，苏州作家陆文夫先生最喜欢吃的白汤桂

（鳜）鱼，他也常关照厨师放点雪菜进去。雪菜冬笋肉丝做成汤面的浇头，让人难以忘怀！

可见，不仅荤菜用雪（咸）菜，就是素菜也可和雪（咸）同炒。比如雪（咸）菜烧豆腐、雪（咸）菜炒黄豆芽、雪（咸）菜炒蘑菇、雪（咸）菜烧油豆腐、雪（咸）菜烧扁蒲……都有非常好的味道。上海佛学书局1997年出版了一本《家常素食菜谱》（妙卿居士编写），120道素菜、60道素汤，应该视作是佛家素菜，其中第一道菜是百叶炒雪菜，难道这是江南第一素菜？至少可见雪（咸）菜在佛家菜中的地位。其烧法是，用薄百叶、毛豆籽同雪菜炒，要加点酱油和极少糖、姜丝、少许胡椒粉和麻油，炒出的雪（咸）菜，带有江南风味，苏州人家惯常炒食的百叶雪（咸）菜和此并无大的区别，但不用麻油和胡椒粉，近年有用一点点红干椒，去籽切段，辣味似有若无，主要为颜色好看。现在苏州菜场有的卖半成品菜的店家甚至卤菜店，炒了和这妙卿居士介绍的差不多风味的雪（咸）菜出售，也很有销路。

这咸菜或者说叫雪菜的，说得如此神奇，那到底是食材中的何方神圣？

——其实就是用雪里蕻腌制的咸菜。

苏州过去有"小雪腌菜、大雪腌肉"的习俗。冬天小雪节气开始或提前几天，家家户户就要购菜准备腌制了。用来腌菜的菜，一种是大青菜，一种是雪里蕻。

青菜腌的咸菜比较脆嫩，但既无香味也无鲜味，特点是味清爽口，但也有点味寡，一般就家常吃吃，多半是佐粥，上不了宴席。好吃的腌菜是腌雪里蕻，可配荤素，可汤可炒，更受欢迎。有的人家既要吃脆性的咸菜，又要吃鲜香的咸菜，就一缸里既腌点青菜，也腌点雪里蕻，雪里蕻的菜汁也会渗进青菜里，改进青菜的口味。

腌制：实现鲜味的升华的过程

雪里蕻也作雪里红，或说是下过雪后叶子会转红，不过在江南地区可没有见过红叶子的雪里蕻；也有人说此菜怕热耐寒，零度也不会冻死，所以叫雪菜。到了苏州人眼里，雪菜是指刚腌出的雪里蕻。

我琢磨了一下，可能是苏州人爱吃冬笋炒腌雪里蕻，而冬笋上市时，此时苏州有的年份有雪，刚腌好的"新腌雪里蕻"，叶子还碧绿生青，于是约定俗成看作雪菜，而把过了春节后叶转黄黑色、有点酸香的"陈"腌雪里蕻叫咸菜了。

而在浙江等雪里蕻产地，这菜在田里就叫雪菜，可能是雪里蕻的简称，跟雪不雪没有关系。但它天性耐寒是真的，清代的《广群芳谱·蔬谱》说："四明（宁波）有菜名雪里蕻，雪深，诸菜冻损，此菜独青。"

苏州人从消费者的角度，发现冬天的腌雪里蕻香味浓郁，好吃。雪里蕻一年可种两次，一在12月收获，一在次年春天时收获。冬雪里蕻质优于春雪里蕻，入冬后腌制最佳——可见苏州人的舌头还是很精细准确的。

雪里蕻是芥菜的一种，属于十字花科，和萝卜、青菜是近亲。据浙江省宁波蔬菜研究所2013年的报告，他们已收集了雪里蕻种质资源113份，用来开展杂交等以培育出优质新品种，克服雪里蕻退化和病毒病发等问题。虽然雪里蕻种质资源超过百个，形态有异，叶缘有浅裂、深裂、全裂等不同还形状像锯齿，叶面有皱缩、平滑之别，颜色有从浅绿到深绿等种种不同，但总以叶多、茎细短而脆、折断有较浓香味为佳。

新鲜的雪里蕻用来炒食的很少，此菜的宿命就是做腌菜。据研究，腌雪里蕻之所以鲜，是谷氨酸成分多，还有天冬氨酸，这是两种鲜味剂。更让人惊奇的是，雪里蕻还含有一种甘氨酸，能让谷氨酸、天冬氨酸鲜味乘法式倍增。此外还有一种丙氨酸，能让鲜味、盐味柔和，风味更佳。所以人们说雪菜鲜、腌雪里蕻鲜，确实是有道理的。

我母亲比较喜欢吃带酸味的咸菜，原来这是咸菜中含有柠檬酸等有机酸，这酸味就是人们所说的"酸爽"味……（周晓媛等《雪里蕻腌菜风味物质的探析》，刊载《广州食品工业科技》2004年第3期）这种种成分，让腌雪里蕻的咸鲜不同于动物蛋白的鲜，人吃后也因此无法忘怀。

浙北、上海、苏州等地是消费腌雪里蕻的传统地区和主要地区，浙江因为种植雪里蕻，更是腌制雪里蕻的重要产区；上海作为超大城市，副食品供应是项重要而繁杂的工作，又因为消费咸菜量很大，从安排市场供应角度考虑，上海郊区不仅种雪里蕻，而且也要腌制相当数量的咸菜；有的人说，苏州人喜吃腌雪里蕻胜于无锡、常州。

据了解，用于商品性生产的腌制雪里蕻，腌制规模大。一是砌水泥大腌菜池，池长3米，宽2.5米，高2米，七成在地下，每池腌菜300担（每担100斤）。还有一种是用大陶缸作腌菜容器，一缸腌菜十一二担，缸也是半埋于地。这样做必有其道理，想来是利用土地温度高于地表，有利于腌缸内乳酸菌等生长、活动，腌出的菜更好吃吧！也有人说，这和大锅烧鸡、烧肉一个道理，腌菜缸大，比小缸腌好吃，这说法不知有没有道理，还有待研究。

商品生产腌菜，量太多，菜就无法洗了。只是抖去雪里蕻的泥土，拣去黄叶，晒三四个小时，就腌制了。一担雪里蕻要用12至13公斤粗盐，底下先撒盐，然后一层菜一层盐，菜是根部朝上菜叶朝下的，最后撒盐，放上竹篾，缸腌是压百斤重的石块，池腌菜要压千斤重的大石。通过两次腌渍后，需要封缸或封池或搭棚，以防止雨水侵入。一般腌20至40天就成熟了，相对说来，池腌的时间短一点；当然也可封在那里很长时间，临上市时再开缸或开池（陈曾三《上海雪里蕻菜腌制方法》，刊载《中国调味品》2000年第8期）。

苏州人喜欢吃咸菜，准确地说喜欢吃腌雪里蕻，但是对市场上的商品性咸菜，几乎是既喜欢又厌恶。喜欢其风味妙不可言，厌恶其腌时不洗。叶类菜需要大量氮肥，又主要是施人粪尿等自然肥料，在成长过程中还要一再追肥以促进菜叶生长……想起这些，自命清雅的苏州人就会感到恶心。

往事却在腌菜里

但是腌雪里蕻有着挡不住的魅力，要么不吃、少吃，要么不细想、不讲究，要么买回家后细细地洗，反复地在清水里搓，还要安慰自己："洗得比猪肚、猪肠都干净了，应该可以了吧！"

还有一个办法，就是自己腌菜，大约三分之二雪里蕻、三分之一大青菜，搭配了腌，还听说有的人家腌菜时会放些萝卜同腌。改革开放前苏州人自己腌菜较为普遍，一个家庭差不多要腌六七十斤，人口多的家庭要腌百斤。小雪节气后，小巷里开始热闹起来，许多人在井台上，大木盆里吊满清冷的井水，女性们蹲着边洗菜边交谈，只见盆里绿叶翻动、水花飞溅。洗青菜还好，雪里蕻因为其特性是腋芽生枝，仿佛丛生，细茎特别多，细枝的腋中都要洗干净，可不是一件容易事，有的甚至拿了竹帚来细细刷洗。许多人家在晒菜，竹匾里、门板上、竹架上、拉起的晾绳上……随处可见雪里蕻慵懒舒服地在晒太阳，别有情趣。

菜晒了两三天后，开始腌菜。一般是妈妈、祖母或外祖母，带个未成年男孩子腌。孩子的作用是踩菜，由家长伺候着洗好脚，擦干，然后放一层里面撒了盐的菜，把孩子抱上去踩菜，踩实了再放菜，这时，有邻居走过看见打招呼："腌菜啦！""哎呀是的！天气作冷信哉，你们家也开始腌了吧？"这时家长满脸的骄傲。如果没有男孩子或孩子还小，往往是男性家长，穿了洗净的套鞋亲自踩菜。

最后放上石块，压菜，腌菜完成。苏州经太平天国浩劫，城乡毁坏严重，二十世纪五六十年代时还很容易捡到"石鼓墩"，并不稀罕，这捡回家用来腌菜正合适。这"石鼓墩"其实就是柱础，青石柱础是明代建筑里的，花岗石的是清代建筑里的。主要是厅上的柱子，需要用到柱础，石础如此易得，也诠释了苏州虽说是古城，但如今明代建筑，甚至乾嘉道之前的古建筑甚少的原因。

腌菜缸放阴凉处比如灶间或吃饭桌下，两三天后菜汁盖住了腌菜，其间要翻两次缸。约过了三周，腌菜就大功告成了。让人骄傲的是，自己腌的菜，不用洗就可以直接吃，扯一根雪里蕻塞在嘴里，笑意难掩："嗯，鲜！脆！香！好吃得来！自己腌的，真个灵！"赶快挖一点咸菜拧干了送至亲好友同尝。而且这菜卤因为鲜，调了面粉煮开，叫"咸菜面'孛'"（孛字是苏州话注音，不知何意），也是很有风味的菜呢。

记得有一年，有家邻居腌菜没有男孩子踩腌，主妇就用盐放菜里反复揉，后来菜并没有腌好，反而有的菜，可能是吸了其他菜渗的菜汁水，竟长出菜心来了，菜没有腌好是懊恼的事，但更多是伤心吧。

因为小时曾跟父母、祖父母或外祖父母吃过腌雪里蕻甚至一起腌过雪里蕻，岁月悠悠已如发黄的老照片。但这咸菜成了走遍千山万水难以忘怀的乡愁，成了一种让亲情至老弥深的食材。

香椿芽，总有人因你骨里香而爱你

作家内心深处的情结

著名作家苏童因为是从苏州走出去的，他的作品中必然有故乡的云。2008年，他的《香椿树街故事》出版，此书里的一系列故事发生在苏州的香椿树街上。

有人撰文说：苏州城北的一条小街——一个城乡接合的地方，这里有最为复杂的人文环境，这就是香椿树街的原型，也是作者从小生活的地方，这样的生长环境留给苏童别样又刻骨的童年记忆。颓靡、肮脏、阴郁，这是苏童关于香椿树街的最沉重的记忆。这评论文章还说：无论如何，人们都无法想象素有"人间天堂"美誉的苏州竟然也有这样一面，作者的记忆颠覆了人们对苏州所有美好的想象。在作者的记忆里，有化工厂冒烟的烟囱、冷冷的铁轨、呼啸而过的火车、一条冰冷肮脏的河，一切都是那样让人望而生厌。

但苏童却对记者说过："香椿树街"从物理的意义上说就是一条狭窄的小街，从化学意义上来说，它很大。我写它倒不是说要让这条小街走向世界，对我来说，我是把全世界搬到这条小街上来。它是我一生的写作地图。他又说，虚拟的香椿树街其实是我的一个资源。所谓创作资源其实就是你怎么利用记忆的问题。像香椿树街的故事，我可能到死都写不完……

本人作为苏州人，感觉香椿树街完全和自己的人生体验不同，惊骇地想，这是苏州吗？我曾电话采访过苏童，他说从齐门那里走到观前街，觉得路好长好长……噢，也是他从小生活在城乡接合部而且靠近铁路那边吧。有一次和一位研究欧美文学的大学者聊起苏童作品中苏州形象的失真。经过从理论层面的讨论后，我明白了，香椿树街的灰色也好，潮湿也好，破败也好，市井生活的嘈杂混乱也好，那是作家按自己的记忆，又按创作需要而"虚拟的街"，说白了香椿树街是苏童"创造"的世界，就像《红楼梦》里的大观园，是曹雪芹"创造"的世界，两者都不能按图索骥来从现实中寻找。

　　不过我感兴趣的是，他为何用香椿树为街巷名？是苏州有用荷花、兰

香椿头

花、桃花、苹花、斑竹、柳树、梧桐等植物命名的街巷的影响？还是香椿树不开花，本身不出众，又不需照料打理，显得比较沉默、孤独、受冷落而骨子里香，有人讨厌它，但更多的人因喜欢它的独特气味而爱之如命。古人对它的评价，说它有两大特点：一是树生蔬菜，二是其嫩叶齿颊留香。也可能香椿不如桃李娇艳、兰桂芬芳、橘梨丰硕、柳竹潇洒，但香椿自有它吸引人的过人之处，所以作家偏要让世人记住这一生平凡的香椿树？

细究起来，也许真有点故乡的香椿对他潜意识的影响呢。

张充和老死海外唯它难忘

苏州人很爱香椿，但专门种它的不多，就显得稀少，而又有许多人把它的嫩芽当作春天的使节，有人说"一口香椿，一口春天"，不吃到它就好像没有过这个春天似的。想想苏州春天有碧螺春茶叶，有青团子、乌米饭、酒酿饼，有河豚、刀鱼、螺蛳、塘鳢鱼和甲鱼，有春笋、马兰头、枸杞头、荠菜、春韭……美味层出不穷，尝鲜完全来不及，何必对香椿头情有独钟呢？

旅居美国的教授、作家苏炜2005年写了一篇随笔《香椿》，其中说到，美国本土是不长香椿的，而一瓶泡菜、一包茶叶、一丛竹子、一枝牡丹都可以勾动人的乡思，但是："几乎没有什么东西，比香椿，更带乡土气息而更显得弥足珍贵的了。我本南方人，香椿的滋味是到了北方做事时才开始品尝领略。那时候就知道，此乃掐着时辰节气而稍纵即逝的稀罕美味……这些年客居北美，看着妻子时时为香椿梦魂牵绕的，不惜托京中老父用盐腌渍了再塞进行李箱越洋带过来；身边的朋友，为养活一株万里迢迢从航机上'非法偷带入境'的香椿种苗而殚精竭思的样子……"有人告诉我说，世界上唯有我国用香椿这一乔木的嫩芽作为蔬菜。

他并不是吐槽自己和妻子为吃香椿大动干戈的事，而是讲到1949年从苏州出去的张充和老太太和他的一件有关乡愁的往事，他说当他接过张老递过来的塑料袋子：

      打开一瞧，人都傻了——天哪，那是一大捧的香椿芽苗！嫩红的芽根儿还滴着汁液，水嫩的芽尖尖枭散着阵阵香气，抖散开来，简直就是一大怀抱！——这不是做梦吧？这可是在此地寸芽尺金、千矜万贵的香椿哪，平日一两截儿就是心肝宝贝，老太太顺手送你的，就是一座山！看我这一副像是饿汉不敢捡拾天上掉下来的大馅饼的古怪表情，张先生笑笑，把我引到后院，手一指，又把我惊了一个跟跄：阳光下的草坪边角，茂盛长着一小片齐人高的香椿林！"这可是从中山陵来的香椿种苗呢！"老人说，"我弟弟弄植物园，负责管中山陵的花木，这是他给我带过来的种苗，没太费心，这些年它就长成了这么一片小树林。"不经意，就撞进了一座金山银山——这段香椿奇遇引发的惊诧感觉，其实就是我每一回面对张充和先生的感觉……（苏炜《天涯晚笛——听张充和讲故事》中《从香椿林走进历史回廊》章，广西师范大学出版社，2013）

故事背后的细节可以推想，张充和随夫去异国后，苏州生活对她还是有很深的影响，包括春天吃香椿。但是国际惯例，任何国家都不允许将外国植物擅自带进国门，生长于苏州但在南京工作的弟弟，可能是考虑到姐姐爱吃香椿，利用专业之便，将香椿苗多株带到了哈佛大学他姐姐家里栽种，让姐姐可以自己吃，也可作礼品赠送同好。

    让姐姐吃香椿，多少也是以慰她的乡愁，年年可吃到香椿的张老太太，在十年后也即2015年以一百多岁高龄安然睡去，吃香椿也许是添她寿的吧？而苏童心中那条永远的街名以香椿树，哪怕是随意，也必然是他心中忘记不了故乡。

一口香椿，一口春天

香椿是一种分布比较广泛的树，从海边的山东到西北的陕甘……处处有吃香椿芽的食俗，吃法也大致差不多，但对香椿的热爱和悠悠之情都差不多，写下的都是有温情的文字。苏州人确实喜欢吃香椿，感觉不吃香椿对不起春天似的，偏偏苏州以前种香椿很少，零星有之，但没有香椿产业，不知农民为何不肯多种。可能是产量太少吧，在苏州这个地方从收益角度考虑有点划不来。

我出生于二十世纪五十年代，记事时已经是人民公社的岁月了。那时国家主要抓粮食生产，满足全国人民的肚子需要，这是最关紧要的大事，其次是棉花（工业原料），再次是养猪，还要种油料作物，种桑叶（工业原料），少量的田种产量高的大路货蔬菜供应城市。给市民供应香椿头？可以很肯定地说政府从来没有考虑过。我印象中辛劳的母亲最喜欢吃香椿头，但大部分年份没有吃到，有时就在南货店里买腌香椿，做吃粥菜。不过这东西死咸，几十年不变的散装，有时会纳闷："为何产地不加工成瓶装油焖香椿芽拿出来卖呢？"

母亲有时带回家一株两株香椿嫩芽，不知从哪获得的，因为那时人会辗转相赠。看她永远疲惫的脸上难得浮出开心，我也很高兴。有时她还会对我外祖母郑重又郑重地关照："姆妈，这香椿头先熬油，拌豆腐吃吧……起油锅不要太旺，叶子嫩，容易焦，要叶梗先下，叶梗头要切得细一点，这样香味才能全出来……明年再香椿头油拌面吃……鸡蛋炒香椿，估计要等到小格（指我们兄妹四人）全出山（指参加工作）仔末（指以后），才买得起呢……"

香椿头炒鸡蛋是最多的吃法，此菜上桌，椿香扑鼻，再看盆中，蛋块金黄，与墨绿色椿芽末结合在一起，吃时感觉嫩、鲜、香，十分好吃。但说来奇怪，真正上得苏州菜谱的却不是此菜，而是香椿头拌豆腐，不仅鲜美，而且颜色也好看，为苏州名馔。业内人士说，香椿可做菜，又可用作调味，香椿头拌豆腐实际上是一道香椿味的豆腐菜，和葱油拌豆腐有的一比，但身价更高。

正如有人在网上说的："没有香椿头的春天，对苏州人来说是不完美的！"苏州人吃的香椿头，就是香椿芽，以本地香椿第一茬、紫红色嫩芽为上品，嫩而香气浓郁，在苏州人眼里为香椿芽上之上者；第二茬的香椿芽梗老叶绿味淡，质量较次。但也有人说香椿品种有好多，主要有紫芽、绿芽两个品种，因不是这方面专家，专业知识就说不上来了。

到春天时，有农民进城，小篮子里有三四五把香椿头，每把三四五根，用稻草扎好，上盖一方白手巾。1974年的一个春天，我在大儒巷口的平江路看见有人提篮小卖这香椿头，全是紫红芽，而且是刚采下来的，容光焕发的样子，手巾只是撩开一角，露出它的精神和靓丽，真是极品啊！仔细一看卖的人是仓街虹桥浜那里的一住户，有点面熟，大概院子里种有一株两株香椿，采了自己不舍得吃，悄悄出来卖。她东张西望，说话轻声，神情紧张，好像在做贼。记得她每扎香椿有一两多，卖五角钱，相当于二三十斤蚕豆或三四十斤青菜的价钱。

现在香椿芽仍然是蔬中贵族。2019年的香椿刚上市（外地运到苏州来的客货），经过路上散逸，其味已是甚淡（或说来自广西甚至越南，那里的香椿味淡。不知确否）带稻草一起称算，以两（50克）计，每两8元，相当于十五六只鸡蛋的价格。所以有人叹息道，看起来现在香椿头最多一年只好吃一次煞煞馋了……

原先香椿芽不过是一种点缀春天餐桌的时令细菜，说它营养丰富也罢，不丰富也罢，无非吃个春天的味道以应景，不吃香椿就好比春天从门外走过去了。但有人说了，香椿树里亚硝酸盐含量多，不宜多吃，要吃也要先用开水烫过。虽然先辈们不会知道香椿含些什么，但至少在清代就已有人提出，香椿树芽要用水焯过后吃……

不过也不要紧张，香椿芽的时间很短，一年里也就吃这么几天，一个人一次也不过吃零点几两，一春里总共能吃多少？不会对身体产生什么不良影响的。如果吃得多，那就开水烫个五十秒，亚硝酸盐会有减少。

从猪八戒吃不吃香菜说起

佛道戒食芫荽

猪八戒是每个中国人都知道、也是许多人喜欢的一个文学形象，是明代长篇神魔小说《西游记》中的主要人物之一。

关于八戒的得名，是有来历的。他拜唐三藏为师时，唐三藏要为他起法名，他说观音菩萨给起了姓名叫猪悟能。佛教徒出家后无自己的姓，都姓释迦牟尼的释，孙悟空、猪八戒、沙和尚三人法名不能姓释是暗示他们的身份和地位在佛门中都很低微。按彼时佛门规矩，师父还要给弟子起个法名，因观音菩萨起名在前，唐三藏只好给猪悟能起个别名。《西游记》第十九回"云栈洞悟空收八戒，浮屠山玄奘受心经"是这样说的：

> 那怪从新礼拜三藏，愿随西去。又与行者拜了，以先进者为兄，遂称行者为师兄。三藏道："既从吾善果，要做徒弟，我与你起个法名，早晚好呼唤。"他道："师父，我是菩萨已与我摩顶受戒，起了法名，叫作猪悟能也。"三藏笑道："好，好！你师兄叫作悟空，你叫作悟能，其实是我法门中的宗派。"悟能道："师父，我受了菩萨戒行，断了五荤三厌，在我丈人家持斋把素，更不曾动荤。今日见了师父，我开了斋罢。"三藏道："不可，不可！你既是

芫荽

不吃五荤三厌，我再与你起个别名，唤为八戒。"那呆子欢欢喜喜
道："谨遵师命。"因此又叫作猪八戒。

八戒，是佛教中严格的戒律，如"一戒杀生，二戒偷盗，三戒淫邪，四
戒妄语……八戒非时食"，可以看作是大概念，但小说中却是指日常要戒食
"五荤三厌"，可以看作是从第八戒生发出来的小概念。

那么是哪五荤？《本草纲目·菜部》"蒜"有解释："五荤即五辛，为其
辛臭昏神伐性也。炼形家以薤、蒜、韭、葱、胡荽为五荤；道家以薤、蒜、
韭、葱、胡荽为五荤；佛家以大蒜、葱、薤头、韭菜、兴渠为五荤。兴渠即
阿魏也。"三厌是三种动物，一般说是雁、乌鱼（或乌鲤、乌龟）、犬。佛、

（全真）道既是戒食荤腥，那么动物都不可杀生而食，岂止是这三种动物呢？宗教的事，其理玄奥，这里就不作深入探究了。

从李时珍的论述看来，道、佛关于食物的戒食名单，略有不同，佛戒阿魏（一种西域、中亚地区所产气味浓烈的中药，为某植物脂汁浓缩而成，中医用来入药。怎么会成为食物，殊不可解，有待专家学者进一步研究），而中国的道教，可能因为阿魏既是药，又多进口，不在食物之列，故改为忌食芫荽了。照理佛教可以吃芫荽菜了，但据风中月女士告知，苏州居士林有的前辈居士，也戒食芫荽，这是信佛者对自己高要求了。

细思食物八戒、五戒之义，与成佛成仙没有什么关系，更多的是一种佛、道信徒生活方面的要求。因为佛道都有教团，信徒在一起生活或从事宗教方面的活动，而宗教生活都讲究清雅洁净，修佛修道都需要凝神静思，如果其他信徒吃了五荤食物，会在汗、口腔中散发出异味，污浊空气，扰乱静修。在今天普通人生活中，有时也需要不食五荤呢，比如乘坐地铁、公共汽车，因为交通工具内空调等原因，空气流动性差，身边有人吃大葱、大蒜还有酒、烟之类，导致气味刺鼻、污浊空气，那就影响别人了；还有医务人员，有时需要和病人接触距离较近（比如眼科医生用眼底镜检查病人眼睛），所以也需要暂时不吃这五荤类食物为好。

转行为蔬菜的外国药

芫荽，在苏州话中的发音和"盐水"相似，让人听了似是"盐水菜"。芫现在有人发"元"音，那是望字生音，并不正确，确实读音应该如同"盐水"。为什么会有这样奇怪的发音？据说这是古波斯读法，中国读"盐水"不过是音译，有草头旁是表示这是一种植物。

但因为传说这一植物是汉代张骞从西域带回国来，所以古时又叫胡荽（张骞本人传记没有记载他带回的任何具体植物，一切有关他带回的植物的说法，都是见诸其他记载。我个人看法那么多以他为名传入华夏的植物，未必全是个人之功，更像是丝绸之路交流的结果），后来据说是南北朝时北方有个皇帝，是胡人，厌恶这样叫，就改了名。不过张骞名下带回来一大堆异域植物种子、根茎，芫荽被记载首先是一种药。

芫荽为药用植物在宋代还是这样：魏泰《东轩笔录》："吕惠卿尝语荆公曰：'公面有䵟，用芫荽洗之，当去。'荆公曰：'吾面黑耳，非䵟也。'吕曰：'芫荽亦能去黑。'荆公笑曰：'天生黑于予，芫荽其如予何？'"䵟（音杆）：即"䵟"字，面色枯焦黝黑；荆公是指宰相王安石。芫荽在宋代仍然是一味药，这一逸闻表明芫荽那时还作外用，可让脸部皮肤变白。

芫荽为药，一方面反映了中药的开放胸怀，只要能治病，本土的、外国的，什么东西都可以收入药典；另一方面，也反映了中国先人，首先考虑民族兴旺、国人身体健康，重视的是这东西能否用来治病，对某种疾病是否有疗效，其次才是作为吃的食材。而事实上芫荽原先确是一种药："在公元前2500年到公元前1550年，埃及的莎草纸文件上就有把芫荽当成药用植物的记录。"

后来芫荽的身份主要还是转换成了一种蔬菜，至少《齐民要术》中有如何种植这种蔬菜的介绍。把芫荽列入可食名单，也应该是在成为蔬菜以后吧。李时珍在其《本草纲目》中说："胡荽处处种之，冬春采之，香美可食。"这反映了李时珍本人或他身边人的态度，也反映了大多数人还是喜欢芫荽这一蔬菜。

事实上，喜欢的人甚至把芫荽叫作香菜，调味时其地位几乎和香葱并驾齐驱，比如，江浙一带的人喜欢在吃大汤鱼头时，在汤中撒入一把芫荽段，以增鲜去腥。苏州人吃芫荽，过去多生吃，倒点生抽，就可以吃了，方法简单得有点粗暴。芫荽也会用于菜肴点缀、装色，比如在一些荤的冷盘菜边上放些芫荽，有的客人会将这芫荽蘸了酱油吃了。现在芫荽出场的机会太多了，烧个牛肉粉丝汤、炒个肉片或鱼片，拌个饺子馅，都可以用芫荽为配菜或主菜，甚至三鲜馄饨盛碗里了，紫菜、蛋皮丝以外，还会再撒把芫荽末做调料……四川火锅蘸料阵容壮观，不仅要有香油、蒜末、葱花、辣椒油等等，还必有一款是芫荽碎；江南人喜欢吃白斩鸡，现在也会配上芫荽，真是醒目又醒胃，给人的感觉吃芫荽的方式更多样了。而香菜拌干丝是苏州等地家常菜中的经典，菜馆也常作冷菜供应。

消费群体也在扩大，像英国前首相卡梅伦吃火锅，服务员发现，他就喜欢吃香菜丸子，是他涮火锅的最爱。2013年12月4日，卡梅伦一行来到成都新会展中心的香天下火锅店二楼静居寺包厢，他们"在香天下火锅店点了两锅清油鸳鸯锅，菜品包括石磨黑豆腐、牛肉上上签、牛羊相约、香菜丸子、土豆等。火锅店的服务员表示，卡梅伦那一桌后来还加了一份香菜丸子和土豆，'卡梅伦爱吃香菜丸子，但觉得牛肉有点麻，全程只吃红汤锅，没有夹过白汤锅里的菜'"（次日《成都商报》报道《卡梅伦成都行全程吃红锅不怕辣爱香菜丸子》）。

在我印象里，半个世纪前的芫荽菜，叶和梗向根部反卷，也比较硬，叶梗有点豆沙色，芫荽味浓；现在芫荽是直条的，身子骨柔软，叶梗细而色淡甚至有点白，弱不禁风的样子，那特有的芫荽味淡了，人们也更容易接受，大概也是因为这个原因吧！

苏州人叫"瘪虱菜"，此名源自古希腊语？

现在研究发现，大约有五分之一（或说七分之一）的人，因为基因问题，天然厌恶芫荽的味道，说是这菜有肥皂味，闻了要呕吐。苏州有人把芫荽叫"瘪虱菜"，苏州话所说的瘪虱，就是臭虫。因为过去苏州房屋有许多木板为壁，臭虫喜欢躲在缝隙中，故瘪虱也许就是壁虱的另一种写法。此虫分泌的异味，谁都讨厌，将芫荽说成是瘪虱菜，可见有些人对芫荽的厌恶感非常强烈。

齐鲁网2018年9月20日转发新华社官微文章《人类对香菜的爱恨为何这

样分明？真相终于大白了》，其中说："香菜Coriandrum sativum，在《中国植物志》里它的中文植物正名是芫荽，是伞形科Umbelliferae芫荽属Coriandrum的植物。芫荽原产于从欧洲南部、非洲北部到亚洲西南部的地中海地区。芫荽属Coriandrum的拉丁学名最早起源于古希腊语，据说本义是指当地一种有某种不可描述气味的臭虫，用一种臭虫来命名被称为香菜的芫荽，也许表明了自古以来，人类社会就存在许多坚决反对和努力抵制香菜的人。"今天芫荽的希腊文名称"koriannon"，意为椿象，椿象也有浓烈的异味。

同样是以臭的虫为名，苏州取的不是果树害虫，而是城市里常见的"瘟虱"，这是可以理解的。然而让人意外的是，苏州怎么会和古希腊语暗合？真是让人想不通。

但这在《香料漂流记》里有所论述，或许可以解开一点谜底："芫荽最古老的名称和今天许多的词语都有联系：西突厥语的'kisnis'、波斯语的'geshniz'、塔吉克斯坦语的'gashnich'、乌兹别克语的'kashnich'、乌尔都语（Urdu）的'kishniz'及亚美尼亚语的'kinj'。这表示突厥语或原波斯语传播到整个中亚，进入印度次大陆。波斯语的名称在中国的部分地区使用，这可以支持一项假设：芫荽是在伊斯兰出现之前，通过帕提亚（Parthian）或粟特人的香料之路，引进中国的。中国五世纪的农业手册就曾指出，芫荽的绿叶（不光是磨碎的种子）很有价值。"

我曾在拙著《品读苏州》（作家出版社，2016年出版）中谈到过苏州话中有西北地区少数民族的词汇，有趣而又让人迷惘。而把芫荽菜读作盐水菜，音近古希腊语西突厥语这一语的演变，用臭的虫子来形容，应该是通过西域商人，也就是丝绸之路进入了中国，而苏州是中国最重要的丝绸创新、生产、销售中心之一，有芫荽这个古希腊—西域语词汇沿丝绸子之路进入苏州进而残留在苏州话中，这样就似乎可以解释得通了。

有人厌恶芫荽的味道，而事实上芫荽的特殊味道是一种香精。有一种香料啤酒，就要放芫荽籽。而且从芫荽中还可以提炼精油，现在成为一种国际贸易产品："俄罗斯每年……其出口的精油包括100吨西伯利亚冷杉针叶油、

4吨莳萝籽油和莳萝草油、50吨芫荽籽油，以及1吨芫荽草油。"

我国的黑龙江省也产芫荽籽，据报道用蒸馏法出精油率为0.5%，通过对精油进行成分分析，检测出31个成分，主要成分芳樟醇占总精油含量的73.6%。研究结果显示，芫荽籽精油对黑曲霉的抑制作用最强，其次为枯草芽孢杆菌、大肠杆菌和白色葡萄球菌。早在三千年前，芫荽籽在古埃及、古希腊就用于医疗，进入中国其药用主要是催发麻疹，但现在好像基本退出中药行列，中国药典中也不见记载。不过芫荽籽油，除了用于调制精油，还用于按摩，认为对肠胃不舒服、促进睡眠、缓解疲劳、抗忧郁有帮助。

大概很多人没有想到，芫荽那让人厌恶的味道，原来是宝贝啊！

探春和薛宝钗的私房菜

周朝大夫采摘的蔬菜

《红楼梦》第六十一回中，大观园厨房女主管、大厨柳家的（又叫柳嫂子，五儿的母亲）聊起，"连前儿三姑娘和宝姑娘偶然商议了，要吃个油盐炒枸杞芽儿来，现打发个姐儿拿着五百钱来给我，我倒笑起来了"。说的是探春和薛宝钗自己掏了钱，关照厨房里要吃"油盐炒枸杞芽儿"。

"枸杞芽儿"，在苏州叫"枸杞头"，是灌木枸杞在春天长出的第一茬嫩芽，"油盐炒"，说白了，就是清炒枸杞头。也许可以说，"油盐炒枸杞芽儿"是这两位美丽姑娘的私房菜。而两位姑娘掏自己的钱给柳家的，竟有五百文之多，一是柳家的厨艺确实好，二是枸杞芽价贵。贾府厨房日常支出有定例，姑娘要加菜，就得自己出钱。

那么，探春和薛宝钗为什么要吃枸杞芽呢？

《红楼梦》的写法变幻莫测，其中有"草蛇灰线""伏延（脉）千里"法，就是前有伏笔，经过好多回后才有呼应，设计之妙，意味深长，让人回味无穷。探春吃枸杞芽是为尝新，宝钗吃可能有另一层意思。

在中医看来，枸杞芽属于性凉但又补益之物。《红楼梦》在第七回中就写宝钗患了一种病，是从娘胎里带来的一股热毒，犯时出现喘嗽等症状。一个和尚给宝钗说了个"海上仙方儿"，这种药就叫"冷香丸"。自打宝钗服用冷香丸后，倒也灵验，而且还体有异香，因此宝钗时常需要吃些性凉或性寒的药，来纠正体质的偏热。而吃枸杞芽，就有辅助"冷香丸"药效的食疗辅助作用。虽是小说家言，但也并不完全胡诌，细品还真有点意思。

吃枸杞芽的历史很可能非常悠久了。《诗经·小雅·北山》中写道："陟彼北山，言（言：我）采其杞。偕偕士子，朝夕从事。王事靡盬，忧我父母……"这采杞，可能是采枸杞子，也有可能是采枸杞的嫩芽食用。因为枸杞子是一种中药，但这诗里还有"大夫不均，我从事独贤（贤：艰苦）"句，可见主人公是一位"大夫"，他整天忙于王事，十分辛苦，既是官府中人，就不像是采药人去摘中药枸杞，他采的更有可能是充饥用或做菜用的枸杞嫩芽。采叶时他想起了自己的父母（可能以前经常采枸杞给父母

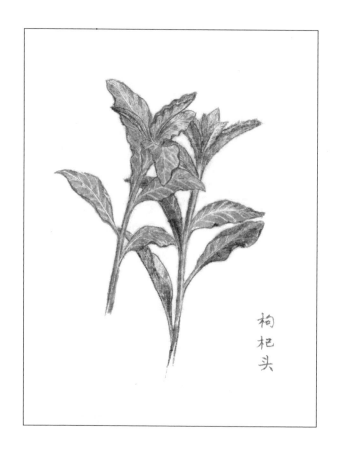

枸杞头

吃），如今因忙于王事而无法奉侍。

两千多年来枸杞叶（或芽）入菜主要不是充饥，更多是作为一种蔬菜。初唐时陈子昂《观玉篇》中说，他有次西出阳关来到张掖，当地的士兵说要请他吃"嘉蔬"，"嘉"是好的意思。他想，这一定是贵重蔬菜，端上来一看，原来是枸杞叶（不排除是枸杞芽）。枸杞叶在我国西北地区的张掖那里，是正儿八经的一道蔬菜，而且是上品蔬菜，大概是那里缺少绿叶蔬菜吧。

宋代《证类本草》卷第十二记载："陆机云：一名苦杞，一名地骨。春生作羹茹，微苦，其茎似莓，子秋熟，正赤，茎、叶及子，服之轻身益气尔。"

陆机是东吴末至西晋时苏州人，东吴丞相陆逊之孙、大司马陆抗第四子，祖、父都是名将重臣，自己也很有才华。他在吴亡后北上洛阳加入晋政权，想重振家世，"八王之乱"期间在成都王司马颖手下担任要职，因兵败于303年而被司马颖杀于军中并夷三族。

陆机是那个时代最有才华的人，他的论枸杞的观点因被后人引用得以保存下来，这说明苏州人将春天的枸杞嫩芽做菜馔，至少有七百多年历史了。难能可贵的是清楚记载枸杞是在春天吃芽，叶子可作补益药而不做蔬菜。

明代《救荒本草》卷六"枸杞"条介绍说："救饥，采叶煠（煮的意思）熟，水淘净，油盐调食，（或）作羹食，皆可。"在没有粮食的荒年，饥民可以采摘枸杞叶（不一定是嫩芽），煮掉苦味后食用。从这介绍食用枸杞叶的经验来看，叶吃前需要作一番处理，去掉苦涩味，再加调味料，方能下咽，也可煮作羹吃，但这只是"救饥"之法，平时不会吃叶。

可见是苏州人最早吃枸杞芽（叫枸杞头）——虽然这不是学术观点，但也请允许笔者自我得意一下。

从养生蔬菜到美味蔬菜

食用枸杞嫩芽，是因其味非常有特色。

初次吃会感觉其味不雅驯，有一股药味，还有一股苦味，因此感觉它是一种野蔬。但是，吃得慢一点，药味在舌尖变成特殊的清香味，而苦味也会回甘，有种悠长的甜味。因此古代人写到枸杞芽时，有的写其味苦凉，或云甘平，说法不一是因为到底怎样的性味，似乎有点吃不准。

中医对用枸杞叶或芽做食疗，都比较肯定。苏东坡在《后杞菊赋》中说："吾方以杞为粮，以菊为糗。春食苗，夏食叶，秋食花实而冬食根，庶几乎西河、南阳之寿。"他一生坎坷，但天性达观，还注意养生，吃枸杞芽和叶，就是一法，估计也是不太花钱的养生之物。

道家相信枸杞能养生，而南宋诗人陆游很信道家理论，并据道家所说食枸杞养生。

他八十二岁时在《道室即事》中写道："松根茯苓味绝珍，甑中枸杞香动人。劝君下箸不领略，终作邙山一窖尘。"抱着松根长的茯苓叫茯神，是一味有安神功能，可治失眠、心悸的中药，这诗中写的枸杞在甑中蒸得香味四溢，是指枸杞子还是枸杞芽（叶）呢？从诗人叫客人用筷子食用的方法来看，应该是枸杞叶或芽吧？而陆游诗将枸杞叶（芽）和茯神同写，应该是将枸杞叶（芽）作为保健食品。枸杞叶（芽）蒸了吃，在那个时代，应该是一种独特方法。

陆游确实一直把吃枸杞叶当作养生之道的。他在《玉笈斋书事》一诗中，前四句说："雪霁茆堂钟磬清，晨斋枸杞一杯羹。隐书不厌千回读，大药何时九转成？"意思是我每天早晨一杯枸杞羹，已经坚持好多日子了，这仙丹似的功效何日才能出现？这首诗我根据《道室即事》也暂且理解是用枸杞叶为羹。

现在不再听说蒸食枸杞芽（叶）了，煸炒枸杞芽为多，当作一道风味蔬菜。

李时珍甚至说春天所采的枸杞叶，名叫天精草，其意思大概是很有价值。有的认为有"补益精气"作用，有的认为枸杞叶可治"五劳七伤"，有的说"明目，安神"，有的说"能益人，去虚劳"。反正古人对吃枸杞芽叶的评价比较正面。今天则有介绍其营养比较丰富，这个那个某某物质含量高之类。

对于一般人来说，吃枸杞头，还是为了其特殊的清香，是一种春天的味道吧，而民间认为吃枸杞头有"清肝明目"的功效，对血压高、血糖高、胆固醇高，是相信其有一定的辅助性食疗作用。

枸杞头在宋代时还是煮吃法，但有了点新意。南宋绍兴年间福建籍进士林洪所著《山家清供》介绍一款很文艺的素菜"山家三脆"：

> 嫩笋、小蕈、枸杞头，入盐汤焯熟，同香熟油、胡椒、盐各少许，酱油、滴醋拌食。赵竹溪密夫酷嗜此，或作汤饼（即面条）以奉亲（指父母），名"三脆面"。尝有诗云："笋蕈初萌杞叶纤，燃松自煮供亲严。人间玉食何曾鄙，自是山林滋味甜。"蕈亦名菰。

这道菜确实很雅，也很高明。笋、嫩蕈，都是非常鲜美的食材，和枸杞头同为一菜，再加上了麻油、胡椒，凉拌为菜，不仅吃口甚是滑润，更主要的是枸杞头原先带药味的香被稀释得只剩淡淡清香，而笋、蕈又大大增加了鲜美。此外，凉拌马兰头、枸杞头之类带点野性的菜，经开水焯过，能去掉一点草酸或涩味，此法至今还为许多大厨所采用。

春天在哪里？原来在这枝梢头

春天炒枸杞头，是一道精细的时令菜，苏州市民非常喜欢此菜，烹饪方法也很简单。《红楼梦》中所说"油盐炒枸杞芽儿"的方法，至今在苏州还是这样。《科学大众》杂志1994年3期刊登白忠懋《野蔬佳品——枸杞头》一文，其中说道："笔者有一年到太湖中洞庭西山做客，最嘉许农家的家常菜，其中就有油盐炒枸杞头。当时我寓居的上海难觅此菜，所以就餐时撇下鸡和肉，专'攻'枸杞头，这种充满山野气息的野菜的确魅力非凡。"

以前是采枸杞嫩芽，但考虑到其要结果或取其根皮入药，往往不舍得多摘嫩头。现在开始有专门的叶用枸杞了，或者说培育出了菜用枸杞，对喜吃枸杞头的人来说，真是好消息。这专门供采叶的枸杞，先是在两广地区有栽培，后来扩展到沪宁等长三角地区，叶用枸杞有大叶、小叶之分，大叶产量高，市场上较受欢迎；小叶香味浓，品质优，产量低。而据宁夏中宁县传来的消息，该县用合作社形式推广种植一种无果枸杞，这是一种科研人员历时七年培育出的芽用枸杞，因它不开花、不结果，大部分营养成分都囤积在嫩芽之中，其嫩芽的营养价值大大高于结果枸杞。

如果春天的时候到苏州去旅游，苏州的菜馆、饭店常会供应生煸枸杞头菜，不过不会纯素，而是会配以里脊丝或鸡丝，还会再加一点笋丝，这是一道苏州特色菜，不要错过噢！

有两点建议供参考，一是食用量勿太多，中医认为枸杞头性凉，不宜吃太多。过去苏州人家买枸杞头一般也就二三两，炒好了，盛在一只小饭碗里，也不过半碗，全家人吃这半碗，每人也就一两筷而已，不过是应个景，吃个春天的意思；二是苏州人炒此菜，认为枸杞头带有苦味，除了用油和盐炒，还会稍微放点白糖以矫味。

炒枸杞芽很简单：枸杞头大约半斤，掐取嫩芽部分，老叶、老枝不要，洗净，沥干；炒菜油可以用菜籽油或其他素油等。锅放炉子上，大火，锅热后放入油，烧到接近沸点，投入枸杞头有的烧法是将枸杞头先用沸水烫过），快速翻炒，然后放盐、少许生抽、白糖，一会儿锅中的枸杞头中渗出的水煮沸了，表明此菜已好，可以装盆了。然后在菜上放几粒红红的蒸熟枸杞子或撒一点熟白芝麻，就可以上桌了。

除了炒肉丝、鸡丝，也有人用来炒鸡蛋、炒猪肝；还有煮汤的，广东有枸杞头猪肝汤、猪杂汤、鸡蛋汤之类；也有椒盐炸枸杞芽，甚至还有腊肉片、蒜头片炒枸杞头的；拌食时会放点红辣椒、放点葱姜、放点蚝油……吃法是日益多样了，但这样的烹饪方法无疑是让枸杞头卑躬屈膝到香味近乎无有了。

虽然说枸杞芽味道有点特殊，本人还是建议清炒枸杞头为主，最多配点嫩笋或蕈、草菇之类，保持它天然的清香。也许可以说这是最苏州的吃法，相信吃过一次后，还会再吃，吃过几次以后，就会喜欢上它的。因它是春天上市，吃它的味道，就是品尝春天的气息。

春天到菜场看到有枸杞芽在出售，会忍不住心动：啊，枸杞头上市了，春天到了！

金花菜，江南人才读得懂的一首诗

金花菜，幸福草

"你出一张金花老K，他出一对金花呷杠，我出一对金花皮蛋，我赢了……"

这是打扑克牌经时常听到的话。苏州人将J叫作"呷杠"（音），可能是洋泾浜英语"杰克"，Q代表王后，却被叫作"皮蛋"，让人忍俊不禁。

扑克牌上的这个图案，有叫金花，有叫草花，还有叫梅花的，代表了哪一种植物呢？一般认为这"花色"为三叶草，意味着幸运。据说在国外，牧场上的孩子没事会找四叶的苜蓿（或车轴草），而且还说十万株或说一万株草上，才有可能找到一株是四叶的，因此四叶草在欧美被普遍认作幸运象征，三叶草只能说是象征幸运，本身还不是幸运草。

上海有个著名的民国建筑，就取象于四叶草，其意也在寓意幸运、幸福。

不过在苏州人心目中，这"金花"会不会给人带来幸运，没这个意识，只知道金花就是金花菜，就是上海人叫"草头"的那种蔬菜。有的苏州人既尊重自己取个"花"字，也尊重上海人取个"草"字，合起来叫"草花"。大概是这意思，望勿深究。

有研究人员发现，现在文章中还是叫金花菜的比较多，一是因为这是一

金花菜

种蔬菜，叫金花菜有个"菜"字比较合适；二是"金"字多富贵、"花"字多美丽啊。苏州人因这两个原因，经过用吃货思维作综合考虑，居然没受上海影响叫"草头"，而是坚持叫这植物为"金花菜"。但是，不知是不是苏州菜馆觉得炒金花菜会和腌金花菜混淆，有时菜单上会写三叶，比如生煸三叶，外地游客到苏州菜馆见此菜名不要一头雾水，三叶就是金花菜。

金花菜或草头，是豆科植物苜蓿属中的一年生苜蓿，又叫南苜蓿、秧草等，或有人叫三叶草。其实真正的三叶草是另一类车轴草属的植物，和金花菜相差较大。

南苜蓿，野生的叫黄花苜蓿。原先农家种它的目的主要是提高田力，食其嫩头为次。此草主根细小，旁系根倒挺多，密集于表土层，每株有根瘤

10个左右。这根瘤天性固氮，确有肥田和养护土壤的作用，有的地方就叫作肥田草。金花菜既为肥田，必然是大面积种植，因此金花菜是一种价钱便宜的蔬菜。当蔬菜种植因为讲究品质香嫩，品种有所选育，慢慢和野草的黄花苜蓿有点区别了，就专叫金花菜。

但细想了一下，中国人有将这植物入画的吗？好像没有。金花菜太细小了，在中国画中不入画，好像古人也很少写金花菜诗，偶然看到清顺治年间有个叫陈璜的寿张县知县写的一首兵荒马乱后的诗《道台寿良村落原韵》，中有"襄帷勤问俗，经过几荒村。草积人如鹿，檐虚树作门。儿童挑野菜，父老倚云根……苜蓿生荒圃，蕈菇发树根……"，据后人解释这苜蓿是金花菜，结合诗里"村居团土窟，月白到星昏。共说奇荒后，兵车又结屯"的诗境，儿童在挑野菜，这金花菜似乎列于野菜之列，当时人未作佳蔬看。既然金花菜是用于饥荒时野菜，自然也就缺少诗意，所以入诗也就不多了。

金花菜出现在中国文学作品中比较稀少，而出现在扑克牌上，显见这在西洋是一种有代表性的植物。有学者这样介绍它："苜蓿的种类繁多，全世界至今已记载60多种，其中紫菜苜花苜蓿、黄花苜蓿、金花菜、天蓝苜蓿为栽培种，其中7种苜蓿为野生种。目前在我国栽培最多的是紫花苜蓿和金花菜。金花菜在世界各国分布广泛，其起源于地中海及相邻的干旱、半干旱地区，但多常见于澳大利亚的南部和东部，其次以叙利亚、撒丁岛等地报道研究较多。在国内多数省份均有发现，但主要分布在长江流域以南各省区以及陕西、甘肃、贵州、云南，呈栽培或呈半野生状态。"也有人说它起源于印度。总之它是外来植物，中国文学家们一看《诗经》《楚辞》中没有，对它感觉陌生，因此很少被写入诗文。

不入文人的诗画也无所谓啦，只要受到吃的人喜欢，同时它从野草变身为一种有代表性的春蔬，于人于它，都是一件幸福的事。

此菜最江南

一般认为，金花菜在汉代时从西域引进。

传说汉武帝纳闷为何匈奴的战马膘肥体壮，得到的情报是匈奴的战马吃苜蓿，其中包括金花草和紫花苜蓿。于是朝廷为提高大汉骑兵的战斗力，就想办法将苜蓿作为战备农作物从西域具体说是从大宛引进了中原。

金花菜进入中原，很快落户在大江南北，当初主要是给马吃的牧草。也不知是在猴年马月的哪一天，这牧草让有的地方的人爱上了，当作上好的蔬菜，于是身份逐渐处于牧草和园蔬之间。有人总结说："金花菜是江、浙、沪地区居民喜爱的特色蔬菜之一，其整个生长周期中很少使用农药，适宜做无公害蔬菜生产，可炒食、腌渍、蒸食，味道鲜美，营养丰富。"而紫花苜蓿又叫"红花郎"，还有一个尽人皆知的名字叫紫云英，将春日的田野装点成紫红色的花海，格外美丽。苏州过去农田或一块地种油菜，一块地种"红花郎"，一块地种小麦，小时春游，站在灵岩山顶眺望大地，方才明白锦绣江南的意思。不过，"红花郎"作为蔬菜却味道寡淡，不受欢迎，种植的目的主要是做绿肥和饲草，也可做蜜源植物。

在江南地区，金花菜主要是做蔬菜。而在云南一些地方，金花菜还主要是做饲草。不过现在金花菜做蔬菜的版图正在扩大，有时看到微信、博客等，有人说是第一次在市场上看见了金花菜，又说价钱虽贵但味道鲜美营养又好，赶快下手买买买不要心疼钱，有的做高深状介绍如何在煸炒时烹入白酒……十里不同风，看到这些文字忍不住会心一笑。

常熟的董浜是个广泛种植金花菜的乡镇，除本地食用外，也作为商品优质的蔬菜。该镇的镇志第五编第三章介绍说："董浜草头（又名金花菜）即苜蓿，分蘖力强，耐寒，喜湿，以茎叶为食。一般秋种春割，阳春三月回暖时，主茎分蘖增强，叶片茂盛，每隔3~5天割一次，清明前，则2~3天一次，亩产30担以上。董浜草头尤以青翠鲜嫩、叶片肥大而出名，农民一把把装筐齐整，洒上些许水滴，更显诱人。上市节令，恰逢市场青绿蔬菜品种稀少，故为居民桌上家常菜，冬令暖锅里放上几片绿叶，更能消除腹中油腻。收获时，农民肩挑车推，就近叫卖或运往浒浦、梅李、支塘等镇早市出售，如果批量收割，则几户合船运往苏、锡、常、澄（澄指江阴）地区出售。苏州城里居民则喜购开花草头，开水泡后，晒干，食用前浸泡切细，或蒸或煮，香气扑鼻，特别是阊门、娄门、胥门一带居民，每闻董浜开花草头，争相抢购。"想想那时农民到苏州城里来主要靠手摇木船，董浜离苏州城有百多里水程，如果销不掉或没有利润，也不会跑那么远吧！这不仅反映出苏州城里人对金花菜的喜欢，也反映了苏州城区作为区域中大市场对周边县镇的经济联动作用。

江南地区一到春天，金花菜正嫩，这时的金花草，江南地区人当作一款时令菜。因为是割收其嫩头，这大概是"草头"这个名字的来历吧。

金花菜的吃法很简单，基本无须拣，检查一下没有杂物如草梗、树叶、蜗牛等即可，洗净（其实很少脏），沥干水后，就可下锅。主要是清炒，需起猛火，油锅未开就下金花菜急火翻炒（故又叫煸），不消三四分钟，金花菜就可以上桌了。金花菜有一个优异的特点，就是菜烧熟后，反而更加翠绿，在餐桌上非常悦目。

其他地方如何炒金花菜不太清楚，但在苏沪等地，当金花菜的菜叶炒蔫后，淋一点生抽和几滴烧酒，再烧十来秒钟，就可盛盆上桌了。煸炒金花菜烹入些许白酒，让酒受热散发出香味即将菜盛盆上桌，这就是著名的"酒香金花菜"。

有人会惊讶了，烧鱼放酒解腥，这好理解，煸炒金花菜为何要放白酒呢？难道金花菜有腥味？当然不是，这是苏州人觉得放了酒后金花菜有独特的风味，好吃是唯一理由。

说"酒香金花菜"是地道的苏州素菜，可能上海朋友会不乐意。因为上海人也是非常喜欢叫草头的蔬菜的，他们叫"生煸草头"或"酒香草头"，也视为经典的上海菜。

确实，现在以金花菜为蔬的地区很广大，但几乎可以肯定地说，长三角地区人绝对是金花菜的铁杆粉丝。酒香草头或酒香金花菜在苏沪谁是师傅谁是徒弟，那是很难考证的，就说是经典的沪苏菜也未尝不可。

不过，有时苏州人对金花菜会弄些花样。比如，蚌肉烧金花菜，就很有特点。河蚌产于淡水湖、河里，是水乡特产，剖蚌取得蚌肉，摘去鳃，洗净，敲松蚌肉再切块后，先下油锅与姜等炒香，再盖上锅盖烧烂蚌肉。烧蚌肉的过程中，要注意调好味。另锅煸炒金花菜时放入蚌肉和生抽，翻匀，菜熟起锅。此菜鲜美，气息清香，地道江南水乡人家风味；又如酱汁肉，这是用冰糖、红曲、丁香等精工煮成的猪肉，有"嫩若鸡脯、肥若羊羔"之誉，是苏州春天的时令菜。不过此菜太过肥腴，装盆上桌时酱汁肉下面如垫以生煸金花菜，上面红若樱桃，下面绿似翡翠，悦目、美味，合乎时令又荤素搭配，颇为合理。而在江阴、常熟和太仓还有扬中等地，有吃河豚的习俗，红烧的河豚，上桌时鱼下面垫的就是生煸金花菜，和酱汁肉各美其美，两菜同为春天的至味，难分伯仲。上海本帮菜的名菜是"圈子草头"，"圈子"就是猪大肠，以末端最为肥美，经过精心烹烧，成菜别有一番醇美风味，与草头相配，粗细搭配，可谓佳胜，和苏州酱汁肉相比，属另一种境界的美味佳肴。

苏州人还喜欢吃菜饭，如果将金花菜碎切，先起油锅煸熟，菜汤倒入淘洗好的米中，加水煮饭，待水涨干，饭已八九成熟，将金花菜拌入、拌匀，盖上锅盖焖饭，过一会儿香喷喷、绿莹莹的金花菜饭就好了，其味胜用青菜烧的菜饭一筹。

金花菜无论怎样吃，都有着浓浓的江南春天味。换句话说，在江南地区，如果春天没有吃过金花菜，那么这个春天就少了点清香的诗意。

不做菜，做点心

因为金花菜种植比较多，做新鲜蔬菜，毕竟吃不了，节俭的江南人，惯会做菜干。和青菜、苋头、马兰头等做菜干一样，金花菜也是烫了，然后在春阳下晒干。晒极干时金花菜呈黛黑色，模样更加纤细了，有一股难言的清香散发出来，简直沁人心脾，梅花香和它相比会感到甜腻，栀子花香和它相比似太苦，大约只有茶叶香味或者兰花香味，方可和金花菜干的香味媲美。

吃时将金花菜干泡了，发开来，挤干水（也是洗一洗之意），切作寸段，放入大蒸碗里，菜干上面排放好酱油拌好（腌过）的五花肉块，蒸到肉烂；还有一种吃法是金花菜干烫发后切末，拌点肉末、扁尖末、香干末，做糯米团子馅，也可做包子或蒸饺……这菜肴、这点心，啧啧，绝对是无敌的极品。

金花菜干虽好吃，但让人最难忘的却是这一声："阿要买腌金花菜……"1966年前，从春天一直到过年时苏州城大街小巷里都能不时听到这叫卖声。

农村人见金花菜多，收割下来，用盐拌入，搓搓揉揉后，压腌数天，然后装入瓿内，密封。瓿要倒置在浅口盆里，盆里放上清水，这样做的目的是通过水来隔绝瓿内空气。大约腌半个月或再多些日子，就可以了。这期间金花菜经过乳酸菌发酵，叶子变黑，草梗变得金黄，有一股酸香味，味道也不太咸，理论上可以做吃粥菜，其实更多是一种孩童的零食。

城里小巷里，当听到这叫卖声，孩子会中了魔似的连忙奔出去。看到一农村装束的中老年妇人挎一小竹篮，上盖一块样子干净的毛巾，里面一只面盆，放着腌金花菜。孩子如买，也就一分钱、两分钱，最多五分钱，花费不大，父母不禁。

那卖腌金花菜的女性，用竹筷将腌金花菜夹一撮放在小纸片上，然后拿出一节竹管，一头的竹节上有几个针眼样的细孔，竹管里面装的是甘草末，在腌金花菜上撒一点甘草末，交易就完成了。孩子一手托着这腌金花菜，一边就用手捏几根放进嘴里，边走边吃起来了。

——你问那小手有没有洗？没有！你问味道怎么样？好吃，至今常常想起……

当苏州人将腌金花菜当作一种回忆童年的引子，镇江在长江中的扬中岛，却将它做了一款特产。

因为当地叫金花菜为秧草，因此打出"三叶咸秧草，江南好味道"的口号，来推销"故乡的滋味"。当然，他们在挖掘、开发腌金花菜时，也做了采风。当地人过去有的人家腌金花菜时会放蚕豆瓣或花生，他们开发产品时将金花菜切成寸段，也配上豆瓣或花生，装瓶出售，做佐粥菜或夹馒头、面饼，甚有风味。因为成了产业，专门建有千亩无公害秧草标准示范区，当地也有了秧草协会。也有的地方将金花菜做包子馅或汤团馅，吃的人夸赞说："味胜荠菜！"

江南人喜欢吃糯米团子，特别是水磨糯米粉，较一般干米磨的粉更为滑糯，馅很讲究，甜的有芝麻、豆沙、玫瑰之类，咸馅的有肉、萝卜丝、荠菜等。常州有家企业专门制售水磨汤团，甜馅品种较固定，创新较难，咸的除肉馅外，还有一种菜馅的品种，其味可口，特别香，大受欢迎，因为菜剁得太细，吃了以后纷纷猜测："不知这是什么菜哇？"秘密武器就是金花菜。

——"真是出人意料！从来没有吃过金花菜汤团啊！"

——"金花菜做馅的汤团，太惊艳了！去买了给父母尝尝，他们一定猜不出！"

没有花香，没有树高：原只是一种普通野草

你也是春天的代表

二十世纪五十年代末，我还是懵懂孩童。那时的苏州，未经过"文革"冲荡，风俗中还有不少古意。依稀记得外婆有一天上午出门回来，发髻上簪了一枝开着许多细小白花的草茎。

外婆说，今天是三月三，戴了这野菜花，可以让眼睛明亮。

外婆说的野菜，就是餐桌上非常受欢迎的荠菜。清代苏州人顾禄《清嘉录》上说："荠菜花俗称野菜花，（三月）三日人家以置灶陉上，以厌虫蚁，清晨村童叫卖不绝，或妇女簪髻上以助明目，俗称眼亮花。"这一天也是上巳节，还有人说这天是荠菜生日，把它拟人化，可见受爱戴的程度。

但是半个多世纪前好像还没有栽培的，要吃荠菜需要去野外挑挖。

外婆又自语道："刚开春，它就开花结籽了。"

新中国成立以前的女性，结婚甚早，假如少女时代有快乐时光，也几乎如电光闪过那么短暂，婚后生活又大多非常艰辛，到老年时还要做繁多的家务，要帮带孙辈，不得安养。现在回想，不知外婆是否看到了荠菜就像旧时代女孩的少女时代，是那么短暂，因此有所感慨。

荠菜不仅是美好时光短暂，甚至它的生命也很短暂。南宋词人姜夔1176年冬至过扬州时，"夜雪初霁，荠麦弥望"，这景象写入了他的著名辞

章《扬州慢·淮左名都》的小序中。那时还有雪呢，荠菜就已凌寒生长得很努力了。

荠菜秋冬孕育生命，到冬天或初春时，得到一点阳光雨露，就赶快生长，正月、二月，是其做蔬菜香浓味美时期。到了三月后期至四月里，赶紧开花，然后结籽。还没到盛夏时，就已全株枯黄。它是抓紧时间生长，抓紧时间开花，抓紧时间结籽。

大多数骚人墨客歌颂春天，总喜欢用桃、杏等美丽的花，但文贵创新，有一些观察敏锐的诗人发现了荠菜和春天的关系。比如南宋末有位福建诗人叫严仁，他写了一首《春思》，七言八句，但用韵和七律诗不一样，是调属"玉楼春"的词，开头两句写道，"春风只在园西畔，荠菜花繁蝴蝶乱"，这是写三四月份的景象。他之前的南宋大词人辛弃疾更是意有所指地说，"城中桃李愁风雨，春在溪头荠菜花"，他是把荠菜花当成了春天真正的代表。

说它代表春天，春意更胜桃李，撇开词中荠菜、桃李各自的借代，仅就自然界的荠菜花来说，这花实在是太细小了，真是小如粟米，极不起眼。辛大词人这样的说道，非常地独特清新，从而成为文学名句。

荠菜结的种子，是在一个小小的三角包中。小时候将荠菜结籽的茎拔下，将那主茎上从下到上长的一串三角形籽包的细茎，轻轻撕下一点，籽包就像铃铛垂下了，然后放在耳边，捻着草茎，听那极轻微的"簌簌"声。如果听不到声音，就是荠菜籽成熟了，荠菜即将死去。听荠菜"铃铛"也是过去孩童的游戏，现在城市比以前喧嚣一点，我有一次做过这样的试验，那轻微的"簌簌"声听不大清楚。

野草变蔬菜，这事并不久

荠菜作为一种小草，如果不是人类喜欢它那特殊的香味，当蔬菜吃，那它就几乎会成为一种无人知道的太过普通的小草了。两千五百多年前，我们的先人就赞美它了："谁谓荼苦？其甘如荠。"吟咏此句，让人悠然穿越过漫长的岁月，以荠入馔，在中国的历史是多么悠久啊！而大约三千年前就为人们所熟知和利用，可知荠菜是原生于我国的植物。

虽然荠在古代就已被称为荠菜，但长期以来，荠菜一直是野草，没有栽培，要吃荠菜，只有春天时到野外去挑，因此它又叫野菜（也可见它是春天野菜的代表）。这让人想到就像许多人才，虽被单位使用，但还是未列入名册。因是野生，挑荠菜也就称之为挑野菜。二十世纪五六十年代生的人，大多挑过野菜，因为成年人忙于各种事务，挑野菜多半是孩子或者家中女性做的事。

苏州人太爱吃荠菜，春天挑野菜，几乎可以说是一种民俗。"春日载阳，有鸣仓庚。女执懿筐，遵彼微行，爰求柔桑。"西周时中国人的这几句诗，只需改最后一个字"桑"为荠，简直就是苏州女孩挑野菜的写照了。这挑回来的野菜，意境可以和苏州另一名产碧螺春茶媲美。

苏州老城区虽说唐时已经"故宫闲地少"，但城市风貌总的说来直至改革开放前还是疏朗清淡。二十世纪九十年代前古城中还有空地甚至农田，还有拆废城墙留下的土丘，孩子们去这些地方挑野菜就如在家居附近。苏州城市周边有山有湖，风物清嘉，人们祭扫庐墓、春游等，也可以顺便挑野菜。晚清上海《点石斋画报》因编辑、绘画者苏州人士为多，常报道当时江苏省的省会城市苏州的新闻。有一次苏州城南租界有领事馆举办活动，邀请苏州士绅携女眷参加。那些女士到了那里，见地上成簇长着荠菜，就不顾外交礼仪，纷纷撩起裙裾，奔向荠菜，蹲了下来，大挖起来。这一有失体面的事，在沪上传为新闻。而在苏州人看来，男人们自去做外交正事，女人们去挑野菜，不亦宜乎，难道不知道明代文人高濂说过"若知此物（指荠菜），海陆八珍可厌也"的名言吗？居然还被上了报纸、图文并茂地作报道，真是少见多怪。

大致二十世纪九十年代后，苏州风俗开始丕变。原因是多方面的，如极刚性的独生子女政策、城市化大潮、对外开放、外来人多于本土居民、核心家庭化等等。苏州挑野菜风俗式微，成了一种乡愁，这只是其中一例，原因还有一个，就是栽培荠菜开始上市。

栽培荠菜，让野草收编为蔬菜，并正式进入商品行列，三千年编外人员转正，可喜可贺。苏州人心很细，把栽培的荠菜叫作"家荠菜"，荠字发音作"谢"字。如果听到苏州人说"谢菜"，其实就是荠菜——也不知这意思是不是苏州人想对荠菜表达一种感谢之意呢？

栽培荠菜的原植物取自野生荠菜，据说这项工作首先是从长三角地区开始的。但到2020年，甚至东北等地也有栽培荠菜了，几乎可以说成了全国性的栽培蔬菜。荠菜由于源自野生，栽培品种有点差异，至少有两种比较常见，即板叶荠菜和花叶荠菜。前者又叫大叶荠菜，网上有介绍说是上海市地方品种，吃口肥美而渣少，但香味较淡；后者是尖叶种，又叫百脚荠菜、花叶荠菜、小叶荠菜等，叶梗较硬，羽状全裂，叶缘缺刻深，遇低温后叶色转深带紫色，香味略浓，苏州人最为喜欢。

栽培荠菜的香和味都不及野荠菜，但满足了让人从此可以任性吃荠菜的愿望。荠菜生命期短，反过来说它生长快，因此利用大棚技术一年里可以多次播种，菜场里也就时常可见到荠菜的芳容了。不过专家认为，荠菜仍以年末两个月和年初两个月为最佳消费期。

其香如兰、其味清雅

苏州人比较喜欢吃荠菜，爱的是其幽雅气息，有的人还美其名曰"香荠菜"。当时得到荠菜不易，故而身份高贵，主要是在春节时吃。春节吃荠菜方式有：荠菜肉丝（配点冬笋丝更妙）春卷，常用来招待拜年客人；年菜中有荠菜与冬笋片同炒或与肉片（或肉丝）同炒的菜。

冬天时苏州菜馆常用新咸菜（雪菜）炒冬笋，有至清至爽至鲜之味。那么，和雪菜争风头的是什么菜呢？那自然是荠菜了。大厨将荠菜烫过挤干汁水，切成细末，再和切成滚刀块或切片的冬笋同炒，不用葱蒜取香，全靠油锅炒出荠、笋的天然香味，最后还要略勾点芡，让荠末挂在冬笋上，盛在白瓷盆子里色彩清雅悦目是不用说的好，而且荠笋相配，色彩清雅，味又清新隽永，是下酒菜、热炒菜，也是宴席上可以用于接待贵宾的高档菜——如果喜欢重口味重香味的，必然欣赏不来此菜，到苏州菜馆就不建议点啦。

记得有一年春节，父亲要让我品尝最正宗的苏州荠菜团子，母亲拣荠菜，他调馅，母亲再做成团子，煮好后盛在碗里，玉白的水磨糯米粉皮里面隐隐露出淡绿来，很是好看。但我一吃馅是甜的，还放了猪油丁，觉得一点也不好吃，好像还说了不得体的话，父亲在旁看了深为失望。后来才知道这是过去苏州真正的荠菜汤团，很可能过去得到白糖不容易，大多是富贵人家才吃甜荠菜汤团。华永根先生也告诉我说，过去苏州的一些著名面店、菜馆，下午会出售一种名为水晶包的点心，其馅为荠菜末与猪油丁，甜口，深受苏州食客欢迎，估计北方食客让他吃这甜点心会掩口而遁了。

荠菜馄饨是苏州人常吃的食品，既可做点心，又可做主食，既有自己包，面馆点心店也多有供应。因放一点猪肉馅，所以又叫荠菜肉馄饨，吃时不配醋、辣酱之类，因为这会影响品尝荠菜原有的那股香味。其他季节用荠菜与豆腐同煮，或为羹，或为汤，也可炒肉丝，还有就是烧菜饭，放点荠菜，或者荠菜、冬笋、肉丝炒年糕……

不过，说了那么多苏州人爱荠菜，多少有点介绍苏州民俗的意思，其实整个江南，都是很喜欢吃荠菜的。比如宁波那个地方出水磨年糕，这年糕两指宽，巴掌长，玉白色，无糖无盐，是一种淡味糕，特点是又韧又滑，一般是切片炒了吃。水磨年糕有用韭芽炒，有用白菜炒，有用咸菜炒，苏、沪、杭等地受宁波影响，都很爱吃，也有店家供应炒年糕。

但最上品的是宁波炒年糕，是享有美誉的"荠菜肉丝炒年糕，（并夸张地说）灶君菩萨伸手捞"（宁波俗语）。苏州人坚持用肉丝炒水磨年糕，显得细气，上海人则用大排骨，显得实在，而宁波人还会用鸡蛋或烤菜来配水磨年糕。这烤菜是用青菜或大头菜叶，往往不切段，炒过后放生抽、糖（有的还放一点醋）、盐煮至又糯又烂，和年糕一起煮，味道极佳。有人写文章说："绿油油的菜丝，猪油白色的年糕，黄澄澄的鸡蛋，组成了宁波人心里的珍珠翡翠白玉汤。"

现在因大棚栽培技术普及、冷藏技术高强，可以全年吃到荠菜，但苦恼还是会浮上心头："现在的荠菜一点也不香了！""到农家乐去吃的也是家荠菜！""还是要吃正宗野菜，才有味道！"

那怎么办呢？常有人在许愿："……啥辰光有空，去挖野菜！"

好啊，那就春光明媚日去郊外走走啊——问题是大多数人也就这么说说罢了。

上得了餐桌入得了园林的蕹菜

花像牵牛的蔬菜

2016年10月，郑州市园林局宣布："人民公园'秋园'修缮完成，园内又增添了一种新的水生植物——空心菜。"

郑州人民公园里的秋园，水面相对较小，水源要靠人为蓄水和自然降水，与外界水系没有形成有效循环，近乎一潭"死水"，水质不理想。园方决定在秋园水系中种植空心菜，希望靠它能改善水质。园方还解释说：空心菜上得了餐桌，入得了园林，本身花色丰富，具有良好的景观效果，在净化水体的同时也可以起到亮化水体景观的作用。

水上种空心菜，是一千八百年前就已有之的栽培法。晋人嵇含《南方草木状》卷上有关于"蕹"的记载，说："南人编苇为筏，作小孔，浮水上，种子于水中，则如萍，根浮水面。及长，茎叶皆出于苇筏孔中，随水上下，南方之奇蔬也。"这表明蕹菜一是南方菜，二是原先主要水生蔬菜，也不知哪年上了岸，反正至少在明代时已是水、陆皆可种植的蔬菜了。

郑州市园林局在秋园里种的水生植物空心菜，是一种常吃的蔬菜。中年以上的苏州人，叫作蕹菜，"蕹"字在苏州话里的读音和"翁"字一样，有人写时就在"翁"字上面加个草字头。至于叫空心菜，印象里苏州是在二三十年里才兴起来的一个新名词。明代李时珍《本草纲目》卷二十七"蕹菜"

条说："蕹与壅同，此菜惟以壅成，故谓之壅（蕹）。"这是李时珍的观点，如果从音韵的角度考虑，"蕹"会不会是"空"字的音转呢？"蕹"是形声字，上面草头是象形，下面雍不过是象声。

小时候看到路边开有白色稍许带点红紫的喇叭花，因为这一"野草"不会通过绕藤攀缘生长，只会趴在地上，悄悄地开花，有时被人看到，但大多数人匆匆走过，未必会留意。我们小孩子个子矮，喜欢蹲下来观察地上的"微观世界"，有次我发现了这白色的喇叭状花，就以为是牵牛花，开心地大声唱起民歌："牵牛花，像喇叭……"

有大人走过，一笑而过道："小朋友不要'阿曲'呢！这不是牵牛花，是蕹菜！"

至于说空心菜，在苏州还另有含义，指的是商朝亡国之君纣王杀其叔父、忠臣比干，施以摘心酷刑的故事。随着《封神榜》故事淡出人们生活，这一故事已基本没有人留意了。现在苏州外地人已超过本土人，成了中国第二大移民城市，这可看作苏州在全国城市发展、城市竞争大潮中的成绩之一，但对苏州话也造成了空前冲击。菜馆、饭店里服务员基本是外地人，如说蕹菜，很多服务员、顾客未必明白，为了省事，性格随和的苏州人就索性叫空心菜了。如是您听到有老苏州人还在坚持说蕹菜，是不是有点古色古香的感觉？

蕹菜为什么会被误认作牵牛花？这不怪孩子。空心菜和牵牛花同属旋花科，开的花都为喇叭状，确实是亲属。区别是空心菜为甘薯属，牵牛花为牵牛属，两者的叶子不一样；牵牛花的蔓会缠绕攀缘，而空心菜的蔓（我们都叫它梗）是直的，虽往往匍匐在地生长，但它不屑为把喇叭状大嘴巴举得高高而刻意攀缘。

此物江南有，沙场种不成

蕹菜作为一种蔬菜，元末明初江西诗人刘崧有诗说它："瓮菜抽青玉，葱根结水晶。此物江南有，沙场种不成。"可见在古代它是江南的一种蔬菜。我国从长江流域到南国普遍栽种，甚至远至南洋等地也种植，因此国内外都培育出许多蕹菜品种，各有其特点。现在市场上有一种叶片竹叶形，呈青绿色，梗为绿色的良种蕹菜，就是从泰国引入的；还有一种大叶空心菜：茎白特脆，是从我国香港地区引进的。此菜古人说它"节节生芽"，容易生长，因此现在南北都有种植，所以郑州很自然地认作本地植物了。

蕹菜茎空，有人认为，凡水生植物，茎都是空的，这倒没有留意，长在水中的植物也需要呼吸吧。因为人们的努力，蕹菜水生之外，还分出了一支适应长在地上的旱生种类，比如江苏就以种植旱生蕹菜为主。虽说是旱生，但蕹菜生长原本就要求不多也不高，天性比较能长，又有着喜水的基因，不怕潮湿。

苏州是水乡，低洼地多，地理环境很适宜蕹菜成长。种植蕹菜不是太繁难，一亩地大约可收六茬，产量在五六千斤甚至更多，过去农民比较愿意种植，因此夏季苏州市民的餐桌上不会缺少蕹菜。现在苏州蔬菜田少了，大量蕹菜来自外地，品种繁多，一般市民未必能搞清楚品种什么特点，如果选购蕹菜还是凭老经验，那就落伍啦。

蕹菜从繁殖方式来分有两种，一种是结籽的叫子蕹，北方多种；不结籽（当然也基本不开花）的叫藤蕹，通过扦插种植。有人认为旱生的味浓，有人认为水生的味浓。其实对蕹菜的基本要求是要嫩、脆，如果粗老，那就不堪食用了。

蕹菜许多场合也以叶或梗分，叶有大叶、细叶（或叫柳叶）之分，梗有青（绿）梗、白梗之分。苏州较喜欢青梗、细叶的那种，认为这一品种比较嫩，这是吃叶为主。有时会吃蕹菜梗，选配香干丝、肉丝、虾米、辣椒之类同炒，吃其脆嫩爽口的感觉，这就以白梗蕹菜为宜了，菜场里甚至有专门摘尽叶子的蕹菜梗卖，讲究的人会把蕹菜梗切一样长，再剖开，摊平，切成细丝，炒出的菜显得精致好看。

苏州等地主妇夏天时蕹菜的吃法常常不分青梗、白梗，就是"一菜两吃"，将叶子和嫩尖摘下，单独炒食或煮粥吃，一盘蕹菜叶，颜色翠碧，十分清雅。蕹菜梗管它翠绿还是淡绿，和香干或红辣椒炒，又是一道很下饭的爽口好菜。如果同西瓜皮丝同炒，有很好的清暑作用。

因蕹菜怕冻，所以深秋就无此菜了。另一方面，苏州人一般也不吃秋蕹菜，因为苏州人吃讲时令，认为蕹菜是寒性植物，有清热凉血的作用，夏季天气酷热，吃蕹菜比较养生，但秋深或冬季时就不宜再吃它了。现在有反季节菜，冬季也有蕹菜上餐桌，那是暖棚里种植出来的。一位名中医生前和笔者谈起现在季节菜品种多，颇让人感觉时令混乱。他认为吃蔬菜应该依时令而食，反季节菜偶一为之可以，但不宜当名贵菜吃。

莫忘祖根思乡菜

蕹菜太过平凡，也价廉，一般人就不太留意它，写文章的人也很少注意它、说它好话。世事往往就是这样，好像太没有架子反倒不被尊重，谦虚朴实的君子没有市场。其实蕹菜的优点挺多的，一是它的颜色碧绿，炒了以后也基本不变色，盛在菜盆子里上桌，绿得很精神很悦目呢。二是蕹菜是很有营养的蔬菜，特别是粗纤维素含量较丰富，能促进肠蠕动，有利通便，有降脂减肥的辅助作用。三是网络上有文章说吃了蕹菜"可洁齿防龋除口臭，健美皮肤"，有人赋诗夸赞"席间一试青龙味，半夜醒来嘴犹香"，这个说法可以做参考。

蕹菜其味清香，是一种清淡风味的蔬菜，在让人胃口不佳的夏天，是一种很好的绿叶蔬菜。苏州人喜欢价廉物美的蕹菜，其实很多地方都很喜欢蕹菜这一蔬菜。广西的博白地区，对此菜怀有很深感情，为当地的蕹菜申请了国家地理标志，作为本地的一种土特产。当地人说："博白是个客家大县，游子遍全球。他们每次还乡祭祖再返回旅居地时，常常精选细包，带上一捆家乡蕹菜，与在他乡的亲友共享家乡美蔬，并美其名曰：'莫忘祖根思乡菜。'"看了这个让人挺感动的。据说广州、香港，还有泰国也很喜欢吃蕹菜，很有可能和博白客家人的影响有关系吧。

蕹菜吃法主要是炒，要求火猛、锅烫、油热，翻炒速度要快，一般翻十来铲刀就可以了，煸炒的时间一般不要超过一分钟，所以有人戏说它是"一分钟热度的蔬菜"。也有人煮蕹菜粥，白米绿叶，吃时别有一种清香，可以一试。

蕹菜的炒法说来很是简单，几乎可以说人人都会，苏州人过去吃法简单，只放油和盐清炒，可能是生活清苦所致吧。

蕹菜暮春时就开始上市，可以一直吃到秋季。夏天，蕹菜可谓当令蔬菜，正赤日炎炎之际，绿叶蔬菜特别是青菜伏缺时，蕹菜可以让人夏天的餐桌上不缺绿色。

蕹菜味偏清淡，吃蕹菜主要吃其清香味，最多炒时烹一点点白酒。二十世纪八十年代后，随着对外开放特别是南风北上，粤派的炒蕹菜放蒜末或放蚝油的炒法，也进入了苏州。苏州人一尝，哎，味道不错，现在蒜末（或跟着广东人叫蒜蓉）炒蕹菜多于苏派的酒香蕹菜了。随着许多川湘贵和北方等地人来到苏州打工、定居，也带来了豆豉炒蕹菜、朝天椒炒蕹菜、酸辣蕹菜、大酱炒蕹菜等烹饪方法，苏州有的饭店甚至用铁板烧方法来烧此菜，这些新烹调手法丰富了苏州人吃蕹菜的方法。

对了，不能老谈如何吃蕹菜，而忘了它的天生丽质。蕹菜的观赏性现在开始受到重视，不仅郑州，其他也有许多地方在公园里的一些水面上做几个微型浮岛，在上面夹种蕹菜与美人蕉，供人观赏不仅别有风情，而且也有利于清洁水质，这是蕹菜在为我们做新贡献。

勤俭还是清白：那有诗意的蔬菜

那是梁红玉留下的蔬菜啊

苏州其实是一个大家庭的名称，下面有古城为主的姑苏区，古城南面是拥有太湖水面和岛屿最多的吴中区，古城北面为相城区，最南面和浙江、上海接壤的是吴江区，古城西面叫高新区（虎丘区），古城东面是和新加坡合作开发的工业园区；还辖有东面与上海接壤的昆山，北面的常熟，东北面的太仓和西北面的张家港，这三个县级市有个共同的特点——都是沿（长）江城市，而且生龙活虎，发展后劲足。

有次到张家港市的东渡苑去闲逛，这是个纪念唐代大和尚鉴真在这一带起锚东渡日本成功的景区。走着走着，树密绿浓，环境清幽起来，忽遇一湾河塘，水里荷叶田田，正开着粉红的荷花，不远处有一石拱桥，看桥名叫"马嘶桥"，正想这桥名和叶碧花娇的环境有点不搭啊。却又看见一个高高石雕，耸立在石座上。那雕像是一对男女，穿着戎装骑在飞奔的骏马上，英姿焕发。看介绍才知道前面的男将军是韩世忠，后面女将军是梁红玉。

咦，这里怎么会有南宋这对抗金名将夫妇雕像的呢？

原来，南宋建炎三年（1129），金兀术率大军南侵，韩世忠与刘光世二人联手率军驻防今江阴至常熟福山一带。故而今天张家港有许多关于韩世忠的故事如韩山村等，还有军中水瓶"韩瓶"出土。

晚上在席间吃到一种让人口清气爽的香干炒水芹菜，有人介绍说，这水芹菜叫"弄里芹菜"，是这里的特产，还和梁红玉有关呢。听此一说，大家油然生起对此菜特别的好感，每人都夹一筷，一盘芹菜全都吃光了。

何谓"弄里水芹"？张家港市政府网上对此有隆重介绍：起因是朱家弄宅基一带种植的芹菜最为上乘，故称"弄里水芹"。朱家弄四面高凸，中间低洼，是个天然的"水乡盆地"。500多亩芹菜田肥沃潮润，栽植的芹菜有白茎长、叶柄青、质地脆嫩、耐寒等特点，并能较长时间地存放，具有较高的食用价值。"弄里芹菜"无论是清炒还是与豆制品素炒、和肉类混炒，都很鲜美，且风味各异。如用开水烫煮，浇上酱油、麻油等作料，拌作冷菜，则香脆、鲜嫩、爽口，是冬春家庭饭桌上的佳肴，近年来又进入城市的饭馆酒楼，成为人们喜食的一道绿色食品。

张家港市博物馆高新天老师在《光明日报》2015年4月16日第5版发表《韩瓶：讲述韩世忠抗金的故事》文章，其中说："当时张家港境内的滨江重镇——庆安（时称石闼市），地处江尾海头，扼江海咽喉，立江防要塞之首，属兵家必争之地。韩家军驻扎庆安期间，将士们用衣服拎土，堆筑用作瞭望的土墩，百姓称之为服拎山，后称茯苓山。相传，韩家军在庆安曾一度粮草供应不足，士兵生活十分清苦。韩世忠夫人梁红玉就带领女兵到附近村野中挖野菜充饥。在庆安南面的朱家弄村附近，她们发现在一片浅水塘中生长着一种叶子翠绿、茎长根白的野芹菜，洗干净一咬，只觉得有一股清香的味道直沁心脾。当得知在青黄不接时老百姓常到水塘边挖此野芹菜充饥后，韩夫人马上带领女兵挖了满满一大竹篮，带回军营食用。后来当地百姓就把它称作'玉芹'，亦称'弄里芹菜'。直到现在，弄里芹菜仍旧是张家港普通家庭的常用菜肴。"许多食材，因为和历史事件、历史名人挂上了钩，有了半真半假或真假莫辨的典故或索性是传说、神话，吃起来就会觉得趣味盎然，甚至感觉味道真的好吃了不少。

苏州东郊（现已成为工业园区，洋气十足的新城区，估计水芹无地可种了吧）、常熟等地也出产优质水芹，然而"弄里水芹"因为和爱国女将梁红玉有关，吃了感觉味道更为可口，清香更为悠长。

有了故事相衬托，这菜就让人食趣盎然——所以中国食材的传说、典故特别多。

和苍耳分道扬镳

其实芹在古时并不是一种美蔬。《列子·杨朱》讲了一个寓言："宋国有田夫……谓其妻曰：'负日之暄，人莫知者，以献吾君，将有重赏。'里之富告之曰：'昔人有美戎菽（胡豆）、甘枲（xi）茎（苍耳）、芹萍子（水芹，多半还是野芹）者，对乡豪称之。乡豪取而尝之，蜇于口，惨于腹，众哂而怨之。其人大惭。'"

这故事是说，春秋宋国有个农民，有一天对其妻子说："晒太阳要晒后背，人们都不知道这样晒那有多舒服。我要把这个方法献给我的君主，将会得到重赏。"他妻子不好阻拦他的痴念，就讲了故事："过去有个人觉得胡豆味美，苍耳、野芹味甜，对乡里的富人称赞不已。乡里的富豪从没有吃过这东西，听他这么一说，就取来品尝，结果嘴像被蜇了那样疼痛，肚子也非常不舒服，大家都笑话他没见识，还责备他夸耀这不好吃的东西是在害人。那个人也非常惭愧。"

后来人就以"献芹"这个词来谦虚地表达自己赠品菲薄或建议可能见识浅陋，但心意真诚之意，请对方不要责怪。

苍耳在这故事里和水芹并列，但苍耳子并没有成为蔬菜，而芹菜却成了一种很有特色的江南佳蔬，这是千百年来人们辛勤栽培的结果。《吕氏春秋》说"菜之美者，有云梦之芹"，这透露大概在两千多年前，江南局部水乡地区栽培水芹就已取得成果了吧。苍耳和水芹的不同结果告诉我们，任何人或物，莫问出身，只要努力，再卑微也可以改变命运。

水芹

江南多水田，各地均有水芹栽培。

一般说来，一亩水田种上水芹，一年可收多茬，一次可收三四千斤，效益还是可以的。不过水芹以冬季质量最好。从安徽到江苏到浙江，种水芹的地方不少，但因为栽培技术、食俗习惯、市场要求等原因，各地水芹的质地并不一样。比如，苏州人很喜欢这种蔬菜的清雅的香味，淡淡的甘甜，脆嫩无渣，将水芹列为"水八仙（鲜）"之一。因此苏州人吃水芹菜比较喜欢梗肥白而脆嫩，并不喜欢青梗长长、模样挺拔的水芹。而在安徽桐城、舒城一带，水芹就梗长碧绿，人们以此为美蔬。

可能江苏南部都喜欢梗短而白嫩的水芹吧，因此为了栽培出芹梗白嫩部分尽可能地长，有的地方芹农就要在水芹长到一定的时候把它拔起来，再深插进泥里，就像种植水稻插秧那样。虽然费工，但这样种出的水芹品质上乘，上得宴席，成本和收益划得来，所以有人种植，成为地方特产。

采芹时，人坐在椭圆形木桶的芹桶里，这芹桶看上去像一只袖珍船，因此多为体轻的女子采芹，好在江南女子个子不高，身体都很轻盈曼妙。一般人不会坐芹桶，容易侧翻。采芹就是弯腰前俯，将水芹连根拔起，不能拽断嫩脆的芹梗。采芹在手，随手在水中摆动根须洗去根上泥，再排放在桶里。这样的采芹是一幅很诗意的江南风情画，当然也是小农经济形态下的芹田风景。

现在是大面积种植水芹，采芹是将水放干至仅盖脚背，穿了高筒雨靴下田拔芹。一般是分了工"采芹"，或拔或洗根或捆扎，采芹变得有点粗暴，自然效率是提高了。分工明确、追求规模效益而程序没有可看性，这是现代商品经济的特点。

过去水芹的梗中藏有蚂蟥，母亲那时洗水芹要将芹梗一根根扒开来细细看，一斤水芹要洗个把小时，而吃水芹的最佳季节又往往是冬季，洗水芹把手指冻得生疼，母亲因此常边洗边叹道："水芹好吃汰干净难。"声犹在耳，细想已是半个多世纪前的情形了。

现在，水芹菜的梗里再也没有蚂蟥这个烦恼了。这当然和水质有关，是喜是忧，说不清楚。

芹菜的祝愿和期盼

据有的人撰文说，他还在常州溧阳的天目湖那里吃到梗全白的水芹，而且味也很香，原来，"这芹菜非家芹，而是野芹菜在成长过程中，通过蒙盖、堆叠等手段，把它与阳光完全隔离开来，最终长成一身的冰肌玉肤，其生产过程相当于韭黄。"有人这样介绍说。

原来，现在有的地方比如溧阳，为了水芹的白梗，别出心裁反弹琵琶，探索出旱地栽培法：将水芹采用培土加夹板，让植株埋在土中至少有三十厘米，加上充分的有机肥，经过三四十天，水芹植株已大部分软化变白长胖，还长出许多嫩黄色叶芽的新茎叶，名之为溧阳白芹，又叫旱地夹板芹菜。卖相非常好，吃口也极佳，成为受欢迎的优质水芹。

说到野芹，我曾经吃过，那是苏州城外一处山坞里长在山涧两边的，青翠欲滴，但其味浓而粗苦，并不可口。联想到江南好多地方，过年时要吃水芹，有的地方叫喜盘，苏州等地会在除夕那天大团圆的一年中最喜乐隆重"年夜饭"上，安排此菜，一般是香干炒水芹，或清炒水芹，或拌水芹，非常朴素，那顿饭往往许多菜有"口彩"，寄托着对来年的希望和祝愿，而水芹是取意"芹""勤"同音，教育孩子在新的一年里或以后的日子里，要勤勤俭俭；因为水芹叶炒熟后仍是青绿，母亲也说过水芹一清二白，做人就要这样子。

我本来是认同这样的风俗的，但想很可能原先不是这意思。苏州是个文风很盛的地方，这文风主要是指科举思想。《诗经·鲁颂·泮水》："思乐泮水，薄采其芹。"毛传："泮水，泮宫之水也。"郑玄笺释："芹，水菜也。"我想这写入诗中的水芹，应该就是味浓而粗苦的野生水芹，而不是栽培芹菜。

古时学宫有泮水，后来人们将泮宫代指学宫，后来秀才入县学，举人入府学，为以后考进士做准备。此诗写入学者采泮宫的水中之芹以为菜，科举时代就说学童入学为"采芹""入泮"，明、清时指经本省各级考试入府、州、县学者，通名生员，俗称秀才，亦称诸生。能够吃芹菜，寓意读书有了好的开端，得以成为秀才。二十世纪五十年代时，我外婆租房的房东，是一对勤劳厚道的人家，那男的白胡须还辛勤劳作，女的慈祥如菩萨，我也叫作外公阿爹和外婆，那"外婆"呢，总是客气地回称我"相公"。后来我才明白，读书人成为秀才，在社会上就叫相公，举人就叫老爷了，能够采水芹菜而食，其地位就不一样了。

苏州人过年吃水芹，可能原先是和科举时代的祝愿、期盼有关。但

1863年年底开始占领苏州达三年的太平天国军政集团退出苏州，一个百万人口的繁华城市变成废墟，人口仅剩数万，到了1966年苏州市人口连上郊区还只有54万人。也就是说，经过百年努力，城区人口未恢复到当年一半。在这百年过程中，加上过了四十年后的1906年国家废止了科举，苏州人过年吃芹菜，口彩的寓意发生了变化，绝大多数人家是要求孩子"勤勤俭俭"过日子、"清清白白"做人。

　　不过话说回来，不去管什么口彩、寓意，在江南吃到水芹，美味入口，确实是一件让人神清气爽的赏心乐事。

药芹：蔬菜中的好干部

来自西域的珍蔬

唐代诗人柳宗元发配在僻远的柳州，没啥事干，就自己找乐进行文学创作，写诗啊，写寓言啊，写游记啊……有一天他兴之所至，想换个体裁，就写起了超短篇小说或者说微小说。唰唰唰写了四十三篇，分作二卷，取名《龙城录》。龙城者，柳州的别称，取此书名，是为了纪念在柳州的岁月吧。

书里讲些隋唐时帝王官吏、文人士子、市井人物的轶闻奇事和神鬼故事，是否为真实历史，人有疑惑，内容大致半真半假，列入小说之列，被《古今说部丛书》收载。

该书第二则故事为"魏征嗜醋芹"。原文是："魏（征）左相忠言谠论，替襄万几，诚社稷臣。有日退朝，（唐）太宗笑谓侍臣曰：'此羊鼻公不知遣何好而能动其情？'侍臣曰：'魏征嗜醋芹，每食之欣然称快，此见其真态也。'（太宗）明日召（魏征）赐食，有醋芹三杯。公见之欣喜翼然，食未竟而芹已尽。太宗笑曰：'卿谓无所好，今朕见之矣。'公拜谢曰：'君无为故无所好，臣执作从事，独僻此收敛物。'太宗默而感之，公退，太宗仰睨而三叹之。"

故事说左宰相魏征好提意见，虽然是匡扶皇帝的大忠臣，但唐太宗对他那种无私无欲刚正不阿的做派有点不爽，背后叫他"羊鼻公"。有天他和太监商量，如何让他暴露性格，出出丑。有太监建议说，他喜欢吃醋芹，一见此物，就装不出正经样了。第二天，唐太宗赐魏征三杯醋芹。魏征先把芹菜吃掉了。太宗就讥笑他，你也有爱好啊，让我亲眼见到了！魏征明白皇帝是以此证明他也控制不住自己欲望，于是跪下告辞时说：皇帝你应该像你祖先老子（就是李耳，道教中的太上老君）说的那样无为而治，所以对皇帝的要求是无所欲望、无为而治；而我做你的臣工为你干活，确实有点喜欢吃这低贱之物的欲望（意思是下人有点欲望正常，更何况我嗜食的是低贱之物呢）。太宗听了，感想很多，魏征告辞出殿后，他还望着天花板，感慨再三。"食未竟而芹已尽"意思是三杯醋芹里还有主食，看来吃这东西的规矩是杯中的"食"要和醋芹一起吃掉而不能醋芹先吃光。

那么，这杯里的醋芹是啥东东？该不会是醋拌芹菜盖浇饭吧？有人考证

芹菜

　　　　　　　　　　　　　　　　　　　　　　江南风情好

这是芹菜洗净后，通过发酵变酸，成为吃面条的浇头。魏征喜欢吃酸芹，就先吃光了醋芹，结果杯中还留下面食（但最终还是会吃掉），被太宗借机讥讽。不过魏征的回答也挺不客气，所以太宗心意难平了。这故事借芹说事，意味深长，也许影射了作者自己。

让研究者犯难的是，唐太宗赐魏征的醋芹，是什么芹菜？

有的说，芹菜么，中国自古就有，有春秋战国时的诗文为证；也有的说，水芹为我国固有蔬菜，而芹菜原产于近东（外高加索等）或原产地中海沿岸沼泽地带或原产于欧洲至印度和亚洲草木茂盛的沿海地区（具体说不清楚，只是个大概方位吧），汉武帝时（前二世纪）张骞通西域时传入，后在中国推广开来。

如果是我国古已有之的水芹，是那么稀松平常的蔬菜，魏征见了醋拌芹菜何必那么馋嘴呢？想来是西汉时从西域传入的药芹，在唐初时还没有成为普通蔬菜，有点稀罕，所以魏征会好这一口，见了会失态，连宫里的太监都知道。

这西域来的芹菜，属伞形科植物，一年或两年生草本，别名叫旱芹，是为了和水芹有所区别。有人喜欢芹菜的香味，称之为香芹，也有人觉得这香味不像清香，属于药材系列，就叫作药芹。我小时是二十世纪五六十年代，那时父母辈工作强度大，特别是在丝织、纺织业工作，车间里机声震耳，工人往往患有高血压，人们普遍相信药芹能降血压，甚至说每天绞一杯生药芹汁饮下，有降压作用，平时吃药芹，也有利于降血压。这一说法直到今天还有文章介绍。其实，药芹并无降血压作用，最多芹菜含钾量相对较高，纤维多，吃了对身体有点辅助的好处吧。

药芹和西芹

有的辞典上说，芹有水芹、旱芹（本文不用此名，而称芹菜、药芹或香芹）、西芹三种，西芹是西洋芹菜的简称，传入不足百年，作为新蔬菜普及度一般。想来西芹和药芹本出同源，不过是菜农精心培育出的一个新品种吧。

北方人大多不识水芹，南方则三种芹菜均有，三者风味有别，各芹吃法各异。芹菜因叶柄颜色不同，分为白芹和青芹。白芹的叶柄宽厚，嫩而不脆，香味淡；青芹叶细长，浅绿色，香味浓，产量高，嫩而脆，品质好。其实这样的说法也不过大而化之，各地都有各自的当家品种芹菜。像有"芹王""中国第一芹"之称的柘城胡芹，是河南省商丘市柘城县胡襄乡胡庄的特产，据说栽培已有千年。它棵长梗大，长逾一米，采收后再经一个多月的窖藏，其味道变得脆嫩爽口。在此过程中胡芹还会新长出细嫩茎秆，其颜色鲜嫩发黄，称为芹黄，是芹菜中的精华。芹黄脆嫩爽口，既可凉拌、热炒，也可鲜吃，但江南市场还很罕见。北京市的蔬菜科技人员则反弹琵琶，培育出一种细矮的药芹，形状秀丽，梗绿而脆嫩，清香宜人，品质上乘，在苏州等江南城市特别受欢迎，人们雅称其为香芹，被大量种植……总而言之，各地药芹品种好多，无法细述。

还有一种欧芹，又叫荷兰芹、香芹、洋芫荽，也属伞形科，香味较为浓烈，进入中国厨房大约还是改革开放以后吧，除西餐、冷餐用得较多，一般家庭还没有习惯食用，此文就不谈了。

药芹进入中国后，穿过漫漫时光，现已泯然成众蔬之一了，不仅是最平民的主要蔬菜之一，而且我有时觉得药芹在蔬菜国里就像一个品质纯良的好干部。

首先，药芹吃法多样，爆、炒、拌、泡、腌、煮（汤）、做馅均可，随便你领导要怎么使用，要它跌打滚爬还是坐冷板凳，热菜还是冷菜，它都不改本色，始终是那么翠绿、清香，让领导放心。芹菜团队精神好，搭配任何其他菜，都会态度谦和地真诚配合。比如肉丝炒芹菜、金钩（就是去壳的优质虾米）炒芹菜、芹菜炒乌贼，稍微加一点荤菜就阳光灿烂；用素的食材与它同炒，同样成为可口好菜，比如香干或腐竹炒（拌）芹菜、百叶炒芹菜、蘑菇炒芹菜……不仅上得台面，而且味道、营养都甚佳。

它可以做配料，比如泡菜时放点药芹，虽然只是让它做点缀或调味、助香的小配角，它也无怨无悔，能上能下，默默起到本分作用。用它垫底、围边，地位边缘化，明明最终未必会有人吃而被弃为厨余，那也没有问题，它仍然绿得娇嫩、脆得清香，就默默地让任何人看着都很舒服。有时就光用芹菜，啥好处都不给，将芹菜梗用盐开水烫后或泡渍后，整齐切段，排在冷盆中，哄人似的芹菜上撒一点枸杞或花生碎做点缀，它也能独当一面是一道清爽去腻的好菜，上得小酌的酒桌也上得高档宴会。更重要的优点是芹菜价格便宜，用它为菜可以节省筵席成本。不懂餐饮成本者，不足以谈美食也不会成为大厨师，但又有几人会想到芹菜原来是这般任劳任怨、使用成本低廉的优秀蔬菜呢？

西芹的"药"味极小，香气清淡，特点是梗粗壮但又脆嫩无渣，可以做"沙拉"生吃，炒食亦只需稍有意思半生半熟即可。经典的吃法是用兰州甜百合与西芹（梗斜切薄片）同炒，绿如翡翠白如玉，实在是一道赏心悦目、爽口去腻的素菜。

小芹菜参与大事件

关于芹菜，还有一段逸事。1969年"9月11日上午10时30分，苏联总理柯西金乘坐伊尔－62专机，途经伊尔库茨克抵达北京，同机到达的还有卡图谢夫、雅斯诺夫、巴扎诺夫等一干苏联党政要员。周恩来、李先念、谢富治、乔冠华等中国政府官员在机场迎候。宾主稍事休息，周恩来于10时50分在首都机场候机楼西侧贵宾室会见柯西金。会谈结束后，周恩来在机场设便宴招待柯西金。便宴后，双方继续就一些国际形势问题进行了交谈。据参加会谈的叶利扎维金称：'柯西金同周恩来的会晤连同便宴持续到16时'"。

事情过去了半个世纪，也许对这一在北京机场举行的外事活动，很多人会等闲视之。其实这次会见意义重大。这年年初，中苏边界东段乌苏里江冲突进一步升级。鉴于苏方不断挑起事端，我方开始在珍宝岛地区部署自卫反击。3月2日，中苏珍宝岛大规模武装冲突终于爆发。在中国和苏联关系极为紧张的时期，苏方主动借赴越南参加胡志明丧事活动返回时提出要和中国会谈，这才有了这次中国外交史上著名的"机场会谈"。

有意思的是，因为会谈时间长达3小时40分，中方要尽地主之谊，请苏方总理在机场便宴，事实上安排的是国宴规格，当然不是厨师能擅自决定的规格。这次宴会吃了些啥？过了40年，《扬子晚报》2008年9月29日刊发了吴跃农的通讯《中苏冲突后两国总理"机场会见"》，最后一章透露说：

洋葱

周恩来为柯西金准备好了一顿国宴便餐——名厨徐筱波的北京烤鸭，吃得柯西金连连称赞，以致飞机已经发动了又停下来。后来柯西金座机被人戏称"柯西金鸭"。

柯西金即将飞来时，中国首长灶四位掌厨师傅就接到通知，要求准备一席国宴规格便宴送机场烹制。总理指示：中苏两党两国关系敏感，宴席规格要高，要超过以往。

苏联客人口味，徐师傅再熟悉不过，他想起曾做过一道菜颇受苏联客人称赞，那是他根据京苏大菜系列其中一种创新而成，主料是全聚德烤鸭，经去骨细切，加工成鸭肉片，伴以甜面酱、芹菜、芦笋、洋葱爆炒，这道菜汇集全聚德烤鸭和南京盐水鸭优点，色香味俱佳，只是不知取什么名。

机场会客厅里周总理与柯西金已微露醉意，徐师傅大轴菜上桌。全聚德烤鸭素来蜚声四海，徐师傅一番烹制，更显巧夺天工之妙，只见厚薄均匀的烤鸭配以芹菜摆成的花朵，犹如一只全鸭游于花丛中，及至鸭片入嘴，又酥又脆，浓香四溢，柯西金连连跷指称赞。

柯西金吃了还要求带一份，周恩来总理关照按照原样再做一份，为此飞机又等了一会儿。

外交无小事，这一国宴中有个细节值得品味：为何此次北京烤鸭不是配惯常的黄瓜条，而是用芹菜（引者注：可能会是西芹）呢？芹菜寓意着什么呢？"芹"谐音"勤"，中国人给自己定的国民性是"勤劳勇敢"，芹菜花是不是暗喻中国人民是勤劳（勇敢）的，但摆成花又是对苏联总理访华表达中国的欢迎之意？

——我们后人只好按自己的想法对芹菜花费猜详了……反正，后来中苏关系有所缓和，证明这次会见是成功的。而宴会上的芹菜之花，将成为一个佳话而流传。

走过寒冬，最是那早春的清香

苏东坡难忘的家乡野菜

在暖阳的催生下，气温逐渐回升，各种春菜开始在田间地垄悄悄探出头来，嫩绿的小苗儿在微风中轻轻摇曳，而稚嫩的豌豆尖更是打着尖儿地伸出一枝枝嫩芽、一片片幼叶，召唤着人们去采撷。

豌豆尖也叫豌豆苗，就是枝蔓上那最嫩最绿的尖端。寒露时节是豌豆的播种时节，所以豌豆尖大部分时间生长在冬天。寒冬腊月，田野里的豌豆却精神抖擞，既无病虫害之忧，也无农药之扰，是地道的纯天然无污染绿色食品。虽然冬天也有豌豆尖，但始终没有春天的那么水嫩。春风吹过大地的时候，这些青青的豌豆尖再次苗壮成长，这时的豌豆尖长得最是惹人喜爱，叶子清澈通透如翡翠薄片，茎上抽出的纤细蜿蜒的嫩须隐约可见。选好合适的长度，轻轻一掐，脆嫩嫩的那一段就到了手里。儿时我也曾跟着父母去掐豌豆尖，总以为被掐了尖的豌豆会活不成，不承想在春雨的滋润下，那低伏的苗儿会迅速长起来，柔弱的豌豆永远保持着"发芽的心情"。

作者用诗一般的语言，介绍了豌豆苗这一蔬菜，在冬天里熬过冰雪时

光，春天到来时，长出"清澈通透如翡翠薄片"的叶子，不仅有清纯脱俗之美，而且只"选好合适的长度，轻轻一掐，脆嫩嫩的那一段就到了手里"，那是极佳的春蔬。作者说："春天植物长出的嫩芽充满着鲜嫩水灵的诱惑，让人难以抵挡。豌豆尖吃起来有着特别的豆香味，鲜嫩清新"，"那绿油油、嫩生生的豌豆尖的味道，仿佛就是一个清新春天的味道……"

但是这春天的味道，并不是中国固有的呢！虽然有人说两千多年前的《诗经》中"采薇采薇，薇亦作止"之句，人们采的那"薇"就是豌豆苗，事实上似乎不是一回事。

六十年前的苏州城内外，野草随处可见，悄悄地长着，让人见了感觉亲切。小时常能见到一种植株细小的野草，长辈说那是野豌豆，非常清晰的印象是，野豌豆和今天肥美娇嫩的豌豆苗差别甚大。

苏东坡谪居黄州时，写了一首《元修菜并叙》的五言长诗：

> 菜之美者，有吾乡之巢，故人巢元修嗜之，余亦嗜之。元修云："使孔北海见，当复云吾家菜耶？"因谓之元修菜。余去乡十有五年，思而不可得。元修适自蜀来，见余于黄，乃作是诗，使归致其子，而种之东坡下云。

> 豆荚圆且小，槐芽细而丰。
> 种之秋雨余，擢秀繁霜中。
> 欲花而未萼，一一如青虫。
> 是时青裙女，采撷何匆匆。
> 蒸之复湘之，香色蔚其馥。
> 点酒下盐豉，缕橙芼姜葱。
> 那知鸡与豚，但恐放箸空。
> 春尽苗叶老，耕翻烟雨丛。
> ……

苏东坡此诗所说的吃"巢"，看来就像是一种野豌豆，和今天的豌豆苗区别明显，应该就是那古代的"薇"。

陆游特意作更正

诗里的元修，是苏东坡的朋友，叫巢谷，字元修，眉山人。《东坡黄州年谱》记，北宋元丰五年"九月，巢谷来黄州，馆于雪堂，使儿子（苏）迨、（苏）过受其业"，苏东坡谪黄州（今湖北黄冈）时，巢元修前来陪他，苏东坡很感动，让两个儿子拜巢元修为师，反映出两人不一般的友情。

苏东坡离开家乡已经十五年，一个人当官场失意时，往往会想起家乡，苏东坡对家乡的怀念之物，竟是这野豌豆。世上事又往往是这样，想念家乡、亲人和往事，往往会是某一平凡的蔬菜（包括野菜），比如荠菜、野薤、香椿、芦芽之类。苏东坡让巢元修从家乡带来野豌豆种子，在黄州他自己的蔬圃（他取名叫东坡）里播撒，长出后采摘了嫩芽品尝。从吃法来看，不是品尝其清香，而是要用很重口味的调料，烧此菜又是酒，又是豆豉，还有橙皮，再加葱姜，并且是蒸后经过"湘"后再食，吃法、烧法都和今大不相同。

当巢元修和苏东坡一起吃野豌豆苗时，因为眉山当地称这野豌豆苗为巢菜，所以他就开玩笑说是他巢家的蔬菜，苏东坡索性调侃说是元修菜，谁知苏东坡名气太大了，这个元修菜的名字居然传了下来。

比如南宋诗人陆游有两首诗，谈到了这巢菜："冷落无人佐客庖，庚郎三九困饥嘲。此行忽似蟆津路，自候风炉煮小巢。"（《巢菜并序》）不过问题出在陆游在此诗序里："小巢生稻畦中，东坡所赋元修菜是也。吴中绝多，名漂摇草，一名野蚕豆，但人不知取食耳。"这里说的"吴中绝多"就是说作者的家乡苏州此物极多，但吴人叫作野蚕豆。蚕豆明明是西域引来，怎会在"吴中"到处长有野蚕豆呢？

好在他在另一首诗中作了更正："昏昏雾雨暗衡茅，儿女随宜治酒殽。便觉此身如在蜀，一盘笼饼是豌巢。"（《蔬菜杂味·巢》）小巢正是明此菜纤细的野生状态，而豌巢说明是野豌豆，而非野蚕豆，并有吃到巢菜有"此身如在蜀"之联想，那还是唱和苏东坡诗之意，学苏大诗人借吃野豌豆苗以抒发思念曾在蜀地生活过的感情。

也许这野豌豆有一种让人难忘的独特气味吧，所以人们大约两千年来一直没有放弃让它做蔬菜。一般认为，今天我们所吃的豌豆，起源中心为埃塞俄比亚、地中海和中亚，演化次中心为近东；也有人认为起源于高加索南部至伊朗。豌豆由原产地向东首先传入印度北部，经中亚细亚到中国……大概率是随丝绸之路进入中国，也有人说是唐代时引进中土的。

我们今天吃的豌豆苗和豌豆，和本土的野豌豆也就是薇、巢菜、元修菜等名堂的野菜，不是出于一源，而是经人家精心栽培、驯化，成为一种有种植价值的豆类作物。

在玉米、山芋进入中国有力解决粮食问题之前，中国引进许多植物首先是考虑药用，其次是能否做粮食，当作蔬菜相对是较后来的事，也因此宋元到现代，蔬菜品种引进大大多于古代。而因为古代人活动半径的缘故，中古时期从中亚那一带引进的蔬菜品种相对较多。

吃豌豆苗始于何时？据有人介绍，是在元代时开始的。耶律楚材写了一首《是日驿中作穷盘春》诗，也许可以为证："昨朝春日偶然忘，试作春盘我一尝。木案初开银线乱，砂瓶煮熟藕丝长。匀和豌豆揉葱白，细剪蒌蒿点韭黄。也与何曾同是饱，区区何必待膏粱。"诗中的"豌豆"匀和以葱白，想来是指豌豆苗，这一说法可做参考，不过还需专家学者作进一步考证。

嫩苗、嫩荚、豆籽

时光到了现在，豌豆苗是一种很普通但又气质高雅的蔬菜。一是其外貌清雅脱俗，绿得好看，而且无论如何煮、炒，加热后益发翠绿，那特殊清香借着热气飘出，沁人心脾；二是有了大棚栽培后，产量多，上市时间长，不再那么稀罕了。

今天炒豌豆苗，是不是还有人放葱放豆豉、橙皮我不知道，听说广东吃法是炒食要放蒜蓉或皮蛋。苏州人过去过年时如果有反季节的豌豆苗，暖锅汤里放点青翠的豌豆苗，是很有气派的吃法，但就生的菜投放热汤中，烫熟就捞起吃，不宜久煮。

然而据一九十多岁苏州老人说，豌豆苗是高档春蔬，要先炒好肉丝，再和豌豆苗同炒，方符合豌豆苗的身份，她觉得清炒豌豆苗有点怠慢它了。但这样烧法我没有吃过，过去也没有听说过，请教苏州餐饮界大师，答复说豌豆苗在苏州又叫豆苗，就是清炒或落荤汤烫食两种。

他又介绍说：炒豌豆苗要火大、油多，放点猪油炒更香。调味只用盐，苏州人的做法还略加一点点白糖，量极少，起"吊鲜头"作用；苏州人还会在起锅前放一点白酒。但有一点是很肯定的，今天苏州人吃豌豆苗主要是吃其清香，无论炒食还是入汤，均不放葱蒜，绝对的清纯脱俗。需要说一下的是，豌豆苗的勾须比较硬，不可入菜，一定要掐去方可入馔。

江南人很喜欢吃豌豆苗，大概都是这样吃的。作家萧红在《回忆鲁迅先生》中介绍："来了客人，（鲁迅妻子）许先生没有不下厨房的，菜食很丰富，鱼，肉……都是用大碗装着，起码四五碗，多则七八碗。可是平常就只三碗菜：一碗素炒豌豆苗，一碗笋炒咸菜，再一碗黄花鱼。"萧红在鲁迅家待过，通过观察，这位东北作家发现了三点，一是鲁迅家豌豆苗是常吃之蔬，二是清炒了吃，"素炒"。萧红很尊重鲁迅，看这位大师是仰看的，对鲁迅的一举一动都会从好的角度来解读。其实在暖棚培育蔬菜之前，豌豆苗是细菜、上品蔬菜，能常吃、素炒了吃，都不是为节俭，如果不是对豌豆苗有独特喜爱，也不至于将其作为"平常菜"。

江南人喜欢吃豌豆苗的饮食习惯，到了外地也往往不会忘怀，一有机会就会品尝。有文章介绍说，北京前门外陕西巷有家专营老式广东菜点的菜馆承恩居，里面有道素炒豌豆苗，用鸭油爆炒，风味在京城里"堪称一绝"，这种烹调方法颇有南方特点，因此京剧名旦梅兰芳先生去这家菜馆常会点这清炒豆苗菜。梅兰芳是扬州人，扬州一般认为是江南城市，他为何喜欢吃清炒豌豆苗呢？一位叫"秋香"的扬州绣女朋友告诉我说，豌豆在她家乡叫安豆，安豆苗在除夕或年初一必吃，以寓意一年平平安安。我还看到报道，说豌豆苗如今还被有关方面认为是体现扬州地方文化"儿时的味道"蔬菜之一，而得到当地重视。梅先生吃的不是豌豆苗，是重温"儿时的味道"吧。

还需要说一下的是豌豆现在不仅吃其叶和嫩茎，还吃其青豆和嫩荚，增加蔬菜品种，其食用范围在扩大。广州更是只掐来豆苗顶端两片嫩叶，叫

"豆胚"，滚开水一烫后捞起，拌以少许调味料汁，就是一款滑顺无渣、口感浓郁的好菜，不得不佩服广东吃货的讲究，以江南人的视角来看这样吃豆苗有点太过富豪了。

然而时代不同了，许多人已是无荤不欢，如今在苏州菜馆饭店里也能经常吃到豆苗虾仁、豆苗鱼片等菜肴，豆苗从主角退居陪衬地位，从营养上来讲这是荤素结合，此菜色彩也很清丽，味道甚佳，纯素豆苗反倒不太多了。

豌豆老时色呈黄色，御厨有名点"豌豆黄"，就是借这色黄、淀粉足，精心做成的一种宫廷点心，现在酿高档白酒也少不了豌豆，据说不用豌豆酿出的酒不香。但豌豆嫩时，却是绿色，而且煮熟了也不变色，用于菜肴配色、炒饭，都特别好看。有人炒蛋炒饭，金黄色的鸡蛋，玉白色的大米，很香，很好吃，但如何让中国标志性美食之一的蛋炒饭做得更诱人？有人加了油先炒熟的红色的胡萝卜丁，但还是单调啊，后来放了绿色的熟豌豆，哎，绿豌豆一放，真的悦目不少。

苏州人家过去煮食赤豆汤的食俗，有时还会放点红枣同煮，红红的汤和酥酥的赤豆同食，认为有补益作用。而我母亲则还会煮豌豆吃。夏季时菜场里有时有带荚的豌豆卖，母亲看荚尚软便带荚煮，如果荚太硬了就剥出豌豆煮食，或放盐，或放白糖，或淡食，既不是菜肴也不是主食，难道是一款点心？冬天吃赤豆汤，初夏吃清煮豌豆汤，盛夏吃绿豆汤，这么讲究，我不知这是何食俗，当时没有留意，也没有问母亲，现在父母都已故世，就实在说不清楚了，只是那汤有股清香，吃过后让人从此难忘，但再也不吃了。说起来这汤清色雅的豌豆汤，和甜香色红的赤豆汤，在心里真的是相互辉映呢！

至于那食用豌豆荚，近年来开始被人接受，成为蔬菜家族中的后起之秀，但至今国人对它的名字还搞不大清楚，或叫"荷兰豆"，或叫"荷仁豆"，其义都不知何云。记得苏州刚有此蔬菜时，有一年春节前我采访一位蔬菜商，老总说组织什么什么反季节菜、精细菜、时令菜时，介绍到这个荷什么豆时卡壳了，他说不清楚，我也不知如何写，可见是菜中新秀。我们的餐桌就这样在市场经济的催动下，商品不断丰富起来的。

而此豆荚菜在国外，却叫"中国雪豆"。或说这是可以吃荚的豌豆，是在中国附近发现的，或说因中国人特别喜欢吃故而命名，但这样的说法既不合逻辑，也解释不了雪是啥样意思，反正是个说不清楚的谜。

　　但这不妨碍它渐渐上了中国人的餐桌，用"荷仁（兰）豆"同鱼片，或虾仁，或肉片等同炒，既增加营养，又增加色彩，那扁扁的、浅绿的、纤细的样子，实在让人怜爱。说实话，如果用在炒素什锦里，一定比绿色用青菜心、四季豆之类，更显得清新高雅——苏州人叫"细气"。

 根茎类

绿玉般的莴苣笋

赏它的"一和细丝"和清香

春天的江南，满眼生机，也是时令食物让人眼花缭乱、应接不暇的季节，那些妙不可言的素菜，让人一春下来吃得气息清新、身轻心悦。

春天时蔬，较为有名的是竹笋，但在苏州有的菜馆里，菜单上有时会出现"双笋"字样，比如葱油拌双笋、双笋排骨汤等，让外地人特别是北方人看了有点不明就里："这是啥东西啊？"

这让我想起了在丝织厂工作的父亲。春天时，莴苣笋上市了，他会很在乎，买回后莴苣笋去叶、削皮、切片，这片薄到可以透光，然后在砧板上排好，切丝，丝相当于牙签那样细。苏州话中有"一和细丝"（据说，"和"是计量单位，相当于络、绞，一和就是一络、一绞之意）这个苏州成语，是形容整齐、均匀、光洁、一丝不乱的物事。如果莴苣笋片不一片片排好，切出的丝就会有粗细，就不"一和细丝"了，那对丝绸之城苏州人来说，这菜做得有点粗，是不可以做出这样的活的。

父亲他切莴苣笋毫不急躁，悠然切来，很享受这过程似的，切时莴苣笋散发着它特有的清香。切好后，父亲将"一和细丝"的莴苣笋丝放点盐腌一会儿，通常腌两三个钟头吧，然后挤去汁水，放葱油拌匀，他作为地道苏州人，自然还会放一点白糖，然后就可以吃了。莴苣笋丝放在盆子里，色泽淡

莴苣笋

雅，菜形细致，柔柔地飘来一股混合了葱油香味的诱人香味，和窗外春树叶子的淡绿色有点相类。但是父亲意犹未尽地说："如果拌点细竹笋丝，或者嫩扁尖丝，那就是'葱油拌双笋'了——还要好。"拌莴苣笋，可以切片，甚至切滚刀块，腌了过后葱油凉拌，很是省事，但父亲很考究，总是要凉拌莴苣笋丝。母亲笑着批评他："拌莴苣笋确实是切丝的好吃，不过也太吃功夫了！臭讲究！"那个时代，吃的方面如果"讲究"了代表资产阶级、小资产阶级情调，那是不及"大老粗"吃香的，父亲想拌双笋的念头，就只是对我悄悄说过，家里毕竟没有拌过。

苏州人叫作莴苣笋，而不是莴苣、莴笋，是有原因的。《东京梦华录》这本宋代的书里，记载汴京州桥夜市有"莴苣笋"出售，可见莴苣加"笋"

字此名甚古。北宋灭亡，有大量北人南来，使得江南地区经济和社会都有较大发展，那时苏州也接纳了大量移民，莴苣笋此名可能就是那些人带来的，被苏州人小心地用到今天。

但苏州人吃莴苣笋还很在乎它的香味，不香者不食，苏州菜贩叫卖时一定要说："香莴苣笋阿要？"我查了一些蔬菜文章，好像许多地方栽培莴苣考虑产量、是否耐热或耐寒等因素比较多，讲究香的比较少。一些地方出现了红（紫）皮莴苣，甚至有取代青皮、白皮之势，但在苏州，这样的莴苣笋目前根本上不了菜柜。很可能是苏州人的审美，还是喜欢莴苣笋清雅脱俗的形象吧。其实在江南莴苣笋的香是一个卖点，甚至作为吃粥菜的酱莴苣笋，也要有股香味。上海人工作一贯细致、体贴，莴苣的选择、培育、栽种，香味浓不浓是一个非常重要的因素（江曼珍《上海郊区莴苣主要栽培良种》，刊《上海蔬菜》1994年第2期）。

虽说苏州人在乎莴苣笋那特有的清香，但吃它时，还是一定要以香葱熬成葱油相拌，如果冷拌还必定要放点白糖。如果拌莴笋丝用上红辣椒、蒜末，或用上酱油，那一定是外地人。

地中海"千金小姐"来中华

有的书、文章介绍，莴苣原产于地中海一带，公元前4500年时莴苣在地中海沿岸栽培普遍，古埃及、古希腊就有，德国格林童话《莴苣姑娘》，也就是著名的长发姑娘和女巫、王子的故事，反映了莴苣在欧洲种植比较普遍的情况。约在五世纪，莴苣传入中国。中国农业科学院蔬菜花卉研究所的张德纯在《蔬菜史话·莴苣》中介绍说："莴笋为菊科莴笋属能形成肉质嫩茎的一二年生草本植物，别名茎用莴笋、莴苣笋、青笋、莴菜等。莴笋是莴苣在长期栽培中，经不断地选择、培育而成的一个变种。文献载有隋炀帝大业年间（605—608）莴国与隋朝有使节往来，隋人得莴苣菜种……"宋代还有的书里说隋时莴国人（不太清楚这是什么国家，大致在中亚一带）来中国，有国人为求该国特产莴苣的种子，特出千金相换，故而莴苣有"千金菜"的别名。到今天，已经是一种价格亲民的普通蔬菜。

唐大历元年（779）秋，诗人杜甫在夔州，他带着儿子播下莴苣种子，过了二十天还没有出苗，他就写了一首《种莴苣并序》的五言长诗，诗中说："……苣兮蔬之常，随事艺其子。破块数席间，荷锄功易止。两旬不甲坼，空惜埋泥滓……"他老人家一贯关心国家大事和百姓生活，遇事总会有一些联想，这是他的思维习惯，这次见莴苣不出苗却长了许多野苋菜，联想到了怀才不遇的人，发出"伤时君子，或晚得微禄，辗轲不进"的感慨。他的感想不去讨论了，倒是此诗说莴苣是"蔬之常"，这就是表明唐时已是一种普通蔬菜……难道说隋朝进入中国，至唐大历不到两百年，莴苣已在中国普及成"常蔬"了？让人有点小疑惑。值得注意的是杜老先生是在秋天种莴苣，显示当时不仅有春莴苣，也有秋莴苣。不过据业内人士介绍，秋栽莴苣需要浸种催芽，种下后还讲究施肥得当，田间管理很重要，这样只需六七十天就可以收获了。从诗中看，他老人家是直接播种的，加上天气炎热干旱，故而种子损失在泥土中了。

国人一直是吃茎用莴苣，所以叫莴苣笋也是比较确切的。春天的莴苣笋比较脆、嫩，当茎最下面的叶尖长到和叶心一样高时，就可以收获了。这时掰下叶子，甚至可以看到叶柄处有乳汁状的液体渗出，让人心生感动。父亲说，这时的莴苣笋最嫩最香了，冷拌最佳，等到叶柄处没有这牛奶样的汁，说明它已经老了，风味也逊色了，也许煮汤还行。

因为农艺发展，各地都在培育优良品种，因此中国茎用莴苣的品种非常之多，从外形来说，有白皮的，有绿皮的；有尖叶的，有圆叶的；有细长个子的，有两头细中间粗圆棒槌形的……可以做到四季吃到莴苣笋，也就成了食堂、普通饭馆最常用的蔬菜了，莴苣笋片炒肉片差不多是初夏时节很常见的主打菜。

它是油麦菜的姊妹啊

莴苣笋叶有点苦味，原先在江南人看来是粗粝不能食用之物，过去在菜场，现在是菜贩，向他们买莴苣，一个免费服务就是替顾客摘去叶子，削去茎皮，让莴苣笋露出绿玉般的娇嫩身躯，莴苣笋尖还须留一小撮鸡毛似的嫩叶，放进竹篮里有"弹眼落睛"的效果。莴苣笋叶和莴苣笋皮大约是可以用于养猪吧，但顾客是作为弃物，不要。超市、大卖场好像没有这样的服务，因此顾客买得少，买的人少，卖也就不起劲了。

一些大约生于二十世纪五十年代的人，应该有过吃莴苣笋叶的记忆。特别是1960至1962年的三年困难时期，如有莴苣笋叶，会当作填肚子的宝物，切细了拌在米中，烧成莴苣笋叶菜饭（可以减少米量），吃时还会做出津津有味状："嗯，比青菜烧的菜饭香！"有的人嫌莴苣笋叶味苦，就掺在青菜中烧菜饭。这饭莴苣笋香淡淡的，苦味也淡淡的，当时是难吃，现在成了别有风味，让人有点感慨呢。现在吃茎用莴苣笋的叶子，虽然很稀少了，但我和一些苏州市民交流，还有人烧莴苣笋叶菜饭，还放了腊肠或咸肉助阵，味道当然和半世纪前不一样了。

油麦菜和莴苣笋叶，很多人会分不清，其实两者都是菊科莴苣属，本是一家人。莴笋叶含钾量多，又热量低，是一种有益健康，特别是有利于高血压老人食用的蔬菜，正在受到追捧。今天人更聪明和讲究，调味品丰富，烹调蔬菜方法也较以前多，除了用莴苣笋叶焖饭吃，炝食、煮汤、做饼、配虾仁、肉丝同炒等，吃法多样起来了。至于莴苣笋叶自带一点苦味，有的人本就喜欢吃带一点苦味的莴苣笋叶；也有的人将莴苣笋叶切段后，用盐略腌一下，挤去点汁水，或者焯一下水，这样可以改进风味。一般说来，莴苣笋叶宜吃春叶、嫩叶。

据有的人说，莴苣在引进中国之初，本就是为食用其叶的，但国人将它培育成了食茎蔬菜了。好在国外一直没有淡化食莴苣叶的习惯（也可能茎、叶兼食），并且在十六、十七世纪培育出了茎已消失、专供食用叶子的莴苣，至今莴苣叶都没有退出那些国家的餐桌。叶用莴苣外表像松松的卷心菜，又脆又嫩，用于生食，长三角地区以外有的地方又称圆生菜、球生菜、球莴苣、包心莴苣、卷心莴苣、包心妹仔菜、包心媚仔菜，因为是生食为主，以"生菜"名最为通行。

生菜有淡绿和紫红色两种，绿色的嫩一点。有一种因为含水量高，特别嫩，叶黄绿带白、半透明的样子，味淡无渣，被恭维成"玻璃生菜"，常常是浇了沙拉酱吃。作为一种冷餐用菜，非常有特色，但味太淡了，风味不如莴苣笋叶。张德纯又说："清末农工商部在北京的西郊创建了农事试验场，曾通过驻外使节从意大利和德国等欧洲国家分别引进了多种叶用莴苣，其中包括散叶莴苣、皱叶莴苣、结球莴苣等。"那么西方的叶用莴苣引进中国大约有百年历史。

叶用莴苣虽说进入中国百多年，但我的印象中，至少在长三角地区一直没有推行开来，人多不知有这么一种蔬菜。二十世纪七十年代后期，因为改革开放，宾馆有了冷餐会，西餐也流行起来，出现了生菜，还有要夹生菜的汉堡包成为日常食品，生菜才在江南地区逐渐推广开来。不过，无论是在生菜叶片上浇"沙司"调味汁的吃法，还是水焯后加蚝油的吃法，生菜总体上还没有成为苏州人家庭日常蔬菜，荤菜多了，就配道生菜沙拉以清清嘴巴。让人哭笑不得的是，如今生菜更多的是被炒了吃，因为天性菜味寡淡，为了增味，还要加蒜末和蚝油。虽说大厨尽可能手脚麻利，快炒快上，但毕竟菜的脆嫩劲全没了，只是一道其貌不扬的极简炒蔬菜，已是泯然众菜矣！

大头菜，你那么有故事啊

不可思议！苏州有座城门叫大头菜门？

三国征战不息，军粮是大问题。蜀汉丞相诸葛亮率大军屯在人烟稀少的陇上高原，立冬以后，寒意日深。但后方木牛流马运输队的军粮尚未运至大营，眼看三军不能开饭，军需官十分着急，前来报告。

诸葛亮听闻军粮即将告罄却并不着急，胸有成竹地下令军中，抽调一部分士兵，去营外挖蔓菁，用于充饥。

这蔓菁是他一住下大营就让军中栽种的，果然很容易地挖到了大量蔓菁。三军吃了几天蔓菁，等来了军粮。

这故事是杜撰的吗？也许是吧。但在唐代韦绚的笔记《刘宾客嘉话录》中，确实有这样的记载："公（指刘禹锡）曰：'诸葛所止，令兵士独种蔓菁者何？'"刘禹锡问韦绚，诸葛亮凡到一地，就提倡种蔓菁，是什么原因？韦绚回答说蔓菁有六大优点，其第六点是："冬有根可斸食……比诸蔬属，其利不亦博乎？"他还说："三蜀之人今呼蔓菁为诸葛菜，江陵亦然。"

蔓菁当粮，并不是诸葛亮的发明。东汉桓帝永兴二年（154），皇帝下诏给全国各地方长官，"蝗灾为害，水变仍至，五谷不登，人无宿储。其令所伤（伤即受灾）郡国种芜菁以助人食"。那时，南方人叫芜菁，北方人叫蔓菁（唐陈藏器《本草拾遗》："芜菁，北人名蔓菁。"），不过今天普遍叫大头

大头菜

菜了。

　　诸葛亮是在朝廷下旨蔓菁当粮二十七年后的公元181年出生，因此，诸葛亮是知道蔓菁可以为粮的，他出生地的山东，至今还有种植。

　　其实以蔓菁为食，自古有之。两千五百多年前的《诗经·邶风·谷风》中写道："采葑采菲，无以下体。"葑是蔓菁，菲是萝卜，有人说蔓菁原产地在欧洲，从诗意看，蔓菁已是当时比较普遍的食物，那么它是什么朝代引进到中国来的，难道是商朝时传入的，还是周穆王会西王母时带回的？反正，当中国水稻、麦子、小米（稷）等产量不高，玉米、山芋、土豆等粮食作物还没有引入中国，寻找富含淀粉类粮食以充饥，就是先民很重要的事，蒸煮后绵软可食的蔓菁，在古代缺粮年份、月份，就被用来作为主粮的补充了。

我想，大概在充饥效果胜过蔓菁的粮食作物日益增多后，蔓菁在食品中的角色就完全转成为一种蔬菜了。

苏州东南有个城门叫葑门，一般解释说葑是茭白，姑苏城东乡盛产茭白，城门因以得名。不过，姑苏城两千五百多年前建造时，吴人还不会培育茭白这种蔬菜，此草名叫"菰"，以籽为粮；秦汉时的《尔雅》第八卷"释草"中的茭，也不是今天的茭白。葑门的葑，会不会是蔓菁的意思呢？这一大胆的假设如若成立，一、葑门是全国唯一以大头菜命名的城门；二、苏州种植大头菜历史悠久；三、种植必然有相当的规模。

"葑门"的"葑"到底是不是指大头菜呢？值得文史专家探究。

苏州人不大会吃大头菜

苏城南面的吴江，在太湖边的七都、八都、震泽一带，今天仍有种植蔓菁，一般叫大头菜，白皮，有的一个重量超过一斤。

我小时候大约在1965年，记得有一次在姑苏城里的玄妙观三清殿里，见到有妇女轻声问："阿要买大头菜？"当时肚中正饿，两分钱还是三分钱一个已记不清楚，就买了一个。这大头菜已腌成土黄色，叶子萎缩被挽成结，球茎切成片，每刀都切到叶根部，每片都连着叶根，就像折扇。撕下一片吃在嘴里，不咸，鲜香，好像有点充饥的作用。后来吴江朋友告诉我说，大头菜是称重出售的，大概看你是小孩子吧，论个售你了。

那年代冬春时有吴江农民到苏州城里来卖大头菜以换一点小钱，卖大头菜的多为妇女，头上扎着毛巾，挎着一只竹篮，篮口盖一块毛巾，走街串巷，行为低调。浩劫酷烈年代，她们的倩影就消失了。后来乡镇企业起来，农民纷纷进了厂，吴江妇女进苏城卖大头菜的风景到如今已消失好久了。

大头菜腌制前都要切片，切多少刀根据个头大小而定，无有定数，但也听说每个切作十片，而且这是有讲究的，这样的一个大头菜，就好比合掌，

江南风情好

有祝福你或感谢你买这商品的意思。虽说大头菜切片是腌制的需要，但只切十片，一个极平凡的腌菜，在江南人手里，就有了温馨，有了文化，让人好感动。

记得小时看吴江妇女卖大头菜时，有时还会语带骄傲地介绍："唔佢（我）卖格是香大头菜。"

香大头菜？这让我一直纳闷。半个世纪后看到有记者采访吴江震泽镇农技员，说吴江种植的大头菜有两个品种，一种是从邻市嘉兴的九里湾所产良种选育而成，俗称"土种"，特点是肉质细，辛味浓，水分少，腌制后的大头菜香而脆；另一种是二十世纪六十年代引进的云南种，俗称"洋种"，个头较大，产量也高，但风味略逊于土种。浙江湖州的南浔那里，也有这样的说法。

吴江的大头菜，我所了解的，好多为套夹种。新世纪之前，吴江养蚕业还相当成规模，桑田逾十万亩，许多大头菜就种在桑树下。那时大头菜除了做菜外，还有一个用途是做酱菜的原料。过去苏州大小酱菜厂（或作坊）很多，大头菜做的酱菜品种也多，有用酱油拌腌、半透明的价廉大头菜丝，也有仿云南（酱）玫瑰大头菜，还有五香大头菜。有一种细而绵软如粗棉纱线，较干，口味咸中回甘，叫龙须菜，属于高档大头菜类酱菜，那时一斤要卖五角，店里一两二两出售，显得特贵重。

至于大头菜入菜肴，苏州人往往要配以其他食材，纯素菜的，配豆腐干丝、毛豆籽、粉皮、茭白、辣椒，配卷心菜的……以炒菜为多；和荤的搭配，味道要好更多，有炒肉丝、炒香肠片、炒腊肉、炒蛋……都是很不错的菜。至于大头菜煮汤，风味甚佳，和榨菜有的一拼。

大头菜菜肴，在苏州是比较传统的菜品，如今吃的人不多了。但在吴江，作为地方特色菜肴，有着感情在，餐饮界既保存传统，也有创新。不过吴江人将新鲜大头菜蒸熟了，拌以调料吃，或者咸大头菜煮汤滴几滴麻油吃，在苏州城里是没有的。吴江朋友说，大头菜很高傲，气息独特，素不和其他菜相配的。看来苏州城里人不懂欣赏大头菜的自有风味，为肴时要搞些搭头，硬装斧头柄，为吴江人笑。

丝绸为媒，苏州菜南传到顺德

吴江南面的浙江，对大头菜的感情，胜于苏州人。宁波人将大头菜与当地特产水磨年糕相配，引为骄傲的美食："而宁波烤菜，更是只能与年糕组成最佳 CP。烤菜年糕是宁波人的专属创意。'烤'实为烧，新鲜大头菜酱油盐糖下重手调味，慢慢焖烧直到汁水收干、大头菜缩水。再把年糕放到锅底，很快香气就会随着极浓重的锅气飘出来。"（微信公众号"24季私享宴"2019年10月31日推送《浙江人有一百种方式吃年糕》，作者小楼。）

更让人奇怪的是，在遥远的南方广东顺德，印象中这个和吴江交往不多、文化迥异的南国城市，却也非常喜欢大头菜，而且热爱程度貌似还胜过吴江。

顺德是粤菜的重要发源地之一，他们将大头菜尊之为"头菜"，说："是顺德厨房里不可或缺的烹饪食材。"《南方都市报》2018年2月7日有篇《顺德大头菜：齿颊留香的美味》的报道，其中写道："大头菜是顺德主要的农作物之一，也是农家的日常菜肴。经过腌制之后的大头菜，肉色金黄，咸香、清脆、可口，是下饭下酒的可口菜肴。在世界美食之都，人们对头菜的烹饪方法就有很多，头菜肉饼、头菜蒸鱼、头菜炒烧肉等等，因为头菜特有的香味，怎么搭配，都是一番美味。"也有人写文章称赞道："对于大部分顺德人来说，头菜的味道就是顺德的味道。"

中央电视台去当地拍摄《寻味顺德》，到了下面的容桂街道，当地人告诉记者：桂洲（原为桂洲镇，现属容桂街道）大头菜称"江南圆头菜"，腌咸后称"江南正宗咸菜"，简称"江南正菜"。当地人还介绍说，清代乾隆皇帝爱吃大头菜，下江南时御膳必备大头菜，这或许就是桂洲江南正菜得名的原因（顺德荷塘人也称大头菜为"江南菜"恐怕也出于同一原因）……

顺德流传的，显然是一个江南传说。两地同爱大头菜，腌大头菜模样和吴江的无有两样，球茎也是切片至叶根，叶子也是挽成结，难道说，这顺德的味之源中还有江南的基因？我和吴江年逾八旬的文史专家周德华先生聊起此事，他说，是呀，新中国成立前，吴江、苏州所产的绸缎，运到顺德那里，被加工做成拷皮衫，量还比较大。也就是说，顺德和吴江、苏州，以前有着很密切的往来。

据周老先生对拷皮衫的描述，我问，是不是叫香云纱？他说，是的。我想起小时母亲给我介绍过香云纱，印象中这织物并不好看，不是黑的，就是赭黄色的，而且好像都是坏人穿的。母亲解释说，香云纱是广东加工的，用当地的东西浸染、涂布后，变得硬挺坚牢、透气滑爽，价格很贵，一般人穿不起。

后来才知道，顺德出产一种薯莨，其根茎粉碎后取汁，多次浸染坯绸，染得棕黄色的半成品后，再取只有某几个地方才有的富含铁质的黑色河泥，对绸单面涂抹（只可晚上操作）后，放到专用的草坪上烈日曝晒，让泥中的铁离子等成分与薯莨汁中的鞣酸充分反应，生成黑色的鞣酸亚铁，渗入坯绸中。最后清洗掉泥，就成了面黑里黄、油光闪烁的香云纱。

现在顺德香云纱成了国家级非物质文化遗产，大头菜也成了有"世界美食之都"之誉顺德的头菜，名声传到海外。而穿香云纱习俗在苏州消失至少要有一个甲子以上了，吴江、苏州和顺德之间的丝绸携手大头菜的商路，今天知道的人极少而且史实也难以考证了。

哎，不起眼的大头菜啊，原来背后还藏有这么多故事呢！

往事漫谈：冬笋、春笋与笋干

唐时有"一骑红尘妃子笑"的荔枝典故，安徽有船运问政山笋的传说。歙县问政山所出的这种小竹笋也叫白壳笋，鲜嫩无比，指掐出水，据说跌地会碎。过去在苏浙沪一带打拼的徽商很多，他们想念家乡的山笋，家乡人起大早挖好问政山的竹笋，挑上船后，船从新安江等水道而下。行船途中剥掉笋箨，笋放入砂锅，加些徽州火腿、猪肚之类，用炭火清炖。昼夜兼程，一路飘香，到达杭州、苏州、上海时，笋已炖熟透了。亲友们打开砂锅，笋味香脆可口，如在家乡吃到的鲜笋一样。当地传说"此事被皇上知道，于是下旨进贡，问政山笋成了贡笋，一时誉满京都"。其实此事无关皇帝，倒是表明了江南人爱吃家乡笋的情结。

孟宗哭出冬笋：故事背后的信息

苏州人过年有吃笋的习俗，特别是大年夜，一定要有笋烧的菜，比如冬笋炒肉丝、笋干红烧肉。过大年吃笋寓意时运节节高，来年家庭兴旺。

吃笋还有个故事，说是北周时，就是我们江南是南朝，北周是北方的事，有个人叫孟宗，很小时就失去了父亲，由母亲抚养成人，非常不容易。有一天，年迈的老母亲病得很厉害，想吃用笋煮的羹。这时正是严寒的冬天，哪有笋啊。孟宗想不出到哪去搞嫩竹笋来，以满足母亲生命将尽时吃笋羹的愿望。他来到竹林，竹叶萧瑟，看不到一支笋，他伤心地抱着竹竿哭了

笋

起来。这时，稀奇的事情发生了，孟宗的眼泪落在地里，让土壤解了冻，真的有竹笋长了出来。

他母亲吃到笋羹，听了获得笋的缘故，想到儿子的孝心感动了大地，自己心里也高兴起来，身体就慢慢好了起来。

这个故事源自民间传说，但因为被收入《二十四孝》，成为过去子女孝敬父母的经典故事而广为人知。在武汉长春观东边一片竹林，传说《二十四孝》中的"孟宗哭竹"的故事就发生在这里，过去这里曾有"孟宗祠"，但毁于"文革"时，至今未重建，但建了《二十四孝图图解》墙，那段围墙用的是铁栏杆，让人在路上走，可以看到里面一大丛茂密翠竹。

虽然鲁迅在《朝花夕拾·二十四孝图》中批判说："'哭竹生笋'就可

疑，怕我的精诚未必会这样感动天地。"自然千年前的许多传说，当时人听了会很感动，用今天的思维来看，往往经不起推敲，因此也不用苛责。如果细读原文，还有另外的意思：孟宗"少丧父。母老，病笃"，孤儿孟宗将竹笋持归，"作羹奉母。食毕，病愈"。孟宗的母亲病得很重，这里既是食物，也是药物，这故事透露出古人将笋视作一种食疗之物。《本草纲目》也说各种竹笋有"消渴，利水道，益气，可久食。利膈下气，化热消痰爽胃"等功效。至今杭州临安人有对长辈送上几斤鲜嫩笋干以表达孝道的传统，不仅和送人参、银耳之类以表孝心是一个意思，也有"竹报平安"的意思。

从谈食材的角度看，这个故事也说明冬笋是一种美味食材，其做的菜肴，会被人所这么想念。在《诗经·大雅·韩奕》中，介绍了贵族的宴会，荤菜有"炰鳖鲜鱼"，蔬菜是什么呢？说是"其簌（蔬的意思）维何，维笋维蒲"，就是嫩笋和嫩蒲，可见中国人吃笋的历史是多么悠久。孟宗哭笋这个故事也说明了一个事实，古人一般是吃春笋，但已认识到冬天的笋，也是可以做食材的。不知是不是受孟宗母亲的启发，人们也吃起冬笋来了。虽然说冬笋汁没有春笋多，有点脆硬，但笋味较春笋更浓，苏州人非常喜欢吃，当然价钱也比春笋贵。冬笋要比春笋小得多，家庭一般一道菜只用一两支冬笋，菜馆里每道菜用冬笋多少是量化的，不论支。冬笋大多用来炒菜，如炒肉丝、炒鱼片、炒蹄筋、炒肚片、炒荠菜、炒新腌好的咸菜之类，炒冬笋比汤煮笋更能闻到笋香，这炒冬笋是苏州冬季菜馆的应时菜；如要煨汤（比如煮鸡、煮咸肉），要切很薄的冬笋片，并且要保持一点笋的形状，像小宝塔那样。一般说来，吃春笋可以大口吃，但吃冬笋要放慢食的节奏，每次攫菜的量也不宜多，要细细地品味。

我和上海的画家、美食作家杨忠明先生交流过，他说上海人喜欢吃冬笋，春天则吃竹笋。我采访苏州南环桥批发市场笋批发大户茅红亮先生时，他说，苏州人和上海人等，都喜欢吃冬笋，而且要吃得嫩，因此他们11月份时就到福建那里去组织冬笋了，到时挖出来后，日夜兼程，一般十来个小时可运到苏州、上海，立即进行批发。

江南风情好

春笋：最有春天味道的蔬菜

一到春天，笋就"当春乃发生"，成为时令菜蔬。《新唐书》卷四十八"百官三"中记载唐时设司竹监，主官职衔为从六品下，大致相当于中等县的县令，手下有百来号人，管什么事呢？"掌植竹、苇，供宫中百司帘筐之属，岁以笋供尚食。"尚食，就是皇帝食用。这位官员的重要职责之一，就是确保皇帝及其他皇家人，春天时能吃到笋。上有所好，下必甚焉。皇帝如此，自然也就会带动社会各界食笋的。

中国的竹有三十多属、三百多种，不知道唐代时长安那里所产什么竹、可食什么笋。江南主要在天目山一圈，或者说太湖西、南诸山，再往南的福建也盛产竹，当然是其他地方也会有笋出产。凡长毛竹的地方，比如江苏的宜兴、溧水，浙江的湖州等地，竹林如海，主要为高大的毛竹，除竹为农产品外，嫩笋也是重要出产，叫毛笋、大档笋，上海人相对毛笋吃得少。苏州也有零星竹园，但春节前还没有笋上市，吃笋全靠商贩吃辛吃苦运来。

春天的笋，苏州只产少量竿细的竹笋，切出来是一个个圈子，可以烧肉，可以煮汤，蛮有趣，但好像没有浙江的笋好吃。上海人春天却很喜欢吃这样的竹笋，鲁迅在杭州吃"虾籽笋鞭"，应该也是这种竹子的笋（也就是鞭笋，只在地下长），当然上海市场的竹笋非苏州所产，而是来自浙江等地，那里竹林较多。

苏州人是吃春笋中的毛竹笋的主要城市之一，苏州吃的笋传统是浙江湖州山里所产，并且把湖州所出的上品春笋叫"大档笋"。其得名的原因一般湖州人也不太知道，据说是过去湖州的笋船，至少用两支橹（也有说三支橹的，我曾见过，至于说还有四支橹的，但没有见过），穿过太湖运至苏州来的。还有人说笋船来时，其快如箭，船头有人持铜锣，见前面有船，就敲锣让前船避让。还据说凡见了运笋船的，江湖上规矩要避让的，这种"人挡杀人、佛挡杀佛"一往无前的运笋船，叫"大档船"。我曾问过父亲，为何这船在水路上这么霸道？父亲说，笋挖出后，风味就开始变坏，相差一个小时的笋，味道就有差别（过去苏州城里人的味蕾真是无敌啊）；或说山里春笋挖出装上船了，实际上还在生长，笋在船上时间长了，运笋船都有可能被撑破，所以湖州山里的春笋一上了船，卖笋人就要拼命抢时间上市，因此这笋出山到市场真的不容易啊！湖州这样运来的笋，就叫大档笋。但湖州人氏、在苏州专业批发卖笋已数十年的茅红亮先生说，他父亲时还用船到苏州来卖笋，来回一趟要七天或十天。刚改革开放初期，用柴油车运笋到苏州要一天时间，现在是上午挖笋，汽车运下午就到苏州了。

苏州是吃笋大户市场，交通条件好了，更远的地方将笋运到苏州来。不过近年来的大档笋，有的是从福建来的。福建笋比浙江笋要早十来天上市，让苏州人吃笋更加爽了。是不是福建笋冲击了浙江笋？未必呢，苏州吃笋四个月，平均一天四十吨，吃大毛笋是全国无与伦比的大市场，福建人对苏州市场的熟悉不如浙江笋商的，或者说，苏州市场上的福建的笋基本上是湖州人去组织来的。

浙江的毛竹春笋，粗的比成人胳膊还粗，长有尺许，凡遇春雨之后，催动山里竹笋骤发，上午刚出土，傍晚有一尺多高像个小孩子了。春笋里饱含水分，笋肉嫩若豆腐，指甲轻轻一掐，就会切进笋肉里。笋肉黄中透白，也很好看，似乎是玉。这时的笋，有一种特殊的清香，其妙难于言述。清代文人李渔曾夸奖笋好吃，且看他在其撰写的《闲情偶寄》卷五中是怎么夸奖笋为美味的："论蔬食之美者，曰清，曰洁，曰芳馥，曰松脆而已矣。不知其至美所在，能居肉食之上者，只在一字之鲜……至于笋之一物，则断断宜在山林，城市所产者，任尔芳鲜，终是笋之剩义。此蔬食中第一品也，肥羊嫩豕，何足比肩？"他的意思是上品蔬菜有五美，但五美不及一鲜。城市所产的蔬菜，无论怎样芳鲜，终不及山林所产的笋的毫毛。

笋啊，是蔬食中的顶级食材，肥羊嫩猪，又怎么能与笋的美味比呢？

懂得笋味清嘉，方解江南风情

吃笋还有一大好处，就是它有减肥的效用。古人说笋会"滑肠"，实际上是笋的膳食纤维多，可以促进肠蠕动，减少其他食物吸收；而且笋低热量、低脂肪，在肥胖症、超重者不断增多的今天，是一种很好的素食材。有时看吴娃越女，苗条的多，到老还是这样体态匀停，是不是和从小吃笋有关？

李渔还说："食笋之法多端，不能悉纪。"确实，笋有烤（烧）、煨（炖）、蒸、熬、炸（炮）、焯、炒、焙、爆等多种烹饪方式，可以独炒，可以搭其他食材炒或煮，荤素皆宜，无不佳妙，湖州甚至还搞出了百笋宴。根据各种菜肴，笋分别切片、切丝、切丁、切滚刀块，我还看到有讲究的老苏州，要炒笋块（比如虾子焖笋、炒双冬就是冬笋和冬菇同炒），既不切片也不切块，而是用刀挑。一位厨龄五十年的大厨在我办公室里边示范边介绍，用刀切的笋，切口光滑，挂不住卤汁，需要将刀跟用力斜剁在厚厚的砧板上，然后手持笋先在刀刃上切入、再挑出笋块来。挑出的笋块，形状略有点不规则，断面较毛糙，挂得住汁水，味道更佳云。那我又问了，现在厨房里没有厚厚的木砧板（一截圆木，苏州人叫砧墩，音近蒸墩）了，那怎么挑呢？他没有回答，轻轻叹了口气。

最牵动人乡思的笋菜大约是咸肉、竹笋煮的汤吧。咸肉以农家自腌为好，美其名曰"家乡咸肉"，让游子在外吃到这滋味倍感亲切。此菜叫"腌笃鲜"，实际是一道汤菜。简便型的用中型砂锅即可。也可隆而重之烧，那就要取大砂锅了，如果咸肉或咸猪爪或咸鸡，加上蹄髈或排骨，配上至少一支大笋，切块，讲究的还会放点莴苣笋块，这是为和淡黄色的笋块相映成趣而配的。如果是整鸡、整鸭加蹄髈，再加点火腿，一支上等好笋，慢火煨焐数小时，其汤粘唇，那就是苏州的超级硬菜"三件子"。如果缺了笋在其中，无论是"腌笃鲜"还是"三件子"，都不能算是苏州菜了。

春笋上市，价格下行，有的人就借笋大量涌市的机会，买了不少笋来熬笋油。就是大毛竹笋切薄片，起油锅，放很多素油比如菜籽油、大豆油等均可，然后放入笋片，油要盖过笋。火不大，用油"挤"掉笋片中的水分，让油渗入笋肉，其间可以放点盐，最后倒一点生抽，让笋片色如象牙，收在瓷缸里，不要透气，就叫笋油。在没有冰箱的年代，这笋油可以一直放到立夏。平时烧豆腐，放几片"笋油"的笋片后，淡而无味的豆腐味道赛过肉；炒青菜时放几片这"笋油"片，碧绿的青菜有金黄色笋片相佐，感觉就高大上起来了。如和蘑（或草）菇片、油面筋、黑木耳等同烧，那就是佛家的上品素菜叫"罗汉上素"了。

春笋落市，已经接近初夏季节了，苏州人、上海人、杭州人等还是很想吃笋，而浙江人很会开发笋产品。这时有一种叫"扁尖"的东西出现在南货店里。这是一种很江南的食材，不要说北方人，就是江苏的中部和北部，也有许多人不知道这是什么，更不会主动买了吃，所以过去说"扁尖不过江"。扁尖是天目山（此山的水，就是太湖的水源）的细竹嫩笋，当地山农采了剥去竹箨，煮熟后用盐揉搓，腌透后打结干燥，或晒干，或烘干，装小竹篓里出售，晒和烘的扁尖各有微妙的佳味，也有的不打结，这是没有笋老头全是笋尖的缘故。大致说来，品种有"扁尖、焙煺、肥挺、秃挺、小挺、直尖"等，非业内人士，不能作详细介绍。

扁尖从天目山出山来，在苏州首先是在一种叫"炒肉馅（苏州人读如"酿"或索性写"酿"）团子"中亮相。笋落市后，糕团店推出为一开着口子的熟糯米粉团子。传统规矩这馅要"三荤四素"构成，即虾仁、开洋（去壳虾米）、猪肉末和扁尖、木耳、金针菜、笋丁，炒后为馅，包好后还要灌以一小匙原汤。此团皮糯馅鲜，是姑苏初夏的极品美点，而扁尖和笋丁同在一团之中，似是新老相交共襄盛举之意。其实此团应市，也标志新扁尖的上市。

人们开吃扁尖，主要是用来煮汤，素的有冬瓜，荤的有排骨或鸡、鸭之类，老鸭扁尖汤就是一道可口而去暑的名菜，也有符合食疗所说凉性菜的范畴；扁尖做凉菜也有，是一款清新鲜美、纤维素多的菜。在苏州、杭州、嘉

　　　　　　　　　　　　　　　江南风情好

兴等江南人看来，扁尖是鲜味非常强的素食材，有了它，闷热的夏天胃口再差，也可以安然度过了，而因为太过喜欢扁尖，往往从夏天吃到春节。

苏州人过年，要备冬笋和笋干。冬笋用于炒、放在暖锅里或做汤菜，而笋干主要用来烧红烧肉。过去我父母往往要买两三斤笋干，一发一大盆，虽然发起来蛮繁难，要反复浸泡、煮，把笋干中那股酸味全弄消失了，才能切丝。然后这笋干烧肉也是一大锅，一个春节，这笋干烧肉烧好后先送长辈，孩子们也是吃得畅的。有时还要用笋干烧一大碗大肉圆，也是寓意"合家团圆节节高"的。

现在天天吃肉，过年时笋干往往只买一点点回来，应应景而已。从长辈来看，这么重要的年节，不弄笋干不行，一是过年要"节节高"，年夜饭必定要有这道菜的，二是这笋干烧肉，无论肉还是吸足肉味的笋干，吃到嘴里，味道实在是赞。

不过现在也不一定了，孩子辈来吃年夜饭，笋干烧肉、笋干烧大肉圆，热腾腾端上桌香味四溢，长辈在想，年夜饭的高潮来了。但看孩子们筷子沉重对这笋干菜不大感兴趣。叫他们尝尝这传统菜，他们反问道："阿爹等歇阿有大龙虾？我要蘸芥末吃……"

大蒜：喜欢还是讨厌？这是一个问题

挡不住蒜香诱惑，咬了一口饼

小时候听过一个民间故事，说是北方某地农村有个穷小伙子，欠了地主的高利贷，老是还不清。后来他娶了一个媳妇，这媳妇美丽、勤劳，还特别聪明。她知道了丈夫的心事后，安慰说，没有事的，我来解决，你把地主约来吃顿饭吧。

那地主一听有饭吃，而且早就闻知新媳妇很美丽，心想如果还不出钱，就让她到家里来做女仆，侍候他，以后再……想到这里，他一口答应下来。到了那天，这地主就兴冲冲来了，为了能多吃点，甚至早饭也没有吃。

到了那农民家里，农民先是陪他堂屋里坐，然后说是要去买酱油买腊肉什么的，人就出去了。过了一会儿只听见堂屋后面灶间里传出"叮叮当当"的刀剁砧板声、炒锅声，好不热闹，估计是新媳妇在忙着烧菜。

坐到了日头当午，也不见菜端上桌，主人出去了也不见回来，只有一阵阵香味飘出来。

那香味啊，十分诱人，到最后甚至香得有点猛烈了，让地主口水咽了又咽、肚子"咕咕"地越叫越凶，真是饥饿难忍、坐立不安。忽然看见桌旁边橱头顶有个碟子，再细看里面有个小小的干饼。他见无人，就去把饼拿来先吃了，心想先垫一下饥吧。

大蒜头

饼刚吃得只剩一个小角，男主人回来了，一见大吃一惊："这饼你吃了?"

地主赖无可赖，因为手里正捏着饼呢，就答道："是啊，一个无馅无味不知放了多少天的小煎饼，值不了多少钱吧，最多吃你的饼，饼钱算还给你。"

那年轻农民做着急状，大呼："坏了! 坏了! 出事了! 出大事了!"

"啊?"那地主吓了一跳，"吃个普通的小干饼而已，何至你这么惊慌呢，加倍赔你钱就是了!"

"这饼是用来药老鼠的饵饼，里面拌了不少毒药，你吃了这饼不出今天半夜，就会烂肠而死的!"他埋怨说，"我已放橱顶上了，你怎么会去偷吃一个放了好多天的冷饼呢!"

那地主心里想骂那满屋香味实在太坏了，但想到吃了毒饼还是不由得着慌起来："那怎么办呢?"

下面的故事简单说，地主以免了那些债为代价，让那巧媳妇给他治。巧媳妇给地主喝了一碗什么汤（面汤、盐汤还是菜汤，已记不得了），说是可解毒鼠药。

那厨房里飘出来的让人挡不住的香味，是巧媳妇准备了大蒜，起旺火连炒三盆大蒜，一盆炒肉皮、一盆炒香干、一盆炒肉丝，那强烈的蒜香飘出来，香味三变，还略有不同，刺激地主的胃肠蠕动猛烈加速，口水咽都来不及，再也挡不住大开的食欲而偷吃那块饼。其实那饼根本没有毒药，只是那巧媳妇制造的一个赖债借口而已。

这个故事的政治含意无须深究，但故事推崇炒大蒜之香难以抵挡，让人印象深刻而且我也深为赞同。

彼百合为圣洁，此百合为荤菜

据有的论文介绍，世界大蒜种质资源丰富，现在国内外科研工作者通过系统选育、诱变育种、有性杂交、体细胞杂交和转基因育种等各种技术，大蒜种质创新和育种不断取得进展。

有不完全统计的资料说，全世界大蒜种质资源共有2500余份，搜集研究大蒜种质资源较多的国家，第一多是西班牙，640份，第二多德国，480份，我国搜集保存的大蒜种质资源有400余份。可见我国在种质资源搜集、鉴定、复壮及保存利用方面也做了大量工作，成绩显著，让人欣慰。说起来我国是大蒜大国，年种植面积大约有1000万亩，占全球大蒜种植面积的85%以上，年产大蒜约700万吨，其中出口的优质蒜头约260万吨，占世界年出口比重的80%以上，遍及140多个国家和地区，是我国出口创汇的主要蔬菜之一。

如果追根溯源，大蒜这么好的蔬菜，是从哪里来的呢？一般认为，中国的大蒜是汉代张骞从西域带来，所以古代又名葫、胡蒜，这两个字都是胡地蔬菜之意。但也有学者介绍说，关于栽培大蒜的起源，早期分类学家认为大蒜属于地中海植物，1926年有学者研究认为中亚才是大蒜起源中心；1986年日本的学者在中亚的天山西北地区发现了大蒜可育的原始类型，从而确认了中亚为大蒜起源中心。张骞们当年带回的大蒜，是从起源中心带来的，"血统"正宗。

大蒜属于百合科，让人意外，百合那是多么清香，花是多么美丽啊。不过大蒜和象征纯洁的百合有点岔路，分属不同的属，这一分岔让蒜既好吃，又讨人厌，就是吃了以后嘴有臭味，甚至汗、尿、大便也不可避免有蒜臭味。

佛教爱干净，喜欢有香味的环境，明文禁止信徒吃大蒜，说那是荤菜。《楞严经》上说："是诸众生求三摩提（意译等持，意思是止息杂念，使心神平静、专注一境），当断世间五种辛菜。是五种辛，熟食发淫，生啖增恚。如是世界食辛之人，纵能宣说十二部经，十方天仙，嫌其臭秽，咸皆远离。……是食辛人修三摩地（即三摩提），菩萨天仙，十方善神，不来守护。"《梵网经》说："若佛子不得食五辛：大蒜、茖葱、慈葱、兰葱、兴渠，是五种一切食中不得食。若故食，犯轻垢罪。"兴渠即阿魏，芫荽章中已介绍过，故这里不谈。在中国五辛大致是大蒜、小蒜（薤）、韭菜、葱、芫荽之类，因都是植物，其字用草字头，为荤；肉类叫腥，月字旁本意是肉，荤腥都为佛教所忌食。大蒜被看作一种荤得不得了的菜。

所以我会纳闷，西域（新疆及以西）那一带，原先是信奉佛教的地区，大蒜的东来，怕是不太容易吧？但大凡受欢迎的事物就一定会扎下根，普通老百姓可就管不了大蒜荤不荤的讲究，有的人一天不吃大蒜就口中无味、胃纳下降，而且还觉得生嚼大蒜瓣才过瘾呢，让地道老苏州人看得目瞪口呆。

王者之味、王者之香

以前苏州人也不大吃蒜，女性基本不碰，不能想象一个坐在绣绷前飞针走线的绣女，或者会在台上手抱琵琶、莺声呖呖的苏州弹词女艺人，身上、口中散发出一股蒜味吧。我到苏州下属的太仓去采访，才知晓当地著名的"太仓白蒜"，主要是出口或供应外地市场，本地人消费热情一般。

改革开放以来，苏州成了我国第二大移民城市，各地菜系进入苏州，带动了蒜的消费。青蒜炒肉片、炒猪肝、炒鸡蛋、炒慈姑片、炒香豆腐干、炒鱼片……去腥增香，无不佳妙，甚至纯正的苏帮面条，香头也是撒青蒜叶末。虽然青蒜炒的菜上不了任何菜系的菜谱，似乎是永远的家常菜，但全国任何地方都在吃炒蒜叶的菜。蒜头也是消费日增，蒜籽黄焖鳝筒、清蒸黄鱼、清炒苋菜等要用到蒜头，还有冷菜蒜泥白肉、蒸茄子要用蒜泥味道才好吃到不可言喻……大蒜头捣碎了才会香味散发出来，还记得电影《李双双》中的一个细节吗？农民喜旺和妻子李双双拌嘴后，故意捣蒜头，那香味越捣越浓，气哭了好强的李双双（因为她肚子很饿但又不愿意向丈夫低头，蒜香让她肚饿难忍）……这蒜末或蒜泥，或再拌上点麻油，或放点盐，或拌上醋，或加点辣酱，用来吃火锅、拌面条、蘸饺子……都能风味倍增。这蒜啊，可以和任何食材搭配，简直是菜肴的王者之味、王者之香，所向披靡，改革开放以来已基本牢牢占据了苏州人一向自视清高的舌尖。

大蒜的嫩苗、花茎（蒜薹），就是大蒜（青蒜）和蒜苗，都是非常重要的蔬菜，油炒会激发所含挥发油飘出来，让人感觉非常香；大蒜的地下鳞茎就是我们所说的大蒜头，也是用处非常大的调味品。总之，大蒜无论青叶、蒜薹还是蒜头，都营养丰富，风味独特，所含大蒜素有开胃、杀菌的作用，深受喜爱。

蒜薹是大蒜花轴，细长条状，包括薹茎和薹苞两部分，薹苞是大蒜花茎顶端的总苞，内含发育不全的花序，不开花或只开有紫色小花，不结种子，导致大蒜是一种无性栽培植物。

记得我们父母那个时代——距今已半个多世纪了，利用大蒜这个特性，很多人家在破搪瓷面盆、破砂锅等里面，放点泥土，埋入鳞茎（有的还种些葱）置于天井、阳台等处，让其长出青叶，以备烧菜、下面条等不时之需。也有人将大蒜头拆出瓣，如莲花状排在小碟子里，放一点清水，过不几天就会长出蒜叶，既可作案头清赏，也可供掐叶佐食。

记得在二十世纪六十年代第一春，有一天父亲中班回家，浑身寒气，饥肠辘辘，但家里只有一点点冷饭，没有下饭菜，而且正好没有酱油。父亲对外婆说，那就冲碗"玻璃汤"吧。开水里滴几滴酱油，放点葱花或蒜叶，叫酱油汤，用筷子蘸了一点油，就下饭了。如只是盐开水，撒上一点青蒜叶末，就叫"玻璃汤"。因是滚开的水冲的，蒜香被"逼"了出来，父亲貌似很香地吃了这"消夜"呢。

吃青蒜或蒜头的另一个很重要的作用是其物有点杀菌作用。苏州、扬州等地有酱菜厂生产糖醋大蒜头，是上好的酱菜，早上吃两颗有预防感冒的作用。认识这个作用起源甚古，据说古希腊医学创始人希波克拉底传下用大蒜治多种疾病的处方；古罗马恺撒大帝远征时，令其士兵和水手每天食用大蒜，以增强体力抵抗瘟疫流行并预防感染。

这个方法并非虚传。我岳母是解放军第三野战军女军官，曾回忆1949年4月下旬南渡长江时，正是江南淫雨绵绵之际，军中每人发若干蒜头，行军中不及烧热开水喝，有时甚至俯身喝路中水洼里的生水，就在水中放嚼碎的大蒜头以消毒。喝了这水后继续行军，她随部队一路往南直至福建，没有生肠胃炎病。可见蒜头不仅在军事上是用来防病历史悠久，而且杀菌作用确实可靠，当然蒜叶的作用要差一点。

芋香淡淡话往事

摆渡老人的蒸芋好香啊

少年时，正逢"文革"，没有书看。有一位叫金秉正的出身成分"不好"的邻居朋友悄悄借我《古文观止》，这是他家被造反派抄家后孑遗的少数几本书之一。在风雨如磐的岁月里，难得有这位朋友，借我这书，真是天大的情谊。但书还是解放前出版的繁体字本，又没有注释，只好半蒙半猜，看得十分吃力。

书中收有一篇清代文学家周容的散文《芋老人传》，给我印象甚深。

故事大致说：有个摆渡老人，因为故事缘由，作者叫他芋老人，而没有给他名字，大概也是寓言式人物吧。他和老伴住在渡口，靠摇船摆渡为生，儿子在外当长工，生活穷苦。"一日，有书生避雨檐下，衣湿袖单，影乃益瘦。老人延入坐，知从郡城就童子试归。老人略知书，与语久，命妪煮芋以进。尽一器，再进，生为之饱，笑曰：'他日不忘老人芋也。'雨止，别去。"

那位瘦瘦的书生吃了摆渡老人夫妇两碗煮芋艿后，感激地说："以后一定不会忘记您老人家的芋艿。"雨停后，他告别摆渡老人走了。

过了十多年，那书生因为高中进士，后来官至相国。有次他让厨房里烧芋艿给他吃，吃了没几口，就兴趣索然，觉得难以下咽，丢下筷子不吃了，叹口气说："不知为何过去渡口老人的芋艿是那么香甜！"他让人去找来了烧

芋艿

芋艿给他吃的那对老夫妇。让老妇人给他照原来的烧法，烧芋艿给他吃。

但他吃了几口，还是丢下筷子，奇怪地感叹说："为何以前你们烧的芋艿那么好吃呢！"那摆渡老人讲了一番道理："犹是芋也，而向之香且甘者，非调和之有异，时、位之移人也。"意思是说，还是原来品种的芋艿，过去芋艿又香又甜，而今天感觉难以下咽，不是今天的芋艿变味了，而是人的地位变了，人也发生了变化。许多人早先有理想有抱负，对自己也有要求，但当了官以后，就变了质，有的抛弃了原先同甘共苦的妻子，有的势利无情，有的口蜜腹剑，有的心硬如铁，有的穷奢极欲，有的品行污秽不堪……

原来这篇文章借芋艿以小喻大，以故事说道理。要求做人不忘初心，即使身居高位，仍应保持本质和初心继续砥砺前行。文短意长，让人读后难忘。

菜蔬清如诗

但我还有其他想法。这书生当初又冷又饿，吃到两碗热芋艿既祛寒又止饥，浑身舒服，感激之下说不会相忘那摆渡老夫妇。然而十多年里和摆渡老人并没有联系，更没有去看望，说明他并不愿意去找。之所以找了他们来，不是为了酬谢当年那碗芋艿的相救之恩，而是因为相府里的山珍海味已经吃腻，为了再吃那可口的芋艿，才命人找到了他们。人有所求时往往低眉谄笑，词甘背佝，而当发达富贵了，时过境迁，又不愿意怀谦卑诚恳之心再去见当年的相助恩人，因为见恩人要感激感谢，态度又软又低，自感自尊受伤，忘记恩人这是今天常见的事。

细想过了，我更瞧不起这位寓言中的所谓书生。

红梗籽芋和槟榔芋

另一个想法是，芋艿确实好吃，才会让人难忘。

今天芋艿是极为平常的食材。但在二十世纪五十至七十年代，我国农业以粮为纲，其他拔光，为的是解决全国人民吃饱饭的大问题，点缀生活的特色小食品成了稀罕之物。

记得我小时一到秋风起，母亲就要四处觅芋艿了。苏州人的食俗是讲究时令，立秋以后，按"规矩"是应时吃芋艿了。如果这个秋天没有吃过芋艿，好像日子就有点缺憾了。

那时副食品供应主要是地方国营菜场，菜场很少不供应芋艿。于是大家都在打听，什么时候、什么菜场有芋艿供应？好在有时政府心系百姓，也不知哪里弄来一点芋艿限量供应，苏州人叫"应应景"，买芋艿须排队就如抢一样了。

有的年份母亲买到斤把芋艿，回家又是高兴又是骄傲，还会叹口气："唉，不是红梗芋艿。"苏州人的嘴巴实在是讲究，芋艿要吃红梗的，认为红梗芋艿吃口粉、糯、香，可与栗子争胜。苏州地区下属的太仓县，有个新毛乡，出产红梗芋艿，非常著名。后来我去太仓买，想还母亲一个心愿。在当地才知道新毛芋艿又叫新毛香籽芋，是新毛镇农民对本地芋艿经过品种改良、系统选育而培育出来的著名地方品种。不过他们笑道："我们的新毛香籽芋都给上海采购去了……"竟空手而归。据朋友介绍，他去太仓吃过当地一名菜，叫蹄髈芋艿，是将猪蹄髈过水后，煮八九成熟，然后将新毛红梗芋艿头放入焖烧，一直要烧到蹄髈汤都被芋艿头吸收，蹄髈已几乎不成形，取芋艿上桌，这芋艿肥美胜蹄髈，众筷纷入，抢食芋艿，至于蹄髈有没有上桌还是消失在芋艿中，是没有人关心的。

籽芋是什么意思？因为芋艿有母芋、子芋和孙芋的区别，食用以子芋最好，但被错写成"籽芋"了。

后来市场经济发达了，浙江、江西等地商家知道苏州喜欢吃芋艿，看到商机，就把他们那里所出产的优质芋艿卖到苏州来了。有老苏州看见了，欢欣感慨道："这是红梗芋艿啊！"闻知不是苏州产的，喜悦中又有点失落："噢，不是苏州的芋艿，还是我们苏州的太仓新毛红梗芋艿好吃……"有人打趣说："不要以为苏州出好芋艿，你没有听说过浙江的'奉化三头'吗？其中的一头就是指芋艿头，奉化的芋艿也是质量非常优良的。"那另两头是什么？"是武岭头（地名）、蒋光头（蒋介石）啊。"另一位纠正道："不是武岭，是雪窦寺的和尚头。"众人都笑，有人忙说："啊，罪过、罪过！还是说奉化三宝吧：千层饼、芋艿头、水蜜桃，奉化的芋艿真好吃。"

奉化芋艿真是当地名产呢！1949年1月21日，蒋介石第三次下野当天飞杭州，次日回到家乡奉化。翌日，外出看了一圈家乡景色后，其子蒋经国在日记中写道："傍晚回家，余助家人制年糕，父亲颇为欣赏，食芋头亦津津有味，每含笑视孙儿，盖父亲一生最喜过平淡的生活也。"（李立《台海风云》，2011年九州出版社出版）这年4月23日，中国人民解放军打过长江占领南京，蒋介石吃芋艿时我百万雄师正陈兵长江北岸，他心里非常明白这一次很可能是最后一次在家乡吃家乡芋艿了，所谓津津有味，无非是心里百感交集，慢慢品味家乡之味吧。

后来才知道，不仅限奉化，江南地区好多地方出产品质上佳的芋艿，如金华的岭下毛芋和永康舜芋，南通的海门万年香沙芋艿，常州金坛的建昌红香芋、江西的宜春上高芋头、上饶铅山红芽芋，还有广东韶关市的张溪"炮弹"香芋……甚至现在还能吃到大如小兔子的芋头。

《史记·货殖列传》中说："吾闻汶山之下，沃野，下有蹲鸱，至死不饥。民工于市，易贾。"大致意思是："我听说汶山下面田野肥沃，地里长着大芋头，形状像蹲伏的鸱鸟，（因为有了它）那里的人到死也不会挨饿。那里的百姓善于交易，习惯做买卖。"这是说的大芋头，苏东坡《送戴蒙赴成都玉局观将老焉》中也说"芋魁径尺谁能尽"，这么大的芋头，恐怕一个就要有十来斤了吧，自然没有一个人能独个儿吃下整个芋之魁者的。

今天的福建福鼎市栽培福鼎芋已有近三百年的历史了，广西壮族自治区荔浦市也出产荔浦芋，都是著名的大芋头，一个芋头重三至五斤甚至更大，又叫魁芋、槟榔芋。据说张溪香芋更大，每个重六七斤。这些大芋头原为野生芋，是经过当地农民长期的自然选择和人工选育而形成的优良品种。大约在新千年前后进入苏州等长三角地区，让只吃过小芋头的江南人叹为观止。我也买过几次，一次蒸红烧肉，一次蒸腊肉，风味一点也不比本地的红梗芋艿差。从社会发展的历史来看，虽然说生产性土地是人类发展的基础，但今天进入城市的人和过去进入城市的人不同，生活已不再依赖于城市周围乡村的生产能力，规模农业的崛起，交通设施的飞跃，物流的发展，反而能让城市人吃到更多地方土地上出产的优质农产品——这是一种时代的进步。

今天社会发展使得物质极大丰富，生活发生了质的变化，然而正是这满满幸福的生活，常会让我们这代人有时心头会涌上伤感，正所谓"子欲养而亲不待"，有时面对美食会吃不下去，因为想到父母那代人吃的苦，那时国家底子薄，他们的一生主要是辛勤劳作、清贫生活、无私奉献，从而为我们今天的国家打下了基础。

—— 一个芋头背后，也折射出时代的巨变呢。

秦淮河畔话芋香

现在也有人介绍芋艿，说有什么什么营养，其实专门为了芋艿的什么营养而吃的人，还是比较少吧。大致说来芋艿被人驯化成一种特色食物后，有三大用场。

一是为药。中医认为芋艿有一定的辅助性药用价值，过去有一种中成药叫蹲鸱丸，此药以红梗香芋去皮竹刀切片晒极干研成粉为丸。古人认为芋艿状如蹲伏的鸱鸟，就给中成药取了这名。杭州制此药时，为增加其疗效，还加入陈淡海蜇和荸荠。古医籍上说，芋艿有消痰软坚、化毒生肌的功效，如患了新久瘰疬、结核浮肿、硬块疼痛，不论已溃未溃，吃这丸药都有治疗作用。今天医药学发达，治疗瘰疬（颈部结核性淋巴）有了更好的手段，而且此病如今也很少见，这药也不大听闻了。

芋艿（或芋头）是一种可甜可咸、可汤可干、可蒸可煮、可以为点心也可以为菜肴的特色食材，所以第二个用场是为菜。当年芋艿买回家，我母亲和我父亲总是会拌几声嘴。我母亲喜欢烧桂花糖芋艿，放赤砂糖（要凭票购买），让芋艿有一股红糖特有的香味，当然还配着桂花的香味，很合时令。而我父亲坚持要烧葱油芋艿，当时每个人每月配给半斤油，不够吃，因此母亲说烧这菜太耗油了。于是我印象里是多年吃糖芋艿，有年依父亲要求烧了葱油芋艿。

不过我不太喜欢葱油芋艿。只是先用香葱炒了芋艿，再放水和盐煮，煮至差不多水干，芋艿早已熟得发酥要起锅了，再浇点葱油就算成了。这菜葱香虽浓郁，却只是在表面，感觉有点是做表面文章，不是骨子里的香，不好。

父亲有点失落，就在旁说："这芋艿呢，葱油是最起码的菜，还有一只椒盐芋艿，也蛮好吃的。其实芋艿是'轧荤淘'的，可以炖红烧肉，可以和咸肉或者咸鸡一起蒸，也可以和老鸭、火腿一起放在砂锅里焖，排骨炖芋艿也是很好吃的……这芋艿和肉一起烧了，芋艿比肉还要好吃呢……人也要像芋艿那样，轧好淘（苏州话淘是朋友圈的意思）不要轧坏淘……"

但父亲烧的菜和说的话，当时我并没有进脑子；母亲的桂花糖芋艿，印象深而美好。小杌子放在天井，一碗碗盛了，放在杌子上，芋艿浸在红汤里，上面还有几粒金屑般的糖桂花，看月亮在东墙上升起，吃着那芋艿，又糯又香，甜到心里。所以说，芋艿的第三个用场是做点心。

我调省报工作因此常要去南京。因为喜欢《桃花扇》，也就很喜欢南京的夫子庙。一天晚上下班后和一在玄武湖畔省某医院的医务姑娘漫步秦淮河畔，明知道南明秦淮名妓李香君的媚香楼故居不过是个旅游景点，但人有时就是会犯傻，要进去发一点思古之幽情还点了一套"秦淮八绝小吃"，有鸭油酥烧饼、豆腐涝（苏州叫豆腐花）、锅贴等八样，其中有一小碗糖芋苗（南京人叫芋艿为芋苗）。慢慢吃着，当然讲起了李香君、卞玉京、侯方域、杨龙友等人，那位美丽的姑娘说，芋苗的个性很强，无论怎样烧，咸甜不进，桂花再香也只在它的外表，里面还是原味，不要被糖和桂花迷惑了芋苗的本质之美。

她又说，芋苗最好吃是蒸了吃，最多稍微蘸点白糖，吃的是它粉糯而滑的口感，品的是芋香。北方蒜香，南方芋香，会品尝出芋香并且能欣赏它的美妙的，方是江南人。她的话让我听了甚为汗颜，总以为母亲的桂花赤砂糖芋艿为世间最好的无上妙品，原来还是不识芋艿那骨子里淡淡透出的天籁。这碗南京糖芋苗端在手里不禁出神，她看着我一瞬不瞬，眼波如星光，感觉和媚香楼外秦淮河里灯光和波光一起交辉，我一时看呆，仿佛穿越到了明末那个年代。

从孔夫子餐餐要吃姜谈起

谁来破此谜案？

有一天，孔子和弟子谈起饮食。

这位夫子，对自己的言和行，有着道德和礼仪上的严格自律，他关于饮食观的话，学生记了下来：

> 食不厌精，脍不厌细。食饐而餲，鱼馁而肉败，不食；色恶，不食；臭恶，不食；失饪，不食；不时，不食；割不正，不食；不得其酱，不食。肉虽多，不使胜食气。唯酒无量，不及乱。沽酒市脯，不食。不撤姜食，不多食。

孔子说这段话，见于《论语·乡党》。这是他对饮食要求的总结，代表了当时饮食文化的一种哲学，许多做法在今天也甚合科学之道。以孔子在中国的高大神圣地位，他的这段话，古代读书人都耳熟能详，对中国人的饮食文化产生了深远的影响。

最后两句话，让许多研究者关注。孔子一方面要求每餐要准备姜，不能撤掉，另一方面又提醒说不可多吃。比如苏州的面条非常有名，现在全市面馆大约数以万家。过去面馆账台（买面处）上另有一小小服务，供吃面人另买了用于调味：一方盘子里，放有白瓷小盅，里面是鲜红的辣油，通常五六克的样子；白瓷小碟子里面是切得很细的姜丝，一根根很挺的样子状如金针，吃爆鳝面、虾仁面，放点姜丝，风味更佳。食有姜，这大概就是孔夫子的遗风吧。此俗"文革"中当然被革掉了，二十世纪八十年代初我在凤凰街天湘园（现已消失）看到有恢复，那是一个非营业员的市民得到面馆同意，作为小生意和服务进来卖的，静静地坐在角落里等顾客，话并不多。现在苏州有的中上等级的面馆，不嫌事烦利薄，还有供应，真是古风犹存。但也有个别店将姜丝先泡水，姜汁自己另用，这另卖的姜丝淡而无味，问津者就不多了。

孔夫子的话也透露了农业史上的一个重要信息，春秋时，鲁国人饮食中有姜，可见中国吃姜的历史非常悠久。日常吃姜作为一种习俗的背后，是姜已普遍有栽培了。

那么，姜起源哪里呢？有学者认为，甲骨文、金文中也没有发现姜字，至今没有发现野生姜，姜起源于印度或者印度尼西亚。但孔夫子说姜，是两千五百年前的事，这一历史信息是那么久远就是一例证，而且在战国时的楚墓中发现有姜的实物，战国时的《礼记》等古籍中也有关于姜的记载。

然而，要考察其起源，这还不够，还需要从其他角度来分析。有位学者从文字学的角度作了考证。他说从印度梵文的姜这个词研究，发现这词原本是指一种土木香植物，而希腊语、拉丁语的姜，是源于古汉语的姜的读音。姜先传入阿拉伯地区，公元一世纪时，姜由阿拉伯人带入欧洲，传至西欧更晚。姜在孔子时已普及，从印度传入中国要在孔子之前相当时间，这不太可能。这位学者谨慎地认为，姜的起源至少是要从中印两国来考虑（《姜的起源初探》，刊于《农业考古》1985年第2期；《关于姜的起源》，刊于《植物杂志》1990年第4期，作者均为吴德邻）。

于是问题来了，几乎天天见的姜，到底起源于哪里？谁来破此"谜案"？

学术的问题，学者们还会继续探讨。让我好奇的是，姜在战国至汉时，出现了重要的发展，江南地区大规模种植姜。有的地方的姜还成了名特优农产品，《吕氏春秋·味篇》中介绍调味品，第一名就是"和之美者，阳朴之姜"，阳朴是四川地名；《史记·货殖列传》中也介绍，"江南出梓、姜、桂、金、锡、玑瑁、珠玑、齿、革"，姜这时已是江南地区重要的特产和商品，其背后反映出有大量江南人食用姜这一事实。

何可一日无此君

姜的分类比较多元，从种植的角度有两大类品种，主要分为疏苗肉姜和密苗片姜两类。如以地名或根茎及姜芽的形状和色泽命名，有南姜、北姜之分（其实也可分为东姜和西姜，因为四川姜和浙江姜还是有区别的）。目前，全国各地大量应用的主要栽培品种都是地方品种，有三四十个，产量、抗性、品质、风味各有特点。

中国栽培姜的历史悠久。因姜农选育、驯化和地理环境差异，导致资源十分丰富，地方品种颇多，而且这些姜大都是优良品种，有的地方成规模种植，商品化程度高，不仅当地是主要消费市场，也远销其他地方。这样一来，这些商品化程度高的姜因其品种优和市场广大，名声也就相对大了，成了中国名姜。

一般从消费者的角度，多以根茎的颜色或姜芽的颜色取名分为嫩姜，也叫仔姜，是带芽的姜，因尖部发紫，又叫紫姜；生姜，即鲜姜。干姜，自然状态风干的姜，皮皱、瘦身，主要为姜纤维了；老姜，立秋后收获的姜，体形饱满，神完气足，从秋冬用到常在第二年，又叫姜母、种姜；炮姜（入药用，炮制到外焦里不焦状态）等；或者分为紫姜、黄姜、小黄姜、白姜、浙江黄爪姜、湖南红爪姜等。当然这是一种粗分，并不是太严谨。

据我所知，苏州直至新中国成立前，吃的姜，甚至吃的盐，是从浙北运来。平湖那一带所出的姜，叫红爪姜、莲花姜，还有嘉兴的新丰姜，俱为江南名姜。因莲花姜、新丰姜的芽色淡红到红中带紫，肉厚质嫩，清香辛辣，多数为酱菜厂购去。现在苏州人口逾千万，用姜量大，改由山东甚至四川等地姜来满足食姜需求了。齐鲁名姜品种很多，但南姜中的红爪姜种得少，因此苏州市场"紫芽姜"就不太多见了。

"紫芽姜"不过是地方名姜中的一种，姜在当地的自然条件下，经过人们长期的选择和培育而成，成了各种适应性较强、丰产性良好、品质独特的地方名姜。比如四川竹节姜、铜陵白姜、昌邑大姜、莱芜片姜、青州面姜、潮州姜（南姜）、广州肉姜等，品种之多，几乎可以说是举不胜举了。一些小众的姜质量很好，其味有细微而明显的特点，可以烧出风味独特的菜肴。

姜在烹饪中用处特别是烧鱼肉类菜，几乎可以说必不可少。据专家研

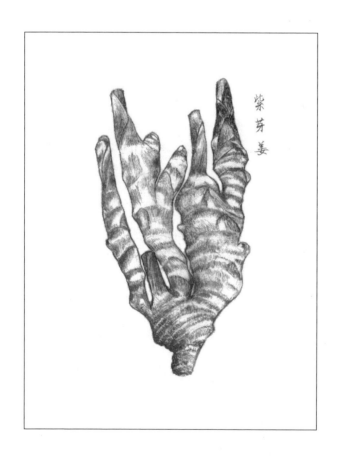

紫芽姜

究，这是姜中的一些成分，可以有效地破解鱼类中产生腥味的物质。因此，不仅烧鱼、烧虾、烧贝类时会放姜片，而且有时还会用姜汁先腌一会儿鱼肉，这样处理过的鱼，再烧味道就更鲜美了。烧肉、煮鸡鸭鹅等，也少不了放姜。

就是蔬菜，有时也会用到姜，比如姜汁菠菜、姜汁黄瓜、姜汁（其实是姜末）茭白，甚至蒸茄子、炒豇豆、炒扁豆之类，苏州人也常会用姜来调味。

到于用醋姜、酱姜、泡姜、腌姜之类，这类酱菜，或姜片，或姜丝，或姜芽，或有专门商品可买，或者主妇自己做，国人过去日常会用来佐粥。

中国人吃姜是如此之频繁，几乎每天都会摄入一点姜，真可谓，何可一日无此君！不过孔子另一方面又提醒说：姜是餐桌上必须有的，但又不能吃得多，这反映他对吃姜的辩证有中庸的理念。

孔子他老人家所言甚是。姜用途虽广，吃姜有益身体，但也有需要注意的地方。以前我听外祖母说，"晚吃萝卜早吃姜，不用郎中开药方"，后来又听说"上床萝卜下床姜"，食姜宜在早上或中午，反着吃姜，会对身体不好。还有说法，"秋不食姜"，认为八九月份食姜，无益身体。中医书中对食姜也有一定讲究，有的病症确实不宜食姜。宋《证类本草》中说得较为中允："（姜）不可多食长御，有病者是所宜尔。今人啖诸辛辣物，唯此最常。故《论语》云不撤姜食。言可常啖，但勿过多尔。"此书编者将孔夫子的观点引为饮食保健须知，是从医学上认同这一理念。确实，事物都有度，美食都不可多食，作为调味的姜也是这样。

姑苏名医叶天士治穷病

姜很早就成为重要的中药材。成书于汉，但有战国信息的中医第一部药典《神农本草经》，将中药分为上、中、下三档，其中档第一味药，就是姜，说它"味辛温，主胸满咳逆上气，温中止血，出汗，逐风，湿痹，肠澼，下利。生者尤良，久服去臭气，通神明。生川谷"。两千多年前先人总结出来姜的这些治疗作用，在今天中医界还是基本认同。不过说姜生于"川谷"，就是有河流的山谷，说的好像是野生姜，是不是汉时还有野生姜？一时无法说清楚。

说到红爪姜、紫姜，我想起了一个苏州的民间故事。二十世纪八十年代初我在苏州市卫生局工作，到苏州中医医院去。公事办完，苏州名中医、院长黄一峰的弟子，学问很深，但又谦谦如君子的医院办公室主任陈实先生，和我说了一个助兴故事，他说这故事可叫《叶天士治穷病》。

故事说，有一天，姑苏城名医叶天士接诊了一位孤老妇人，她非常贫穷，也无诊金。叶天士问她，哪里不舒服？她说，听闻你是"天医星"下凡，所以请你治我的穷病。啊，老人家你说天医星啊，那不过是江湖上所传，当不得真的，到底哪里不舒服呢？那老妇人坚持说叶天士你是天上星宿下凡，一定能治好我的穷病。叶天士见她孤苦伶仃，十分同情，他想了一想，问了一些她的情况，住在哪里，等等，好在她住的屋子虽破旧，还有一小院子。于是叶天士说，我给点钱，你去买几斤姜，种在院子里。你要耐心等大约一个月，就可以治好你的穷病了，但天机不可泄露，不能对外人说。

那老妇人拿了叶天士给的碎银子回去，照叶天士的办法在院落里种下姜。但心里也在嘀咕，这姜，再普通不过之物，只能治疗身体受寒，还能治穷病？到了一个月的最后一天，老妇人还是贫穷如故，心想这叶天士哪能真会治穷病，也不过骗我不要去打扰他看病吧？

夜已深了，她还躺在床上想东想西，忽然听见很急的敲门声。她问："谁呀？"只听外面有人说："好人，快开门，求你发发善心快快开门！"那老妇人披衣起来，只见来了两个人，提着白纸灯笼，急得满头大汗的样子。他们说，叶天士说必须用你院子里种的紫芽姜做药引子，方能救命，他还说一两银子一块姜，人命无价，这点钱也不贵，我们晚上来打扰你，加倍付钱！"

陈先生故事说到这里，笑眯眯地说：啊呀，我们这里，新姜都是紫芽的呀，主要是人们平时没有留心罢了。再加上叶天士介绍，非此妇人家紫芽姜药不见效，病家自然来求购了。从此以后，这老妇人家的紫芽姜出名了，不仅叶天士开方指明要用，其他医家听说了，也这样开方，甚至只要用到姜，为求速效，也来觅她的姜。从此她过上了小康的日子，得以安享晚年。

故事当然是传说，但医生用姜治病却是真的，几乎可以说，没有一位中医一辈子开方子，会不用到姜！因此《中华人民共和国药典》中也收了姜，所以姜在菜场上是菜，在药店（房）里就成了药了。

"白鬼"请中国人吃过后，谁知被引入了……

最古老、传播最广的蔬菜

旧中国有许多带"洋"字的东西，洋火（火柴）、洋钉（铁钉）、洋伞（铁骨布伞）、洋油（煤油）、洋袜（机织袜）、洋蜡炬（白色矿烛）、洋芋艿或洋山芋（土豆）……用"洋"字是为表明这些东西是近代从外国引入的，特别是一些工业品姓"洋"，体现了当时中国经济的落后。当然今天对这许多带洋的事物，无须只用自怨自艾一个角度来看，从另一方面说，也是中国在鸦片战争后逐步开放的成果。

我们国家在解放后的发展进程中，许多物品如洋枪、洋钉、洋画、洋伞、洋袜、洋喇叭、洋铅皮……的"洋"姓逐渐消失在历史尘土中了，但有个蔬菜——洋葱，却一直没有改掉这个"洋"字，想想这也是一件无法解释的有趣事情，大概是人们认同它原先的国外血缘吧？

洋葱原产于中亚或西亚比如伊朗、阿富汗、伊拉克等地区，有人介绍说随着人类从采猎进入到农业时代，就开始留心并进行栽培这一鳞茎植物了。这历史可以追溯至五千年前，那时的古迦勒底人和古埃及人种植洋葱，当然也就食用洋葱了，那段时间太湖流域和钱塘江两岸还是新石器时代的良渚文化时期呢。到了中国战国时期，欧洲的希腊等国家已普遍在吃洋葱了。现在洋葱是世界性主要蔬菜，许多国家没有洋葱厨师简直不知如何做菜了；而像印度这样的国家，如果洋葱供应不上，还可能引起社会动荡，确保洋葱供应是政府必须要解决好的大问题。

有人说洋葱也是汉代时张骞通西域时带回来的。其实中国的开放和引入，也是一两千年里持续不断的进程，并且有着很多条对外交通线路，不过有高潮和涓涓细流的不同时期吧，不需什么好事物都算在张骞先生的功劳簿上。清代有个叫吴震方的浙江人（清康熙丙辰也即1676年进士），他写有一部《岭南杂记》，其下卷记载："洋葱形似独头蒜而无肉，剥之如葱。澳门白鬼饷客，缕切为丝，珑珫满盘，味极甘辛。余携归二颗种之，发生如常葱，至冬而萎。"

文中"白鬼"是当时说法（今已废弃），即欧美白种人，大约是在澳门的欧洲人（很可能是葡萄牙人）吧，他把洋葱切成丝来招待吴震方。估计吴很喜欢，就讨要了两颗葱头（鳞茎）带回大陆了。据有人考证，这是洋葱进入中国的最早记载，算来不过三百来年历史。如果是这样，那么洋葱是从澳门先进入南方，再扩大开来，一两百年里扩大到了全国。而且从他的叙述看，至少那时已经有个较为公认的中文名"洋葱"了。

有人在网上介绍说，1901年，在美国传教士的影响下，上海边上的嘉定县（当时属江苏省）农民开始种植洋葱。1918年由于种植洋葱有利可图（主要卖给租界区的英法士兵和美国侨民），洋葱种植区域从嘉定扩大到整个上海周边的县。1930年，上海商人冯义祥创办罐头加工厂，从美国引进洋葱新品种，以"公司+农户"的经营模式委托农民大面积种植。抗战期间，上海难民西迁川滇，带去了洋葱……

新中国成立以后，洋葱种植普遍起来，陆续进入寻常人家。那时有一些科普书和报刊上的文章，介绍了洋葱的史话趣事，比如说古希腊和罗马时代娶亲，新娘常把洋葱作为陪嫁品，洋葱带得愈多，身价就越高；古埃及人把洋葱当作永恒的象征，当人们对天发誓时，就用右手掌托着一个洋葱头；在现代，欧洲、非洲、美洲的一般家庭里，都把洋葱当作主菜，连皇帝、总统、国王、总理、高官和绅士也常常吃它。在一些欧美国家，洋葱被看作

"菜中皇后"……这些轶事趣话，真假是说不清楚的，但毕竟有推介之功。

还有一个原因，1920 年出生的意大利作家贾尼·罗大里的长篇童话《洋葱头历险记》，这个带有反抗主题、革命色彩的儿童作品，二十世纪五十年代在中国很是风行，又是出书包括出连环画，又是少年报纸上连载，引起广泛影响。这个故事中的主角是个洋葱，对普及洋葱的形象，也起到推动作用。孩子喜欢上了洋葱，这实在是很让人意外的事。

虽先香后臭，但优点多多

印象里苏州一直到解放，洋葱还不是主要蔬菜。因为洋葱固然香鲜可口，风味独特，但吃了以后嘴巴会有味道，甚至出汗也有气味，苏州这样一个生产丝绸、许多女性从事刺绣的城市，至少大量女性不会吃；而且还有一个原因，苏州过去公共厕所少，家庭大多用马桶，吃了洋葱以后大小便味较平常浓烈，难免会在屋子里散发异常味道，因此一般也不会吃了。所以假如您现在到正宗的苏帮菜馆里去，菜单上基本没有或极少有洋葱菜肴，这也是菜馆尊重苏州人饮食习惯留至今日的一个不易为外人察觉到的食俗细节。

新中国成立后苏州发展相对来说还是比较快，而且一开始就重视大力发展工业（今天苏州虽还是地级市，却是中国最大的工业城市，苏州好像有做实业的城市基因），几十年里工厂大量增多，也新增或扩大了医院、商场、学校等，短时间里出现大大小小的单位，也就有了大大小小的食堂。食堂普遍会用洋葱做菜，有的苏州人即使想不吃也避无可避了，慢慢地也就适应了有洋葱菜的生活了。这是因为洋葱可以比绿叶蔬菜保存时间长，剥去外皮即可，不用洗，这比萝卜还方便，这些优点特别适合食堂。

从全国来讲，洋葱因风味独特、营养好，从味道讲是非常好的；从蔬菜供应来说，洋葱耐贮藏，供应期长，在伏缺等蔬菜上市吃紧时段，地方政府的有关部门就调集仓库里的洋葱以应市。还有一个重要原因，洋葱产量高，亩产一般有4000—5500公斤，甚至还有农技人员试验一些品种时达到1万公斤的。种植洋葱获利性好，因此这一蔬菜种植普遍。洋葱其优点是如此明显、如此之多，作为一种世界性蔬菜，终于受到中国菜家和消费者的一致认同，从而实现了成为中国主要蔬菜之一的华丽转身。

经过选育，我国的洋葱现在有很多品种，难以尽述，从大概念来说有红皮的（颜色再深一点就是紫皮了）、白皮（黄皮）的两大类。从营养的角度来看，白皮类洋葱里含维生素C、胡萝卜素（相当于维生素A）多一点，红皮类洋葱类黄酮物质（作为一种抗氧化剂，有抵消自由基对身体细胞和组织损害的功能）和膳食纤维比白洋葱高一点。

两种洋葱的营养成分都十分丰富，还含钾、铁、叶酸、锌、硒以及纤维质等营养素，甚至那让我们切洋葱时会刺激眼睛流泪的辛辣东西，也是一种含硫化合物，对身体有多种促进健康的效应，比如降血糖、降血脂，对高血压患者有利于血压平稳，一般认为还有防止骨质流失的作用。吃洋葱还有助预防心脏病、脑溢血等心脑血管疾病，对预防感冒也有帮助……经过许多科普文章介绍吃洋葱对身体健康有益，人们也就更愿意吃洋葱了。

"好好先生"，哪都讨人喜欢

洋葱是蔬菜中的"好好先生"，无论生吃还是熟吃，也无论是搭荤搭素还是光洋葱清炒了当菜，也无论是当主菜还是切成丝做配角或者剁成碎末拌沙拉、做馅，都很讨人喜欢。

有个小故事挺有意思，母亲想让女儿出嫁前学两个菜，番茄炒蛋简单吧？其实这菜很难炒好，细节多多，各有讲究，无法细说，那女孩最终也没有炒好。

后来，同事来支了个高招，说就学洋葱炒鸡蛋。休息那天来厨房辅导——用洋葱一个切成丝，会吧？女孩点点头。打蛋会吧？蛋的数量以一个人消耗两只鸡蛋计算，放一点点盐打成蛋液！女孩一会儿说，打好了。火大点，烧热锅；起油锅，油热了。女孩问，油要几成热？同事说，随便！下洋葱丝炒，对的，可以放点盐或生抽，炒一分钟还是两分钟？随便！倒下蛋液，继续炒。觉得锅里有点干那就再放点油。蛋液凝结成蛋块了没有？噢，凝结了，再炒十秒二十秒钟没有关系……好了，可以了，不用炒了，赶紧关火、起锅啊！你问什么？问这菜就这么简单？是的，就这么简单，菜盛盆里，上桌吧——以后你结婚了，这菜能让你上得了厅堂，无论丈夫或你孩子或你自己还是父母公婆，都可以下饭而且营养丰富……你也觉得这菜很香、让你流口水了是吧？

即使炒洋葱很简单，但一道好菜还是要善用洋葱。去菜场买洋葱时，要考虑一下菜单再选购洋葱。洋葱品种非常之多，科技人员不断选育出新品种，也从国外引入一些优质品种，所以我们现在吃到的洋葱，未必是六七十年前的品种。选育新品种洋葱除考虑产量、抗病等原因，当然还要考虑市场，所以一定是新品种洋葱的风味更优于以往的品种，才能在市场上有销路。

不同品种的洋葱，烹饪时是有所讲究的。红（紫）皮的洋葱呈扁圆形，香辣味浓，适宜熟食，炒煮炸均可；白（黄）皮的洋葱呈圆球形，甜嫩香淡，适宜做冷菜也就是生食，烧烤用也很适宜。如果觉得自己的生活习惯对吃一向不甚讲究，随便买随便炒那就悉凭尊意喽也是可以的。总之无论吃哪种洋葱，都是有益健康的。

洋葱切开后，这种强烈气味，熟悉了会觉得其实是一种浓郁的葱香。二十世纪七十年代风靡一时的上海万年青饼干，吃口酥，微带咸，更主要的是葱香扑鼻，十分诱人。这股葱香其实是面粉里拌入了洋葱汁，是利用洋葱含有葱蒜辣素开发出的一种非常受欢迎的食品。苏州大明饼干厂从上海去学习了回苏州后也用洋葱汁开发出了万年青饼干，和奶香浓郁、味香甜的圆形鸡球饼干以及用糖在饼干做出彩色花的宝石花饼干，同成为苏州饼干食品中的三大代表。洋葱的这葱香气味，可刺激胃酸分泌，增进食欲，促进胃肠蠕动，起到开胃、帮助消化的作用，所以人们去看望病人，送盒万年青饼干，病人很受用。

　　洋葱是价格便宜、用途很广的大众蔬菜，几乎可以和大部分荤腥食材、许多蔬菜搭配，做出可口的菜来。除洋葱炒蛋是一人人会做，大人、孩子都很喜欢的快捷菜肴外，炒肉丝、炒鳝鱼丝、炒虾仁、炒猪肝等，都可以配以洋葱，有很强的解腥、增香作用。如果用土豆片，或茭白丝，或青椒丝，或豆制品（如豆腐、干丝）、水面筋或菇类等食材中选一两样，即使和冰清玉洁的绿豆芽，同炒成一道素菜，也会很好吃；甚至清炒洋葱（略放一点生抽），也可以让人痛快下饭，如卷面饼、夹馒头吃，也能吃得很爽呢！

哦，丁香一样的胡萝卜……

把胡萝卜像爆炒米那样爆一下

大运河绕姑苏城的南面和西面南下和北上，城西有座城门叫阊门，因运河之故，阊门一直是个大码头，《红楼梦》第一章故事就是从阊门开始的："当日地陷东南，这东南一隅有处曰姑苏，有城门曰阊门者，最是红尘中一二等富贵风流之地。"看这样子，彼时阊门一带也是中国数一数二的繁华去处了。

阊门城门口的桥叫吊桥，当然只是古名，早就没有可以吊起放下桥板，如今是可行汽车水泥桥了，那里五河交汇，水运年代是阊门最热闹之处。1960年的一天，母亲带我去阊门，来到吊桥东堍，路两边和桥下塘，都有人在摆摊，有不少人是在出售自家的东西，什么锡酒壶、铜面盆，还有旧的胡琴、椅子、屏风、皮鞋、砚台、衣服以及旧书等等，拿出来换一点钱。有一处围了许多人，一会儿里面喊一声"响了——"接着是"嘣"的一声，一股白色蒸汽裹着香味飘出，原来是爆米花，苏州人叫"爆炒米"。

母亲要去剪布，我男孩最不愿意去了，想看爆炒米。正好有人走过和母亲打招呼，手里捧着报纸包着的什么。他说他弄到一点胡萝卜，想给孩子吃，但几个孩子都觉得味道怪怪的不习惯，不肯吃。想到这里有个爆炒米摊，就把胡萝卜蒸熟了，切成条，晒了几天，基本晒干了，过来想爆一下。他说，

胡萝卜

如果把这胡萝卜也爆得像炒米花一样又香又蓬松，那孩子一定喜欢吃。

我母亲很高兴，说：既然这样，那我把孩子交给你，我很快就会回转来的。

那爆炒米的师傅接了这爆胡萝卜条生意，嘴上就可以可以，但也犹豫了一下，胡萝卜条拿在手里也端详了片刻，说花的工夫要长一点，加工费要加一点，得到同意后才放进炒锅里，还放了五分钱的糖精。

师傅一手拉风箱，一手转锅，时间也确实比爆米、爆玉米要长一点，等到要爆了，他斜拉着锅，锅套上加厚的麻袋，照老规矩喊一声"响了——"，有的孩子害怕地还捂住了耳朵。

然而没有响声，麻袋也没有像爆米花那样"溢"出胡萝卜花，倒出来几根黑乎乎焦不拉几的东西。那时这胡萝卜也是不容易得到的呢！爆炒米师傅就说了句："胡萝卜条没有晒干，所以爆不起来……"那人拿过爆胡萝卜条自我解嘲道："有点像爆鳝丝呢，可以吃爆鳝面了。"围观的人都哄笑起来。

那时粮食供应紧张，有个"瓜菜代"的说法。母亲工作的协成布厂食堂里供应过胡萝卜，我不要吃，主要那股味道不习惯。母亲就把自己的米饭让给了我，还说，生胡萝卜脆，像水果，蛮好吃的，蒸熟的味道不及生的，她也不喜欢吃。

这时母亲买布回来了，见那认识人手中的焦胡萝卜条，就善意地说："我买一点吧。"大约买了五角钱，有五条的样子。母亲叫我吃，我咬了一口，虽说加了糖精有点甜，但还是咽不下去。母亲鼓励我说："红军长征过雪山草地，如果有这样的胡萝卜条，那就是好东西呢！"

回到外婆住的小巷。那时小巷里孩子在一起玩是很正常的事，到晚了大人喊一声："吃夜饭哉！"才依依不舍告别——要说，这才是消逝的童年风景呢！

那天有个大一点的男孩子手里有个皮弹弓，正在巷子独自玩，看见我手里有五条半焦胡萝卜条，就打起了主意。他想了一下，将弹弓柄插在墙缝里，橡皮筋中间小皮兜里放颗小碎砖，叫我往天上弹，这样不弹人就比较安全。他演示了两下建议说："你弹一次，换一根胡萝卜条。"我们家向来规矩严，哪会让孩子玩弹弓呢，我觉得这是很好的交换，同意了。他把那些胡萝卜条换到很快吃完，还说有根只有半根，他有点吃亏呢！

后来母亲见我把焦胡萝卜条吃完，正要表扬，我告诉了是换给某人吃掉了。母亲叹口气说："我常把我的定粮让给你吃，所以你才不稀罕胡萝卜呀……看来你们一代以后不仅能吃饱饭，还是能吃鱼吃肉吃糖吃牛奶的福气人。"

母亲这话，是委婉地讽刺我还是谶言？让我今天品味再三……

中华大地好安家

至少在上世纪六十年代中期，胡萝卜在长三角地区还不是一种大宗蔬菜，试想在苏州、扬州、南京、杭州、宁波、湖州等地的菜谱中，有胡萝卜做出的什么菜吗？

但胡萝卜在新中国成立后慢慢进入这个地区。老师上课介绍说，胡萝卜里富含一种胡萝卜素，会在人体内转变成维生素A，相当于植物鱼肝油，如果每天从食物中摄入足够的维生素A，能使人眼睛清澈明亮……老师的介绍，让我们对胡萝卜有了好感。

改革开放后胡萝卜在江南上餐桌机会多了，但萝卜可以做主菜，胡萝卜却还只是配角。随着时光如流水，人群在丰富，胡萝卜的消费量也在年年增长。

现在祖国各地特别是北方和西部，种植胡萝卜已是一个很大的产业，常能看到报道，很多地方根据当地条件如何将胡萝卜种植产业做大，导致胡萝卜之乡遍地开花：

"甘肃永昌县胡萝卜露地蔬菜种植面积目前达到10万亩，是永昌县露地蔬菜的拳头产品。胡萝卜由无污染的祁连山雪水浇灌，不施农药，其肉色、中柱、表皮均为橙红色，故称'三红'胡萝卜……"

"梨树县喇嘛甸镇高家窝堡村胡萝卜种植面积1200亩，年产量1200万斤，生产的胡萝卜个头均匀，色泽橙黄，口感脆甜，被誉为'吉林省胡萝卜第一村'……"

"内蒙古赤峰市松山区大庙镇胡萝卜种植面积达到数万亩，种植规模居全国第二位，年出口量4万吨，成为中国北方名副其实的胡萝卜之乡……"

"河北省围场满族蒙古族自治县新拨乡种植胡萝卜8万亩，年产优质胡萝卜30万吨，胡萝卜种植从业人员2.5万多人，成为华北地区最大的胡萝卜生产基地和集散中心……"

"走在廊坊市永清县大辛阁乡，地里随处可见大大小小种着胡萝卜的拱棚。300多名当地土生土长的经纪人，通过市场运作，将名不见经传的乡村带动成为'中国北方最大胡萝卜集散基地'……"

"皖东重镇安徽凤阳县大庙镇建立了40000多公顷的胡萝卜种植基地，规模之大列为全国之二，其产品因其优秀的品质也远销国内外。胡萝卜含有非常多人体需要的营养和维生素，常常被赠与美名'小人参'，这里的农民每年三分之二的收入来自胡萝卜种植……"

大家都在夸自己家乡的胡萝卜种得多，质量好，是胡萝卜之乡，是种植基地或集散基地，话语中透露出对自家所产胡萝卜的喜爱和骄傲，谁老大谁老二谁老三，很难评定。但胡萝卜种植如此红火，也正反映了国内吃它的人在增多，市场在扩大。

但如果仔细看胡萝卜进入华夏的落户路线，主要是东进、北上，消费市场也是逐步向东、向南拓展，覆盖全中国。

曲线而行进入江南来

其实胡萝卜不是萝卜，是伞形目伞形科胡萝卜属，而萝卜是十字花科十字花目萝卜属，两者的差别之大，可能是汪星人和喵星人的距离吧。把胡萝卜说是萝卜的一种，不过姓"胡"而已，无非是借套近乎入籍我华夏的策略。李时珍在《本草纲目》中说："元时始自胡地来，气味微似萝卜，故名。"

但中国农业科学院张德纯先生认为并不是元代才来中国："胡萝卜起源于近东和中亚地区，在那里已有几千年的栽培历史……在历史上，胡萝卜曾多次引入我国。汉武帝时张骞通西域打通了丝绸之路后，其后紫色胡萝卜首先传入我国。由于那时胡萝卜根细，质劣，又有一股特殊气味，加之所具有的医药和食用功能尚未被人认知，所以在相当长的时间内未能引起人们的注意。公元12、13世纪的宋、元年间，胡萝卜再次沿着丝绸之路传入我国，其后在北方逐渐选育形成了黄红两种颜色的中国长根生态形胡萝卜。"（《蔬菜史话·胡萝卜》，《中国蔬菜》2012年第15期）

假如我对张先生的文章没有理解错的话，原先胡萝卜是紫色的，当时没有受到国人重视，宋元时再次传入中国后，先是当作药，后来培养成黄、红两种根茎比较长的中国风格的胡萝卜。从以上引用媒体报道也可看出，中国式胡萝卜在日本、韩国等受到欢迎，中国多有出口。

胡萝卜有一股特殊的气味，说它是自带芬芳也可以，曾有过"丁香萝卜"的雅名。但也有人不是太喜欢这味道，比如本人和其他一些江南人。所以它进入南方走的是一条曲线，首先是进入洋风扑面的大上海，张爱玲在《说胡萝卜》短散文中说：

> 有一天，我们饭桌上有一样萝卜煨肉汤。我问我姑姑："洋花萝卜跟胡萝卜都是古时候从外国传进来的吧？"她说："别问我这些事。我不知道。"她想了一想，接下去说道："我第一次同胡萝卜接触，是小时候养'叫油子'（一种鸣叫的虫子），就喂它胡萝卜。还记得那时候奶奶（指我的祖母）总是把胡萝卜一切两半，再对半一切，塞在笼子里，大约那样算切得小了。——要不然我们吃的菜里是向来没有胡萝卜这样东西的。——为什么给'叫油子'吃这个，我也不懂。"

张爱玲家在上海是富贵的官宦人家，她姑姑以前"向来是没有胡萝卜这样东西的"，第一次接触只是喂虫子。这表明胡萝卜已进入上海，但还没有入馔。至于何时入馔，我猜想是和上海大量出现西菜馆有关，入中菜大约是新中国成立后的事了吧。

其次是胡萝卜不急着入菜馔，而是先以酱菜身份上国人餐桌，这样"丁香味道"可以淡一点。上世纪五六十年代时，苏州人早餐主要是吃粥，甚至晚餐也会吃粥，大概长三角地区城乡差不多都是这样的食俗吧。吃粥菜也就是酱菜，在苏州或者说长三角地区是一门类很多、品种很丰富的佐餐食品。吃粥菜中有一种腌胡萝卜丝，酱菜厂选用红胡萝卜为原料，刨成粗丝，用粗粒海盐腌几天就上市了。在"酱园店"也就是卖油盐酱醋的南酱店里，这一酱菜总是满满盛一大面盆放在柜台上，红红的十分夺目，所以也叫"腌红萝卜丝"，卖1角2分一斤。印象中这是最便宜的一种吃粥菜，因为便宜，所以常吃，也就让许多人熟悉了胡萝卜味。

但我的感觉是现在的胡萝卜味，较上世纪五六十年代时的胡萝卜，淡了许多，估计是品种上一直在改良吧。因此胡萝卜如今在江南地区入馔也多起来了，比如胡萝卜片配西蓝花炒肉片颜色好看，营养也好；胡萝卜配洋葱烧牛肉，牛肉腥味方能解除……常州有家"大娘水饺"，江南风味的饺子卖得很火，其中有款"胡萝卜鲜猪肉馅"的饺子，就很受欢迎，这也是胡萝卜在江南消费日多的一个小细节。胡萝卜进入江南，走的是先酱菜、后入馔的曲线，如今菜场里已常年有胡萝卜在出售了。

不知怎的，物质如此丰富，生活如此美好，有时却会想念起那曾经讨厌的胡萝卜味道。因为，吃"腌红萝卜丝"的年代，正是新中国最艰苦但人们精神依然奋发的年代之一，亲眼看见父母那辈人吃得那么差、工作那么努力，毫无怨言不说，厂里的春节联欢会上还唱"我们走在大路上"……种种往事就如昨日之事，一想起心里就百感交集。妻子有点明白我想吃一点腌胡萝卜丝的心思，无非是怀念和父母一起走过的岁月。她就刨几根胡萝卜丝，和切成段的药芹一起腌一两晚，用来冲淡胡萝卜那"丁香"味；再用八角煮熟了花生米，拌在里面，富含油脂的花生米又肥又糯，避免了这吃粥菜味道太过清淡。这自制的吃粥菜香味清雅，颜色悦目，微带汁水入口滋润，就像苏州的雨巷有着淡淡诗意；平时一大缸子放冰箱里，要吃时夹小半碗出来，可吃数日。

凡有此腌菜，我必用来佐三餐，味虽清，但悠长，那胡萝卜里带着淡淡丁香……

闲话那晶莹如玉的萝卜丝……

满满的苏州水乡味

记忆是一种好奇怪的私人所有的非物质遗产，时间久了会褪色，但也有许多往事却是越久越是清晰。比如1963年的事，过去了有半个多世纪了，但在脑海里好似昨日，而上个月第一个星期一的早餐吃了什么，或者说上一年元旦穿了什么颜色的袜子，却浑然无印象了。

1963年，国家刚从三年困难时期走出来，可能饥肠辘辘了千日，副食品的丰富让人成天情绪欣快，老不知不觉要哼唱"社会主义好……"，那时的苏州人家，大多有乡下亲戚，到了靠近年底前那段时间，乡下亲戚开始进城跑动了，有的乘坐农村公共汽车来，有的自己摇了船来。他们来会带来一些乡下土产，比如活的鲫鱼、黄鳝、甲鱼、青虾之类，或者鸡蛋、山芋、菜干、豇豆干、腌大头菜等，城里人会给点布票、粮票、止痛片、跌打丸，或者送点糖、麻饼、鞋面布等，让他们带回去。

那时乡下亲戚朋友送来的东西中，常会有糯米粉团子。这些团子饭碗口那么大，蒸熟的，扁圆的，可以放好多天，要吃时再蒸一下。一种是豇豆沙或赤豆沙馅，略有甜味，因为糖是计划供应，农村不易得；较多的是菜干，青菜干（多用青菜心烫过后晒干）或马兰头干、豇豆干、金花菜干，还有一种是萝卜馅的。肉馅基本没有，农村要至过年才杀猪吃肉，生产队分红又少，平时并无钱买肉。乡下亲戚送来团子后，同事、邻居、各立门户的兄弟姊妹之间，也会互相馈赠，交换品尝各种风味。说实话，这些乡味浓浓的糯米团子，非常可口，但苏州城里大小糕团店是不屑做的。

记得父母看到这些团子，就像看到稀罕之物，喜欢得不得了，吃了还赞不绝口，而最为欣赏的是萝卜馅团子。

苏州相城区（原吴县北部，位于姑苏城之北）有个渭塘镇，有家酒家就以萝卜馅的大团子为特色招徕顾客，吸引了许多城里人赶去品尝。那团子很大，大约是平常团子的三倍，煮熟后盛在饭碗里端上桌，食客看到团子在碗

　　　　　　　　　　　　　　　　　　　　　　　　江南风情好

里差不多大半只饭碗，筷子夹开团子，露出浅棕色的萝卜丝馅，香味飘出，无不惊叹欢喜："啊，这么大！这么香！"团子里面是满满的萝卜丝馅，可以吃到爽。

近年来，市场上可以买到作为商品的萝卜丝团子了，好像有点波澜不惊的样子，只受到小众的喜欢。世上的事往往就是这样，多了也就不再惊艳了。我居住小区的对门一家明月楼糕团店，有卖萝卜丝团子，和肉馅、豆沙馅、芝麻馅平分秋色，有此机会，我就去看他们做萝卜丝团子。

萝卜都是些大白萝卜，洗净，擦出丝，腌三四个小时，然后用布包起，很是用力地挤萝卜丝，挤出大量的水，这些水无用而弃之，然后萝卜丝放在锅中炒，香味四溢，放入葱花等调料，老板透露了秘密，是用猪油炒，我发现还放了点"熟花生碎"。老板笑了，纠正说，那是熟猪油渣。炒熟后一斤萝卜通常只可以做三四只小团子（理论上一两糯米粉一只，而渭塘等地的大团子通常二两多到三两糯米粉一只）。

怪不得那么好吃，原来如此！我想起了母亲生前一直说，萝卜"轧荤淘"，轧是轧朋友的轧，"轧"就是交，"淘"是伙伴、朋友的意思。母亲的意思是，萝卜要和肉、鸡之类荤菜一起烧，比如萝卜烧咸蹄髈、鸡汤萝卜、萝卜红烧肉……味道才是真的好吃，甚至萝卜好吃胜过肉或鸡。这个观点和清时袁枚的体会不谋而合。袁在南京撰写的《随园食谱》"猪油煮萝卜"中写道："用熟猪油炒萝卜，加虾米煨之，以极熟为度，临起（锅时）加葱花，色如琥珀。"

江南好吃的小吃难以计数，而萝卜丝大团子里无疑有着满满的江南水乡味……

菜蔬清如诗

187

萝卜丝的小吃风行大江南北

萝卜是一种最大众的蔬菜，也会用来做点心的食材，比如萝卜糕，是粤式名点。而在苏州、上海等城市，有一种萝卜做的街头小吃很有特色，这就是萝卜丝饼。二十世纪五六十年代时，姑苏城里三教九流汇聚的玄妙观广场里，铜锅焐菱，卖糖粥，鸡鸭血汤、酱油螺蛳、海棠糕、开洋馄饨……有好多摊头，其中摆在东脚门里卖萝卜丝的摊，油炸的香味飘出，诱惑得人脚步会放慢，看了一眼眼睛会移不开。

做这食品投资不大，一只煤炉，一口炒菜铁锅，做个铁丝架，盖半个锅面；另外请白铁皮匠，用马口铁（现在规范叫法，名"镀锌铁皮"）做出鸭蛋形或圆形的饼模，有一个长柄，头有点弯，油炸时，饼模浸在热油里，那钩就挂在锅沿上。一只油锅一般配五六只模子。

做这生意，煤炉生好，锅里油放好，炉旁一锅面粉稀糊，人坐着。面粉听说有点发酵，这样炸出来外香脆里松软（也有的不发酵，这样就脆香），还要加点盐，以增加面粉筋道和更加可口。还有一面盆萝卜丝，堆在那里雪一样白，萝卜丝里盐不能放多，味道偏淡，原来盐放多了就成腌萝卜丝了，成本划不来还不好吃，所以这里也有点商业窍门呢！还要一碗鲜河（湖）虾，虾不需大。

油炸萝卜丝饼，方法很简单，一看就会。铁皮模里舀点稀面糊，再放入一撮晶莹雪白的萝卜丝（有几粒翠绿葱花，好看），再浇点稀面糊，上面放只虾，放入油锅里炸，面糊结壳（就是变硬），轻轻敲出，萝卜丝饼像一只只小船，浮在金黄色的波浪里，从白色炸至金黄，夹出放在铁丝网上，沥一会儿油，凉一下，就是可以出售的成品了。非常简单，虽说是价钱便宜的街头小吃，但只需做小半天生意，所得利润足可养一家人家粗茶淡饭过日子了。那时有的人家，在家门口放个炉子，起个油锅，卖两三个小时萝卜丝饼，补贴家用，也无须证照审批。

现在街头摆摊少了，小吃大多进店了，但炸萝卜丝饼的香味，一直没变，有时见到了，闻了那香，会忍不住嘴馋，就买一只吃。这饼现炸现买，买了捏在手里，就在街上边走边吃，不必顾及旁人的眼光，吃的就是这心情放开的场景。老年人吃的是悠远时光的回忆，青年人反正胃口好，见到啥都愿意尝个新鲜，孩童有的爱吃，有的不爱吃，觉得没有炸鸡腿、巧克力冰淇淋好吃……因此萝卜丝饼不知以后会不会走进非物质遗产的大家庭里去，也难说呢。

萝卜丝饼在北方少见，基本是南方小吃，特别是长三角地区，较为多见。据有人在网上调查后总结说："上海人基本都是说做油墩子用的，江苏以南的大都说是做萝卜丝饼，苏北的说是油端子，杭州的说油墩墩儿，宁波有说是油饷，江西有叫油炸果……哈哈，五花八门，唯有北方的同学不知道，看来此物只有南方有。"其实南京、无锡等城市也把这一小吃视作自己的地方特色小吃，然而安徽安庆人却说，油氽萝卜丝饼是我们这里的名小吃，包括梅花糕、海棠糕、粢饭团、三角包等都是从我们这里传到苏州的……你看电视了吗？里面是这样说的。啊，这实在是无法说清楚了……

银针细丝刀切成，餐界英雄齐服气

路遥长篇小说《平凡的世界》第一章里讲陕西省某县立高中学生食堂的菜，分甲乙丙三种，"丙菜可就差远了，清水煮白萝卜——似乎只是为了掩饰这过分的清淡，才在里面象征性地漂了几点辣子油花。不过，这菜价钱倒也便宜，每份五分钱"。这是1975年的事，苏州那年头食堂里这样的清烧萝卜，差不多也是这价钱。这是计划经济时代物价的特点。

萝卜一直到今天，仍然是最大众的食堂菜，凡有数量众多人就餐的，必有萝卜烧的菜，无论切条切块，大多是红烧，以前清烧萝卜多，食堂大师傅在萝卜烧好后，撒一把青蒜叶以增香，同时也掩盖住萝卜的气息。

今天烧萝卜，会放点带肥膘的肉片等，特别是萝卜红烧猪肉或羊肉、牛肉，味道更好吃，因为减少了油腻，而萝卜块里吸满了肉味，味道往往胜过肉本尊的滋味。

俗话说，萝卜青菜，各有所爱。这是两种最普通的蔬菜，各有其长，各有人喜欢，母亲那时对萝卜却抱着很矛盾的态度。因为一般认为，萝卜有消食的作用，计划经济时代，食物匮乏，肉一个月定量才半斤，有年把一个月才一两猪肉，哪需要帮助消食呢，吃了萝卜肚子会饿得快一点。因此单位食堂里烧萝卜，苏州人不吃辣，不放辣油，大师傅往往会贴心地放点猪油渣、油炸过的豆腐干条或油豆腐（切成小块），这样味道好一点，还可以减少吃了萝卜不耐饥的缺点。

拌萝卜丝，此菜无非是吃得爽口，加上葱油的香味，实在是价廉物美、人见人爱。上得宴席做冷菜，因其有消食功能，这也是主人的体贴之意。一般说来，萝卜丝可以用刨子刨，很容易地擦出一大盆细丝，撒点盐腌一下，挤去萝卜丝的水，浇上葱油，就可以了，很是简便。

但在家中，无论是妻子切萝卜丝拌给丈夫，还是丈夫切萝卜丝拌给妻子，都是温馨的上品私房菜。有的精致餐饮号称是供应私房菜，一碟拌萝卜丝上桌，一看是刨子擦成的丝而不是刀切出来的，做法不合格。

又如苏州家常的鲫鱼汤，菜馆饭店不易吃到。鲫鱼是一种多刺的小型鱼，鲜味超群，苏州人家常会烧吃。除红烧、葱烤外，也会来个白（奶）汤鲫鱼，不用牛奶而汤如乳汁，味清香而肥腴，鱼肉嫩滑，除鱼要用猪油煎外，汤中要放萝卜丝同煮，方为上品。有人说这是让萝卜丝晶莹透明在汤中如鱼翅丝，有人说此汤乳效果甚佳，加了萝卜更助产妇消化，而切丝方显精细，切块太过粗气……也就是说，粗菜细做方显英雄本色呀！

所以说，苏州菜的档次如何？简直防不胜防就来个细节讲究，让各路餐饮英雄服气。

来个小贴士：苏州人拌萝卜丝，会放一点点白糖，还有现在很风行的拌白萝卜皮，腌制过后调成糖醋味，是近年来很风行的开胃凉菜——这用糖味的萝卜凉菜，不知北方人吃得惯否？

说句题外话：四川省甘孜州九龙县有个萝卜丝检查站，有"甘孜南大门"之称，位于国道G248甘孜州九龙县与凉山州冕宁县的交界，这里是藏区彝乡、公安系统的省级治安卡点、重要交通要塞。以萝卜丝为地名，想来其得名由来很有趣，可能也是全国独此一个呢。

圆圆的红萝卜

依稀当年儿歌"拔萝卜"

二十世纪五十年代后期，常常看见在"人民公社"体制下农业大丰收的漫画，或画在墙壁上，或刊登在报纸上，有的是画很大的玉米，或者画很大的麦穗、稻穗，有的是很肥大的猪，但最让我印象深刻的还是拔萝卜。

这其实是一个故事：说的是园子里种了一棵萝卜，爷爷去拔，拔不动，叫老奶奶帮忙拔，也拔不动，大的孩子（哥哥或姐姐）也加入了，仍然拔不动，然后小的孩子（弟弟或妹妹）也加入了，还是拔不动萝卜，小狗来帮忙，不行，最后是小猫一起来帮忙拔，才终于拔出来了萝卜。这个故事的意义在于各方都组织起来方才力量大，农业生产要走集体化道路。那时我还在幼儿园里，有儿童歌《拔萝卜》，老师还编排出了游戏，大家边唱边表演，拔得不亦乐乎，同时还收获了满满的成就感。

拔的是一个什么萝卜，有那么大？当然这无法细究。最让人记忆深刻的是，《拔萝卜》无一例外，拔的是一个圆形的大红萝卜。据说东北人叫大头菜（芜菁甘蓝）为"卜留克"，这是俄语的音译。"俄罗斯有一个童谣，叫'美味的芜菁'，讲的是一个老人叫来家人和动物们拔出一个大芜菁的故事。后来这个童谣被翻译到了中国，变成了我们耳熟能详的'拔萝卜'。"（微信公众号"三个料理人"，2010年5月11日《动森里的大

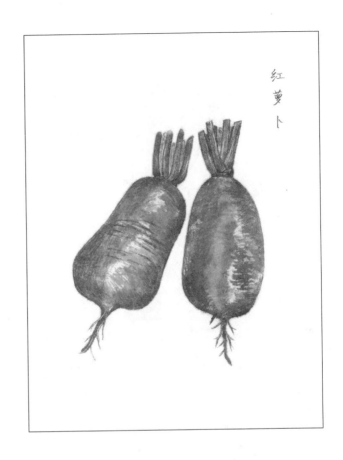

头菜到底是啥？》，作者卫奕奕）作为五六十年代生的人，大多因为这首儿歌和游戏，对萝卜家族中这红红的圆萝卜最有好感，没想到是大头菜变过来的。

《人民公社是金桥》的民歌唱不多久，岁月进入到三年困难时期，食品供应极度匮乏。有一次去观前街，这是苏州最有名的商业文化街，那时街上有特色的名店远比今天多。餐饮店中有一家叫松鹤楼，可谓执苏州菜馆业牛耳。松鹤楼门朝北直对大成坊，门东西有两个小橱窗，门西那个橱窗里展出两道菜，一道是菜盆里有块煮熟的冬瓜，半透明，带点绿，上面用发菜做了一幅线描国画，我记得是山石小品，还有两只蟋蟀，一只爬在石上，一只在石下，虫须宛然，十分生动，这菜食材朴素，但意境很美，

圆红萝卜

耐看。还有一道菜，是菜盆摆了一条红鲤鱼，细看原来是圆红萝卜，一切为二，每半个萝卜切成一个鱼身，鱼头也很逼真，因为是红萝卜拼成，就比冬瓜那道菜显得喜庆，忍不住看了一会儿，直至父亲把我拉走，但心里一直对红萝卜有好感。后来学习古诗，古乐府诗《饮马长城窟行》，诗中有句云："客从远方来，遗我双鲤鱼。呼儿烹鲤鱼，中有尺素书。"读到这里，脑海里总会浮起这红萝卜拼鱼，同时也感慨这两盆素菜其实一画一诗，意思是生活再艰难，但诗情与画意不可缺少，这也反映出那时苏州厨师的素养实在让人赞叹。

虽然喜欢红圆萝卜，偏偏苏州那时好像没有这种红萝卜的，在常熟等地靠近长江的沙土农田里种的是又粗又长肥嘟嘟的白萝卜。市场上偶有见到红萝卜，那可能是菜农的少量的种植，或者周边地区有种，运来苏州的吧？所以厨师偶然得到了，做菜会特别上心。

苏州人喜欢吃葱油拌萝卜丝，父亲觉得此菜色彩太素，就切一点胡萝卜丝，量不到十分之一吧，掺和在里面一起腌，但他希望的是配以红圆萝卜丝。大约是改革开放后，苏州菜场上有时有红萝卜卖了，父亲得到了，也很珍惜，会切一半红萝卜、一半白萝卜，两种萝卜丝一起腌，因为红萝卜丝的一头或两头，有一小红点的外皮，在萝卜丝里显得分外娇艳。而且父亲是斜切的，因此萝卜丝上的小红点是菱形的。端详这萝卜丝，就像是白雪皑皑中点点红梅。普普通通的拌萝卜丝这家常凉拌菜，就因这点点红而美丽。

改革开放前，人不太知道家乡以外的世界，就是知道，也是零星的。后来交通、通信条件大为改善，地区之间的交流日益充分，甚至边边角角的地方，也可以很容易知道，就这样，才知道了拔萝卜的那种红萝卜是东北的特产。

东北的红萝卜品质超群

萝卜品种非常多，各地都有一些可列为地方特产的萝卜，而东北的红萝卜品质超群，人家东北老师是这样介绍他们的红萝卜的：

（东北的红萝卜）皮红色，肉质白色。原产于我国，因土质与气候关系，东北的大红萝卜营养价值高，食疗与药用效果更好。当年收获的根部果实——萝卜，可直接食用，生吃、做菜均可。农民选好的优质萝卜留种，第二年栽入土中，开花结籽。萝卜是以种子繁殖，刚出土的小苗只有两个小芙。大红萝卜可以成垄种植，成片大面积种植，也可补种在缺苗的田间地头（萝卜成熟期短，种的时间晚。夏天数伏才开始种萝卜）。秋收季节，大红萝卜成堆、成车地摆在市场、街头出售。大红萝卜深受民众喜欢，吃法简便，容易储存，可窖存，可晾干。晒成干的大红萝卜，既可腌成咸菜又能长时间保存。冬季炖菜加入萝卜干，美味可口。

但是现在东北红萝卜玩起了雌性红萝卜了，说这是东北红萝卜中的上品萝卜，乍一听，我这南方人一脸迷惘，萝卜还有雌雄之分？因没有尝过，无法介绍，想来品质、营养是极好的吧。

通过上网查，在《农百科》网上看到关于"东北雌性萝卜"介绍，还真有这回事，说："东北雌性萝卜即'萝卜核-胞质雄性不育系'三系杂交萝卜，是由中国著名遗传育种专家张书芳先生发明的，该项发明曾获得邓小平亲自颁发的国家发明二等奖。雌性红萝卜品种有：绿星大红、红丰一号、红丰二号等等，其中以'绿星大红'的综合性状最为优秀；雌性红萝卜不仅口感好，而且具有很高的药用价值。东北红萝卜由于东北特殊的土壤和气候条件，以及特殊的品种，形成了东北红萝卜独特的营养成分和药用功效。东北雌性红萝卜是东北红萝卜中上等品，纯雌性萝卜尤为珍贵。有检测报告显示：东北雌性红萝卜中钾、钙、铁、磷、硒等物质的含量是普通萝卜的几倍甚至几十倍。"

菜场、农贸市场里萝卜品种越来越多，后来还看到有的红萝卜并不是圆形的，而是有点圆柱体，通常二十来厘米长，也是全红色的，据了解江淮地区有种植，说这是一种品种优良的红萝卜，叫"大红袍"。现在长三角地区的菜场、农贸市场常见其倩影，确实皮红肉脆嫩，含水量高，不仅没有辣味，甚至微有甘甜，就是皮红得不够深，带一点梅红那种红，仿佛十七八岁女孩子的脸颊上的红，十分好看。

红如宝石大仅樱桃

这时，我才知道，红萝卜并不是只有东北红萝卜一种，调到报社在南京的省报《新华日报》当记者，才知道南京有一种"洋花萝卜"。

这萝卜大小如大拇指，或者说比葡萄大一点，红得像颗大红宝石，小巧可爱，第一次看见，简直不好意思和食材联系在一起。第一次去同事家吃饭看见了，向同事要了一颗，放在口袋里作为把玩之物或者说欣赏了好几天。

南京人将这小红萝卜买回家后洗净晾干，切掉叶柄的头部和另一头的根须，放砧板上用菜刀一拍，萝卜裂而不碎，仍是整只，放碗里倒入醋和酱油，有的还放一点白糖，略腌后就可以吃了。我去南京人家吃饭次数多了，感觉南京人把这酱油浸的生洋花萝卜，不仅当作吃粥菜，而且也是一道与烤鸭一样的正菜上桌。尝尝味道，脆嫩、酸爽，极为可口。有次在高档的宴席上吃到冷菜中的洋花萝卜，不是一拍了事，而是大厨用刀薄切萝卜的八成，另二成不切，让萝卜连着，然后一按，这洋花萝卜如花展开有玛瑙有羊脂白，精致美丽，味有层次，实在是让人吃后难忘。

不仅是吃了难忘，我想吃了一次恐怕就此上瘾。每年初夏，苏州一见有此"洋花萝卜"，我便必买一点。单位里南京籍的同事多次介绍，说是用这洋花萝卜炖排骨，味道非常可口，想来这也一定是佳肴，不过又说这红色要刷洗掉，炖出的汤才清澈。但我从没有烧过这款南京特色浓郁的菜，不为别故，就为太爱这娇妍的红色：把它刷洗掉，岂不是煮鹤焚琴粗暴至极？

问题是此萝卜叫"洋花"是啥意思？是不是南京是扬子江畔城市，是叫了"扬花"？而汪曾祺先生写有《萝卜》散文开头就说："杨花萝卜即北京的小水萝卜。因为是杨花飞舞时上市卖的，我的家乡名之曰：'杨花萝卜'。这个名称很富于季节感。"他老人家认为这小小的红萝卜是杨花开时上市而得的名。

报社有同事说："传说乾隆皇帝第六次下江南时，吃尽了山珍海味之后，在南京尝到了杨花萝卜后，非常喜欢，地方官也因为进贡这种小萝卜受到乾隆赞扬。"乾隆皇帝南来，说是南巡、公干，其实也是为了大饱口福，因此南方留下了无数关于他吃的史实或传说。同事加了"传说"，也是表示谨慎之意。

后来看到资料，说这种小萝卜在国外叫樱桃萝卜，冷餐会上常拌在沙拉里生吃。有说是法国品种，名叫红星，有说是从荷兰引进的……我作为业外人士无法细究。但想到南京做过民国时期国民政府首都，有外交使团常驻，对外交流也多，正是在这期间引入这一尤物是可能的。洋花者，可能表明这是从国外引入的农作物吧？但在今天，除卖种子有时包装上会有"法国红星"之类文字外，一般人总认为这洋花萝卜是纯而又纯的中国蔬菜，现我暂且写"洋花萝卜"，不过是聊备一说，以待方家雅正。

不过有一点似乎可以肯定，乾隆皇帝虽贵为天子，但也无口福吃到这一太过可爱又太好吃的"洋花萝卜"。

水果萝卜：心里美与绿翡翠

"西红门'心里美'萝卜叫城门"

出生于北京城的散文家梁实秋，写过一本叫《雅舍谈吃》的书，此书据说出了三百多版，受欢迎程度惊人。书中有篇《面条》，介绍北京人喜吃炸（此字读第二声，江南人不太理解何意）酱面，他自己也是从小吃炸酱面长大的，谈来尤为亲切。他说到炸酱面的"面码"，就是放在面条上的"浇头"（姑且用这苏州话）除炸酱之外，还有用来拌面条的生蔬菜，多切成丝，一般摆得也比较好看：

> 面一定是自抻的，从来不用切面。后来离乡外出，没有厨子抻面，退而求其次，家人自抻小条面，供三四人食用没有问题。用切面吃炸酱面，没听说过。四色面码，一样也少不得，掐菜、黄瓜丝、萝卜缨、芹菜末。

掐菜就是掐头去尾只留中间的豆芽菜，用水焯过之后迅速用凉水浸泡，保持其脆爽；萝卜缨指的是小水萝卜缨，北京话叫"小水萝卜带绿缨儿"，这是北方第一拨上市的蔬菜，其实是水萝卜种密了，间下的苗，做了蔬菜，做面码时根如黄豆芽，还见不着萝卜的一丁点模样呢——这样的蔬菜"浇头"、这样的生吃法，江南地区闻所未闻。

所谓的水萝卜，是一种短圆柱形的红萝卜，也可能是圆红萝卜。说实话，在江南地区，红萝卜虽然好看，但如何烧成可口的菜肴，大半人会摇手说不会烧，只会切丝切片做凉拌菜。

二十世纪八十年代初，国家提倡精神文明，叫"五讲四美三热爱"，这具体内容现在背不出了，却记得有一种叫心里美的圆红萝卜，被有的讲课人举例用来形容心灵美的人。虽然台上说得这么美好，但苏州没有见过萝卜肉是红的这种萝卜啊，听得既神往，但又朦胧。

新世纪后，我们国家交通发展突飞猛进，物流也年年改善，终于在苏州看到久闻大名的心里美萝卜了。

这萝卜基本是短圆柱形，相对头部小而下部大一点的萝卜，上半部皮为绿色，据说是长在土外所致，下部白色，萝卜尾巴也就是主根须最有趣，耗子尾子似，却是带点红；也有一种萝卜整个外皮基本是绿色的。但是切开来，却是意外的惊艳，除了皮的薄薄"内衬"是白的，肉全是嫣红的，细看横切面有点辐射形的纹——这就是大名鼎鼎的"心里美"了。

据说有北京花叶心里美、小型花叶心里美等优良地方品种，营养价值也好。现在新培育出一种心里美品种叫"满堂红"，切开来，那肉更是红得鲜艳，就像红玫瑰那种热情而高贵的红，仿佛一颗耀眼的大红宝石，和红心火龙果有的一拼，市场上异常受欢迎。后来有人说，就是这，也叫水萝卜。北京人把那白萝卜、红皮白心的，叫象牙白、卞萝卜，烧菜吃，不作生吃（作家赵珩语）。

今天"心里美"在餐桌上出现，主要是雕萝卜花，或者切成长薄片，做成月季花再用一根牙签固定……做摆盘的装饰品。少量有切片做泡菜或切丝凉拌，爆炒煎炖等吃法，江南人对此甚感汗颜未之闻也。这么美丽的蔬菜，主要是做装饰物，未免让人有红颜薄命的感慨。

朋友介绍说，"心里美"萝卜皮薄肉脆汁多，有股清香，又加艳丽如花，在北方常做水果，夸说"萝卜赛梨"，"掉地摔八瓣"，甚至索性叫水果萝卜。关于"心里美"，北京还流传一个故事：清代时"心里美"萝卜种植主要是大兴的西红门、高米店，还有海淀的罗道庄、丰台的陈留等地。因为慈禧太后吃到了"心里美"萝卜后大为赞赏，关照要常送宫中，而将城南的永定门定为"心里美"萝卜的绿色通道。萝卜送来如果城门关了，可以到永定门叫门，专为萝卜车打开城门，因此有"西红门'心里美'萝卜叫城门"的说法。那这是个民间故事呢，还是清宫逸事？在曾为慈禧御前女官的德龄郡主所著《御香缥缈录》中，确实曾谈到慈禧太后要吃萝卜的事。

"萝卜——赛梨啊——"

看到好几位前辈写到清代、民国时北京在掌灯时分，门外有人叫卖心里美萝卜的市井声："萝卜——赛梨啊——辣了换来！"北京冬天生火炉取暖，气候又干燥，听见有人送上门来叫卖，赶紧买了，吃个水嫩脆爽的心里美萝卜，十分受用。

北京旁边的天津，也出产一种上青下白的圆柱形萝卜，皮相有点差不多，但说来有趣，天津这萝卜切开来，肉却是绿的，所以叫"卫青萝卜"，这是因为天津又叫天津卫。天津人把萝卜叫"萝巴"，但本地所产的青萝卜，却亲切地叫"卫青儿"。天津人吃卫青儿，脾性和北京有点不一样，汪曾祺在其《萝卜》一文中介绍了他的亲身体会："五十年代初，我到天津，一个同学的父亲请我们到天华景听曲艺。座位之前有一溜长案，摆得满满的，除了茶壶茶碗，瓜子花生米碟子，还有几大盘切成薄片的青萝卜。听'玩艺儿'吃萝卜，此风为别处所无。天津谚云：'吃了萝卜喝热茶，气得大夫满街爬。'吃萝卜喝茶，此风亦别处所无。"听大鼓、喝热茶，吃块卫青儿萝卜，对身体有强健之功，这是当地的风俗。

卫青萝卜皮青肉绿、肉细有纹、脆嫩多汁、落地即碎，关键是不仅要甜，还要有点辣，甘辣方才味厚可口。用天津人的话说，那叫："不艮不辣，吃到嘴里——嘎嘣脆。"天津鸭梨非常有名，而卫青儿萝卜的价格要便

心里美

宜多了，自然是萝卜很受欢迎，夸誉为"赛鸭梨"。

京津一带冬天生火炉取暖，冬季时气候又干燥，吃个水嫩脆爽的心里美萝卜、卫青儿，不仅顿感舒服，而且确实有益健康。"冬飙撼壁，围炉永夜，煤焰烛窗，口鼻食黑。忽闻门外有'萝卜赛梨'者，无论贫富耄稚，奔走购之，唯恐其过街越巷也。琼瑶一片，嚼如冰雪，齿鸣未已，众热俱平，当此时何异醍醐灌顶？"这是嘉庆二十二年（1817）状元、著有《植物名实图考》的吴其濬，他在京城里生活，所写下的萝卜当水果的体会，因为真实可信，被许多人引用。当然他的话同样适合于天津的卫青儿萝卜。

青萝卜在北方多有种植，比如山东的潍坊种的青萝卜，当地人引为骄傲，还有民谣唱道："烟台苹果莱阳梨，不如潍县萝卜皮。"为这地方特产而骄傲得有点夸张了。当地人把青萝卜切成条，放盆子里撒上白糖后上桌，让人生吃，叫"青龙卧雪"。潍坊青萝卜也是水分很大，因此很脆爽，而有点含糖量，所以辣中有甜，当地人喜欢得不行。特别是长叶子端，辣味浓一点，吃着过瘾；中间部分水分足、糖分高，多数人喜欢吃中段。现作为一种地方特产，还划出了"潍县萝卜原产地保护区"。但因为市场扩大，有的地方不那么接受辣口的萝卜，于是有的农民种的潍坊青萝卜就不那么辣了（采取了何种措施，不太清楚），让本地人感到有点惆怅。

冬季将萝卜当作水果，甚至往南到淮河边，还有这个习俗。"正冬春季节到江苏淮安，外地客人经常会发现淮安的水果店里有一种青萝卜销售，这种萝卜含水量高，肉质根呈圆柱形，通体青绿，顶端往往留着少量深紫的叶芽，食用起来脆甜爽口，这就是淮安地方萝卜特产——紫芽青。"这是江苏省淮安的情况，青萝卜冬天时在水果店里出售。

新鲜的青萝卜过去在苏州也是很罕见的二十世纪五六十年代时，有一种腌青萝卜条，作为酱菜的一种，1角4分可买一斤，很咸，吃之前洗一下以减轻咸味，切一点小丁佐粥或炒毛豆籽吃。猜想这腌萝卜条，用的是淮安所产的优质青萝卜吧。

江南嘉果多，生吃萝卜少

而生吃萝卜的习惯，在苏州，甚至在江南都行不大起来，因为江南没有培育出专门的水果萝卜。

记得小时苏州有人要吃生萝卜，只能在切白萝卜烧菜时，选比较水灵的中段，切去有皮的外围，只取中间的，以冰雪之姿来争胜红似玫瑰、绿如翡翠、黄如蜡玉之类北方南国的水果佳品。

但苏州人相信白萝卜色白，入肺，性凉，对肺部有热的不舒服，除找医生开药外，再吃一点白生萝卜有好处；同时苏州人又认为萝卜有消食的作用，吃点白萝卜也是好的。因此往往出现这样的事，父母亲给孩子买水果，而且以洋水果为佳，说是补充维生素C，外公外婆、祖父母则是给孩子吃两根玉柱似的萝卜条，视作是吃大山楂丸："刚才吃了不少鱼啊肉的，吃点生萝卜保健康。"

南京历史上曾有过一种板桥（地名）萝卜，据说是一种红皮萝卜，人称有栗子甜味，是一种珍品，但不用于生吃，煨汤才能尝到其美妙的甜味，让人神往的同时也略有遗憾——江南多嘉果，萝卜要当水果不容易呀。

好在"心里美"萝卜当水果吃，也有可能被南方人接受。在网上看到一段文字，让我十分惊喜。

南京著名作家薛冰在《饥不择食》中回忆："记得（南京）有一种青萝卜心色紫红，人称'心里美'，尤甜脆可口。俗话说'萝卜赛似梨'，绝非夸张。"薛老师好多年前曾在苏州古旧书店相识，当时他还劝我购买《点石斋画报》，说很值得拥有，我就真买了，至今感念，以后有机会一定向他请教关于南京"心里美"萝卜的趣闻。

那么，现在物流便捷，不要说南方水果，就是世界各地水果，在北方也能轻易吃到，萝卜当水果这一有养生意义的好风俗，在北方还会继续保留下去吗？

从穆桂英吃生大葱说起……

小时候和母亲的一次聊天

大约在二十世纪六十年代初，那时才读二三年级，同学借给我一本史果写的《女将穆桂英》，是讲北宋时一位爱国女将的新编历史小说。穆桂英是五六十年代非常吃香的古代女英雄，也是妇女甚至全社会学习的榜样。

桃花马、绣鸾刀，穆桂英不畏强敌大破天门阵的故事让人热血沸腾豪气倍增，而她回到绣房换上女儿装，向被自己俘虏的杨家将后起之秀杨宗保，主动表明心迹要嫁其为妻，这种大马金刀自主婚姻的气概，在那个流行"介绍对象"的时代还是很让人心潮起伏不胜向往的。

作为小男生，情窦虽未开，但也对武艺高强、身姿婀娜、深明大义、自托终身的美丽姑娘怀有好感和敬意，暗暗生出情愫："嗯，这样的姑娘，多好啊！"

有一次，和母亲闲聊，她讲了织女下凡、槐树为媒、你耕田来我织布之类，推崇的无非是勤劳节俭过好一亩三分地日子的姑娘。听我说对穆桂英心向往之时，她很意外："她打打杀杀的，是过日子的好媳妇吗？"

但是呀，像苏州女孩，画画团扇，跳跳牛筋，弹弹琵琶，讲话含羞，声音有气无力像蚊子叫，一点劲也没有！

母亲一时说不过我，就问了，你知道穆桂英是哪里人？

"知道啊，山东穆柯寨!"

"那你知道吗？山东人生吃大葱，卷了饼，蘸蘸酱就吃，好吓人！穆桂英这样的山东女孩子，一日三顿吃生大葱，苏州人哪里接受得了？"

嗯，这个……倒没有考虑过。想想对了，那本书里一字不提穆桂英是吃面还是吃饭，原来都不是，是吃大葱卷饼而且那大葱是生的，这太意外了！苏州人肠胃薄弱，一天三餐，早晚两顿主要是吃稠稠的大米白粥，配点乳腐、酱瓜佐粥，现在风靡的面和大饼、油条，彼时并不经常吃。穆桂英是生吃大葱的姑娘，让人觉得不是英姿飒爽而是有点粗犷了。

过了十来年，这心结还是没有放下，心想山东在穆桂英时代可能还没有大葱吧？正好一位在银行工作的忘年交姚先生，借我看南宋诗人陆游的诗

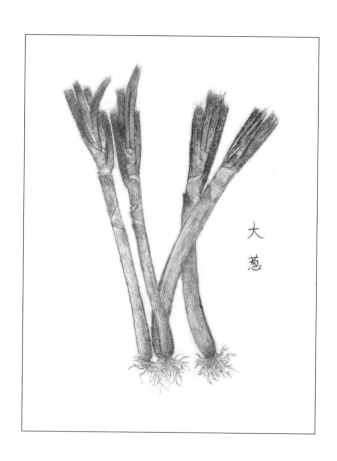

大葱

集。晚上在病区上夜班，下半夜没有什么事，一边在煤炉上用铝饭盒子烧饭，一边看诗。果然看到一首辣眼睛的七绝诗，是写葱的：

> 瓦盆麦饭伴邻翁，黄菌青蔬放箸空。
> 一事尚非贫贱分，芼羹僭用大官葱。

大致的意思是，粗陋的瓦盆里盛了麦子烧的饭，和邻翁一起吃，黄色的菌菇、绿色的蔬菜，全部吃光了（意思是味道很不错）。照理每件事情都应该分贵贱，比如煮羹，按古诗书里要求应该是用"芼"（一种水生植物或野菜）才合乎礼仪，但这次却用大官葱代替，这是越礼了（陆游说的是调侃话）。南宋时的大官葱，据专家说就是大葱，可见宋代的穆桂英确实会吃大葱的，让人郁闷的是看陆游的诗意好像大葱在食材中的身份有点低，意外惊喜的是江南人吃大葱历史也蛮古老的。

但后来山东大葱的身价高了，先是有人根据《管子》记载：齐"桓公五年（前681），北伐山戎，得冬葱与戎椒，布之天下"，宣传说山东人吃大葱还是"王的政绩"。又根据《章丘县志》中记载的四句诗歌："大明嘉靖九年庆，女郎（章丘县山名）仙葱登龙庭，万岁食之赞甜脆，'葱中之王'御旨封。"发现章丘大葱已被明世宗御封为"葱王"，这是大葱值得引为荣耀的好事。不过这些事有点古早，不说它了，就说近代：曾在山东济南工作、生活过七年的大作家老舍，在散文《吃莲花的》中说："那鲜、白、伟丽、晶亮、细润、甜津津的济南大葱。"《到了济南》中说济南的葱白："最美是那个晶亮，含着水，细润，纯洁的白颜色。这个纯洁的白色好像只有看见过古代希腊女神的乳房者才能明白其中的奥妙，鲜，白，带着滋养生命的乳浆！这个白色叫你舍不得吃它，而拿在手中颠着，赞叹着，好像对于宇宙的伟大有所领悟。"老舍写大葱故意用了让人羞言的文字，但山东网友却很乐意引用，说："这葱里的'色情'，让吃葱的人引以'味'荣。"

姻缘里的大葱

不过在1980年前，好多苏州人也没有见过大葱的真身是什么样子的。计划经济时代铁路动力紧张，苏州人又不吃大葱，有关部门也就不安排从山东运大葱来。"文革"时生活比较清苦，想到古人有卧游一说，就是躺在床上看旅游书或风景画，就等同于身去那里了。为了杀杀馋，就去买了那个时代按省出版的《中国菜谱》。因为我爱北京天安门，先买了北京卷。这才知道北京最有名、最有代表性的菜是烤鸭，但吃烤鸭一定要用小小的烫面饼夹上大葱丝、蘸以甜面酱还配一根黄瓜细条吃，而大葱丝真的是生的……这不就是山东大葱卷饼加块烤鸭肉吗？不过是到了宴会桌上精致了一下罢了。还有京葱海参，也是京城一道名菜。啊呀，什么京葱，明明就是山东大葱嘛！还有北京菜中的经典之一葱爆羊肉，也因为用了大葱来爆羊肉，现在竟介绍说此菜"具有补阳调理、壮腰健肾调理、补虚养身调理"什么什么的，如果没有山东大葱相配，这炒羊肉丝也就是一种普通炒菜无啥稀奇了。

后来看北京风物书介绍，明清时许多官员进京赴任，经过山东，请个山东厨师带进京去，因此京菜是在鲁菜基础上发展起来的。也有人告诉我说，山东冬天天气寒冷，绿叶蔬菜少，吃蔬菜主要是大白菜和大葱。因山东日常吃大葱，甚至作为常备蔬菜，所以就诞生了一些以大葱调味、调香的山东名菜，除了烤鸭，还有锅烧肘子、清炸大肠、炸脂盖、葱烧海参、葱烧蹄筋、葱烧肉、葱扒鱼唇等菜肴也因大葱而活色生香成为名菜。这样就明白了，北京菜肴中有山东菜的基因，因此用到大葱的菜肴很多。

不过明明是山东大葱，为何要说成京葱呢？

莫非前缘，在苏州市卫生部门工作时，单位一年长同事介绍给我的姑娘，虽然讲一口纯正的苏州话，却是胶东人。但介绍人私下对我说，山东是孔孟之乡，那里礼数胜过文化悠久而深厚的苏州，女孩子大多贤淑贞良、吃苦能干。第一次到她家里去吃饭，桌上赫然有一小碟凉菜是大葱丝，上面还撒了姜丝、倒了点醋。我对此菜一点不敢碰，心想这怎么吃啊？有人说大葱营养丰富，有特殊的香味和辛辣味。又有文章说，常食大葱，能增食欲，健脾胃，大葱还具有较强的杀菌功效，也是很好的发汗剂。但也有文章介绍，山东大葱葱白肥大，细嫩多汁，于淡辣味中略带清甜，生吃、凉拌最佳，熟食、调味、和馅也好，且耐久藏，堪称葱中珍品——到底这大葱是辛辣还是清甜呢？

当时在热情劝菜下，勉强吃了一点点大葱丝。确实有点辛香，也不那么辣嘛，似乎有点甜？不过那也是回味悠长之后的感觉。让我想起了童话《小马过河》，老牛和小松鼠对河的深度，认知是不一样的。同样道理，大葱辣还是甜，清香还是有味道，爱不爱吃大葱，和生活经历有关。有一点是肯定的，吃大葱不感觉辣并且能尝出甜味和清香来那个层次，差不多就此生难忘大葱或者说离不开大葱了。

但有意思的是，我太太作为山东女儿，并不会说山东话，不大吃大葱，也从来不买大葱。其实呀，山东并不是全省吃大葱。吃大葱煎饼主要在靠近江苏北部的鲁中南山区和济南南部一带，那里有枣庄、临沂、泰安等重要城市，发生过孟良崮战役、铁道游击队等红色故事，电影《红日》里拍到有位指战员用大煎饼卷大葱吃，于是让全国人民包括我母亲都知道了。至于穆柯寨在山东哪里，那里人是不是吃大葱，兹事体大，值得好好研究呢。我太太有一次做了点葱油饼，比茶杯盖大不了多少，饼有层次，葱香诱人，我想起电影里吃葱的豪迈场景，略有失望，而父母却开心地说："这媳妇我喜欢的！"原来太太是烟台、青岛、牟平那里人，属山东沿海，叫胶东半岛，看不到大煎饼的身影，大葱只是偶一为之，而且吃法精致。

作为国礼的山东大葱

虽然山东人将大葱冠以"葱中之王"的美称，但大葱蘸酱就面饼，或者大葱拌肉馅包饺子或包子，或者大葱烧豆腐，俱是美味，而且都是很平民的吃法。

意味深长的是，毛泽东主席并不认为大葱是低档蔬菜。1949年12月，他访问苏联，参加12月21日斯大林的七十大寿的庆祝活动，带去了亲自为斯大林选定的两车皮的寿礼——一车江西蜜橘和一车山东大葱，这也是中国外交史上少有的"国礼"。他为何要选这两样东西为国礼？猜想江西和山东都是革命老区，那里老百姓种植的农产品，他更有感情。从此，谁再敢说山东大葱身价不如那个叫"茾"的水草或野菜的，请瞧瞧外交部编号为109-00003-02的解密档案吧！

客观讲，大葱是贫民富人皆爱吃的齐鲁食材，体现了地道的山东风味，因此山东栽培大葱自然也不遗余力，质量也比五十年前更优良了。

一是面积广，据有的资料说全省有十几万亩葱田，每亩可种两季（但不能连种）、约收万斤，这样算来，山东年产大葱当不是要有十几亿或者二十多亿斤！我不知哪个国家有这么海量的大葱产能。二是山东的大葱，品种也非常多，有叫什么"大梧桐""气煞风"的，一听这名也知其高大魁伟了。

随着改革开放，农民和国外交往也多起来了，山东葱农发现，原来日本人也很喜欢吃大葱（据说中国的葱在八世纪时传入日本），而且他们培育出了不少优良的大葱品种。近年来山东引进栽培（也做些和山东大葱杂交实验）的日本葱品种主要有长宝、春味、高冠、田喜、元藏、将军、雄浑、夏宝、天竹一本等，当地人往往叫日本葱为"钢（或铁）葱"，以区别于山东大葱。日本大葱矮粗结实，质量次于山东本地品种的大葱，山东种植的本地大葱或日本大葱，都有出口日本。不要对日本人吃大葱、培育出优质新品种大葱有什么意外感想，日本喜欢葱是有其原因的。平安时代中期皇后的女官清少纳言（约966—约1025）在其随笔集《枕草子》中写道："这时候中宫的御舆乃出发了……朝阳明朗地照着，舆上的葱花宝珠显得非常辉煌，车帷的色泽也更是鲜艳。"辇顶的金色宝珠，称为"葱花"，故辇即名葱花辇。译者周作人解释说："因葱花长久不会凋谢，取其吉祥之意。"日本人喜欢葱已有很长的历史。

山东葱农知道国人吃大葱不喜欢质地硬，而是要求脆、嫩、白、甜、香、多汁。但山东大葱一般葱高约一米半，其中葱白长五六十厘米，大概是蔬菜家族中最高大的一员了，这么个亭亭玉立的样子还要求脆嫩，当然弱不禁风容易倒伏。怎么办呢？

聪明的山东葱农探索出了培土育葱白法。8月下旬给葱培第一次土，白露时培第二次土，秋分后进行第三次培土，每次培土的高度都以葱的心叶露出为度。第三次培土后或套种小麦，不套种小麦则在寒露前要进行第四次培土。立冬到小雪之间严霜或土壤即将封冻之前收获，用一种叫镢的农具掀去培土露出葱白，用手抓住葱白下部，小心地向上拔出葱棵，抖去泥土，晾晒约半日后，选优质大葱捆扎三道稻草以做商品葱。这拔葱还是纯手工呢，当然活很累人。俗话说，木匠家里无凳坐，卖油娘子水梳头，种葱人种大葱辛辛苦苦，吃的却是买葱人往往看不上的比较细弱短的大葱。

我有时也要买大葱回家，炒腰花用大葱做菜底，腥味全消；熬个老鸭火腿汤放几截大葱白，其汤香醇；或者买点苏州酱肉，用大葱和豆腐（还可放点茭白片、或慈姑片或黑木耳）同烩，奇香无比……吃着这类苏州菜中所没有的美味菜，有时我眼前会莫名地浮起从没有见过的山东葱农在葱田辛勤忙碌的景象，他们挑选出好的大葱出售……因为他们，许多江南人了解、享用并喜欢上了这一天生丽质、其味清香的蔬菜。

水生类

慈姑，让人想起了母亲……

养缸慈姑好赏叶

时当二十世纪五十年代末、六十年代初，我还未满十岁。那时的苏州，许多人家有个天井，且多为花岗石板铺地。天井南面是门楼（又叫门头），上面还有精细的砖雕、名人所题的四个楷体字，是一个文化载体，也往往是家风、家世的展示……北、东、西都是花窗楼房，阳光只能投进来一半，天井里光线偏暗淡，显得幽静。

苏州这样的老式砖木房屋为江南有代表性的民居建筑，都建于1912年前，经过二十世纪五十年代未付定息的"公私合营"房屋"改造"后，到今天这类房子已留世不多。过去有的人住这样的房屋，主人会在天井里摆放些花盆或破面盆、陶钵头，放些泥，种些花花草草，无非月季、文竹、兰花、凤仙、薄荷、万年青，也会种朝天椒、葱蒜之类。有一次到一人家去，天井里有只缸，里面大半缸水，缸底还有尺把厚泥，里面不是养金鱼，而是种着叶梗高高、叶端挺着戟形三角叶片的植物，那叶子绿得夺目，显得有点威武，十分亮眼："伯伯，这缸里种的是什么呀？"

"慈姑呀！"主人说，"一般人种东西，有的是观花，有的是品香，有的是赏叶或赏果……我种这慈姑就是赏其叶，有点精神的是吧？当然，下面的根结的慈姑，也可以吃。"

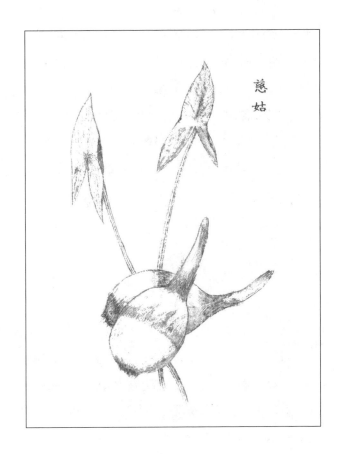

慈姑

这才知道，菜里有一种不太好吃的菜叫慈姑，原来就是这样的呀。慈姑的叶子最为独特，有着刚健气质，明代浙江绍兴大画家徐渭画风和书风都很奔放，他有首《侠客》诗："结客少年场，意气何扬扬。燕尾茨菰箭，柳叶梨花枪。为吊侯生墓，骑驴入大梁。"这位狂狷的文人，看到慈姑叶子，果然联想到了兵器。

现在园艺界将慈姑列为挺水植物，作为观赏植物。在苏州，慈姑是所谓"水八仙"之一，这"八仙"主要是食用，而不是观赏，除了少量居民家里玩儿似的种几株在缸里，在苏州的生态园、湿地公园、景区有没有种，有机会还想去细细寻访，不过外地有在公园里滨水区种植的。

慈姑长在泥里，但挖了洗干净，形象很是惊艳。外表有着淡淡的黄色，用文绉绉的话来说，就是其形似鸡蛋，其色如淡金。如果是赤金般浓浓的金黄，作为食材那倒有点吓人是不是？这样的黄，文文静静的，很雅。最有意思的是一头还长有一个婴孩手指似的尖尖叶芽，小时不懂这是啥，只觉得像水鸟的嘴，慈姑的叶子就是这芽长成的。

完全出乎意料，慈姑长在水里时，根根叶柄上长着箭镞、矛刺，一副凶巴巴的外表，为何名之以慈？原来是下面悄无声息地孕育着那么清秀精致的根茎，供人食用。

那沾有泪水的岁月……

慈姑，其实苏州人习惯写茨菰（《尔雅·释草》中说茨的本意是蒺藜，可能是因叶子形状如戟而得"茨"名吧），是李时珍坚持改叫慈姑的，说"慈姑，一根岁生十二子，如慈姑之乳诸子，故以名之"。意思是小慈姑围着大慈姑生长，多像母亲带着一群孩子啊。他老人家是想借物教育世人，所以茨菰、慈姑，有了两种写法。

叶如戟，其实那是假象的威武啊，它本一根草，命如蝼蚁一般，有啥本事保护自己呢？而根茎如慈母育儿，爱在泥中，无人得见，让我看到此处，心情难于平静。二十世纪四十年代末和五十年代前期生的人，都和父母度过一段特别困难的岁月。原先人民生活就不宽裕，到了五十年代末和六十年代初，我们国家遇到了空前困难，普通人家生活之困顿，难以细说。记得苏州城里街巷的角落都种了菜豆什么的。和枫桥一位住在别墅里的吹葫芦丝的朋友聊起童年事，他说他丧父后母亲改嫁，自己和祖父过，吃过树皮、草根，什么草根什么味，什么树皮什么口感，他还能一一道来，说榆树皮带点糯，是树皮中最好吃的……我想起母亲也在家东面棋杆弄口种了点甜菜，天天浇水。有一天发现菜秧被人拔了、掐断丢弃在地，下班回来的母亲身上还有花衣（纺织女工下班头发、衣服上难免粘有棉絮），看到了难免心疼不已加上急火攻心，有人告知是谁拔的后，母亲再也难忍，就找她去理论，自然最后发展到吵架。过去在巷子里公开吵架，是非常少见也非常严重的事情，我作为不到十岁的孩子，见此场面，吓得不得了，也觉得母亲太凶了。成年后才知道做母亲拉扯孩子长大的艰辛，理解母亲为何要虎起脸与那人理论的心情，更何况那是一个榆树皮为好吃之食物的年代。

用于食用的，是这慈姑的球茎。吃之前，母亲要将慈姑的外表皮刮一下，解释说，慈姑长在烂泥田里，因此外表有泥土渍痕，像铁锈一样，很难看的，要刮干净。但是，母亲节俭惯了，只是刮去皮上色深部分，皮没有全刮去。我留意一些人家吃东西讲究，慈姑要削去皮，全部削干净后，再切片入菜，而母亲一般是不值得给慈姑削皮的。有一次母亲将慈姑蒸熟，将皮剥去了，给我吃，她自己吃皮。那慈姑酥酥的、粉粉的，母亲说，细细地嚼，有栗子味，也有回甜。但我吃在嘴里，感觉还是有股特别的药味，嗯，好像还有点苦甚至有点麻嘴，不好吃。这也无须怪我嘴刁，大作家汪曾祺也曾在散文《咸菜慈姑汤》中说："我小时候对慈姑实在没有好感。这东西有一种苦味。"一个人往往要有了阅历以后，才能识得慈姑的好呢。

过去家里吃慈姑大多是先水煮了吃，煮慈姑水不会倒掉，当作茶饮。慈姑或煮慈姑水，苏州人认为有清火（不生疔痱之类皮肤感染的疾病）、止咳、化痰、消食的功效，如果是蒸慈姑，好东西就全保存在里面了。母亲有时会在饭单（纺织女工的背带式工作围裙，白布缝制而成，胸口印有红字的厂名）口袋里放两颗慈姑，说是吃了就不心嘈了。后来才知道，心嘈很可能是低血糖，而慈姑里富含淀粉，可以充饥。

霜降天寒，正是慈姑上市季

慈姑何时上餐桌的？应该是一种不算早的蔬菜，汉代以前尚不见记载。南梁也就是江南的药物学家陶弘景始有大致准确的描述；南宋有明确记载，但被列入果部；明代有书籍介绍详细栽培方法。最初介绍慈姑球茎（大小）如钱，想来比今天的乒乓球还略小。随着不断选育品种，慈姑球茎才开始大了起来。而慈姑有药味、苦味，无非是还有一点点野性没有脱尽。

苏州是水乡，农田大多是水田，许多水田除种植水稻外，也种各种水生作物。慈姑是苏州比较著名的水生作物之一，种的品种名叫"苏州黄"，顾名思义，这是苏州农民培育出来的特产。但也有苏州农作物专家说，苏州还有人种"沈荡""余姚""侉老乌"等品种的慈姑。后两种慈姑名，给人的感觉是引进的外地品种，不过外行人难于鉴别。

据说一亩水田，过去传统方法种"苏州黄"慈姑，可以收六七百斤，现在则能收千斤甚至更多。而我看到报道，现在外地培育的一些新品种慈姑，十分高产，产量可以达到一吨！

新世纪以来苏州水田减少了，外地慈姑开始进入苏州这个消费慈姑的传统市场。外地慈姑肥大滚圆的身子，皮色白而发亮，比"苏州黄"靓丽多了，口感也是酥而粉，这就是利用现代科学技术培育出来的品质优良的高产慈姑吧？那股如淡淡药味的香味、苦味也没有了，味道似乎有点淡，让人一时不知是赞好还是怅然。我的大妹妹有时会专门送一点"苏州黄"慈姑来，据说是请阳澄湖边农家种的。她和我不仅是对一种食物的怀旧，那股特殊的味道，可以让人想起妈妈生前岁月里慈姑的味道。在那吃定粮的岁月里，母亲省下口粮给我们吃，而自己以慈姑充饥，那味道是苦是甜今天还难以说清楚。

霜降以后，开始收获慈姑。慈姑虽然在苏州是一种食材，但在菜谱里，很少收载慈姑菜肴，好像也不上高档的宴席。在民间，最高级的慈姑菜肴也无非是慈姑和红烧肉同烧，叫慈姑红烧肉。慈姑里吸透了肉汁和油脂，精华在其中，不用想也知道这慈姑很是可口。如此佳肴，囿于传统，菜馆少有供应，大概只有在土著苏州人家里才能吃到吧。

慈姑入菜总是做配角，多数是炒肉片，因为慈姑含有较多淀粉，炒菜有自来芡的效果；素菜比较多的是炒素什锦、炒花菜、炒青菜、炒菠菜、炒面筋、炒香豆腐干丝（可以先煮熟再切片，也可切片后用油炸过，味道更香）。有一道亦荤亦素的慈姑菜，在苏州母亲看来给孩子吃最有健体防病的作用，那就是慈姑片与大蒜同炒，色泽好看，也很下饭。

苏州有油汆慈姑片小吃。慈姑洗净切薄片，在大油锅中汆至硬、起壳、金黄，捞出，凉后慈姑片就变脆了。1966年前苏州观前街东斜对大儒巷有家炒货店，秋深时分就会支起大锅炸慈姑片，香飘好远。他家慈姑片切好后，并不就入油锅汆，一定要放细竹丝筐里走到对岸井巷河滩头，在临顿河里洗一洗，回来后晾干水后再汆。人们至今天猜不透为何他家一定要洗一下？是让慈姑片汆了起壳，还是洗去慈姑片上的淀粉汆后颜色会更好？好在那时苏州城里的河道，流的都是从太湖直接来的清水，时见游鱼，自己都在门前河里淘米呢，洗下慈姑片有何不可呢？

汆慈姑片吃时撒一点细盐，香脆可口，既可以当小吃，也可以做开胃菜、下酒菜，但就是不上筵席。往往不知不觉中碟子已空，会很讶异："咦，怎么一碟子慈姑片很快就吃完了？"这时还会发现食指、大拇指油光光的，原来不知不觉是用手指拈慈姑片吃的。回想起来真是很可爱的往事。

清水出芙蓉，水下育"灵根"

一支舞蹈引出的联想

1986年，全国民间音乐舞蹈赛有个一等奖，让人意外但又众望所归地花落苏州，这就是三个业余群众演员表演的舞蹈《担鲜藕》。

这个舞蹈的主角，是一个苏州农村水乡姑娘，穿着水红色无领短袖布衫，围着蓝印花白围裙，苏州东乡农村的水红色绣边半膀紧脚管裤，"赤"脚，形象清纯脱俗而又青春靓丽。她头戴荷叶遮阳，挑着一担鲜藕，另两个姑娘，蒙着绿纱、弯着腰，在姑娘的一前一后模拟两担鲜藕，其实是藕拟人化了。整个舞蹈节奏欢快，舞步轻盈，舞蹈语言幽默，体现出江南水乡少女独有的舞姿之美，健康、欢乐，让人耳目一新，称之为中国里程碑舞蹈作品也不为过。

这个民族舞蹈水乡风韵浓丽，如诗如酒，让人陶醉，对苏州市民来说，尤为亲切。倒不仅仅是因苏州的舞蹈作品得了大奖，更因为这挑着鲜藕进城或镇叫卖，是1990年前苏州的一道风景。

那时的苏州古城东面，还有吴江、昆山等下属县市，有无数的湖荡或池塘，农民养鱼养鸭或种植"水八仙（鲜）"，而莲藕是"水八鲜"中的一种，古时这一带叫其花为芙蓉，大约近百年来都叫荷或莲了。二十世纪九十年代前，苏州农民收获了藕，用两只浅盆式的竹筐，垫以鲜荷叶，上放几支鲜藕，有的还盖以荷叶防晒，挑进城镇里来卖。舞蹈《担鲜藕》源自生活，反映的是苏州盛夏时节，早藕收获，阳光正盛，农民为防止鲜藕被晒得脱水，故要盖以荷叶。舞蹈中，荷叶下的藕，闷热难忍，要出来透透气，姑娘心疼地给藕洒点清水，这情节固然浪漫有趣，但也是源自生活。赤日炎炎之际，有嫩脆甜爽胜梨的鲜藕吃，清凉沁心，那是苏州暑热天时的一种福分吧！但从另一个角度看，这舞蹈《担鲜藕》里的藕，是一种早熟藕。

中国人吃藕年份很久远了。湖南彭头山文化是公元前六千至七千年前的文化遗址，这里出土了牛、猪、鸡骨，还有菱角、芡实和莲子；大约五千年前、范围在苏南和浙北的良渚文化，也出土有菱角、芡实和莲子。因为藕是鲜嫩之物，自然状态下无法保存至今，先民普遍以莲子为食物，可以推理也吃莲藕的。因为藕中含有淀粉，作为充饥食物也是很有可能的。

太湖流域湖荡密布，是典型的江南水乡，莲藕原先是野生的，处处有之，先民何时将泥中的莲藕做食物，并不能确切知道。据有的学者认为，荷（莲）从野生到人工栽培经历了两三千年，到西周时已有了确切人工栽培的记载。如《逸周书》："薮泽已竭，即莲掘藕。"表明我国在西周时期就已经开始种植并食用了莲藕。由于野生莲藕不能满足生活所需，先民才开始种植。莲藕作为一种多年生水生植物，我国地无分南北东西，先先后后都有种植，湖北更是种莲藕大省，据说现在我国80%的藕产自该省，湖北人是吃藕汤长大的；新疆、西藏等地为了吃到地产鲜藕，引种成功了旱地莲藕。

苏州地形有一定的差别，高地种棉麦，近山种茶果，水乡地区的农民则浅水开发为稻田，沼泽性质的水荡就开发成藕田，因此不仅盛产菱藕，而且历史上也培育了许多著名的藕品种，不仅有适合鲜脆甜美的早熟藕，也有淀粉含量足的晚熟藕。比如苏州历史上有一种名藕，为了荷能集中养料让藕（其实说是根茎）长得好，藕农必须打掉花苞，故名"伤荷藕"。

苏州的藕，早熟、中熟、晚熟、白花藕、红花藕都有，从暑热天一直可以吃到秋天甚至初冬。早熟藕常当水果吃，文学语言美其名曰"雪藕""冰藕"，自然也可做冷盆菜。如果不是早熟种，花开季节挖了藕来吃，这种花香藕也是味赛秋梨的鲜食佳品。有时盛夏时冷菜上来一碟切成极薄片的藕，外观圆圆如花，而且保持原色，正如苏东坡所吟咏的，"手红冰碗藕，藕碗冰红手；郎笑藕丝长，长丝藕笑郎"，意境美得不行。现在还可在冰箱里冷藏一下，无论色和味，加上脆而凉舌的感觉，自然是让人暑热顿消，神清气爽，胃口大开。

李时珍为何要一赞再赞？

李时珍撰写《本草纲目》写到莲时，忽然感想涌来，赞美道："莲产于淤泥，而不为泥染；产于水中，而不为水没。"意思是它不仅高洁，而且有志气，最终还是会冒出水面，绽放美丽无比的花来——也许，李时珍也是在借莲（荷）给自己、给后人励志吧！过了一段时间，他老人家想到藕，不觉意犹未尽，又抒发了一段感情："夫藕生于卑污，而洁白自若；质柔而穿坚，居下而有节。孔窍玲珑，丝纶内隐，生于嫩蒻而发为茎、叶、花、实，又复生芽，以续生生之脉。"他这不是在写个人了，几乎可以说是在借荷歌颂我们华夏民族了。

荷（莲）花为中国十大名花之一，文人墨客们创作了大量歌颂荷花之美的诗文和绘画，还以荷喻人，以荷莲为人名甚至街巷名，以荷莲为食具、衣裳乃至建筑的纹饰，造个园林，池塘里一定会种荷……夸耀它品质高洁出污泥而不染，提倡人要向荷莲学习，以去除内心的污邪，提高自己的修养，简直以荷莲为师了，看起来是非常喜爱。但说实话，人们之所以大量种植它，更多的目的还是把荷（莲）作为一种经济作物，虽说全身皆有用处，但它的价值主要还在于其根茎——藕，提供了一种有特点的食材，所以李时珍说藕"四时可食，令人心欢，可谓灵根矣"。李时珍特别要为藕说几句，是很有见地的，作为观赏花卉的价值，确实是在其次。

荷（莲）可以食用的部位主要是藕和莲子。在长期的种植过程中，人们根据需要，不断培育出佳品，如今品种非常繁多。

　　国家农业部专家谢晋、韩迪、王靖、张松涛、张鸿儒撰文介绍："我国莲藕，可以分为不同的类型。一是按淀粉含量可分为粉藕和脆藕。其中，粉藕的淀粉含量高，且直链淀粉含量低，含水量低，黏度大，细腻软糯，食用时以蒸煮、炖汤为主；脆藕的淀粉含量低，直链淀粉含量高，含水量高，粗纤维含量低，质地清脆，食用时清爽脆嫩，以清炒、凉拌为主，常用作速食藕片、水煮藕片、盐渍藕及藕汁饮料等。粉藕适于加工制作藕粉，其藕粉冲调成糊状后凝胶强度低，凝沉性弱，黏度大，有优秀的稳定性，口感韧滑、柔软，而脆藕加工时淀粉析出量少，其制品不黏腻。粉藕的代表有潜山雪湖贡藕、白藤粉藕、陕西富平红莲藕等，而济南白莲藕、双糖雪藕、江苏花藕是典型的脆藕品种。二是依生长期长短可分为早熟藕、中熟藕和晚熟藕。三是依照适宜种植水位的不同可分为深水藕与浅水藕。浅水藕常栽培在沤田浅塘或稻田区域，多属早熟品种，如济南白莲藕、武莲二号、鄂莲四号和五号等；深水藕入土深，适于种植在土层较厚的水塘或湖泊中，一般多为中、晚熟品种，如新育一号、泰国花爵莲、超级杂交莲藕等。此外，随着育种和栽培技术的发展，中国已形成了许多具有地方特色的莲藕品种，如：湖北重点种植的鄂莲系列和武植系列，江苏的花藕、大紫红、苏农系列等。"

　　从这段文字介绍可以看出，我国是莲荷大国，两千年以来，一直在不懈培育新的品种，让莲荷成为一个兴旺的大家庭。

藕之入馔——"东方蔬菜之王"

　　藕为菜肴，可生食，可熟食，可为小炒，也可油炸，还可煲汤。盛夏时，宴会先上来冷菜，其中一碟是横切成极薄片的藕，外开有圆圆如花，而且保持原色，味多半是酸甜。

　　有时也可炒菜，比如糖醋藕丝、青椒炒藕丝，非常爽脆。肉丝炒藕丝，藕

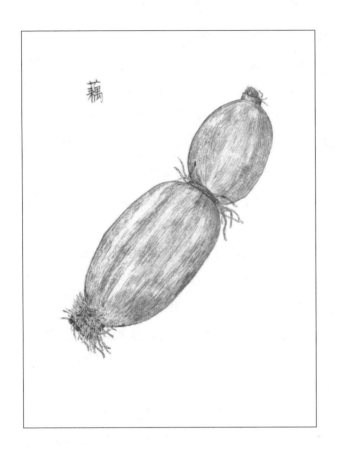

藕

夹（是一种江南菜，做法用两片藕片，夹以猪肉馅、菜肉馅、虾蓉馅或白鱼蓉馅，挂脆浆后入油锅炸熟），假如用苏州早熟藕做，有点清纯少女嫁了粗俗油腻男的感觉。有人将这藕去皮，切极细小丁，拌在肉馅里，做成肉圆（或肉饼）油炸，因为放了藕末，显得松脆，有肉有藕，口感丰富，很是可口。

其实早中晚藕都可做食材，做炒菜方便、价廉，风味也好，受人喜爱，是苏州人家的家常菜。因为苏州人最讲究清爽，藕炒菜时，不用酱油甚至不用葱，这样就保持了藕的天然风味。有时为了吃藕的清香，煲排骨汤时放点藕，在湿闷的夏天吃，既可口又有清补作用。

晚熟藕淀粉丰富，苏州人常用来做藕圆。就是藕用刨子擦成末，加盐（还可加少量生抽）、葱花、姜末（苏州人认为藕性寒冷，放姜甚至放点胡椒粉可以去寒），还可放点淀粉，捏成乒乓球大小的圆子，就如炸肉圆一样大油锅炸熟了，既可直接吃（配蘸料如番茄酱），或加酱油等如红烧肉圆那样烧了吃，风味虽异，但都非常佳妙。

晚熟藕淀粉丰富，将淘洗干净的湿糯米塞满藕眼，煮熟了切片，浇一点桂花糖浆吃，这就是苏州著名的焐熟塘藕，也叫糯米塞藕。我记得小时家里有次不知什么缘故有了一点糯米，父母商量要用好这来之不易的糯米，最后决定做糯米塞藕。做这道点心，外祖母淘糯米；父亲将外面洗净的藕，在靠藕节的地方切下一小节，让母亲将藕眼洗净。有的藕眼里，确实有青乌色的泥，不容易洗干净，母亲甚至用细竹筷卷了纱布细心掏洗加冲洗才搞干净；然后再将米塞满藕眼，父亲盖上那一小节藕，用牙签插好。一肚子糯米的藕放进锅里煮（还放了一点食碱，藕汤就红了），煮了好长时间。那时糯米塞藕是稀罕之物，煮好后要送邻居、亲属们分享，每家的量也就两三片，都说好吃，很享受的样子。现在菜场里到处有售糯米塞藕，也有切好片速冻的在超市里出售，要吃是非常方便了，但也反而不稀奇了。

而湖北名菜油炸藕夹，是将肉剁成糜后填入藕孔中，裹上面糊油炸，成菜色黄味香，入口酥嫩，与江南人家的焐熟塘藕（糯米塞藕），风味差异大。但不同的吃法，正反映了不同地区的民风，相信吃油炸塞肉藕夹的鄂女和吃烧以桂花酱的焐熟塘藕的吴娃越女，性格是不一样的呢。

藕的主要成分为淀粉、蛋白质、脂肪等，还含有维生素、矿物质、生物碱、酚类（酚类物质有抗氧化的能力）等物质，营养丰富，有一定的食疗辅助作用。清代食谱《随息居饮食谱》中对藕有高度评价："藕以肥白纯甘者良。生食宜鲜嫩，煮食宜壮老，用砂锅桑柴缓火煨极烂，入炼白蜜收干食之，最补心脾。若阴虚、肝旺、内热、血少及诸失血证，但日熬浓藕汤饮之，久久自愈，不服他药可也。"人民日报微信公众号推送的一篇文章说："藕是东方蔬菜之王，富含多酚类物质，可以提高免疫力，还可抗衰老。另外，把藕加工至熟后，其性由凉变温，对脾胃大有裨益，可滋阴养血、益胃止泻。"将藕称之为"东方蔬菜之王"，评价是很高的。

莼菜：很为江南争面子

江南莼羹叫板北方羊酪

"有贵客到！"洛阳一驸马府，门子高喊着跑进去，通报有客人来访。

英俊帅气的驸马爷问："来者何人？"

"一个讲着南方口音、大约三十岁的人，叫什么陆机……"

驸马爷点点头："好，让他进来，大堂上安排贵客榻。"一边关照其他手下："马上给我搞几大桶羊酪来，放在堂中，让他开开眼！"

说起来这是好久好久以前的事了。

三国时的吴（也常叫东吴），其晚期最重要的镇军大将军、大司马陆抗死后六年也就是公元280年，一片降幡出石头（石头城指吴都建业即今南京），吴向晋军投降，三国归于一统。

陆机（261—303）是陆抗第四子，他的祖父是吴郡吴县（今苏州市区）人吴丞相陆逊，门第贵之极矣，而他本人也文才出众，书法了得，是江南代表性人物，甚至一张小纸片因为他写了几行字也是国宝叫《平复帖》。

晋太康十年（289），吴灭后十年，陆机为了重振陆家地位，和弟弟陆云北上洛阳。因为"二陆"是江南文化、世家大族代表，他俩入晋都，是当时政坛和文化界的一件大事。在洛阳，"二陆"与另一吴郡吴县人顾荣并称"洛阳三俊"。

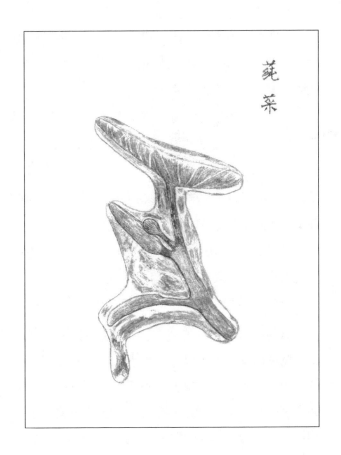

莼菜

　　表面上，吴人北来做官，晋皇朝很有面子，但北方人的官僚阶层，因"二陆"光芒闪耀让他们有点失色，心里未必买账。这次陆机去拜访的太原人王济，字武之，是司徒王浑次子，娶晋文帝司马昭女儿常山公主，驸马爷一枚，官至骁骑将军、侍中。更要命的是他简直是超级全能型男生：容貌，风姿英爽；身体，勇力超人；文，学识超群；智，才华横溢；口才，善于清谈；武，弓马精良；生活，很有情调，比如用人乳蒸猪，这种讲究让皇帝也傻眼。他见到陆机，挑衅性地让看羊酪："你们江东有什么可以与这东西比美？"

　　若是战败方的一般人，见到战胜国权贵中这样牛气冲天的精英，立马要做出恭顺、谦卑的样子："啊呀，我们那江南地方穷乡僻壤，哪有羊酪这么高贵的食品，看都没有看见过哎哎哎……"连连赞叹后再做口水吞咽不及状，"大晋太伟大了！北方物产太高大上了！……哦对了，能不能让在下手指蘸一下尝尝？"

但是陆机却不屑地说："我们江南有千里莼菜羹，只是还没有放盐豆豉罢了！"言下之意，你那几桶乳酪有啥稀奇呢！

这事记载在《世说新语·言语》第二十六节，原文是："陆机诣王武子，武子前置数斛羊酪，指以示陆曰：'卿江东何以敌此？'陆云：'有千里莼羹，但未下盐豉耳！'"

文字虽短，却是非常有名的典故，后人有许多解读。有的说这反映了南北文化冲突，也体现了东吴虽灭，但吴人精英对北方的晋并不服气。晋虽统一，而南北人如何心理统一，这是一个比行政统一更深层次的问题。

陆机的回答，机智而气势盖人，所谓千里，正对王武子所说的"江东"两字而言，无非是夸耀过去吴国疆域辽阔，自有独特、美好的物产。往小里说，这是中国饮食史中的一段佳话。那时吴郡区域广大，不仅拥有太湖全部，辖下钱塘县也就是今天的杭州，还有个湖叫西湖，这两个湖都盛产莼菜，到今天还是西湖莼菜、太湖莼菜为中国两大著名莼菜，不分高下。东吴千里疆域内，湖泊不知凡几，莼菜处处有之，区区几桶羊酪，何足道哉！

后人称陆机的回答为"的对"，就是回答得非常好。但也有人说千里是湖名，未下是末下也就是秣陵，成了陆机说"千里湖那样一大锅莼羹，但是还没有加上末下所产的咸豆豉调味"，这是解释到哪里去了啊？苏州人叫"硬装斧头柄"！

吴郡的莼菜著名，并不是陆机的夸饰之言，确实是当时吴郡或者是说江东的代表性食材之一。《晋书·文苑传·张翰》有这样的记载："张翰，字季鹰，吴郡吴人也。父俨，吴大鸿胪。翰有清才，善属文，而纵任不拘，时人号为'江东步兵'。……翰（在洛阳）因见秋风起，乃思吴中菰菜、莼羹、鲈鱼脍，曰：'人生贵得适志，何能羁宦数千里以要名爵乎？'遂命驾而归。"（此亦见载于《世说新语·识鉴》）张翰见洛阳矛盾尖锐激烈、错综复杂，将有大祸，为避祸而以想吃吴中（今苏州）的茭白、莼菜羹和鲈鱼脍的名义辞官南归，后人不见张的政治洞察力和避祸智慧，却以"莼鲈之思"来代表思念家乡之情，可见莼菜的名气大矣哉！

要不要栽培莼菜？

莼菜因为出口和国内旅游业发展等诸多因素，导致很多地方将之作为一种特色农业蔬菜进行栽培，这固然满足了市场需求，让人们很容易吃到莼菜，但如果从生态角度作深入一步研究，事情可能并不是那么简单。有人到苏州市吴中区东山镇的太湖调查，没有发现野生莼菜。而野生莼菜的生长，是要有许多伴生的水生植物，营造出一个特殊的生长的小环境，叫"莼菜群落物种多样性"，比如有苦草、石龙尾等12科14属15种浮水类植物。大面积人工栽种莼菜，就不会讲究这种原生态环境了。

还有让人惊奇的更细微学问呢！"莼菜群落物种多样性"中有一种食虫植物狸藻，因对水质敏感，它的伴生，指标性意义十分重要；其他意义还有待研究。

但有一点是调查清楚了，杭州的莼菜和太湖的莼菜伴生植物狸藻，都是同一种，而湖北省利川地区也是莼菜重要产地，那里的莼菜的伴生植物是南方狸藻，和苏杭略有不同。

不同种的狸藻，对水质极细微的成分也就是莼菜的生长环境有什么影响（比如水中有农药，导致虫子少，狸藻无虫可吃而数量少），对莼菜的风味、营养成分有或无影响，还有待专家进一步研究。目前国家开始重视莼菜自然种群数量已濒临灭绝这一情况，已将野生莼菜列为国家一级重点保护濒危水生植物。

也不知是有内在的比如种质（也就是基因）的不同，还是水环境、温度、光照以及狸藻等的不同，各地莼菜还是有细微差别的，比如苏州太湖莼菜就像乌龙茶，叶面绿，叶背后外缘紫红、叶心绿，非常美丽；西湖莼菜，一种叶面、叶背全绿，一种是叶面绿、叶背紫红色，而重庆石柱和湖北利川的莼菜，叶背都是鲜红色。这五种莼菜品质也略有差别。导致莼菜这些细微差别的原因，暂时还是一个有待破解的谜。

苏州的莼菜一般在4月20日前后采摘，3至7天采摘一次，理论上可以采摘到初秋。采摘需要查看水中的莼菜生长情况，选择卷起的嫩芽采摘，已舒展开的叶片不采。采莼菜全靠手工，工作繁重，人很辛苦，目前正在研究采摘机械。

味淡方觉诗意远

莼菜形象柔细，但却本性清高，入汤再煮也是甜咸不进，总是保持本身特有的清香味。陆机对强势权贵强调家乡的莼菜，不知是否还有这一层含意？我母亲生前曾和我说，莼菜羹要用鸡汤来配，才有点味道，这是文人菜，普通老百姓不大感兴趣。人们多宣传苏州人如何风雅，其实更多的苏州人是勤劳而俭朴的。我母亲十一岁就在苏州的布厂里做童工，一辈子是纺织女工，讲究细致一点是应该的，但甚不喜欢有点装的苏州"风雅"做派。

父亲出身大户人家，烧蚕豆都会比母亲多放油和糖。他不愿意当面驳母亲，就悄悄告诉我，其实不必用鸡汤，用笋煮的汤，笋丝、肉丝、蛋清搅着入沸汤成白色的蛋花（用笋丝、莼菜为羹，宋人《山家清供》叫"玉带羹"，父亲未必看过此书，介绍此做法可能是得自过去家厨介绍，其实正是化用此意），也是可以的，最要紧的是不能用铁锅；淮扬菜的三丝莼菜汤蛮考究的，不过常会用香菇丝，冲了莼菜的清香，用火腿丝就比较雅，莼菜炒虾仁，一清二白，也可以的……说着说着，父亲的莼菜，还是滑向文人菜了。

我印象中莼菜确实是文人菜，苏州人平时并不大吃它。有一次在宴会上，每人一盅莼菜羹，里面是用蛋清打出的蛋泡做成两只水鸟，浮在汤面上，下面隐约可见绿色的莼菜，让人联想到"春江水暖鸭先知"的诗句。苏州吃莼菜，是选叶在将开未开之际采摘的，因为叶太嫩带涩，全开又太老。汤或羹要先烧好盛放碗里，莼菜入沸水一烫，也就三五十秒钟吧，捞起放入汤碗里即可。有的菜馆甚至莼菜烫好另盛小碗，和汤羹碗一起端到桌边，然后将莼菜倒入汤碗里上桌。这样，省得在厨房倒入很烫的汤羹之中，端到桌上时，又烫了一分钟左右吧，这会影响口味——苏州人吃莼菜历史千年以上，其讲究已经到了论秒上菜的地步，让人叹为观止。

这菜意境清远，而且味道也甚寡淡——讲真，吃的是诗意呀。

赋予了诗意，莼菜就像出身有教养人家的小姑娘，清纯脱俗起来了。其实莼菜这东西并不是什么特殊之物，除了太湖、西湖有出产，"分布于亚洲、北美洲、非洲和澳大利亚。我国的江苏、浙江、江西、湖南、四川和云南等省都有分布。它的嫩梢质地柔滑、黏液多，风味独特，并含有多种糖类、蛋白质、脂肪、磷和铁等营养物质，所以很早便为制作高级汤菜的原料"（《介绍一种美味食品——莼菜》，作者：陈维培，张四美，《植物杂志》1985年第5期）。此文还介绍说莼菜在有一两米深的水、底质淤泥深厚的湖沼里，都可自然或栽种生长。

而且，张翰说因秋风起有了"莼鲈之思"，后人发现这说法有所不妥，因为莼菜是在春天吃的，到秋天时茎叶已老，不堪食用了。苏州文化人叶圣陶先生，1923年4月写了一篇文字朴实隽永的散文《藕与莼菜》，不露声色地作了纠正："在故乡的春天，几乎天天吃莼菜。它本来没有味道，味道全在于好的汤。但这样嫩绿的颜色与丰富的诗意，无味之味真足令人心醉呢。在每条街旁的小河里，石埠头总歇着一两条没篷船，满舱盛着莼菜，是从太湖里去捞来的。像这样地取求很便，当然能得日餐一碗了。"

不过有人硬要在秋风送凉季节吃莼菜，应个古意的景，那怎么办？好在现在有瓶装的莼菜，不要说秋天，就是大雪纷飞时节、雪山沙漠环境，都可以吃到很嫩的莼菜了。虽说味、色逊于春天的鲜莼芽，但多少可心慰"莼鲈之思"了。

　　——因为吃的是典故、是诗意、是江南的情调，莼菜入馔即使不新鲜，也是没有关系的啦！

茭白里，蕴含多少情和诗？

江南的茭白，全国的茭白

唐朝末年，诗人皮日休流寓苏州（据说是在苏州做官），留下了许多关于苏州的诗篇。

有一次，他到重玄寺（法脉传承就是今天苏州工业园区阳澄湖南岸的重元寺）去。该寺住持元达和尚喜欢种中草药，大和尚告诉他，这中药里有一种草，结的籽叫雕胡，是一种可以做成饭的米。皮日休是湖北天门人，对这种米很感新奇，就写了两首诗，叫《重玄寺元达年逾八十好种名药余奇而访之因题二章》，其中有句："怪来昨日休持钵，一尺雕胡似掌齐。"大意是，怪不得和尚说吃饭不用愁，原来雕胡这植物已长到一尺来高，意思是收获期快到了。

雕胡，又叫菰米，唐朝大诗人李白也曾吃过雕胡烧的饭，并写有诗："我宿五松下，寂寥无所欢。田家秋作苦，邻女夜舂寒。跪进雕胡饭，月光明素盘。令人惭漂母，三谢不能餐。"

诗人是指盛饭的盘白如玉，还是说雕菰饭很白，形容像月光那样挺有魅力？总之这份连夜舂出米、烧好为饭、跪进相赠之情，让他吃了以后难于忘怀，因此必须要赋之以诗。

如果细找，古人关于雕胡饭的诗应该并不少。

但大约宋朝开始，雕胡饭不大听到人提起了。北宋药物学家苏颂在《本草图经》里说："（菰）至秋结实，乃雕胡米也。古人以为美馔，今饥岁人犹采以当粮……然则雕胡诸米，今皆不贯（这个"贯"字可能是"惯"，意为"惯常食用之意"）。大抵菰之种类皆极冷，不可过食，甚不益人。"他从养生的角度谈雕胡饭之所以淡出人们生活，是因为其性极冷，对人体无益处。所以明清以后，基本上就很少听说主食是雕胡饭了。

据说，雕胡饭吃口比较滑，但要掺大米同烧，也许是淀粉含量偏低、米粒的黏性不够吧。笔者也想穿越到晚唐的重元寺，去香积厨要一小碗雕胡饭，品尝一下这稀罕之物的风味。但据吃过雕胡饭的人告知，这饭比较硬，但很香，而且烧雕胡饭确实需要掺点大米或糯米。但他寄了照片给我看，照片上的雕胡米色如常熟鸭血糯，但长约倍之，身材苗条。

产雕胡米的菰，是一种多年生的草，禾本科菰属水生植物，与水稻近缘，苏州人叫茭草，其茎今天叫茭白。太湖流域是茭草的主产地之一，苏州城东地区和昆山、城南部的吴江，河道纵横、湖荡星布，地势低洼，近岸浅水和洲渚河滩均有野生茭草生长，太湖南岸的湖州，在两千五百年前的春秋时期，还因此被称为"菰城"。

我一直认为茭白是江南的代表性水生蔬菜之一，主产于苏南，比如无锡茭白和苏州茭白一样质优，还有浙江、上海、福建以及有安徽、江西、湖南、湖北等地也有许多优异品种茭白。像上海这样的发达地区，青浦区练塘镇还种有18万亩茭白，产量有1800余吨，对上海蔬菜供应意义重大。2008年"练塘茭白"获得国家地理标志保护产品称号，这年镇上举办了第一届茭白节，而且以后每年举办日子都定在端午，办成了一个地方风俗味浓郁的盛会。这不仅是对一种农作物的重视，也体现了当地人对茭白的深厚感情，从另一个意义上来讲，这样做也是留下了一方江南水乡风情，值得赞赏。

后来看材料，我国南北各地都种植茭白，南至广东、广西、海南以及台湾、香港、四川、云南，北至河北、河南、山东、吉林、辽宁、黑龙江，甚至内蒙古、甘肃、陕西……有一次看到报道，说西藏墨脱县亚东村也试种成

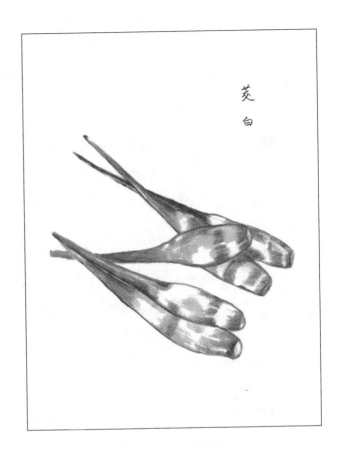

功茭白，《西藏日报》高兴地说，茭白这可是"江南三大名菜之一"啊，"首批生产的茭白于2012年9月份投放市场以后，深受广大市民欢迎，当地群众也因此而增收"。

　　茭白的分布范围早就出了东南一带地区，着实出人意料，也可以说已是全国性水生蔬菜了。而且各地根据本地的自然条件，或引种外地优质品种，或培育自己的优质品种，因此今天我们吃到茭白，都有根茎肥大、颜色玉白、肉质脆嫩、微有清香等优点。回想我二十世纪六十年代初吃到的茭白，瘦长条的个子，大拇指那么粗，茎肉半白带绿，吃口老而欠脆嫩——幸好如今市场上再不见踪影了。

张翰想念的茭白，是很贵的蔬菜

茭草原先是野生植物，夏秋相交时节，植株中心抽穗结实（即前文所说的雕胡，即菰米），叶子也可以做食草动物饲料，可以用于喂牛喂马；姑苏城里的平江路上，有座桥叫"朱马茭桥"，地方文献说是因宋代这里设茭草局（军马饲料）而得名。

据说菰米在古代也是粮食之一。古代人为解决吃饭问题，或选育野生植物，或从国外引进，后来集中到几个主要的粮食作物大面积栽培，最后水稻、麦子、玉米、高粱、小米、山芋、土豆等唱起了主角；而产量甚少、吃口没有啥黏性的菰米，就被淘汰了。

但人们发现——请允许我姑且归功于这是苏州农民的发现和发明：这菰草的根茎膨大了，变得色白而嫩，似有微甜，可以做蔬菜。据专家说，"茭白之明确食用始于唐，兴于宋，作为蔬菜大行种植更在其后。两宋时吴中的茭白生产尚少，上溯六朝更不足称"（程杰《三道吴中风物，千年历史误会——西晋张翰秋风所思菰菜、莼羹、鲈鱼考》，载《中国农史》2016第5期）。反正就是雕胡在唐代以后逐渐退出粮食位置的同时，茭草转换身份，以蔬菜的新身份出现在人们餐桌上。

之所以说以前茭就已做蔬菜，在《晋书·张翰传》中，有这样一个典故：吴郡吴县人张翰，字季鹰，他父亲叫张俨，官任吴国（孙吴）大鸿胪。张翰品行高洁、才华卓越，善写文章，性情放纵不羁，当时人称他为"江东步兵"（西晋"竹林七贤"之一的阮籍，曾任步兵校尉，人称阮步兵）。认为他有点像阮籍。会稽人贺循受命到洛阳任职，经过吴地阊门，在船中弹琴。张翰不认识贺，与贺交谈后，双方都钦慕不已。得知贺循要去洛阳，张翰说："我也正有意到北方京城谋事。"就搭贺循的船一起走了，甚至都没有与家人告别。

到了洛阳不久，齐王司马冏征召张翰为大司马东曹掾。冏当时执掌大权，张翰对同乡顾荣（也在朝廷里做官）说："天下纷乱，祸难不断。到盛名享誉四海之时，再想急流勇退恐怕会相当困难。"顾荣拉着张翰的手，悲伤地说："吾亦与子采南山蕨，饮三江水耳。"苏州有三条大河，古代总名之"三江"，意思是亦想回家乡去。张翰见秋风刮起，就借口说思念家乡吴地的菰菜、莼羹、鲈鱼脍这些美味特产，对人说："人生可贵的是舒适自得，怎么能在几千里之外束缚为官来谋取功名爵位呢！"于是驾车回归故里。这个典故相当有名，但也透露了当时就吃菱白了。不过应该还没有栽培菱白，是野生的，比较稀罕，所以列为吴地三大名食材之首。

菰菜古称菰首、菰手、菱笋或菱瓜，今天普遍称之为菱白。它的出现，有一点偶然。原来，是菱草的花茎秆基感染了一种"菰黑粉菌"，导致膨胀形成了纺锤形肥嫩肉质茎。古代苏州人没有见这特殊变化而骇异，有胆大又勇于尝新的人，先试吃了这茎，哎，这玩意儿不仅外表洁白，而且很脆嫩，生食熟食俱可（现主要为熟食），用作蔬菜很不错耶！那叫什么名呢？这菱草之白茎，就叫它为"菱白"吧。

今天种植菱白，和种植水稻有点类似，不过是水田里水稻种六行，而菱白只能种四行，这是因为菱白植株比较高的缘故。也不知从哪年开始，从只种一季菱白，发展到了春秋两季。据从浙江嘉兴了解到，单季菱白约可收1300公斤，双季菱白平均亩产约2800公斤。

出嫁女儿最思念的娘家菜

苏州入唐以后，特别从吴越国至南宋，经济发展，社会稳定，人口增多。为发展生产，苏州人开始围湖造田，低洼地也尝试种植水生作物。因地制宜加上各显神通，大约明清时苏州有了"水八仙（鲜）"这八种代表性的水生作物，菱白是其中比较大宗、比较著名的一"仙（鲜）"，民间也有

"杭州不断笋，苏州不断茭"的说法。

我今天到苏州市区东面工业园区里的金鸡湖散步，湖风拂面，微波荡漾，环湖气象万千，心旷神怡。而在1993年前，这里有大片茭白田，苏州话叫"茭白塘"。

茭白之所以成为苏州特产，是有原因的。茭草如果营养不足，花茎长得不好，叫"雄茭"；如果黑粉菌早早进入繁殖阶段，在膨大的肉质茎内产生了不同程度的厚垣孢子堆，肉眼看来茭白里出现点点黑点，那就是"灰茭"，农技员叫"弱灰茭"，单季茭中较常见。如果是在茭肉横切片出现多个小黑点，还作食用，一般是家庭自己吃，筵席是上不了了。如果整个茭肉充满黑色厚垣孢子，形成一包黑灰，称为"全灰茭"，那就不堪食用了。

过去金鸡湖一带的茭农栽培茭白非常有经验，会种出没有黑色孢子的茭白，又白洁又肥嫩，远近闻名。苏州茭农种茭白可以做到一年收获两季，从五月开始到十月都有供应，让苏州人吃个畅快。苏州茭白名种多，有小蜡台、中蜡台、中秋茭、吴家茭等。现在因为城区的发展，这里成了苏州市区的CBD，茭白塘大量减少，苏州城东种植茭白的产业转移到昆山、吴江等地，而且有的苏州茭白品种不大见到了。

苏州人的菜肴，分家常的苏州菜和商品性质的苏帮菜，但不管是苏州菜还是苏帮菜，都有茭白做的菜，什么糟茭白、虾籽茭白、茭白炒肉片、茭白丝炒蛋、茭白炖排骨、茭白红烧肉等等，茭白烧的菜口味都偏清淡。有一款纯素的茭白丝炒辣椒丝，而且以绿色的辣椒为好（辣或不辣均可），或者茭白片配丝瓜炒毛豆籽，此菜色彩一青二白，口味清香而鲜美，降暑涤浊，是许多苏州人很喜爱的一道家常菜。

现在已经不容易买到苏州传统品种的茭白了，有次和朋友讲起，他说现在的茭白新品种比过去苏州的茭白要粗三倍甚至更多。苏州人茭白切滚刀块，先要用菜刀平拍一下茭白，将茭白拍松，然后手拧为块，不用刀切，目的是让茭白块有毛口，能够更好地挂上菜汁，更加有味（可见苏州人烧家常菜也很讲究）。而现在的茭白太过松脆，一拍就碎，不需要手拧了，而且清香味也淡了。

总的说来，茭白耐贮藏，是家中的常备菜。这一食材易加工，可切成丝、丁、片、滚刀块，可以爆炒、凉拌、烧烩、蒸炖甚至煮汤，做成各色菜肴。因其食用方式多样，各具特色，都很可口。而且茭白还有一个特点，不管卖多便宜，也不管怎样烧、配其他什么食材，它都不属于粗菜——因为它是苏州所产，苏州人张翰所思念的特产蔬菜呀！

如果说茭白是苏州代表性的蔬菜，那么哪道是苏州代表性的茭白菜呢？

苏州家常菜最常见、最有名的茭白菜，大约非"茭白炒虾"莫属了！

此菜看上去茭白如玉，太湖虾微红如海棠花瓣，色彩淡雅，赏心悦目。更何况茭白含有18种氨基酸，本身味道就非常鲜美，加上与鲜虾同炒，水中荤素两鲜结合，那独特的鲜味更是绕舌不消了。甚至"茭白炒虾"的菜汤淘在饭里，味道也会比什么鱼翅拌饭、鲍鱼拌饭好上百倍。苏州出嫁的女儿，最想念母亲的味道，魂牵梦绕的大概就是这道菜，不是有苏州童谣这样唱的：

> 吭令吭令马来哉，
> 隔壁大姐转来哉。
> "买点啥格小菜？"
> "茭白炒虾……"

苏州话"转来"是回娘家之意。这位姑娘回娘家不是坐船而是骑马，可见姑爷是北方人，做官、经商都有可能，母亲给回娘家省亲的女儿准备的头道菜、重点菜，竟是茭白炒虾，而且是亲自去采办。

是啊，不是苏州人，怎知此菜内含多少情和诗！

豆制品

清香味隽或刺激迷人，总让人思念

肉百叶包：江南人的钟情

姑苏城里最吸引人的商业中心，应该是观前街了。此街及周边相连的宫巷、邵磨针巷、太监弄（包括并入的青年路）、临顿路和北局等，构成一个街区。这里百店林立，逛一圈吃喝玩乐购游都能满足。

大名鼎鼎的观前街，是指江南道教名观玄妙观前面的一条东西向街。玄妙观里分殿众多，各殿之间的广场、东西脚门内的御道，过去摊棚鳞次栉比，至少晚清时已成了北京天桥式天天都热闹非凡的大集市，一直到新世纪前夕的改造前，还大致是这般风情。

西脚门进去，是过去苏州道教信仰主神之一的雷尊殿，因此这里人流特多。沿雷尊殿东墙一排建有平房，开了不少店，其中有一家叫玄妙观点心店。在二十世纪五六十年代我还印象清楚，这家店供应品种相当多，除锅贴、汤团、馄饨、酒酿圆子等外，还有线粉汤也很有特色。

卖线粉汤，是一只大锅放在大煤炉上，锅里面放着白铁皮格子，每只格子里煮着猪骨、鸡腿之类吊汤用的食材，此外就是油豆腐、肉百叶包等。顾客来买一碗，营业员在另外的桶里抓一把泡发开的水索粉（粉丝，苏州人又叫线粉）放在小竹丝笊斗里，在大锅里的汤中烫一下，然后放碗中，上面放一只油豆腐，再放一只百叶包，用一把"鳑鲏鱼"剪刀，把油豆腐剪开，百

百叶

叶包剪成两三段，舀点鲜汤，撒点青蒜叶末，就成了。解放前血汤、百叶线粉汤是玄妙观里一对著名咸汤小吃，小贩挑担子到西脚门来定点卖。新中国成立后政府取消个体户，集中起来办起集体所有制的点心店，这家店因各路制售小吃、点心的好汉云集，各显身手，因此供应品种甚多，成为苏州一家点心名店，店堂里苏州风味浓浓，而百叶线粉汤是该店的招牌点心之一。

我一直不太明白，这百叶包一点肉馅，怎么就成了一种名小吃？

玄妙观广场里的生意人，大多是外来的流民或失地农民，本小利薄，靠每天在这里做地摊生意、资金日日周转得以生存，这里显然是一种穷人谋生的平台。这些生意人许多来自苏北、安徽、河南、浙江等地，小吃品种虽多，往往是外地基因，因此苏州玄妙观小吃品种丰富，南北风味兼容。但是，线粉汤以百叶为点心，不像是苏州人的原创小吃啊。好在百叶是豆制品，又有点肉末，加上粉丝，有汤有水，一碗入肚，可以填饥，价格又低廉，在过去很受欢迎，今天自然是不会有什么吸引力了。

后来到浙江湖州去观光，那里也是吴文化圈（曾为吴郡一部分）、太湖核心区域的城市，饮食和苏州同中有异。看到当地极享大名的一种小吃，叫千张包子，其实就是百叶粉丝汤。不过包法讲究，那百叶包为长方形，厚厚实实，没有专门技艺包不出来。里面的馅以猪肉糜为主，配有开洋、嫩笋之类，一碗送上来，千张包子也是放在粉丝上面吃，和玄妙观里的线粉汤有点类似。当然湖州的百叶粉丝（千张包子）汤，味道之鲜美、食材之丰厚，不是苏州的百叶粉丝汤可比肩的。当地还有家专门的千张包子老店，叫丁莲芳，为一菜贩创于清光绪四年（1878），该店的千张包子为湖州点心之首，地位尊崇。这样我就明白了，苏州的所谓百叶粉丝汤，大致可以推断是外来谋生者的效颦之作，因价廉而得以在苏州流行百来年。

"清朝后期，城隍庙的小吃摊有一种从家常菜看改进而来的小吃，就是把塞肉的油面筋和百叶包煮成汤食，也就是民间俗称的'油面筋百叶包'，价廉物美，有汤有水，既解渴，又解馋，颇受市民欢迎，成为上海城隍庙的特色小吃。通常，店家出售时一只碗里放一只油面筋和一只百叶包，油面筋和百叶包里都塞肉糜，上海人给它取名——'鸳鸯'。买一碗有面筋和百叶包的汤讲做来一碗'鸳鸯'。"百叶包这样的阵容在苏州人看来可称豪华版。清朝后期，江苏省城的苏州经历了惨烈的太平天国战争，正从废墟里艰难复兴，而上海不仅未受战火反而因周边地区战乱而进入蓬勃发展时期，苏沪反映在小吃上，也是不同档次，写到这里，不禁让人感慨。

苏州普通人家用百叶扎了肉糜，当然要比玄妙观百叶包的肉馅量要多得多，味也调得隽永，棉纱线扎得形状春卷似的，称为"肉百叶包"，六个一"捆"，棉纱线扎住，放点生抽、葱姜盐宽汤煮，是一道实惠而美味的家常菜，特别是烧了菜饭，更是绝配。

苏州观前街太监弄里有家江南菜饭馆，售卖猪油菜饭，顾客来碗热腾腾菜饭，常另点一块红烧肉，或两只油面筋塞肉，或两只肉百叶包，用以佐饭。而点肉百叶包，再放一点吴江县平望镇所产的辣酱，颜色红艳，配以色绿味香的菜饭，未吃先已诱人，而风味之佳，似更胜前两者。

现在单位食堂、街上快餐店，还时有肉百叶包。不过，点了肉百叶包，因为其中有肉，也算是一只荤菜，就无须再点其他大鱼大肉荤菜了——这不是为了省钱，而是肉百叶包动物蛋白、植物蛋白兼具，吃两个营养已足够，有利于控制体重甚至减肥。

无论是作为点心还是菜肴，肉百叶包都有着满满的江南味——清淡鲜美、耐人寻味，而且还有制作容易、富有营养、易于消化、老少皆宜等优点，因此美食虽越来越多，却也未被淘汰。

厚、薄百叶，各有风致

可能是百叶在北方话中有点谐音"败业"，所以在有的地方叫千张，"千"和"百"，无非是形容其薄。好在苏州、无锡、常州、上海等地的吴方言中，"百"与"败"，"叶"和"业"，发音听着能辨别得清，所以仍叫百叶。

百叶主要是入馔为菜，做小吃不是正用，但在肉食者享用肉类食品为主的时代，蔬食为主者将百叶作为补充蛋白质的一种好食材。比如老吃青菜，也太素了吧，嘴里淡出鸟来，放点百叶条（约切小指宽），哎，味道就好许多。同理，如果咸菜里放点百叶丝同炒，同样味道鲜美，十分下饭，如再放点毛豆籽则更妙。韭菜炒百叶，是家常菜，各地炒法同中有异，而许多江南人家，炒韭菜就油、盐两样，此菜自带清香，加上百叶，绿白相间，很是悦目，那个下饭呀，没说的。百叶炒水芹菜，也是相当经典的搭配……

小时猪肉定量，不够吃，父母就将百叶切粗丝，煮过，以去豆腥味，沥干水，用盐和酱油（当然现在可以用淡色的生抽，那就更好了）少许拌一下，放碗底，上面放拌了葱姜等、按自己口味调好味的肉酱，蒸至肉酱熟即可以了，那个时代，这是可口又"奢侈"的菜了，此味此景至今难忘。我有时也会蒸了吃，不为别的，就为勿忘过去的岁月，再看今天，倍感人生的满足。

江南地区的百叶，细说起来，实有两种。

一种是薄百叶，绵软而韧，透光见影，主妇们除切丝炒食外，还会切成长条，卷起来打个如意结，叫百叶结，主要配用于红烧肉、白煮咸肉（比如咸猪爪、咸蹄髈）、三件子（蹄髈、鸡、鸭等）。这百叶结虽说是素菜，却因吸足肉中精华，味道极美。江南人家女孩子，在小学生年龄时，家长就已教以打百叶结之技，有的人家男孩子也会要求学打。不过现在菜场里有卖现成的百叶结了，这个手工大多数孩子不会了。

还有一种是厚百叶，人们常称之为"常州百叶"，有一股特殊的清香。2018年9月25日，中国江苏网推送了一篇文章《红汤百叶：用常州独创食材演绎出的质朴味道》，里面用诗意的语言介绍说：

> 常州人心目中认定的好百叶，必须来自横山桥。据说，横山桥百叶早在明清时就名闻遐迩。代代传承，才得以让手工百叶的制作技艺延续至今。

> 做百叶是个起早贪黑的辛苦活，味道要做得正宗也并非一朝一夕。如今，横山桥早一代会做手工百叶的"老人"心中，一张谱清清楚楚。

> 从选料开始就需严格，黄豆要选斗滚圆绽、光亮如珠的，这种豆蛋白质含量高，出浆率也高，而且浆头浓；其次是浸泡黄豆用水要得当，这样能增加百叶的韧性；接下来是磨浆、沥浆、煮浆，这些工艺的用时要掌握好，不能过长也不能过短；再下来是"点花"，这是制作横山桥百叶的核心技术，"点花"时用料、数量、用时、火候直接决定百叶的口感质量；最后，进行手工浇注和压榨。

> 就这样，一张张厚薄适度、清香四溢的百叶就制作完成了。

横山桥这个地方很多人不清楚，但沪宁高速公路上有个芳茂山恐龙主题高速公路服务区，那是名闻遐迩的网红打卡地，接待人次甚至要压过旁边的名胜古刹大林禅寺和白龙观了，这个地方就属于武进的横山桥。2019年1月21日上午，常州这个集恐龙文化、地域特色、环境艺术、VR光影科技、美食、购物于一体的"高速交通与主题游憩型商业结合"的服务区开业，从此不知吸引了多少开车人经过此地时停车。当然，在服务区顺便买一点经过二十多个小时、八道工序制成的当地特产——横山桥百叶，那才是真正的不虚此行。

但许多常州人却说，苏州、上海等地的薄百叶像纸一样，多么精致多么好啊，我们喜欢！这真是苏州俗话说的，花花轿子人抬人，互相说着对方的好。

别有风味的霉千张

百叶的各种吃法之后，不能漏了介绍江南的绍兴一种独特的吃千张的方法。

说实话，以前乍听说吃这东西，恨不得掩耳而走，但这样张皇失措必然会被绍兴人笑话实在是没有吃福。因为对如雷贯耳的"绍兴霉千张"只有传闻没有体会，不好胡编，还是老老实实引用别人文章："绍兴人没有不爱霉千张的，连普陀山的大和尚们都是霉千张的粉丝。关于霉千张，外地人多半是不能理解的，这种东西简单说来就是臭烘烘烂乎乎热气腾腾的豆腐千层。霉千张上虞崧厦的最出名。这个地方出产高品质的黄豆，他们先将上等黄豆磨成浆汁；用文火把豆浆烧热，盐卤打花；再倾倒在粗布上，挤出水分，切成长形小条或者卷成小圆筒，也就是做成千张，然后在下面垫籼稻稻草，上压一块豆板，放在温暖的地方，等待发酵长出红色的毛，发出怪异的味道，就霉化好了，然后就拿来蒸。蒸霉千张只需加盐，蒸熟了滴芝麻香油，那臭是柔和又极具穿透力的，让一香一臭相互对撞，细滑鲜美，大俗大雅至极，抿一口下酒，或是挑一点点下饭，都好。要吃火候刚好香臭平衡的经典款，可以去绍兴的小咸亨，感受那种调动全部嗅觉，百花盛开的丰富味觉体验。家常乡土一点就蒸肉饼，这个绍兴的河埠头饭馆做得好，手剁的肉饼，铺上霉千张，加一点绍兴黄酒，浇上金灿灿的土榨菜籽油，蒸透了，咸香迷人，是为正宗的绍兴'霉鲜风味'。"

引文中所说的"上虞崧厦"，是绍兴市下属上虞县的崧厦镇（现为街道），有人口十余万，年产伞约4亿把，是著名的中国伞城。经过霉毛菌的作用，千张的大豆蛋白分解成氨基酸，味道有独特的鲜美，听说鲁迅先生爱吃霉千张甚于梅（霉）干菜，可能因为霉千张的家乡味更大吧！

上虞媒体曾介绍过崧厦霉千张的来历："崧厦的霉千张是上虞的一个特产，已有二百多年的历史，据传，它的产生缘于偶然。当年，王绍荣制作了大批千张供应寺庙，由于量多而有剩余，只好用豆腐布盖住放在一边。第二天，他突然想到千张，连忙掀开布条，却发现千张已泛出黄点，还散发出一股霉味。惯于节俭的他觉得弃之可惜，就尝了一下，感觉虽有一股霉味，但柔糯清淡，口感爽洁。欣喜之余，他把这些千张切成一寸宽、三寸长的方条，并用稻草将之捆扎，分送邻居试吃。结果众人皆说味道特别，好吃。这一试就试出了远近闻名的崧厦霉千张。"

后来有机会和绍兴的同行见面，小心讨教，笑说第一次接触确实是感觉有点臭味的，但吃过一口的人，脑子里留下的信息，只是美味了，所以再见此物，脑子里臭的信息完全被美味的信息冲得没有了，只会唤起糯滑、清香、咸鲜等记忆而食指大动。

介绍了清香味隽的肉百叶包和刺激迷人的霉千张两种完全不同风味的菜，难免让人会有感想，一张百叶或者是说千张，在江南也让人有不一样的体验。

"黄雀"和"响铃"：苏杭菜的"双美"

小时候不容易喝到豆浆，有时母亲买一碗放在搪瓷缸里当作稀罕之物带回来吃时，常见豆浆上面浮有一层膜（苏州话叫"衣"），用筷子挑起，就如白纸，又有点透明，知道这是豆浆的精华。长大了常喝豆浆，却不见豆浆上有这一层"衣"了。心想是不是过去的豆浆比今天的浓呢？但口感上今天的豆浆浓于过去啊，有点纳闷。

后来知道了一种食材叫豆腐衣，就是用这豆浆膜挑起晒干制成的。那我又想了，这要煮多少豆浆才能得到一层这么厚、这么大的豆腐衣啊！有人就笑了："没有那么玄乎呢！"他告诉了我一个"秘密"：

过去豆浆面上结成一层薄膜，是因为那个时代家里基本是用煤球炉子，煤球里还掺了黄泥，因此烧出的火不旺，豆浆加热时间相对较长，在煮沸前会结成"衣"。现在用天然气为燃料，火力很旺，豆浆很快就煮沸，豆浆就不会结膜。当然，豆浆浓度是有一定规定的。

我坚持说，豆腐衣在苏州人眼里，是比较贵重的食材，过去在南北货店里也比较少见。这也是苏州其他大厨的看法。

那人又说，苏州之所以豆腐衣较少，有可能是苏州是水乡，空气湿度大，豆腐衣挑出容易，干燥难，苏州豆腐店一般不做，这样就如你们苏州老市长白居易所说的"物以稀为贵"了（这是白居易祝贺外孙女满月的诗《小岁日喜谈氏外孙女孩满月》，后一句为"情因老更慈"）。让豆浆一直处于不煮沸状态，可以不停挑出豆腐衣，锅里豆浆少了那就续加，因此豆腐衣并不是很贵重的食材。

想想是了，这些年我好像在菜场里看到苏州本地豆制品企业制的有包装的豆腐衣，薄而绵软，淡金色但又透明，那一定是现在解决了豆浆"膜"干燥为豆腐衣的工艺问题了。

但生产豆腐和湿度有关，浙江人有不同说法。浙江富阳受降镇（现属银湖街道），因这里是举行接受侵浙日军投降仪式之地，故有此名，这里有个东坞山村，以出产上品豆腐衣而远近闻名，并已被列为浙江省非物质文化遗产。有报道是这样介绍的：

东坞山豆腐皮有着1000多年的历史，与佛教也有着很深的渊源，东坞山有九庵十三寺，就是九个尼姑庵十三个寺庙。"老人说，早先有个小和尚在磨豆浆、做豆腐的时候，太专注于念经，错过了豆腐出锅的时间，当他去捞的时候，他看到表面有一层薄薄的皮，他把这层皮捞起来尝了一下，味道比豆腐还要好吃，他把这件事告诉了方丈。几经改良，捞出来的豆腐皮薄如蝉翼，后来就起名为'豆腐衣'，又叫'豆腐皮'。寺院需求量越来越大，东坞山村民就生产豆腐皮供寺院食用为生。"刘苗根说。新中国成立前，勤劳的东坞山人都是沿着这条古道翻山到杭州，走街串巷去卖豆腐皮的。当时东坞山古道的路线是从东坞山翻山越岭至转塘——经过宋城——经过梅家坞——经过十里琅珰——到杭州——到灵隐寺院——天竺寺院。这样一路叫卖，卖完豆腐皮后再从杭州买回黄豆和大米挑回东坞山。

东坞山豆腐衣说有一千三百年或一千多年历史，到底多少年这无须深究，但东坞山人已形成规范的一套制法：大豆经过清洗、晒干、脱皮、风壳、冷水泡胖、磨浆、煮熟、滤渣、锅灶成皮、挂晾、柴火烘干、整齐、分离等13道工艺制成，成品每公斤160张，每张都薄如蝉翼，有"金衣"之称。浙江的这一名产也证明了江南地区完全可以生产豆腐衣，并不受江南多雨空气湿润影响。

苏州人还是很看重豆腐衣的。听大厨说，苏州有一道家常名菜叫肉百叶包肉，原先是用豆腐衣包肉，因得不到豆腐衣，才改为用百叶的。百叶包肉和豆腐衣包肉，风味有所不同，确实可以视作两款菜，从菜的角度看，豆腐衣包肉档次高于百叶包肉。

在我印象里，豆腐衣是一种佛门菜，是寺院喜欢的一种食材。香积厨用扁尖或笋片、木耳、金针菜、香菇、蘑菇、菜心之类，先将各食材预加工好了，加上泡软的豆腐衣丝，放少许麻油，苏州风味自然还会放极少许的白糖，拌作凉菜或炒为素什锦。在苏州人眼里，因为放了豆腐衣，此菜就"细气"（上档次）不少。

但是不知是苏州的寺院还是社会上的功德林素菜馆，新中国成立前就已开发出一款"炸黄雀"，是苏州有代表性的豆腐衣素菜。

苏州唯一的素菜烹饪特级大师孙志强先生告诉我说，这款素菜的食材除豆腐衣外，以香菇丝、春笋丝或冬笋丝和黄山豆腐干（此豆腐干比较干硬，其他地方的豆腐干太软不适合做），爆炒做馅心，不过需要留有一点勾了芡的卤汤，以保证馅的味道鲜美。豆腐衣泡软后切成二十厘米见方的片，放上馅，包成卷，挽作黄雀形，两头蘸点淀粉水粘住，然后入油锅炸脆，或干吃，或再放入调好味的红汤内红烧一下至汤收干。如果在盆中排成竹状上桌，菜名就叫"节节高"，不取荤名，是寺院里的菜了。

有次和一厨界朋友聊"炸黄雀"，黄雀是一种聪明可爱的小鸟，我说此菜怎么看也没有一点黄雀的意思啊。他解释说，新中国成立以前苏州的人口没有今天这么多，稻田和未开发的山岭和湖滩、芦苇荡很多，长江岸线也没有什么开发，因而黄雀甚多。此菜名只是体现地域性，那丝状馅心代表雀肉，并不是提倡吃野生动物，只是表示一个意思罢了。说来让人伤心，现在黄雀已不多见了。

苏州豆腐衣有一名菜叫"素火腿"，倒是很有特点，做法是少许松仁过下油后剁成细末；豆腐衣先撕去粗边，再撕约名片大小不规则的片，用老抽、少许白糖、味精和盐再加点水煮成卤，放入豆腐衣煮至汤吸干，然后抖入松子末，放入洁净纱布内，卷成长卷后扎紧。这道扎紧工序是此菜的第一功夫，扎得越紧越好。然后上笼蒸三个小时后，凉凉，取出纱布"条"解开，切片

（切片碎不碎就看扎得紧不紧），是一道味道隽永的冷菜。因为苏州菜中味鲜美最上品的食材普遍认为是火腿，此素菜被赋予素火腿之名，不是说其外形像火腿，而是形容其味之美，好比"赛火腿"——赛就是相当之意。孙志强曾在江南素菜馆做厨师，菜馆改名功德林后任过经理，他说，过去苏州春节前十天，人们排队买素火腿，要卖三千斤呢，是很受欢迎的。

浙江是豆腐衣消费重要地区。杭州菜有一名菜叫炸响铃，主要是吃其油炸豆腐衣。

制法是豆腐衣里包一点肉末，封好口，油炸而成，吃口酥松香脆，老少皆很喜欢。几乎可以说，到杭州不吃炸响铃，就等于游西湖留下了缺憾；杭州人当然也普遍喜欢此菜。甚至司徒雷登出生在杭州，他就很喜欢吃，后来美国总统尼克松访问杭州，也品尝了炸响铃。

苏杭的豆腐衣菜肴炸黄雀、素火腿和炸响铃，谁为伯、谁为仲，只能说各有特色。仅是听听，就让人很向往，在江南如有口福之缘遇到，千万不要放过品尝的机会噢！

香干和茶干：请君听了故事吃

馄饨馅里的小秘密

东西上海到南京、南北苏州到杭州或以南，这个范围大致是江南味特别浓的区域。如果这里有个女孩子请一位男生到家里去，说是要请他吃自己家里包的馄饨，那么恭喜这位男生了，这是女孩子家里很认可他的意思。

江南人口味偏素，女孩子家里的馄饨，多半是菜肉馅而不会是纯猪肉馅的，就是青菜为主有点猪肉糜，多半还会掺一些荠菜。为了这顿馄饨，她家里人会很早起来，除收拾家里外，还会上菜场买新鲜的菜，拣洗干净后烫菜，切末；菜场的肉糜是"摇"出来的，不好吃，必须自己动手斩肉糜；甚至还会放点活虾现剥的虾仁……还会放木耳、榨菜末……男生遇到的问题是，馅里还一定会放点香豆腐干碎末。

香豆腐干简称香干，这碎末来得不简单。女孩子家人买回香干后每只要先劈成三四片，排好，切成整齐不乱的细丝，再切成末，最后拌在馅里……等一等，为什么切香干末要这样注意程序，切出的丝都要求不乱？为什么不能用个什么刨子擦成末子？——整齐的丝再切末，切出的是一颗颗棱角分明的香干粒子，而刨子擦出的像渣末，既不能看，也不能吃。

男生如果是北方人，可能会对馅中有香干粒子犯难：他应该是吃得很快做狼吞虎咽状以示馄饨超级好吃呢，还是慢嚼细品后风雅地表示感觉到舌尖上留有回味悠长的香干味呢？

纯猪肉馅里是不放香干的……就是女孩子自己也说不清楚，菜肉馄饨馅里为何一定要放香干？

而且，街上包子铺（馒头店）和寺庙里的素菜包子，馅是纯青菜的，除了放点麻油增香外，也会放点香干。

好像有了这么一点香干，就有了江南味似的。而且，如果女孩子妈妈问男生，这刀切出来的香干粒子的味道是不是比用刨子刨出的香干末子味道要好很多？……这该怎么回答呢？

这句话可是非常微妙的。苏州人将女方父母认同的女儿的男朋友叫作"毛脚女婿"，这是女生妈妈在讨"毛脚女婿"对馄饨馅拌得好的肯定呢，同

香干

江南风情好

时也是在观察小伙子是不是够细心，能不能品出馄饨馅里女方家生活的讲究和对他的真诚来……唉，苏州的丈母娘的心思也太细腻了。

如果君到江南去，几乎每个镇都有豆腐店，店里会有三个有趣的细节：一是每家豆腐店，每家菜场、大卖场，都会有香干卖，有包装的，也有散装的；二是托如今商品经济和物流发达之福，香干供应有批发运销商在操心，所售的香干既有本地的也会有外地的，几个品牌放在一起，大概也只有江南人能吃出其中的细微奥妙来；三是香干的消费量还是蛮大的，居民消费只买一小包五六片，或称重买几十克、一百克的，而一些点心店，每天会消费十几斤甚至更多的香干。

扬、宁的烫干丝

当然这是指点心店买香干做配料用，如果是将香干丝当一道名点，那消耗量就以百斤计算了。新华日报社在南京，我作为驻外记者，常需回报社学习、开会、报销什么的，工作之余经常会在南京城里闲逛。很愿意去的一个地方是夫子庙，那里有许多名店，最有老南京的市井味。有家清真点心店奇芳阁，过去民国的政商要人、文教名流常去光顾，此店有种很有名的点心（小吃）叫烫干丝，凡进店者几乎必点。

据老南京说："始建于清朝末年的奇芳阁的小吃一开始就很有名，品种相当丰富。例如煮干丝就有素干丝、什锦干丝、虾仁干丝、三鲜干丝、鸡丝干丝、开洋干丝、五味干丝等。"不过说实话，我就点过开洋干丝等两三种，对于一个来自小吃名城苏州的顾客，奇芳阁烫干丝并没有引起我特别的惊艳之感，也许就像北方男生去江南女孩子家吃菜馄饨，只会囫囵吞枣，不懂品尝其中的奥妙吧。

不过有人争辩说，烫干丝应该是属于扬州的名点，民国初年奇芳阁刚开张，老板从扬州引进大厨，带去了烫干丝。扬州籍教授、作家朱自清为此在

《说扬州》中专门介绍了自己家乡的这一名点：

> 烫干丝先将一大块方的白豆腐干飞快地切成薄片，再切为细丝，放在小碗里，用开水一浇，干丝便熟了；滗去了水，抟成圆锥似的，再倒上麻酱油，搁一撮虾米和干笋丝在尖儿，就成。说时迟，那时快，刚瞧着在切豆腐干，一眨眼已端来了。烫干丝就是清得好，不妨碍你吃别的。

朱自清所说的扬州烫干丝，和南京奇芳阁的烫干丝大致不差，两地的烫干丝应该有文脉关系吧。

《扬州晚报》2018年1月17日《"开国第一宴"都吃了些啥？〈中国淮扬菜志〉将权威揭秘》的报道中介绍说："1949年10月1日，中华人民共和国中央人民政府在北京饭店设宴，招待参加开国大典的600位中外贵宾，这个宴会被后人称为'开国第一宴'。政务院典礼局局长余心清亲自操持此事。宴席选定以淮扬风味菜点为主，要求菜品质朴、清鲜、醇和，这为国宴的精练简约定下基调……《北京市饮食服务志》记载了开国第一宴的菜点……"其中的八热菜为：全家福、东坡肉方、蟹肉狮子头、清炒翡翠虾仁、鲍鱼四宝、鸡汁干丝、口蘑镶焖鸡、鲜蘑菜心。值得注意的是，一是热菜中有"鸡汁干丝"，也作大煮干丝，二是"干丝"是扬州菜的代表性菜肴，在这菜单上不属于点心。

也许可以这样理解，南京奇芳阁将扬州名菜烫干丝引入后，又有所改进，有人写文章说奇芳阁"干丝切好，要烫两回，才好除尽豆制品的黄浆味"，很是讲究。但在扬州，干丝除了是朱自清所说的茶馆里的点心外，还是上了"开国第一宴"的一种热菜。

拉个皇帝来做代言人

香干在江苏、浙江、安徽这东南区域是一种非常普遍的豆制品，除做菜、做小吃外，也是商旅之人、进香客带在身边的解饥之物，也是施舍寺观的上好食材，用途较广。此物名称不一，有的叫香干，有的叫茶干，据说叫茶干是因为喝茶时的茶点，也有的说是过去招待茶商特别优制的。本文除非专指，泛泛介绍时统一写香干。

江南地区几乎每个县，都有自己的招牌香干。有的是酱园店做的，有的是豆腐坊做的，有的店甚至专做香干。这些香干有厚的，有薄的；有纯素的，有开洋的；有白的，有咖啡色的，甚至有黑色的；有的上面只是布纹的，有压有花纹或者字的，这不仅仅为美观，也便于顾客识别……因为地理风土原因，江南香干各有风味，经过百年竞争、大浪淘沙，最后多冠以一个镇名，成了当地的著名物产。

有意思的是讲起来各地香干都有典故或制作上的道道，让人吃时倍感津津有味。

苏州吴江区的震泽古镇，有一家叫郑鼎丰的豆制品店，门对一条宽宽的河，河对岸是全国重点文物保护单位师俭堂，该店自制自售有"绵软而富有嚼劲，硬香却不失柔美，咸鲜而略带甜美"之誉的黑（香）豆腐干。店主只要天气好，就把油光黑亮的豆腐干放店门口，游客经过驻足看后往往会欣然购买。这家店的黑豆腐干确有特色，白豆腐干坯最后要经过两次加工，一次是加味，用各色调（香）料烧煮入味，第二次是用饴糖制成的天然酱色加以润色。

当然这样还不足以吸引人，好吃的东西需要找个代言人，在江南最佳的代言人就是乾隆皇帝。于是就"据传"吴江知县请乾隆皇帝品尝了震泽黑豆腐干后，龙颜大悦，赐了"进呈茶干"金字招牌。因为坚守传统方法和秘方，而且色香味均有特色，震泽黑豆腐干成了吴江的代表性土特产之一了。

江苏大江北面的高邮临近宝应的古镇界首，也为他们的"陈西楼"五香茶干而骄傲，香干多为方形，而他们的为扁圆形，色泽酱红，模样有特点，吃起来又香又鲜。"相传"——呃，当然是相传：乾隆皇帝下江南，船经界首，岸上有香味飘来，一问原来是在煮五香茶干。皇帝品尝后自然是大为赞赏，御笔题写了"界首茶干"牌匾。从此，界首茶干便成为贡品，名扬四方。

这样说来，界首茶干已有三百年历史了。至今界首茶干，还是用自酿不外卖的酱油熬制老卤来浸泡茶干，酱油浓度极高，十斤普通酱油才能熬出一斤老卤。香料有茴香、丁香、桂皮等中药材，其中有一味叫"莳萝"的中药材，为别处所无。有媒体报道，一块茶干要经过二十道工序，精制茶干还要再加四道工序。

江苏邻省安徽的休宁县，五城古镇的豆腐干也是名品，自称历史可以上溯到盛唐时。不过代言人选的是明朝开国皇帝朱元璋及清朝乾隆皇帝，两位皇帝不约而同称赞五城豆腐干是"江南一绝"。小小豆腐干，制作程序也挺烦琐的，要经过浸豆、磨浆、压水、下卤、煮干、上箱、打包、压制、卤制、包装等好多道工序，"朝廷贡品"这个名头是以真功夫为基础的。五城镇龙湾对面河双龙村家家户户加工豆腐干，有五香、臭卤、火腿、香菇、麻辣等种类，卤制豆腐干的汤汁十分考究，各个作坊卤汁各有祖传秘籍配方，风味也就大同小异，显得更为丰富精彩。

查看乾隆皇帝南巡的膳单，他和皇后、妃嫔真的在苏州好多次吃豆腐干，可见皇室确实很喜欢吃豆腐干。比如乾隆三十年（1765）闰二月初二晚饷，大概是消夜吧，没有大菜，苏州厨师宋元做了鲜虾醋熘鸭腰等五道菜，其中还有道菜为豆腐干。皇帝吃了大概觉得很满意，关照赏皇后"醋熘鸭腰一品、豆腐干一品"。因此在江南地区豆腐干和北京的皇室有这个那个关系的传说，也是其来有自。

海岛的代言人最古老

浙江省舟山市有个岱山岛，岛上有个东沙镇，镇上桥头老街有家鼎和酱园，民国十三年（1924）开始用优质黄豆榨浆制腐，分小块裹包榨干，清水烧煮冷却后加茴香、桂皮等调味品及上等酱油煮煎，火焖二十四小时后再加麻油制成，成品外红里白、色泽光亮、香气浓郁、味美而香，香干对角捏起而不碎（显示其韧而不硬），方为正品。桥头一字街的东沙德明香干，清香鲜嫩，香气浓郁，风味独特，也是有百年历史的地方特产。香干的问世，给岛上居民增加了一种特色食材，当然受到欢迎。但皇帝没去过岛上，那找哪位历史名人来做代言呢？

他们找到的是战国时著名的军事家孙膑代言，当地还有一个《千里香干救孙膑》的传说。说孙膑和庞涓同拜鬼谷子为师攻读兵法，后来庞涓忌孙膑之才，设计让魏王挖去他的膝盖骨，又把他打入猪圈，想让他成为废人后永无出头之日。朱仙镇有个卖豆腐的王义，同情孙膑的不幸遭遇，每天从猪圈边经过时，总要放上几块有盐味的豆腐干，让孙膑充饥，从而保住了他的性命。为感谢王义的救命之恩，后来孙膑将齐国做豆腐干的方法传授给王义。东沙香干制作秘方，可谓渊源久远。

不过问题来了，发明豆腐是西汉，战国时怎么会有香干呢？说白了，这些名人或者帝王做代言，不过是卖旅游商品的常规套路而已，古已有之，特别是当旅游品时，更是因这些传说助兴而让香干增味三分，又何必细作考证呢？

其实呢，江南地区香干何止百种啊，真是讲不胜讲，除了可以吃到有香干的菜肴或小吃，听到无须考证真假的"相传"故事，再买一点价廉物美的香干，真的是赏心乐事啊！

豆腐当肉吃

你心里有个豆腐情结吗？

与扬州隔江相望的江南山水城市句容，有个景区颇受人欢迎，许多人还大老远地带了孩子去游玩。

这个景区主要部分是一座豆腐为主题的仿古建筑群，占地面积1000亩，建筑材料大部分是回收来的旧砖瓦、门窗、桌凳、木头等，"村"的建筑风格也体现了一种传统风韵。是什么原因使得景区这么有吸引力？原来这是得撒石磨豆腐村—— 一个以手工豆腐为主题的人造景区。

"得撒"据介绍是个古希伯来语，源自景区里的一座教堂。不过大小游客来得撒村之意多半不作深究，走过青砖砌的圆拱形"村"门，除了一些观赏的内容外，主要是在豆腐坊里看豆腐用传统方法加工而成的过程。当然了，游客也可自己体验磨豆浆，最后可以买各种豆制品、吃到各种豆制食品。这个景点的红火，让人意外，又在意料之中。因为，人人吃过豆腐，基因里对豆腐有着天然的亲切。对于孩子来讲，传统豆腐制法很新鲜，自己转动小石磨很有趣；对于成年人、老年人，往往心里有个豆腐情结，见此情景、闻到豆香，会引起许多带着温馨的回忆。

二十世纪五十年代，因为父母工作繁忙又有了妹妹，于是让我随外祖父、外祖母租住在苏州城东一处小巷深处。生活清苦。有时门外有卖豆腐的

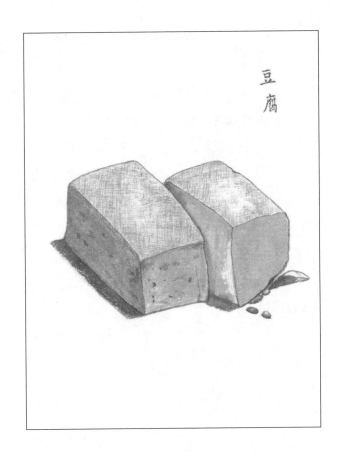

挑着担子走过，外祖母拿只菜碗，跷着小脚出去买一块豆腐回来，浇一点生酱或酱油，就当菜吃，依稀记得叫"生油豆腐"，也可能叫"生盐豆腐"。

后来回到父母亲身边，父亲出身大户人家，看不起外祖母的这种不上台面的吃法。有时外祖母就搞折中，将小青菜切碎了腌两三个小时后，挤去水，苏州人叫"盐齑"，来个"盐齑烧豆腐"。其实盐齑、豆腐都没有烧透，有着青菜和生豆腐的气息，清香鲜爽，很是好吃，而且看上去也很悦目，父亲称赞说："嗯，妈烧的这菜，翡翠镶白玉，一青（清）二白，味道来得格清爽。"我觉得生豆腐自带清香，生吃实在好吃，不喜欢吃父亲烧的浓油赤酱的豆腐，有时还煎出豆皮来，真的多此一举。

后来才知道，这喜欢和讨厌并不全因为是外祖母情结。回到父亲身边已是二十世纪六十年代初，正是困难时期，豆腐是很奢侈的食物。即使过了困难时期，仍有十多年需凭豆制品票买豆腐或素鸡、百叶（千张）、油豆腐等。长辈们聊天时也说怎么现在的豆腐不好吃了，有的说是榨过油的豆饼做的，或说是用石膏点出来的豆腐，反正公认不堪生吃。

其实，豆腐是怎么来的，作为小孩子我一直没有想过这个问题，就好像有民间笑话说有财主的儿子不知道大米从哪里来的一样。直至看到了《白毛女》电影和连环画：说是村里有个美丽姑娘叫喜儿，父亲杨白劳是做豆腐的，除夕那晚躲高利贷债两手空空回家，豆腐担子都没有了，估计是卖了或当了，赖以为生的劳动工具没有了，只带二尺红头绳回家给女儿扎辫子。因地主上门逼债要抢喜儿抵债，杨白劳愤恨交加，愧对女儿，生念全无，就喝盐卤自杀了。

盐卤能毒死人，这是一种什么毒药？那时还是十岁左右的孩童，不懂这是什么，因此问大人（指父母等长辈）。大人说："那是点豆腐用的。"

"什么叫点豆腐？"

"就是将黄豆浸泡，磨成豆浆，再将豆浆煮开后，倒点盐卤进去，先轻搅，然后不要动它，过一会儿就开始凝结了。这时将这将凝未凝的热豆浆倒在垫了布的木头做的模子里，压榨掉一些水分，就成豆腐了……"

"啊！"知道了豆腐是怎么变成的，但同时心里有点惊慌慌的，豆腐里有可以毒死人的盐卤？

母亲承认说，以前豆腐全是用盐卤点的，香，好吃，你外婆生吃的私人做的豆腐，又叫老豆腐，就是用盐卤做的。现在政府办的豆制品厂做的豆腐，是用石膏粉点的，特点是嫩，但不香，没有吃头。但是不是豆饼做的豆腐，凡没有证据的话等于瞎说，不要相信。后来学了医，才知道这盐卤是将海水或盐湖水制盐后残留于盐池内的母液，再经蒸发冷却后形成的卤块，其实是析出的结晶。盐卤化学成分复杂，主要成分有氯化镁、硫酸钙、氯化钙及氯化钠等，味苦，确实有毒，长期摄入对身体不利，政府是考虑市民健康才改良用石膏的。

南豆腐和北豆腐

说起点豆腐，我也亲眼看到豆腐在时代中进步的那朵小浪花。

二十世纪八十年代初，国门初开，非常多的文章是去欧美日澳的所见所闻，无论是浮光掠影还是深入考察，都是一味说人家花好月圆样样先进，连豆腐也是国外的如何如何好。一天有朋友告诉我说，中国做豆腐，产生污水多，苏州因此引进了日本豆腐，生产工艺环保，做出来的豆腐细嫩至极，要我写篇报道。我根据他提供的材料写了个简讯，但也不知日本豆腐是啥样子，这新闻其实有点"客里空"，说来汗颜。过了几天，菜场上果然有日本豆腐卖了，特意去买了来品尝，哎：细、嫩、滑、淡——从小和外祖母一起吃卤点豆腐的我，吃这日本豆腐，实在是没劲。

我问那位朋友，日本豆腐是用什么点成的？他说是葡萄糖酸内酯，我也不懂这是什么，猜想是不是和葡萄糖有关？一定是比盐卤要卫生、先进。但心里觉得用这东西做豆腐凝固剂，结果做出来的豆腐没有个好好的豆腐味，就和娶个妻子没有女人味一样乏味，估计日本豆腐取代不了中国豆腐。但有人宣传说，瞧人家日本，豆腐还有红的、绿的、黄的、紫的……五彩缤纷非常好看，我们中国豆腐有两千多年历史了，但进步不大，至今还是只有一种颜色的，多单调啊，以后我们中国也要引进这技术做彩色豆腐。好像是有过黄色豆腐，但彩色日本豆腐终究没有推广开来，国人只接受白色豆腐，也就是原色豆腐。

说中国豆腐故步自封两千多年，倒也不全是瞎说。一般认为，豆腐是西汉时淮南王刘安发明的。这刘安醉心于道教，早期道教中人热爱生命，一心想延年益寿，身体不坏不朽，与天地同老，这叫作"成仙"。他们追求长生的途径有点像早期化学那样，用些矿石甚至金属之类，通过热加工、蒸馏、添加其他物质加上念咒语等，希望能变化出有神奇力量的新物质来，让人吃后变成仙人。《汉书》四十四卷说："淮南王（刘）安为人好书，鼓琴，不喜戈猎狗马驰骋，亦欲以行阴德拊循百姓，流名誉。招致宾客方术之士数千人……"作为封国千里的诸侯王，他的好道，有钱招募志同道合者，也有钱搞这类试验。其中八位最要好的方士隐居在山上，他们经常下山来到淮南王宫参与烧炼。想来是有一次在豆浆中放了神奇的东西，变成白玉状的新物质。虽然奇怪以前没有见过此物，但吃了人不饥，感觉也比较舒服——于是豆腐就这样诞生了。

历史典籍对刘安评价不高，但现在安徽淮南还有他的庙，那山也为纪念八位炼丹炼出了豆腐的方士叫作了八公山。实在是百姓不管皇家事，只知道他们搞出来的豆腐，是个好食材，值得纪念吧。也可能豆腐源自安徽，安徽的豆腐，以前是非常有名的，乾隆皇帝到苏州，苏州厨师上的菜品，如有豆腐菜，还常常要专门注明是安徽豆腐。

江南的豆腐自成一派，主要用石膏点卤制成，白而嫩，软而滑，一般叫作南豆腐，适合于做汤羹等菜肴，如要做炒菜，翻炒必须小心，多翻几下就成糜糊了，所以吃南豆腐不用筷而用调羹。北方地区豆腐以盐卤为凝固剂，含水量少，硬而韧，白带黄，味较香，相应地一般叫作北豆腐，也叫老豆腐、卤点豆腐，煎、炸、烩等都宜，可以放心地用筷夹了送入口中。

南方人吃腻了嫩豆腐，喜欢北方风格的老豆腐；北方人呢，喜欢吃南豆腐，过去天津，一些人早早守在码头，等漕粮船到，就赶快去船上买南豆腐。最近几年我去菜场或大卖场，看南北豆腐均有，豆腐品种多得让人眼花缭乱，更有种"不老不嫩"豆腐，兼有南北豆腐之美，大概是稍微放点卤掺用点石膏或内酯点成的？制作方法不得而知，在苏州卖得挺好的。

豆腐分南北，当然这只是大概而言。事实上，我国各地豆腐有点差异，都说自己家乡的豆腐好，也因此都有一些豆腐名菜，或丰或俭，做法各异，风味各擅胜场，让人津津乐道，甚至专门的豆腐菜书，也有好几本了。

惊艳的江南豆腐菜

记得小时，大宅里住了许多租户，晚饭后邻居或在巷口，或在厅上，聚一起闲聊，说说余太君、姜子牙、黄天霸、陆文龙，也会说说厂里某人与某女香面孔的事，但肚子饿起来了，家里没啥吃的，又没有晚上营业的点心店，于是就说起了各地的菜来杀杀馋，北京的烤鸭、广东的龙虎斗、云南的水炒鸡蛋、火车上的扒鸡、内蒙古的烤全羊……不知怎么的说到了豆腐做菜，说是只要烧得好，豆腐当肉吃，于是交流更加热烈，基本上成了"斗宝"模式，看谁讲的豆腐菜最有特色。

有人先说了蒋介石夫人宋美龄在无锡曾经吃过后大加赞赏的金镶白玉箱。什么什么？金镶白玉箱？这菜名就吸引人！我父亲新中国成立前曾在无锡荣氏的公交公司里做过一段时间，曾说过无锡的镜箱豆腐很有名，方才知道豆腐还有个超豪华美名的菜。有人说就是石膏点的小块的豆腐油炸一下后，靠近上面部分横剖开但连着，做"箱"盖，下面的主体部分挖个方洞，为"箱"体，放进用葱姜、盐、生抽等调好味的肉糜，别忘了还必须放两粒虾仁，盖上盖，用高汤煨好……想来是道不错的豆腐菜吧，但是宋什么的吃过，或是无法考证的传说而已。

"一块豆腐做一锅菜！"另一位的介绍开头语就煞是惊人。他说的是和尚发明的文思豆腐，极嫩的豆腐切成棉纱线般细的丝，用多种配料烧成的菜。俞樾住在苏州城里的一条名叫马医科的小巷里编书，将《三侠五义》改成《七侠五义》，也忽然想到了文思和尚的这道菜，记在了他的书里。后来我在清人李斗的《扬州画舫录》卷四中看到记载："枝上村，天宁寺西园下院也，在寺西偏，今归御花园。旧有晋树二株，门与寺齐。入门竹径逶迤，花瓦墙周围数十丈。中为大殿。旁建六方亭于两树间名曰晋树亭，为徐葆光所书……僧文思居之。文思字熙甫，工诗……一时乡贤寓公皆与之友。（文思）又善为豆腐羹、甜浆粥。至今效其法者谓之文思豆腐。"这徐葆光是康熙时苏州探花，曾代表皇帝出使大清属国中山国（在今冲绳岛上），他的出使记载中清楚写明钓鱼岛为中国领土，上方山麓建有他的纪念亭。文思和尚在这样清雅的环境里，创出了这道豆腐菜。

我当记者后见过扬州大厨表演烹饪文思豆腐，一块嫩豆腐细细地切，然后轻轻托放在水中，一块豆腐飘飘洒洒散满一盆，豆腐丝确实极细，但又条条分明。这位扬州僧人所创的应该是道素菜吧，但现在里面除木耳丝、香菇丝、笋丝、青菜叶丝外，还有火腿丝、鸡汤，荤素搭配烧成羹。此菜主要是刀工惊人，味鲜在汤，豆腐丝在嘴里毫无感觉，无非是特别适合老年人。

但座中有人嘀咕："扬州南面的镇江，长江中的焦山寺里传出来的'香橼豆腐'，那才是好呢！"有人惊问什么是"香橼豆腐"？说是将豆腐打碎，拌以干淀粉、菠菜汁成豆腐泥，放入十来只小瓷杯内，中空，实以香菇丁、白果丁、冬笋丁、素火腿丁和面筋丁加酱油、白糖等炒好的馅，再用豆腐泥封好口，蒸熟，倒出，修成香橼形，再经油炸即成，此菜色、香、味、形俱佳，也是佛家菜。听此介绍，大家自然神往不已。后来我还多次见过文字介绍，却一直没有见到实物——大概品尝美食，也是靠缘分的吧。

讲起烧豆腐菜的"秘密"，比较有共识的是豆腐切小块先预煮至浮在水上，以去除豆腐中的卤，再用金针菜、香菇、笋等煨，或加点肉片，用煨法烧制，让豆腐入味；有人说这就是苏州名菜八宝豆腐，而且是从皇宫里传出，是康熙皇帝赐给一位苏州籍大臣的。皇帝同意赐，但烧法要御厨肯教呢，这大臣其实是昆山探花徐乾学，当时官拜尚书，花了老大一笔银子才得到御厨的传授。此事实有，而且是道富贵菜，一般人家哪备有那么多配料呢，关于此菜的经纬，我已写在《品读苏州》一书中，此处不赘述。

记得座中不知谁用不接受反驳的口气说道："什么八宝、九宝，最好的煨豆腐菜，就是伲苏州的蟹粉豆腐，比肉还好吃！"

蟹粉豆腐，就是将阳澄湖、太湖螃蟹煮熟去壳，剔出的蟹肉、蟹黄或蟹膏，苏州人叫蟹粉，用来煨南豆腐，此菜叫蟹粉豆腐。奥秘是放猪油丁，原是大户人家的做法。现在大厨们更隐秘的不传秘法是，此菜用的猪油丁，其实是南火腿中的熟脂肪丁。

是啊，蟹粉豆腐一出，豆腐菜谁与争锋？

但是且慢！我母亲就说，豆腐本就是穷人也吃得起的日常食品，平常谁吃蟹粉豆腐啊？那是卖家菜呀（意思是一款以赚钱为目的的菜品），咸菜烧豆腐、茭白片烩豆腐，最多加点肉丝，家常吃吃蛮好哉。我父亲补充说，老豆腐用河蚌肉烩，再放点青菜，如果放点咸肉片，是一道好菜，或者用苏州的特产酱肉（熟菜店、卤菜店都有售）烩嫩豆腐，那是苏州味非常浓也非常好吃的家常菜，不输蟹粉豆腐的啊。

——老一辈人的苏州菜，那是很亲切、很温馨、很朴实的啊！这就是爸爸、妈妈的味道吧。

我那遥远的黄豆芽

为它寒冬排了整夜队

一位小学同班同学找到我，说要教我如何烧"癞团肉"的方法。他说得非常详细，甚至将烧制此菜的猪肉不能水洗的"秘密诀窍"也告诉我了，并说这是苏州传统名菜。后来我查了有关苏州菜谱，果然是的，不过此菜已绝迹餐桌多年，其名也未闻久矣。

他说这是他母亲厨艺的不传之秘，今特传之于我。他又说，他母亲姓管，新中国成立前住姑苏城东的悬桥巷。同学说他母亲生前关照他教我如何烧这道一定人人喜欢的地道苏州菜。听了同学的认真介绍，让我感动又怅然久之，他母亲的形象在我眼前清晰起来。

"谢谢你，全靠了你，今朝才吃到这黄豆芽！"同学他母亲讲这话时，坐在动物园附近的一老房子里，正在吃晚饭，桌上是一碗炒黄豆芽，此菜自带金黄色，看上去样子有点高贵。这场景距今将近六十年了，穿越岁月，宛如昨日……

"听说菜场里有黄豆芽在卖了。"有一天，父母亲晚饭后讲起这信息，是意外也是一个惊喜。这大约是1962年年底吧，那个年份要吃到黄豆芽，不是一件容易事。过了几天，一个月淡星稀、寒气逼人的夜晚，母亲让我先睡一会儿，大约八点钟时，又把我叫醒，要我到菜场去排队买黄豆芽。

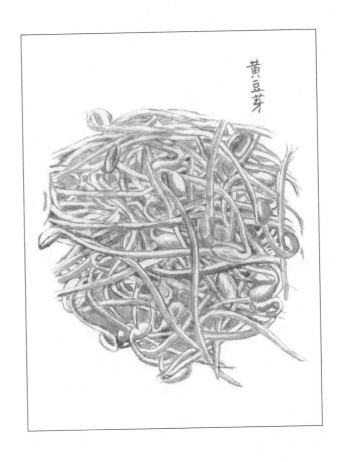

黄豆芽

　　我家买菜的是平一菜场，"平一"猜想是苏州市平江区第一菜场的简称吧，应该很老牌了，但没有听说有平二、平三菜场。平一菜场的历史我们小孩子并不了解，只知道它北门朝向白塔东路，往里走二十来米碎石路，就来到一个四四方方的大平房里。里面有方形的砖砌柱子，原木未漆的梁架上盖芦扉再铺瓦，是简易建筑，但盖的是红洋瓦，在那时的古城里，显得面积超大还有点现代感、新模样。围菜场一圈是碎石路，西面的粉墙很高，墙那边是幢青砖大洋楼，这粉墙让菜场环境看起来很是清雅。菜场东边是赛银巷，原先以竹篱笆为墙，后来改砌了粉墙，开有一扇小边门，以方便买菜居民出入；菜场南面东半侧是居民楼房，西半侧是出入通道，路当中还有一口井。菜场出入通道设计周到，居民买菜进出很是方便。

我去排队，是从北面门进去的，西墙上有盏暗淡的灯，我们就在通道靠墙边排队。去时已经有七八个人先在那里了，有老有少，大多是男的。

菜场里排有几支队伍，有的是为买营养柜的鸡蛋，有的为买什么已记不得了……好像排队买黄豆芽的人最多，大家跺着脚、缩着头颈，聊些钳工如何用刀在金属上刮出燕子或蝴蝶花纹、申公豹的头是怎么歪的、糖精放多了不但不甜反而苦之类的闲话……就不觉得夜色冷了，时间虽慢但在悄然流淌着。

有的人全过程排队，有的人排了一会儿回去睡觉了，留下一只破篮甚至半块砖头作为代表。到开市时，这些破篮、残砖所代表的那些人匆匆赶来："这是我的"，"这是我的"……现在想想真是奇怪，他们即使是在队伍前面，后面的人也认账，最多在心里嘀咕："我们排了一个整夜，他倒好，困了大半夜，现在人来了，真个是老屁眼（苏州话狡猾之意）！"

那天排到东面天空开始泛亮，我终于看到了小说里常写到的"东方泛出鱼肚白"和"一钩残月、几粒晨星"的清晨天空，觉得能看到晨空，不睡一夜是值得的。这时我同学母亲挎着个细竹丝篮（那时叫"杭州篮"），从北门走进来——因为排队的队伍是在菜场外，等菜场开了门，排队人就有秩序地保持队形进到各相应摊位前——这时菜场尚未开门。她见了很诧异，就问："你排的队是买什么的?"我告诉了以后，她又问，能不能带我?

豆制品是一个大类，无论豆腐、素鸡、油豆腐还是百叶、豆腐干丝……当时都是定量供应，母亲只让我买两张豆制品票，没到上限，正好可让她和我一起买，于是她站在我身边一起排队，就这样我和她都买到了黄豆芽。当她听到我说排了一整夜时，也很吃惊，因此感觉吃到这黄豆芽，很不容易。

其实呢，我很高兴她因我排一整夜队而吃到了稀罕之物黄豆芽。她家里订有《少年文艺》杂志，非常吸引人，我放学后常去这同学家里，和他坐在藏杂志的箱橱前的地板上看杂志，爱好文学就是在他家地板上打下的基础吧。她母亲在不远的夹厢里靠窗处的桌子上"划绒"（替附近的振亚丝织厂一种叫"伊人绡"的织物手工割绒），"唰、唰、唰"的划绒声音，伴随着我们的阅读时光……

晚上我们家吃到黄豆芽，父亲说，嗯，黄豆芽吃到了，不过绿豆芽长远没有看见了。母亲说，绿豆芽没有黄豆芽香。父亲随和地说：嗯、嗯，黄豆芽是如意菜。母亲又说，现在有了黄豆芽，好像日脚以后会好点了吧！

飞入寻常百姓家

是啊，这"自然灾害"的困难年份，是所有居民都没有想到的，日子实在是苦。那时不知为何虽然发有蔬菜券，每人每天有半斤蔬菜，但菜场里就是没有副食品供应，平一菜场里面的布局有点像田字形的摊位，大多空空如也。有时会出现一点带泥、带叶胡萝卜之类，萝卜叶子有个好听的名字，叫萝卜缨子，但味苦难吃；豆制品摊上卖"雪花菜"也就是豆腐渣，也是名美味差。有一种山芋叫"僵山芋"，被水长时间浸泡过的，煮熟了外表无异，但吃起来很脆的口感，难于下咽，后来看到"味同嚼蜡"成语，就会联想到这"僵山芋"……这些没有食用价值的东西也做了食物，不知是不是国家实行"以粮为纲"政策后，农村其他农作物不种了呢？而且那时也没有摊贩、菜贩。

让人很想不通的是蔬菜供应紧张到甚至连苏州人最看重的青菜也吃不到。菜场卖过一种叫"上海菜"的青菜，有说一烧一泡水，有说要放酱烧味道才会好一点，有说炒菜时要多滴几滴油，反正苏州人吃不惯。我印象中最难吃的是一种叫甜菜的红褐色蔬菜，烧出来颜色发黑，味道甜得"奥味"，苏州人虽然嗜甜但也觉得难以入口。父亲为此菜说好话："这是东北支援来的，可以提炼绵白糖。"虽这样说，因为吃不惯，还是无法下咽，后来母亲就不买了（现在有年轻人说甜菜烧了很好吃的）。

那时猪肉供应一人一个月一两，凭肉票购买。卖肉人号称"一把刀"，是十分吃香的职业。有一次母亲叫我去买一两猪肉，我记得卖肉摊位是在菜场的东南角。买了肉以后，我有点不放心，就到菜场公平秤上复秤，只有九钱，于是就回到肉摊和卖肉人"倒扳账"。卖肉人没有想到一个不满十岁的孩童会这样认真，就不耐烦地捡起砧板上一片指甲大小当然没有一钱的肉屑，丢到我眼前，还很凶地说了我一句。我回到家和母亲说起，她没有说什么，可能是无从计较也不值得计较吧，只是轻声说："我觉得日脚在好起来。"

日子确实在好起来。这次黄豆芽吃过后到底过了多少天我已记不得了，反正蔬菜品种多起来了，再后来蔬菜券取消了。又过了些日子，传说盆菜恢复了。母亲隔夜关照我早班下班要带我去观前菜场，说是去看盆菜。母亲工作的厂在平江路混堂巷里，纺织厂三班制，早班是下午两点下班，我就到厂门口去等母亲下班，从那里去观前街很方便。苏州人对菜场有个观点，友谊菜场，靠近外宾下榻的宾馆区，观瞻所在；观前菜场，全市商业中心，影响最大，两家菜场都有标杆性质，供应都会优先安排。

走过玄妙观到了位于西北角的观前菜场，找到了卖盆菜的专柜，许多市民驻足围观，久久不肯离开在大过眼瘾。我挤进去果然看到了如雷贯耳的盆菜，顿觉眼睛一亮："真好！"

所谓盆菜，其实就是两三种食材配好的简便半成品，买回去洗一下就可下锅。或两只灯笼椒配一两肉丝，或一撮茭白丝配一只猪腰子，或一只洋葱配几根鳝丝，或几块小排骨配五六只百叶结和一根洗干净的萝卜，或一条鲫鱼去鳞开肚配着几片姜、几根叶绿茎白的葱……虽然价钱比没有收拾过的菜略贵，猪肉还需要肉票，但一份一份都放在盆子里，摆满一案板，琳琅满目非常"弹眼落睛"。我还看到了黄豆芽，配了几只油豆腐；也看到了绿豆芽，弱不禁风娇小姐的样子，配的是一小把韭菜。后来在观前街东段的协成布店对过、旗帜社旁，也看到有家新开的盆菜门市部，同样门前挤满了人，店里各菜丰富多样还有黄豆芽，生意兴隆。

回到家里，母亲和外婆和父亲谈了盆菜后，最后说："怎么那么多菜都出现了呢！"

但记得更惊人的是，有一天晚上父亲说了一个让人难以置信的消息："听厂里说要大家多吃爱国肉……"所谓"爱国肉"是指猪肉太多，政府动员居民努力吃。没几天父亲下班拿回家一只猪头和一大块带爪的猪肉，母亲也带了一大方肉。他们说上头关照职工先将肉拿回家，肉钱以后从工资里扣，因此一个职工拿二三十斤肉很正常。这个时光苏州家家都在烧肉，红烧、白煮、爆炒……大街小巷处处可闻肉香，可谓是历史上一大奇观。

再到平一菜场去，不仅有盆菜，各种蔬菜都满满地装在方形的铁丝"尺篮"里，一块块猪肉挂在肉摊架子上，鸡蛋有了，鸡也有了，还有油面筋、粉丝，白菜也有了，黄豆芽堆得老高……荤菜素菜越来越多，人们说的是："没想到这么快日脚就变好哉！""过去三年自然灾害……""以前三年困难时期……"

这话明明是说，吃水浸麦子或糠、人饿得浮肿的岁月已经过去了，黄豆芽终于飞入寻常百姓家，那不一般的三年已是翻过去的一页旧章，成了记忆的一部分。

吉祥如意　　寄托祝福

在我的印象里，黄豆芽是一种比较高级的素菜，这是受了父母的影响。

首先，这菜身份有点清高。似乎和宗教有点关系。父母亲总是说，黄豆芽很鲜的，但我总觉得最鲜的是鸡汤，其次是加火腿的蹄髈或排骨汤，黄豆芽有什么鲜味呢？

听父亲介绍，俗话说，戏子的腔，厨师的汤，真正的大厨是不用味精的，全靠用猪爪、老母鸡、火腿、排骨等文火熬（苏州话叫"吊""炖"）成的高汤。各个大厨的高汤各不相同，不会熬高汤的厨师永远是下手，上不了台面。那么寺院招待贵宾，要烧可口的菜，必须有高汤增味，寺院高汤当然不能用荤腥，那怎么办呢？

原来，是用黄豆芽、香菇、笋及各种菌类，慢火炖出来的，其味同样是鲜香无比，丝毫不输荤的高汤。而这吊汤用的食材中，黄豆芽必不可少。父母说，黄豆芽等吊成的素高汤，所用的功夫远比荤高汤深，一般无福之人也吃不到呢！就是寺院僧人的菜肴，等闲也不会用到素高汤的。

事实上，寺院或全真道观里的素斋菜，除了香菇、面筋、豆腐干、笋等和各种时蔬外，必然常用黄豆芽。寺院的黄豆芽，有的配青椒，有的配咸菜，有的配油豆腐，有的配西芹，有的配木耳，有的配冬菇……还会放点姜和生抽，确实清心适口。

广州有座光孝禅寺，是岭南最古老的寺院，号称"未有羊城，先有光孝"，是禅宗六祖惠能出家削发之地，距今一千七百余年，地位尊崇。寺内古榕参天，佛像庄严，但许多旅游者是冲着该寺的素斋馆菩提甘露坊去的。据凤凰网2015年1月9日推送该寺介绍的一款源自福建的素佛跳墙菜，笋、菇等其他食材，放入绍兴老酒坛，放入黄豆芽和香菇熬成的高汤，要没过主料，调好味，荷叶封口，木炭火焖五六个小时，便"大功告成"，这道"素佛跳墙香味浓郁，营养丰富"。一种简易素佛跳墙只用切成块、油炸过使之外硬内软的荔浦芋头，配一点也经入油轻炸过的烤麸等蒸好，"最后在炒锅内加少许素油翻炒混合蔬菜，薄盐调味，勾芡，浇在成菜上即成"（该网"佛教·觉悟"推送：《教你做一道素食美味"佛跳墙"》，来源：光孝禅寺）。我的感觉是，此菜一定非常可口，但黄豆芽所起的作用很关键。

其次，黄豆芽寄托有吉祥寓意，这在蔬菜中比较独特。这是因为黄豆芽的形态，有点像如意，就被尊称为如意菜，又加上其色如淡金看起来有点高贵。过去苏州过年，除夕的年夜饭或大年初一的正餐，必要上黄豆芽菜、阖家共吃，并说此菜叫"如意菜"，以讨个口彩。

不过现在要叫"○○后"的孩子过年吃点炒黄豆芽，等他（她）说出"如意"两字以作祈福这口彩，实在是不容易实现的愿望。以菜肴来讨口彩，是过去农耕时代的民俗，大致反映了人们心理中藏有孱弱一面的潜意识。今天国家富强、人的生活空前好了，吃黄豆芽多半是因其是一素菜，因其鲜、因其风味和营养而受到青睐。而这个年俗，至今还有许多人家坚持着。吃它以求口彩来祝福自己和家人，成了一种远去风俗的轻微回声。

绿豆芽：宁断不弯性清淡

绿豆芽里可塞肉？

苏州民间相传，有一道名菜叫"绿豆芽塞肉"。

听了都会诧异吧，这绿豆芽，如此纤细娇嫩的东西，里面怎么塞肉呢？

二十世纪七十年代初，我在学医，男生晚上没啥事，躺在床上东聊西聊，就聊到了这菜。有同学说，是剖开绿豆芽，里面夹根熟鸡丝；也有的同学说，将绿豆芽烫一下，让它变软了，编成个小荷包，里面塞上拌好的肉末，再烧成菜……不过大家都觉得此菜没啥吃头，无非是摆个噱头，大家又说从没有见过。

那时候苏州城乡主要还是大家庭，三代同住，独门独户的少，而且城里往往一个门堂里住好几户人家，如果一个人说从没有见过，也就是代表一个群体的观点，和现在普遍是核心型家庭，很少得到祖父辈传下的观感和经验，人生基本知识只是一代之传并不相同。

这时，有个同学慢条斯理说了："我知道的，这是乾隆皇帝下江南时，苏州官员进贡的一道菜。厨师在银鱼里塞进雄鲫鱼精，煮熟了，蛋白质凝固了，再浇上卤汁。皇帝吃了，心里明白苏州地方官员用心了，他领这个情，第二天还要吃，第三天还要吃。旁人不知道菜中奥妙，只知道皇帝喜欢，金口说好，传出去就成了苏州名菜。"

原来如此啊！大家恍然大悟。这典故好新鲜，于是又以钦佩的态度请教："出处何典？"

那同学睡在角落，声音传来："说书先生说的！"

说书先生就是苏州评话或评弹艺人，他们在书场表演时所言的乾隆皇帝在江南的事，基本上是齐东野语，大家一笑。

那么，乾隆皇帝和绿豆芽到底有没有关系呢？乾隆三十年（1765），皇帝南巡到苏州，二月二十六日晚膳，请苏州厨师宋元做了三道大菜，皇后送来两品菜，一是水烹绿豆菜，一是苏造鸡肉肘子攒盘。这绿豆菜，我认为就是绿豆芽。因为乾隆皇帝喜欢苏州菜，所以皇后送另一品菜很"硬"，但也是苏州风味，用意是不要拂了皇帝对苏菜的兴趣。皇后这菜是苏州厨师所做，这水烹绿豆菜，想来也应该是苏州厨师所做。

江南风情好

不过，现在还真有大厨将绿豆芽塞肉这道菜"恢复"了。"恢复"两字之所以打上引号，不是真的一道传统菜被恢复，而是根据传说而做的一种创新，当然，这钻研和创新精神是值得肯定的。从此菜模样来看，十分俊俏：外面是半透明、银白色的绿豆芽，里面隐隐透出红色，是插进去熟火腿丝，真有点羊脂肉里镶玛瑙的感觉。因为绿豆芽要掐去根和胚叶，美称为"银芽"，故而此菜名叫"银芽火丝"。据介绍，为了在绿豆芽上钻孔以塞进火腿丝，先要用缝衣针刺绿豆芽茎，再用大头针穿过，让绿豆芽形成中空的孔径——绿豆芽也许可以说是性格孤傲最为嫩脆的食材了，一碰就断，也不能手捏啊摸的时间太长，要给绿豆芽钻个通透的孔真的难度很大，厨师所花工夫之大可以想见。

不过也有人争辩说，确实有这菜的，属于苏州船菜里的一种。船菜有太湖渔船上的菜，普通航船和运输船上的菜，但都不能划入苏州船菜之列。苏州船菜起先主要是高档花（妓）船上提供的菜肴，也提供观光旅游时的酒席，其菜不在量多，但都非常精美，是艺术性、观赏性和美味兼具的上品特色菜，后来花船消失，船菜上岸，有的菜馆有时安排几道船菜点缀宴席。从功夫和巧思看来，"银芽火丝"归入船菜系列，也是很恰当的，至于味道如何，那就不知道了。

日本人说，绿豆芽有"十德"

中国是世界上绿豆产量最多的国家，每年有大量出口，在中国绿豆是一易得的杂粮，绿豆芽也就成了一种非常普通、价廉的食材。

众所周知，太过普通廉价的食材，就不太容易增值，绿豆芽如果要用于菜馆，必须要在配料上搞名堂，让菜价的毛利率可以打得高一点。"银芽火丝"首先这菜名就很好看，其次在功夫大，再次在新奇，是一种名堂。菜肴如果有个名堂，就有利于卖出好价钱。就像焖杂烩和佛跳墙，哪个能卖得出好价啊，那是一目了然的事。

绿豆芽之所以价廉，有三大原因。一是生产方法比较简单，而且可以成批生产；二是生产时间短，只需五六天；三是成本低而产出率高，一斤绿豆只是每天浇以清水，通常可发出十来斤绿豆芽。

过去夏天蔬菜少，叫"伏缺"，政府为安排市场，就多发一点绿豆芽应市。夏天吃绿豆芽还有一点食疗的辅助作用，《本草纲目》说："解酒毒热毒，利三焦。"中医的上、中、下三焦，西医没有相对应的器官，大致说来，为传化之府，有传化水谷的功能，下焦和排泄二便有关。那么粗线条理解，吃绿豆芽对消化系统有益。此外就是有一定的清暑热的作用，如果感觉热得太厉害，可以绞一杯绿豆芽汁来清清火，比吃冷饮要好。

虽然绿豆芽炒法简单，味道清淡，但营养还是很不错的。绿豆在发芽过程中，这芽株里会增加维生素B和叶酸，还有很多纤维素，可爱的是热量却很低，这样就很有利于糖尿病人和减轻体重者了。还有研究论文介绍，绿豆中所含有的蛋白质，在发芽过程中，转化为17种很容易吸收的游离氨基酸，其中40%为人体必需氨基酸。"整体而言，绿豆萌发可以提高绿豆的应用和价值，同时产出一种对人体健康有益的大众蔬菜。"有研究文章如是说。

日本人从中国人吃豆芽得到启发，二十世纪初作为解决军队中因缺少蔬菜导致维生素C缺乏问题，大力推广豆芽，并宣传豆芽菜有"十德"，即：新鲜洁净蔬菜；美味；价廉易得；营养丰富尤其是维生素C来源；烹饪简单营养范围广；易消化老少咸宜；节省燃料不浪费食材；无须土地肥料加工方便；四季可生产；非常时期蔬菜之王。说白了是豆芽菜生产不占用农田寸土，这一优点对日本来说尤其重要。

日语中豆芽是指绿豆芽，黄豆芽叫大豆豆芽。因此军队首先普遍吃的缘故，以豆芽为菜在日本得以推广开来。但日本不产绿豆，或者说绿豆自给不足需要大量进口，日本每年要从中国大量进口数万吨绿豆，中国绿豆大约占进口绿豆量的八成，1972年进口中国绿豆达5万吨之多。因生产绿豆芽工厂多，日本还有豆芽生产者协会。日本的绿豆芽生产的工业化程度较高，因此价格便宜，这是绿豆芽受日本社会欢迎的另一个重要原因。日本人所看到的绿豆芽的这些优点，对中国来说也是一样。

清淡还是味浓?

因为价廉，绿豆芽就成了一道家常菜。而且绿豆芽味淡，过去苏州一些气息如兰的姑娘，比较喜欢这清淡的味道。苏州的夏天，天气有湿、闷、热的特点，有的人有"疰夏"之疾，表现为乏力无胃口。绿豆芽性寒，苏州人认为有清热去湿的辅助功效，又吃口清爽，有时清炒绿豆芽，或放点榨菜末或放点咸菜末同炒以助味，下饭或佐粥都非常适口。还有夏天应时令吃冷拌面，浇头主要用绿豆芽、青椒丝、肉丝，还可加点榨菜丝，不放酱油炒成，很是爽口。

不过，更多的人觉得清炒绿豆芽，味道毕竟太寡淡了，喜欢用韭菜炒绿豆芽，或者用一点青椒丝（北方喜欢用红辣椒，江南人不大容易理解）炒绿豆芽。苏州人的韭菜炒绿豆芽，只用盐做调料，此菜一青（清）二白，其菜香、其色雅、有寓意，未吃就已十分诱人，开胃效果显著，简直是打败暑魔的秘密武器了。

有一次，我和苏州名菜馆得月楼周大姐说起，以前菜馆老板有赠菜之例，客人点菜多，吃到最后上饭时，菜都已吃过，这时老板会赠送一道蔬菜或一道点心或一碗汤之类。其中有道菜，是韭菜炒绿豆芽，锅极烫，油极热，菜下锅炒只有三铲（其实是颠翻三四次锅），然后出锅盛盘，跑步上桌。为了抢时间，最后洗韭菜和绿豆芽是用盐水洗一下，让菜外面已有盐分，这样在炒时就不用再放盐了，如菜入锅后再放盐，是来不及的。这样争分夺秒炒出的绿豆芽，非常脆，味又香，吃了很多油腻荤菜后吃到此菜，很是下饭。

周大姐在苏州餐饮业也是大姐大之列了，她沉吟了一下，说没有听说过老板送菜和只炒三铲的说法，但有一道菜，叫"小青青白娘娘"（小青和白娘娘都是《白蛇传》里人物），就是韭菜炒绿豆芽，菜虽然很简单，真要炒好也不容易，确实很讲究火工的。

炒绿豆芽要火大，急炒，甚至夸张到"跑步上菜"，是有道理的。因为绿豆的含水量大约在10%，而发芽到第五天的绿豆芽，含水量约在95%，水分如此高，时间一长，此菜就要出水，就不脆了，像棉线那样软而韧，影响了风味。

苏州人喜欢吃绿豆芽，反映了日常生活讲究节俭的民风，其次是取其清淡又脆的本色，这是苏州百姓人家食俗的另一个特点。有时看到其他地方常会在调味和配料上来纠正其淡，比如有的用蚝油，有的用芝麻酱，有的是酸辣，有的是醋熘……有的地方炒河粉，用绿豆芽配牛肉丝、酱油、葱段同炒，叫干炒牛粉。也有的地方做面条的拌料，胡萝卜丝、绿辣椒丝、豆干丝（或豆腐皮丝，取其色黄）、绿豆芽丝等，用炸酱为调料，拌面条或用来卷饼吃……真是十里不同风，更何况是外省外市呢。朋友还告知说，国外华人菜馆，常会绿豆芽加虾仁或肉丝之类，拌成春卷馅，也是很有特色的……

记得二十世纪八十年代我回到南京的报社值班，在食堂吃到猪肝炒绿豆芽，调料放酱油和辣椒，好像煮过，绿豆芽绵软如同一团乱纱线，和苏州炒绿豆芽风格完全不同，感觉苏州的炒绿豆芽就像昆曲小生的无伴奏清唱，而南京的炒法，就像京剧花脸在锣鼓京胡伴奏下的豪迈之唱。总之，各地吃绿豆芽，用各种办法让绿豆芽做菜更有味。

因为大多数苏州人家的下厨人并不会烧各种有味的绿豆芽菜，这点无论是嫁苏州男士或娶苏州姑娘的吴文化地域外的人，对此要早有思想准备：苏州人喜欢吃绿豆芽，但烧出来的绿豆芽菜味道清寡，因为要烧好绿豆芽并不容易呢。

最后想说的是，苏州人吃绿豆芽，一定要掐根，芽叶是否要掐掉，倒并不讲究，只有菜馆的绿豆芽是两头都掐掉的。从口感来说，绿豆芽根纤维太粗，不堪入口，确实需要掐根（同时也是拣一下）方可入菜。但拣绿豆芽是个很耗时间的细致活，显示了苏州人讲究饮食、一丝不苟的一种境界，讲究人家就是这样坚持的，而贩夫走卒卖浆者流可能既没有时间也没有闲心情给绿豆芽掐根。于是，掐绿豆芽在苏州人的心目中就成了一种生活有腔调、虽甚烦琐却又自得其乐的象征。

面粉中洗出来的美味素材

油面筋，满满江南味

君到江南行，吃过面筋否？

不知是不是受江南佛寺多、信佛普遍的影响，过去江南人好吃素，简朴的就常以咸菜豆腐、青菜萝卜、炖（或炒）酱之类佐粥饭。但也因此有很讲究的素菜，比较常见的是炒素什锦，诸如慈姑片、茭白片、豆腐干、四季豆、木耳、白菜帮子之类合炒一盆；上档次的素什锦叫"罗汉上素"，那就是香菇、腐竹、香豆腐干、嫩笋、口蘑、金针菜、木耳这些了——还有人说，此菜要用十六或十八种素（蔬）菜食材，代表十六罗汉或十八罗汉，方合此菜之名。但无论素什锦还是罗汉上素，必须有油面筋。

也真奇怪，有了油面筋，这素菜就有了诱人的香味，好吃得要命。有人索性只要吃油面筋了，所以苏州、无锡、上海等地菜馆有清（或红）烧油面筋这道菜，也就是放点酱油和少许白糖烧成，最多的还会放一点醋和麻油，放不放葱无所谓。如此简单，却成为一道江南特色的菜肴或面浇头，可见油面筋受欢迎的程度。

现在油面筋是很普通的食材，但在二十世纪五六十年代，也是一种细菜。每到过年，有一"春节供应"的盛事，人们清苦、辛劳了一年，物质再贫乏，供应再困难，政府也会尽可能多地组织年货货源，发各种专门的票，各户定量供应，量不多但也算是全区域相对公平，几十种年货中，油面筋是必须要有的。记得不止一次父母让我去买油面筋时，看着圆圆的、金黄的、香香的油面筋，它滋味美好的回忆全浮上心头，实在挡不住它的诱惑，人还在路上呢，忍不住挑一只小的油面筋吃了。过了一会儿，更加想吃了，又挑了一只破的油面筋吃了……从这一童年往事，联想到《猪八戒吃西瓜》，这故事之所以经典，是因为它活灵活现地写出了那时孩童难挡美食诱惑的普遍心理。

当然，油面筋的吃法很多，比如塞馅。主要有油面筋塞猪肉馅（有的地方也叫肉酿油面筋）、塞菜肉馅、塞纯素馅三种，塞了馅的油面筋，大多是和冬瓜、萝卜、扁蒲之类一起煮汤，现在也会放金针菇、扁尖之类同煮，白

面筋

汤或略放酱油。也有的是蒸熟了或紧汤红烧了吃，这样油面筋香味保留得多一点，但是吃不到美味的煮油面筋塞馅汤，也是一大遗憾。如果吃菜饭，放上两只塞了馅的油面筋，加一点江南地区所产的不太辣的红辣酱，比如苏州无论城区还是县里或镇，所产辣酱的辣味都好温和，配上这如姑娘风致般的辣酱吃塞馅油面筋，那是很享受的一餐。

油面筋塞馅不仅家庭里常会自己做了此菜，单位食堂、路上快餐店或一般菜馆饭店，都会有供应。这菜是如此受欢迎，需求量大，现在甚至研发出了给油面筋塞馅的机器。当然，在苏州人眼里，任何食堂的菜肴甚至店家的东西，都没有自己搞的可口，塞馅的油面筋，自然也是自己拌馅和塞入的好吃，这和馄饨一个道理，也许里面有着妈妈的味道、爸爸的经验呢。

佛门里流出的著名食材

油面筋是苏州西邻城市无锡的特产，过去到无锡去旅游、出差，回来时买点油面筋，真是价廉物美、非常实惠。无锡油面筋的包装也很有特点，是一种长菱形的竹篓子，轻盈透气，携带方便，很有特色。而且，一大篓油面筋，其实价钱并不多，但送人多气派啊。当然现在油面筋大江南北都有生产了，但无锡油面筋的名气，还是在宝塔尖上，地位、名气都无法撼动。

无锡油面筋以清水油面筋著称，有的包装上只标明油面筋。明明是油炸而成，怎么冠以"清水"之名呢？我请教过卖油面筋的店主，他说，清油第一次炸出的，叫清水油面筋，炸过三炸、四炸……的油炸出的，就叫油面筋，不能冠以"清水"之名——因为不是权威人士所言，不知他这说法确切否？（有人介绍另一说法：生麸在盐水里浸过后，再油炸，方能炸成又香又黄又松的油面筋。当时店家为保密，就起了个商品名叫清水油面筋。）

关于无锡油面筋的来历，说法甚多，有的历史上推到汉代什么的，反正一个地方特产，必有与皇帝、状元、名医、贤媳、仙人、方丈之类相关的故事，方引人入胜，油面筋也是这样：

> 据说最早是由无锡五里街大德桥旁一座尼姑庵中的一位师太无意中油炸制成的。那时，无锡城里的老太太们经常到庵中念佛坐夜（打坐），有时在庵中一坐就是几天。庵中的一位主厨的师太常用生麸制作素食。有一天，本来规定念佛坐夜的几十个老太太因故未来，好几桌的生麸已经准备好了。如果过夜就不能吃了，可是这么多的主料又不能轻易倒掉，师太先是放了些盐在生麸里，然后试着把生麸放入油锅里煎了煎，以免变味，又怕煎不透，特地将生麸切成一个个小块，倒入油锅里，不料马上变成一个个黄灿灿透亮的空心圆球上下窜动。捞起一尝，松脆喷香，于是取名"油面筋"。

在"豆瓣"网上还看到一篇《清水油面筋的传说》的文章，说："油面筋以无锡产的最知名的生产始于清乾隆时代（18世纪中叶），至今已有260多年历史。当初的制法是将筛过的麸皮加盐水用人力踏成生麸（又称面筋），再将生麸捏成块状，投入沸油锅内煎炸，成为球形中空的油面筋。清水油面筋的称呼在清代末年（19世纪中期）出现，无锡第一家挂出'清水油面筋'招牌的是笆斗弄的马成茂面筋店。"

马成茂面筋店的少东家在上海打拼过，见过世面，虽是小店，却在沪、锡报纸上做"无锡名产清水油面筋"广告，让人大感新鲜，因而促进了销路。据说当时用十只茭白壳串成一串卖，后来到无锡来旅游的人慕名前来购买，该店又改进为竹编菱形篓子装，一般是装五十只，很受欢迎。

这两种说法，都认为油面筋是无锡人发明并发展成一种商品的，怪不得无锡油面筋如此有名。其他地方比如苏州，还有杭州富阳，也有油面筋生产，产量大、质量好，但名声无法和无锡争锋。

江南人面筋吃法花样多

无锡人所说的"生麸"，一般也叫面筋，是用面粉洗出来的。这在宋代的《梦溪笔谈》中就有记载："濯尽柔面，面筋乃见。"面粉加水和少量盐，浸泡一段时间后，先揉成团，再在水里反复揉洗，洗去淀粉，留下的就是韧性很强的生面筋；再经过沸水煮熟，其实是蛋白质定型，就成了商品面筋，又叫生面筋。面筋煮前，用筷子绕，成面筋团，然后下锅煮。因此，面筋成形后是一层层并有纵缕，浸在清水里出售，故有时也叫清水面筋。

面筋买回家要做菜时，不用刀切，而是用手撕。这个讲究虽然费工夫，却是古法。清代乾嘉时诗人袁枚在其《随园食单》中介绍"面筋三法"："一法，面筋入油锅炙枯，再用鸡汤、蘑菇清煨；一法，不炙，用水泡，切条入浓鸡汁炒之，加冬笋、天花（不知何物，有待专家考证），章淮树观察家制之最精。上盘时宜毛撕，不宜光切。加虾米泡汁，甜酱炒之甚佳。"

因为面筋本身没有什么味道，手撕后没有刀切那样光滑的切口，容易吸附汤汁，更加可口，所以袁大才子建议说"宜毛撕，不宜光切"。当然，大食堂烧菜，用面筋量大，大师傅只能刀切了。

苏州不知是不是经过太平天国以后大伤了元气，过后经历了约百年的经济艰难恢复过程，百姓生活清苦，同时也可能社会上信佛普遍的原因，从晚清到新中国成立前，成了一个吃素成风的城市，改革开放后动物类蛋白质摄入才普遍起来。那时苏州人家为了维持营养，经常会炒个水面筋，放点不太辣的辣椒丝，或者蕹菜梗，或者黄豆芽，因为面筋颜色灰白，配些色彩鲜明的条状蔬菜比较协调。但也有人将面筋当肉丝那样炒，放酱油、葱姜、少许白糖等作料，甚至面筋炒时还要先下锅，过一下油，这样让人吃着素菜，感觉是在吃肉了。

但是上海人就比较聪明，将面筋发一下酵，让面筋产生少量空洞，然后蒸熟，叫"烤麸"，还要将之干燥，以便于存放和销售。

吃时将烤麸泡开变软待像海绵后切作小块，配以都经过水浸发的香菇、金针菜、黑木耳、花生米四种配料，放酱油、白糖、麻油、八角同烧，要烧得浓油赤酱，汤汁吸进烤麸中了，方才算好。出锅后冷却，往往还要经冰箱冰一下，作为冷菜上桌。同样是素菜，经诸味调和熬煮，味道鲜美，而且吃起来感觉非常入味，比清炒面筋要好吃多了。这款菜上海人名之曰"四喜烤麸"，四喜是指四样配菜，面筋的四款配菜，让人想起苏州弹词《三笑》里，华太师夫人有春香、夏香、秋香、冬香四位丫鬟伺候，正是有了"四香"衬托，华太师夫人在戏中才能吸引人。

"四喜烤麸"几乎是上海人家除夕年夜饭的必备凉菜，当然平时也吃，海上凡熟菜店基本都会有烤麸成品冷菜出售。但不知为何，这味道醇厚的上海本帮代表性冷菜"四喜烤麸"，在苏州并没有被普遍接受，大概也是百里不同风的规律在起作用吧。

袁大才子介绍说水面筋要"入油锅炙枯，再用鸡汤、蘑菇清煨"，这是因为水面筋清淡乏味，用油"炙枯"是让其所含水分尽可能挥发，然后通过长时间文火熬煮使之吸入鸡和蘑菇的荤素鲜味，这也是改良食材口味、口感常用的"偷梁换柱"之法。

但我二十世纪九十年代初在苏州下属昆山市周庄镇采访，当时这水乡古镇的旅游还起步不久，正在开发有特色的食品，比如万三蹄、阿婆菜（咸菜）等，镇里设宴请记者品尝，最后上来的是一盆汤，汤色清澈，香味飘溢，汤里或沉或浮十几只本白色的圆子，大约元宵大小。咬一口，皮不是糯而是有弹性，让人意外；轻咬一口，鲜汁满舌，里面是有肉香的馅。主人还一定要大家喝汤，味道也是极鲜美，大家轰然赞好，说从来没有吃过这样的菜。主人介绍说，这菜的外皮以生面筋为料，包裹用鸡脯肉、鲜虾仁、猪腿肉加葱、姜、黄酒等调制剁细精制而成的馅，汤用鸡烧煮而成，有一位上海名教授品尝后评论说："味兼小笼、汤包、馄饨之长，天下美味也！"并给此菜起名"周庄三味圆"。

说实话，我是很佩服周庄人的，这道菜满是乡土味，精心中又显巧思，非常契合周庄水乡的特点，美食与古镇风光可谓两兼其美，美美与共，为周庄之旅增添情趣，也为面筋菜别开生面。但也有浙江同行悄悄地告诉我，富阳有个龙门镇，龙门面筋差不多也是这样制成的，不过是个头大一点，制法差不多，但在最后一道工序有差别，龙门面筋塞好馅后，不是煮熟而是油炸金黄，香浓味美，是当地著名特产。听到这里，我暗暗叹口气，唉，在江南各地，面筋的吃法一定很多而又各有特色，千言万语，归为一句：

——君若江南行，莫忘面筋菜哦……

南北货及其他

榨菜，几乎成了"国之腌菜"

南酱店里的解暑"药"

人人都说江南好，但到了夏天闷热让人受不了。

江南湿度大，汗水不容易挥发，天一热人就倍感不爽。明代苏州文学家冯梦龙《喻世明言》第三卷"新桥市韩五卖春情"章中写道：宋朝临安府（今杭州）丝绵铺商人"吴山原有害夏的病：每过炎天时节，身体便觉疲倦，形容清减"，这就是疰夏。也许现在有了电扇、空调，江南的这种夏热"病"不容易见到了。二十世纪五六十年代时，不要说空调，就是电扇也没有普及，一些女性体质娇弱，特别容易疰夏，整个夏季人感疲乏，胃纳很差，饭菜不香。

有一样食物，可以让疰夏的人胃口好一点，这就是榨菜。如果在菜、汤里放一点榨菜，哎，就感觉嘴巴里有味道了，胃口也来了，无论吃饭、吃粥、吃面条、吃馒头、吃烙饼，都会觉得香了不少。虽说榨菜四季可食，但在苏州夏天就是一种当令食材，比如面馆会应时令推出"风扇冷面"，面浇头里必然配有榨菜丝，就是这个道理。我小时邻居说他单位里有位女工，皮肤白，眼睛大，非常漂亮，但到了夏天就恹恹无精神，靠吃榨菜炒绿豆芽熬到秋风起后，人才鲜活起来。因为体质比较瘦弱，被人看作是林妹妹，相亲几次没有成功。后来还是有位勇敢的小伙子愿意照顾她而娶了这位美丽姑娘。

　　　　　　　　　　　　　　　江南风情好

榨菜在哪里能买到呢？说来话长了。

江南的乡镇，都会有南北货店兼油酱店（也叫南酱店），如果没有，简直就称不上镇似的。二十世纪七十年代前的苏州农村的镇，都会有条长长而窄窄的石板老街，总有一两家南北货店铺。从南北货店的店堂里商品种类多还是少，可以看出这个镇的繁荣程度和镇上及周边乡村人的生活水平。苏州城里也是这样，大约千米半径有个十字巷口，多半有一两座桥，集聚着小百货店、糖果食品店、大饼油条店、面店、杂货店、煤球店、理发店和老虎灶（卖开水）等，如果有家南酱店，那一片幽巷中的这个小型的商业网点，就算是比较像样了。如果只是油酱店，那商业网点又算是低档一点了。

且不说这种风情已然远去，就说彼时苏州人的食材，有一部分来自南货店、南酱店里的"南北货"，时不时去买一点来增彩餐桌、调节食欲。以素的南北货为例，有北方的口蘑、南方的香菇，还有海带、紫菜、木耳、粉丝之类。其中有一样东西，产地有点说不清楚，它可能来自于西南四川，也可能来自苏州南面的浙江几个县比如桐乡、慈溪、鄞县——这就是榨菜。总之，榨菜以南北货中一员的身份，在南酱店出售。也就是说，那时它的身份，比一般酱菜要高。

南酱店或南货店里，大多有个后院，里面放着坛坛罐罐，里面不是酱、酱油就是腐乳，或是香醋或是霉干菜，还有就是整坛装的榨菜。柜台上会有搪瓷面盆，里面放着一坨坨约如鹅蛋大的腌菜头，盆里插着一双竹筷，让顾客挑选后称重供应。这腌菜头黄中带绿，沾着湿漉漉鲜红的辣椒粉（其实里面还有八角、甘草、干姜、胡椒、小茴香等香料粉末），开坛后放在面盆里上柜供应。店堂里因为卖榨菜，会飘着一股榨菜特有的气味或者说香味。

甫入初夏，南酱店一定会及时组织了榨菜供应，这相当于南货店里卖解暑"药"，榨菜在这季节简直是江南有痒夏症者的恩物。当然一般人也很喜欢吃榨菜，那感觉是下饭特爽口。有一次乘风凉时巷子里人聊天说，夏天吃茶淘饭或饭泡粥——也就是冷饭用开水泡一下或煮一下——时，配上咸鸭蛋或者榨菜，哪一种更开胃？邻居们立马分成榨菜党和咸鸭蛋党，争论到最后，榨菜党还比咸鸭蛋党多了一票。在那缺乏蛋白质的年代，这一票真是举足轻重啊！

川浙之争：小腌菜，大市场

榨菜对苏州来讲是地道的外来食材。其原料是一种叫"茎瘤芥"的茎，这一蔬菜是芥菜的变种，和雪里蕻是堂兄弟的关系。此菜虽然也是属于芸薹属，但苏州菜农并无种植，因此也就没有苏式榨菜了。

目前网上比较多的说法是，榨菜起源于涪陵（现为重庆下辖区）城西邱寿安家，这是当地宣传品上这么说的。说此人是清光绪年间涪州城西洗墨溪下邱家院人，早年在湖北宜昌开设"荣生昌"酱园，兼营多种腌菜业务，家中雇有一个叫邓炳成的资中人，负责干腌菜的采办整理和运输。光绪三十四年（1908），邱将这一腌菜头托便船运至上海，价钱也便宜，在当时中国最大的市场打开了销路。

榨菜要通过晾晒、剥皮、去根、修剪、腌制（需腌二次）等比较复杂的加工过程方为成品，特别是在腌制时要反复压榨（一般为三次）去掉茎中的水分，这是其最大特色，故有"榨菜"此名（其实呢，我作为外行人，看了一些材料，感觉腌制只是一般加工技术层面的事，奥妙在后期成熟时，会有丰富的微生物在起作用，但一般业内人士不会透露，就好比茅台酒、五粮液酒的酿造，关键也在酒窖内的微生物，但这是企业秘密，无法说道的）。后来，涪陵以外的其他地方也开始兴起榨菜加工业，更多的榨菜进入华东，在当地发展成为大宗商品。

苏州靠近上海，最容易受沪上风气影响。榨菜在上海市场上立稳后，大概不久也就进入了苏州，并且很快打开苏州城乡市场，成为市民很欢迎的一种风味腌菜。当然，其他江南城市差不多或先或后也爱上了这种四川来的微带辣味的腌菜。

重庆成为直辖市以后，榨菜作为四川的一张名片，就花落别人家了，而且重庆把榨菜当命根子在呵护。这对四川来讲，从文化资源角度看也是必须保卫的，如何打造四川榨菜的辉煌，这是一场保卫战。"自川渝分家涪陵划归重庆后，四川便只有一些食品加工企业小规模地加工榨菜，没有专业的榨菜生产厂家。去年，（四川）省农科院专家组对全省进行了考察，认定大邑、邛崃、都江堰三地的气候水土适宜种植榨菜。这一消息，让邑丰公司决定投资2600万元在大邑的青霞镇投资建厂，并花600多万元从上海以及国外引进最先进的生产线，建榨菜生产基地。"（《全力打造四川榨菜品牌》2004年8月24日四川新闻网–成都日报）"由大邑县邑丰榨菜有限公司与四川农业大学、省食品发酵工业研究设计院、重庆涪陵农科所、成都锐新食品技术有限公司联合兴办的'成都市大邑邑丰榨菜专家大院'在该县青霞镇成立。据悉，3年内，该专家大院将建成全市最大榨菜优质高产科技示范基地，作为该县传统农业向现代农业发展过程中构建新型农村科技服务体系的新模式，此举将推动该县乃至全市榨菜产业的大发展。"（《大邑成立榨菜专家大院》，2006年8月9日四川新闻网-成都日报）现在大邑七个乡镇的榨菜已被列为地理标志保护产品。但能否再创四川榨菜辉煌，那只能"欲知后事如何，且听下回分解"了。

苏州人习惯叫四川榨菜，市场上买到的其实很多是浙江北部多个地方腌制的榨菜。

榨菜进入上海为首的江南市场，这让市场意识强又聪明勤劳的浙江人看到了商机。1931年嘉兴市下属的桐乡县南日顾家桥的顾金山等人，从四川引入茎瘤芥栽种以后，桐乡也就开始有了榨菜。桐乡榨菜生产发展很快，目前以南日、史桥、高桥、屠甸、百桃等地种植最多，全市有数十家榨菜加工厂，年产成品榨菜100多万担（一担100斤），仅次于四川涪陵，居全国第二位。桐乡榨菜加工过程也比较复杂，一般要经过选菜、剖削、腌制、压榨、拌料、上坛等多道工序，和四川榨菜工艺同中有异，可能更注重清香脆嫩。总之，浙江榨菜和四川榨菜各美其美、难分伯仲。

又有朋友说福建有个叫霞浦的地方，二十世纪五十年通过从重庆引入了榨菜产业，因土质较适宜栽培，所产榨菜个大、肉质好，大的一个可重达两三斤，市场逐步打开，产业发展势头较快，现在也成为榨菜重要产地。

这些都说明榨菜虽小，却是一个大产业，也许可以说是中国市场最大、最有价值的腌菜了。

四川榨菜味浓郁，香辣咸鲜，苏州人从南酱店另称买回榨菜坨坨后，洗去辣椒粉后切片或切丝食用；浙江榨菜较川产榨菜味道要清淡一些，也不那么辣，因此很受江南人欢迎，有段时间甚至四川榨菜退出了江南市场。前几年四川、重庆也开发出了清淡型的小包装榨菜，并注重打开超市、卖场，重新夺回了不小的市场份额。

时常听闻到榨菜一些起起伏伏的信息，感慨榨菜的背后，也透露出这个产业竞争的激烈呢。今天的中国，任何产业都不容易，做经济的好比都是舞着大刀、斧头前行的勇士，能生存下来的都是战力强悍者——所以中国的发展才会这么快。

平凡榨菜陪你走过岁月静好

过去上海、苏州等地市民的榨菜吃法，一种是当吃粥菜，洗去辣椒粉后，切丝，或拌麻油，或放点糖，甚至放点酱油……无非是让川味淡一点，再改良一下让榨菜有点苏沪味，特别是用来佐粥，十分爽口。

后来是用榨菜来烧菜，不过只做配角。苏州本地产食材配上榨菜，菜肴竟然会有特殊的味道。比如茭白，其味清淡，炒茭白、肉丝时，放点榨菜丝，此菜上桌后会让人立马胃口大开。用榨菜炒肉丝、炒毛豆子、炒丝瓜、炒青椒、炒香豆腐干丝、炒绿豆芽等等，都会很刺激食欲。榨菜还可以入汤菜，烧番茄蛋汤、肉丝豆腐汤、豆瓣肉丝汤……甚至就几根猪肉丝，放一点榨菜丝后，量无须大，但这道汤的味道就会不一般地鲜美。

苏州人喜欢吃馄饨，吃得也很讲究。馄饨馅的配方、调法，各家有各家的秘诀，有的放虾仁，有的放木耳，有的放葱姜，有的放麻油，有的放糖，有的放生抽或蚝油……五花八门，调出的馄饨馅味道各擅胜场，其味之细微处，大约也只有苏州人方能吃得出来。自从榨菜进入苏州市场，许多苏州人在拌馄饨馅时，特别是有绿叶蔬菜比如青菜、荠菜和有猪肉的"菜肉馅"，再会放一点榨菜末，和香豆腐干末和开洋末搭配，只吃一口，就会让人忍不住称赞："好吃!"

是啊，有榨菜的馄饨，味道确实有点不一样。说实在话，苏州人吃馄饨几乎像品茶一样讲究，而放有榨菜的馄饨，只有细嚼慢咽，品味再三，方知其味悠长、其妙难言。不会欣赏掺有榨菜末的馄饨馅，那或者可以说够不上是地道的苏州人呢！

说来也奇怪，现在有了小包装的袋装榨菜，食用固然方便多了，口味也被厂家调得更鲜灵柔美了，但用来炒菜，就显得榨菜味道有点淡。许多人烧菜为追求榨菜那浓浓的原味，还是会到菜场卖南北货的摊上去买开坛称重的榨菜坨坨。

有时心头也会掠过一丝惆怅。榨菜再有味，大致说来还是一种很平民的菜，在宴会菜中还是没有什么地位。也就是说，用到榨菜的菜肴，上不了席面，有点对不住它似的。

但对于榨菜来说，只要你喜欢就行，平凡的腌菜很乐意陪伴平凡的你走过春夏秋冬每一个平凡而又静好的日子。

那美丽的花啊，含有一点毒呢

有着岁月的温馨

正是华灯初上时分，在回家路上，看到一家新开的熟菜店。这家店是苏州靠近阳澄湖边的名店，以"爊"法著称，此次进姑苏城开分号，自是好事。到柜台里看了一下展出的熟菜，有一盆色如淡金、排得很整齐的水焯蔬菜，细看原来是金针菜。

这金针菜是用干品发好煮好，顾客买后店主用调料拌好，应该是一款有当地特色的冷菜吧。金针菜这样吃，初次见到，想来阳澄湖边人家，把这当作味道很好的冷菜，才开发为了商品。

如要细说往事，这干品金针菜，虽不是苏州所产，却有过身份尊贵的岁月。二十世纪五六十年代，国家实行计划经济，许多副食品需要另凭票证才能按限量买到。1960年至1962年三年里，供应特别紧张。到过春节时，政府想尽办法给每家安排一点年货，让年里这几天的餐桌丰富一点，金针菜、黑木耳、粉丝、笋干之类虽是普通副食品，但在苏州人过年时却不可缺少。苏州人去拿了票到南货店去买金针菜，都是干品，一两二两的，店家用一种黄糙纸包成三角包（寓意元宝），买回家赶紧泡发，好欢欢喜喜过个年。

因为这段经历，每每看到金针菜，心头总会涌起一丝温馨的感情，那时和父母共同走过的岁月，许多场景会再现在眼前。

金针菜是苏州人叫法，许多地方叫黄花菜。那时都有点搞不清楚，很多人认为黄花菜或者金针菜，就是萱草的花。比如据清嘉庆二十五年（1820）编的《邵阳县志》里是这样写的："萱，即宜男花，六出稚芽，花跗可食。"

其实两者不是一回事："萱草不等于黄花菜。黄花菜是萱草属植物的一种，但除黄花菜外的萱草属植物多半不可食用。我们日常种植玩赏的萱草花不是黄花菜，而是大花萱草、卷丹之类；黄花菜一般出现在菜地里，而非花坛中。切勿从花坛中采'萱草'来吃，以免中毒。"有人这样介绍说。

这话是对的，但没有说清楚。简单说吧，萱草花和黄花菜外形差不多，不过，萱草花是橙色的，略带一点红；黄花菜，顾名思义，其花是黄澄澄的，黄花菜田花开时一片金黄，耀人眼睛。也有人纠正我的想象，说金针菜

金针菜

不到开花，含苞时就采摘下来了，所以有"等到黄花菜都凉了"的俗语，苏州人听不懂，黄花菜产地人知道，这话里的意思八拐八弯是指黄花闺女呢。黄花菜花开大致和唐诗人杜牧《叹花》诗的意思差不多："自是寻春去校迟，不须惆怅怨芳时。狂风落尽深红色，绿叶成阴子满枝。"

萱草属于百合科，这个科的品种很多，什么虎丹、卷丹的，外行人根本分不清楚。外国人很喜欢这花做观赏，还做了许多杂交培养，已经搞成一种品种数以千计的著名的观赏花，而且往往大面积种植，花开时非常美丽美观，也可盆栽细赏。然而这些用于观赏的萱花都不可吃。清代有本叫《花镜》的书，里面就说了，萱草花"食之杀人"。

我们中国人似乎有点汗颜，没有想如何将萱草花培育成观赏花，只会想着吃吃吃，注意力放在了金针菜（黄花菜）上，不过这也让我们的餐桌，就此多了一点风情。

从黄花菜到金针菜

金针菜在苏州本地没有大量栽培，所以在长三角地区城镇人肴的，都是从外地输入的干品，作为外地土特产主要在南北货店里出售。

江苏省北部的宿迁市，有个丁嘴镇，全镇黄花菜种植面积近8000亩，因品质优良，有"丁庄大菜"的雅号，大者，也是对此菜的尊称啊。除丁庄，在宿迁其他地方，甚至苏北多地，也有较大面积种植。因此，金针菜也是江苏的特产，过去我们《新华日报》经常报道"大菜"丰收或受到市场欢迎之类消息。

如果我和其他地方人夸耀江苏的黄花菜，人家可能会掩口而笑了——江苏还列不进全国黄花菜主产区吧？湖南祁东、湖南邵东、河南淮阳、陕西大荔、甘肃庆阳为我国的五大黄花菜产地，这些地方的黄花菜产业相当成规模。比如湖南的邵东县，黄花菜年种植面积16万亩以上，总产干花蕾6000

多吨，不仅行销国内，而且出口20多个国家和地区。而祁东种植面积16万亩，以种植黄花菜为生的菜农达40万人，据报道说产干黄花菜约4万吨。陕西大荔更是惊人，种植超过20万亩，被国家命名为"黄花菜原产地"，去那里黄花菜田里采摘黄花菜，成了旅游项目。笔者虽没有到实地见过，但想来一定是非常美丽的景观。网上也看到有人交流经验，说有的地方将黄花菜作为观赏花种植，还有香味，花期长达四五个月，想来这也是极好的。

黄花菜只是总名，事实上品种也很多的。像邵东、祁东等县黄花菜品种资源都很丰富，栽培品种就约有30个，如四月花、荆州花、茶子花、中秋花、长嘴子花、茄子花、矮箭中期花、猛子花、白花、马莲黄花、高亭黄花等，品种之所以不停选育，无非追求其早熟、高产、质优（比如花瓣厚、味道香），可以有利销售和增加花农收入。金针菜种植虽然不是想象中让花开放出来的美丽农业，但却是富民农业。祁东县之所以能脱贫，靠大种黄花菜，起了很大的作用。黄花菜现在多一行行种植，这样人可以进入田里干活或者摘花。每亩栽苗5500株左右，亩产干菜可达200公斤以上。栽后要三年方进入盛产期。

鲜花采下后，要经过加工的高温处理，叫作"杀青"，这一点和茶叶要"杀青"有点相似。"杀青"有蒸制和漂烫，现在还有焖蒸等法，也许"杀青"过后，花的性格变得雅驯，做菜吃更有利于健康。普通农民种少量黄花菜，是将新鲜黄花在锅中蒸一下来"杀青"后再晒干，虽是手工作业，体现的却是地产农家的传统风味，特别适合农家乐小饭馆。"杀青"是利用水蒸气或热水的高温，迅速破坏细胞的活力，引起花中醇类转化，使花变得比鲜品更为香甜可口，还易于干燥，干品更有利于贮藏和长期销售。高温处理后，将花摊开散热，再放到竹搭子上翻晒直到花条脆而易断时，就是成品了，商品出售时就叫金针菜。

干品金针菜的模样怎么看也没有金针的意思，弯弯曲曲像干瘪的蚯蚓，呈现的是饭锅巴颜色，隔年货的颜色还要深一点，称之为金针，也是尊称的意思吧。本年度的金针菜干品有一种特有的香味，不知是不是烘过才产生的，闻着还挺舒服而且诱人。隔年了，金针菜颜色变深，像铁钉菜了，口感是没问题的，但香味是淡去了。

入馔可是有讲究

苏州人吃金针菜只取少量，就那么一点点意思。其实呢，后来人们发现金针菜里含有一种叫"秋水仙碱"的东西，含量不高，但有毒，少吃金针菜在过去的年代也是合乎养生之道的。

而且呢，说起来鲜黄花菜的毒性，还不能小看。有人说，如果一个人吃下100克没有经过特殊处理的鲜黄花菜，就差不多要中毒了。但鲜黄花菜的诱惑性可真大，有一种特殊的香味，学者叫柠檬萱草，好闻；又在夏初开花，那个时段夏季瓜蔬还没有上市，鲜黄花菜正好点缀空档，炒鸡蛋、炒肉片、炒蘑菇肉丝……都挺有时令感的。

就像河豚有毒，但在许多地方上了菜桌，那是大厨们高超厨艺处理得当的成果。现在也有许多大厨在动脑筋如何出奇制胜让新鲜黄花菜上餐桌。比如，因鲜黄花菜中含有秋水仙碱，大厨是先摘除花蕊，再用开水焯过，然后放凉水浸泡2小时以上。烹制时火力要大，彻底加热（比如煮汤），每次控制鲜黄花菜入馔量，主要用于菜品的点缀性质，菜盛在盆子中时显得好看、新鲜。

但对一贯小心的苏州人来说，如果要吃鲜金花菜，要煮啊、开水泡啊、浸若干时间啊，吃时还需要经验和勇气，想想还是算了，性命比口腹之欲重要得多，所以苏州前些年曾有过鲜金针菜上市的尝试，但因苏州人不大感兴趣，只吃干品，这个商品没有推广开来。

吃干品金针菜，同样要用温水泡，时间至少两小时以上，有的人泡大半天到十个小时以上的也有，表面上这是泡去黄水，其实是去掉了花里的秋水仙碱。金针菜一般只做菜中的"搭头"，作为一种配菜，荤素均可，也可入暖锅。吃的量少，虽然看起来很小气，其实吃得安全。

如果来道大菜型素什锦，佐饭、做面浇头都是很好的，冬天甚至可吃几天，僧家或信佛吃素者，更是不可缺少。烧法是：泡好的金针菜和木耳、荸荠、香干、笋、蘑菇（或草菇等）、香菇、油面筋等（也可配放些时令蔬菜比如茭白、慈姑、莴笋，但不能放萝卜），起油锅炒（这炒的目的是让各种香材的香味，复合成一种独特的香味），放点生抽、盐，也有的苏州人还会放极少许的白糖，然后放水，水量约和锅中的食材平或略多，大火煮至汤只剩大约大半碗时，点入少许麻油，再翻几下锅，等闻到诱人的香味飘出后，这苏式炒素（素什锦）就可以盛盆上桌了。

现在因为高血压人多，许多人关心餐饮方面养生，探索注意吃的方面来改善高血压。据说1921年孙中山先生到梧州某医院视察，遇到一位高血压患者前来就医，孙中山对他说："你的病不能光靠吃药，还需饮食调养。"就将自己多年使用的食疗方"四物汤"（四物汤为中医名方）推荐给了这位患者。

这四物是：黄花菜、黑木耳、豆腐、黄豆芽。吃法也相当简单，根据自己口味做成汤菜或煨菜。

这个故事是否真实，无法考证，但常吃这素"四物汤"，对高血压病人应该是有益的。

海洋里的蔬菜，你从哪里来？

吴宫遗址上的一碗面

姑苏古城西郊有座山，叫灵岩山。史载吴王夫差很喜欢越国姑娘西施，为她在此山上建了馆娃宫，两人在此乐不思归，不再回城中的吴宫，直至国灭。

吴宫早已雨打风吹去，大约在东晋时，这座山上假吴宫遗址建了佛寺，人称灵岩寺，成为苏州的一大名胜。"文革"前苏州的小学校，基本上都会安排学生的春游，必会有一次安排到此山。平时市民也会去灵岩山观光或烧香，上海等地游客也会来此山游玩，那时苏沪一带人讲起吴越春秋大多头头是道。

到灵岩山来玩过，如果问一般游人："您对哪座佛殿印象最深？"估计大多数人答不上来。吴宫不在了，山顶有个花园，里面还有西施玩月井、吴王井，还有西施弹琴的琴台……这是吴宫遗址，有没有勾起您思古之幽情啊？估计十之八九会回答：没有什么思绪如潮的感觉啊。但很多人会回答："嗯，灵岩寺的素斋面，很好吃。"事实上也真是这样，许多人再去灵岩山，多半是为了去吃山上的这碗素斋面。

二十世纪六十年代初，我曾去过灵岩山，吃过那碗几乎成了苏州景点美食中代表之一的素斋面。记得那碗面里，面浇头除了笋片、油面筋、香菇、黑木耳等外，还有很显眼的两三片海带。

也许有人会惊讶，今天吴岩山那面馆还在，装修也升级了，但面浇头、面的风味并不特别出众啊，怎么过去几片海带，会巴巴地留下特别好的印象呢？

原来，海带在二十世纪五六十年代，还是南北货店里的商品，虽是素食材，但也属于山珍海味之列。海带没有中脉，也不分裂，呈扁平带状，颜色黑中带深绿，表面还有点白霜似的细粉末。有科普文章介绍这白霜说，这不是盐，这是甘露醇。甘露醇是什么东西？好像是好东西吧，虽不明白但至少让人感觉有点神秘或高大上。

到了二十世纪七十年代，有的工厂食堂里有大众汤，这类汤无非是几片冬瓜或西红柿，但常会放少许海带丝，汤面上还会浮一点油花，售最低价，甚至一大桶放那儿让人随意舀取不要钱。有一次有人和我说，工厂生产产生的利润，除了第一次分配工人付出劳动的所得（工资、奖金）、资本的所得（利润），然后是第二次分配，上交税。其实还有第三次分配，就是企业的福利，比如冷饮费、建医务所、托儿所、浴室、理发室、图书馆、俱乐部、篮球场等等，甚至职工孩子考上大学，奖励几百元，再有食堂里那有一点番茄、海带点缀的不要钱清汤，都属于再一次分配企业的利润……他的说法和课堂上的分配理论有差异，只能说是一种草根观点吧，但也看得出普通工人对企业里这点福利很在乎。我听得云里雾里，怎么海带还和经济学有关，而且后来这多种多样的企业福利还受到批判，说是加重企业负担，要改革掉。但像银行等企业，后来不是也给员工提供一份档次不错的早餐作为福利么？

从扶桑踏浪而来

今天海带是稀松平常的食材，虽然富有营养，但不是高档食材，从稀奇之物到寻常之物，这有一个过程。据说中国本不产海带，是1927年从日本北海道的函馆引入中国的大连，开展人工栽培，并逐渐扩散到青岛、烟台等地，上了国人的餐桌。在此之前海带的主要身份是一种中药，这确实在本草书里有记载，用于治疗瘰疬（土话"大脖子病"）之类疾病，但并不产在神州大地。海带菜肴，1949年前的菜谱书里好像没有记载。

那么，海带起初做食材消费，量必然不多，当然是稀罕之物，所以放在南北货店里卖。可能大连种植的海带，产量并不大，新中国成立前中国市场上的海带，主要是从日本进口的。2019年6月18日，青岛市民张康德将珍藏多年的曾呈奎院士档案无偿捐赠给青岛市档案馆，据其中一份写于二十世纪七十年代的手稿上，有这样的数据："在本世纪内的旧中国，日本海带的年进口量，曾经达到四五万吨干品之多。"日本向中国出口这么多海带，换到真金白银后可以在中国购买钨、锑、煤、生丝和丝绸以及牛皮等，因此海带也是日本重要的换汇土产，背后是支撑日本的军国大事。

我想，这么多进口量的背后，也说明海带在中国吃的人很多，吃海带光吃不种应该在1927年以前，栽种海带是在1927年以后，这里有一个在中国悄然推广的过程。有一次我和广东一位开餐馆的老板聊天，他说广东人吃糖水海带，有海带绿豆糖水、海带绿豆薏米糖水、海带白萝卜糖水、海带生地糖水等等，这些海带糖水有保健作用。海带成了甜品食材，让长三角地区人开了眼界，这不仅表明广东人会吃，更表明广东历史上就是进出口大码头，从外面进口海带的历史会提前很多。

中国的海带源自日本这一说法也许有的人出于感情一时接受不了，"海带不是我国的土著种"的说法受到质疑，有人认为缺乏实验生物学证据。2017年3月上旬，许多媒体报道："据从中科院海洋研究所获悉，该所海藻种质库科研团队与日本北海道大学教授合作，首次对中国栽培和野生的海带群体进行了溯源研究，初步证实我国海带群体来源于日本北海道。"

《中国科学报》这年3月7日一篇报道说："在2015年的时候，同样是中科院海洋所的研究人员段德麟和姚建亭等人和北海道大学的长里千香子、本村泰三（以及一位俄罗斯学者）合作，利用分子证据，发现野生海带在遗传上存在两大'家系'……一个家系主要分布在北海道周边，另一个家系则分布于萨哈林岛南部；二者之间仅隔一道宗谷海峡，就能产生这样明显的分化，可见洋流对于海藻的繁殖和'传宗接代'具有重要影响……就研究所采的样品而言，中国近海的野生和养殖海带的亲缘关系的确更接近于北海道西部的野生海带；然而，中国这些海带居群的亲缘关系很近，遗传十分单一，已经和日本的野生居群形成了明显分化。"

再转"观察者网"2017年3月8日综合《中国科学报》、微信公众号"中科院之声"的报道，告诉读者海带背后的故事：

"中国海藻学研究的奠基人之一曾呈奎院士曾考证，尽管古籍中也有'海带'之名，但多数情况指的是大叶藻（Zostermarina）或虾海藻属（Phyllospadix）之类的海生被子植物。当然，古代本草书中确实也有海带的记载，但并非国产，而是从朝鲜半岛输入的。

"一直要到20世纪20年代，海带才第一次被引入到中国北方沿岸。据曾呈奎的调查，最早的海带是从北海道和本州岛北部无意被带到大连附近海域的，并在海底自然繁殖成功。

"1930年，一位叫大槻洋四郎的日本学者在考察了这些在大连逸生的海带之后，认为这里可以发展海带养殖业，于是又特地从北海道引入新的海带种系，开始正式养殖。大槻洋四郎对海带养殖做了革新，改传统的投石法养殖为筏式养殖（让海带固着于浮在海面上的浮筏上，而不是固着于海底岩石上），既降低了成本，又提高了产量。在他的努力之下，中国很快反超日本，一跃而成海带养殖第一大国。"

需要说明的是，1930年的大连地区，属于日本殖民统治，中国在那里未能实行主权，直至1946年成立人民政府。大槻洋四郎在大连引入海带种植这一经济行为的性质，还有待学者研究，但无论如何，海带在中国海洋里扎下根来了，这也是一件可以值得肯定的事吧。

今天，海带从辽宁到山东，从浙江到福建，都有种植，作为中国重要的经济型海藻，在国内水产行业中占有重要地位，2016年海带干品产量160万吨，不仅国内普遍消费，而且出口几十个国家和地区。

当然，海带走进寻常百姓家，不是依靠进口解决的，最终还是要立足于自己种植。据山东大学官网"历史名人"栏"曾呈奎"条目介绍：

> 二十年代由日本北海道传入的大型藻类——海带，味美可口，营养丰富，又能防治甲状腺肿病。但海带是一种喜欢低温的冷温带孢子植物。曾呈奎教授便组织了海带南移试验，一举成功，不久后便形成了大规模养殖。从1952年冬季开始，曾呈奎教授又带领他的助手和大学生，在青岛、烟台、大连等地近海内，用人工培植的方法，建起了一大片一大片的海带生产田。他们还不断总结栽培技术，进一步研究其生长规律和环境习性，并大胆采用农作物密植方法，大大提高了海带的单位面积产量。五十年代初，中国海带产量仅有60吨，每年要进口十数吨，才能满足市场需求。而到1985年，中国年产海带干品已达250万吨，占海带植物世界年产量的80%，成为世界头号海带养殖生产大国（引者注：这个数据和说法，都仅供参考），每年都有大量产品销往世界各国。如今，我国沿海布满了大小不一、成方成块的海带种植田，年年都获得大丰收。这既支援了国家建设，增加了外汇收入，又大大增加了渔民的收入，改善了人民的生活。

用现在时髦话说，这样巨大的产量，中国百姓才实现了吃海带自由，而曾呈奎先生为此做出了重大贡献，被尊称为"中国海带之父"。但他对海带的重视，背后是对大陆人民的赤诚之心。他是美国学成归来的博士，新中国成立时他是国民党政权争取的人才，但他坚持留在大陆，而妻子留在了台湾，家庭从此分开，直至1976年他出访美国才见到子女，其人其事让人感动。

是菜也是药呢

海带作为一种外来菜，大约不到半个世纪，就日益被国人接受，成为餐桌上的常客，其自身的营养保健作用，和人们对这一作用的新认识，无疑起了重要作用。

新中国成立初期，中国人常有患上大脖子病的，中医叫瘿，其实就是甲状腺肿大。明·刘元卿《贤奕编》中有个地方性风情记载："南岐在秦蜀山谷中，其水甘而不良，凡饮之者辄病瘿，故其地之民无一无瘿（yǐng）者。及见外方人至，则群小妇人聚观而笑之，曰：'异哉人之颈也，焦而不吾类。'外方人曰：'尔之累然凸出于颈者，瘿病之也。'"那个地方水甘甜，但饮用此水后，会患上瘿疾也就是大脖子病。"南岐在秦蜀山谷中"那类交通闭塞，又吃不到海盐等含碘食物，大脖子病无人不生，反而对正常人感觉奇怪了。作者不解何故，只说是井水"不良"。直到清代我国医界还不知瘿病原因，民国兵荒马乱，大脖子病仍然很多，特别是农村，科学知识并未普及。新中国成立后经大力科普，墙上有彩色宣传画，电台报刊有科普文章，医生大都有现代医学知识了，会对病人解释病因，社会基本都知道那是缺碘所致。并且还知道，沿海地区的盐是海盐，含有碘，食物营养成分表也比较普及，平时要多吃哪些含碘食物，因此大脖子病经治疗和科普，仅仅十来年就基本消失了。

海带是新中国成立后大力提倡吃的食物，里面不仅含有多种矿物质和维生素，还含有一定量的蛋白质、碳水化合物以及多种活性物质，尤其是碘的含量十分丰富，因此海带对人体的营养与保健具有独特的作用，这一知识几乎人人知道了。

于是，菜场里有发好、切好的海带丝称重供应，食堂里有酱油烧的海带丝，免费的汤里也会漂几根海带丝，连灵岩山寺庙里的素斋面也配上了海带……这些都是提倡吃海带的结果。甚至孩子如果不肯吃，年长的爷爷奶奶或外公外婆也会劝说："嗯，吃点海带对身体是很好的，这是健康食

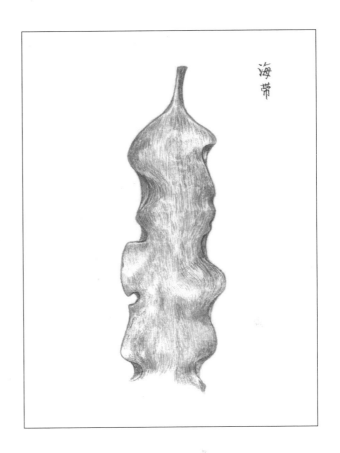

物。"可以说吃海带有益身体已经是常识，但现在还有人说吃海带让人镇静、改善睡眠、降压、减肥、长寿等，这些功效也许是有的吧，不过听听就好，也无须太当真。

海带作为食材，慢慢吃法多了起来，凉拌、炖汤、烧菜、香炸、炒制等，菜品都很可口，气质也较大众。比如花生米煮海带（凉菜）、蒜泥芝麻海带丝（凉菜）、油辣（或酸辣）海带丝（凉菜或热菜）、海带炖豆腐汤、冬瓜（或土豆）海带排骨汤、海带蛤蜊汤、香酥炸海带、猪肉红烧海带……都是很好的菜肴。问题是海带菜肴是后起之秀，南北风味兼备，目前还没有一道地域感很强、属于什么地方菜系的海带类菜点。

虽说稍有遗憾，但毕竟海带只经短短几十年就成为一种全国性、有特点的海洋"蔬"菜了。

菜蔬清如诗

三伏晒酱分外香

看父亲做酱

每年石榴花开时节，江南就要进入梅雨季了。

那段时间里，天气忽晴忽雨，气温忽冷忽热，苏州人说像孩儿脸，北方人则十分不习惯这种燠湿气候。却不知这时期正是江南植物生长的最旺盛期，满目葱绿，一片生机。

而苏州人家以及苏南、浙江等地，在黄梅季节有一件要紧事情要做，这就是做酱，俗称"合酱"。此"合"字苏州人读作"葛"，"葛"酱，一种非常独特的叫法。到底苏州人何时开始做酱，没有细查过文献，但唐代大诗人白居易来苏州做过郡守，写过《和微之诗二十三首》，其中有首《和三月三十日四十韵》的长诗，讲了在苏杭两地做地方官岁月一些难忘的事，其中谈到了在苏州吃酱为调味："圣贤清浊醉，水陆鲜肥饫。鱼鲙芥酱调，水葵盐豉絮。"说是吃鱼脍，调以加有芥末的酱，这种吃法让鱼菜味道分外腴美，因此让他难以忘怀。同时也可证明苏州唐时酱为一种上得厅堂的调味品。

我小时候见过父亲"合酱"，其过程至今依然清晰，但不知是否还保持唐时的古风？

1950年前，我家曾是大户人家，上上下下人很多，因此每年做酱的

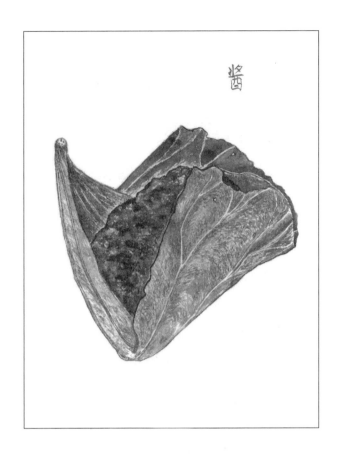

"规模"据说也较大。但到我看父亲做酱时，大家庭已解体，各立门户，我家人口，连妹妹和外婆，仅只七口人。做酱只需用一种敞口的小缸，至多做上二十来斤酱吧。

做酱的主要原料，一是面粉（不必精白粉，麸皮含量多一点反倒好），一是黄豆或蚕豆（黄豆须无蛀无霉、粒大饱满的），而蚕豆则最好选当年晒老的"新蚕豆"。据说黄豆做的酱比较鲜，而蚕豆做的酱则比较甜，苏州人有叫"甜蜜酱"的。如果既用黄豆又用蚕豆制成的酱，就叫"双缸酱"，尝尝味道鲜中带甜，最对苏州人的口味。我们家就喜好做这种"双缸酱"。

彼时（二十世纪六十年代）做酱，我们小孩也跟着瞎起劲"轧闹猛"，

菜蔬清如诗

分到的任务是"劈豆瓣"——取一把切菜刀，放砧板上，刃朝上，将干蚕豆的大头朝下，豆缝凹处就是黑芽嘴，刚好"骑"在刃上，用小榔头轻轻敲蚕豆，蚕豆即一劈为二，剥去皮壳即成豆瓣，这种"加工"土法父母教会我后，熟能生巧，效率甚高，也不会伤手。也有人家不会此法，是先用水浸泡蚕豆，然后再剥壳。把黄豆、蚕豆豆瓣泡软洗净煮半烂后，就可以拌和面粉入锅蒸了。我记得是放在蒸笼里蒸成一块块糕的模样，掀笼出糕时，满屋豆香四溢……我们小孩都嘴馋，常常要"讨点吃吃"，因为豆糕有点甜，我们戏称"甜蜜糕"。

豆糕出笼吹凉后，父亲把它切成比麻将牌更小的块状，放置在饭箩、竹匾等容器里，盖上旧报纸之类的东西遮遮灰尘，然后就放置一边仿佛将它"忘记"了。那时年幼好奇的我，没过几天就去偷看——其实更想再次"尝吃"。不想揭开报纸一角，吓了一跳：天哪，豆糕表面发霉了，长了一层黄色霉毛，让人看了真叫"倒胃口"。我母亲也嫌这黄霉脏兮兮的，怀疑是否变质了。只有父亲见了不以为然，只说"把报纸揭揭开，让它透透气"，并说发霉越兴越好，制酱就要霉菌长足。父亲等它"黄头"长足也就是霉好了，放竹匾里拿到大太阳底下去曝晒。晒成黄绿色硬如石子状最好——酱要味鲜，全靠这黄霉菌"撮合"。我后来读清朝嘉道年间一位苏州文人撰写的民俗书《清嘉录》才知道，这发霉过程吴语称"罨酱黄"，《广韵》有释"罨"字：乌合切，音遏，指上遮东西、底下透风之称"罨"。

酱黄"罨"好、晒硬后，就可落缸"合酱"了。先煮盐水，滤去盐水中的盐脚，倒入洗净的缸内，再把"酱黄"放入泡三天，待吃足盐水变软后，择一大好晴天，净手擦干后将酱黄块捏碎，拌至粥糊状，就可放置太阳底下去晒了。晒酱要求是太阳越辣越好，明显看到酱缸里那黄兮兮的东西一天天颜色变深，渐渐地就有一阵阵香气飘出来……合酱的过程就这样悄无声息进行着。

今天想来，日月如梭，看父亲做酱那已是半个多世纪前的事了！

江南人家爱做酱

做酱其实很辛苦的。梅雨季节苏州地方飞虫较多，敞口酱缸极怕有虫子或灰尘跌落，于是一般都会在缸口蒙一层细白纱布，偶尔烈日下也会撩开纱布，让酱得到充分的曝晒，而黄昏时分也有盖上缸盖的。下半夜时露水下来了，往往又需把酱缸上的遮盖物去掉，让酱"吃"露水，民间素有"日晒夜露方成酱"之说。待到清晨时分，又要每天"搅酱"一遍，所谓"搅酱"也有讲究，据说日间酱被太阳晒热，不能搅和，热酱一搅就会发酸变质，只有趁早上日头未出，酱经一夜凉透后才可"搅酱"。搅酱的目的就是为日晒均匀，搅酱时若觉得较稠，还可稍微添加些凉盐开水。

旧时晒酱也有忌讳，最忌那段日子里下雷阵雨，假如雨水滴进酱缸里，那就大事不妙了，很可能毁了一缸酱，故而一般人家做酱都有防雨"装置"。听父亲说，他小时候家里人多做酱也多，天井里一只只酱缸排开，专门请铅皮匠用白铁皮敲制一种笠帽形状的缸盖，下雷阵雨时，雨打铁皮缸盖，"叮叮咚咚"煞是好听，不啻夏日里一部雨中交响曲。

过去苏州人家的有闲女眷们一到做酱时节，就数她们最忙，她们会像做刺绣艺术品一样精心，有的拿出了闺房中心爱的白瓷狮子缸（一种敞口而微凸肚，又有漂亮彩绘的有盖瓷器）用来存放"酱糊"，另行"合酱"乃女眷们为显示自己手艺"精良"。用来盖在狮子缸上的纱布，隔三岔五总见她们在搓洗晾晒，一方干干净净的布兜在酱缸上面，雪白的更见洁净。黄梅天气晴雨无常，她们就更加"见忙"：一遇雨，急忙跑出去把狮子缸捧进来，雨刚停，又忙不迭捧出去……一天来来回回、捧进捧出忙得不亦乐乎；偶尔有事要外出，就一遍遍叮嘱家里人："照看好我的一缸酱啊！"反反复复，横竖放心不下。她们对自己的"杰作"倾注了更多的关爱，看她们那种兴高采烈乐在其中的样子，不难体会那也是一种享受呀。

初夏傍晚，望着夜空星星闪烁，轻风将缕缕酱香送到了她们的楼窗前，闻着的是一份无言的心醉。

大约三伏天过后，合酱总算大功告成了，此时酱呈深褐色，用筷轻轻一搅，甜香四溢，浓郁扑鼻……有时会在缸内插进一个筒形漏斗，即见澄清酱汁由此渗出，苏州人把这最初的酱汁叫作"母油"，尝一尝鲜美无比；而母油之后的酱汁，就叫"抽油"了，千家万户用之烧菜作料。传统苏帮菜中有一道名菜"母油鸭"，就是以纯天然的"母油"烹调而成。所谓母油，就是做酱时，在酱缸中做一"凹塘"，让酱油慢慢渗入，再舀出。也有的说是用一竹管引出；并说，这酱中取出的卤汁，就是生抽，以第一遍的质量最佳，故称母油。

今日菜馆中的"母油鸭"，谁敢肯定仍是沿用"母油"来烧煮的呢？过去我家做的酱，一般不取母油或抽油的，那是为保持酱的原味，认为取了母油后，酱就不好吃了。有时很难得地吃白切肉、白斩鸡之类时，用小匙去"滗"（苏州话称"撇"）一点酱汁来蘸蘸。

当年做酱当年吃，那一种舔在舌尖鲜中带甜的美味叫人难忘，这种酿酱特有的原汁鲜味，几无他物可调制或替代。然而日子太长成"陈酱"了，就没有这种鲜味和无香味了，所以过去苏州人家习惯年年做酱，年年吃新酱。

我家每年"合酱"完成，第一次"尝新"往往是炒一锅"八宝酱"，或叫"什锦酱"，常用豆腐干、笋丁等（笋丁早在春季时就用油熬好，密封藏至入秋。如春天忘了笋丁可用茭白丁，到冬天时再烧有冬笋丁的八宝酱），加上肉丁、虾米、毛豆籽、花生米等等，和着新酱起葱油锅同炒，酱香混合什锦的种种香味流动在空气里，闻得让人馋涎欲滴……这种家常"什锦酱"，既可下饭当菜，又可佐酒或当"面浇头"。夏天虾多，用酱炒小河虾，也是很鲜美的小菜。就是用来烧扁豆、烧萝卜，味道也极佳呢！做出一缸酱，能保存较长日子，除了烧菜，一家人吃粥吃饭、蘸馒头或面饼、拌面条，都能用到，真是既实惠又受用。

过去邻居往来多，每当新酱做成后，街坊四邻会来舀点尝尝，也有特意赠送亲眷朋友或同事分享的，更有自家当年未做而来讨点吃的，好在讨者随意，赠者乐意，这赠酱过程成了一种联谊交往。各家"合酱"的原料不尽相同，因此口味也会有些差异，倘若能尝到女眷们从狮子缸里舀出的珍品酱，那可真是有口福了，这主要是供家人吃的，一般非至亲至情者是享受不到这等待遇的呀。

酱园和茶食店

我外祖父是姑苏城娄门外一家酱园的"把作"师傅，其职务大约相当于技术总监，但在新中国成立后失去工作，他就打点草鞋补贴日用。我母亲在他三年困难时期逝世后，常会想起父亲，对我说起他如何喜欢她这个独生女儿。他老人家对女儿很独特的待遇是，向来娄门街上卖菜的菜农买一点拇指大的茄子，浸在酱缸里若干天后，成为酱嫩茄，给我母亲做佐粥小菜。我母亲总是说那是非常好吃的美味，永难忘记。我幼年时住在外婆家，但外公却从不和我讲一点酱园的事。

但我看老照片，无论城里还是镇上，酱园都很气派，甚至墙上还写上又大又粗的墨字"官酱"字样，远远就能看到。看得出，过去凡商业性做酱的酱园，都气势不凡。原来盐为官府专营的战略物资，酱园主人不是当地名流，很难搞到做酱的原料——盐，还有面粉和黄豆、蚕豆。只有当地富有钱财并有地位的绅士才能经营此项业务，那些酱园，皆是上流大户人家的产业。像苏州过云楼，是名闻华夏的民间性质的书画、古籍博物馆。第一代主人是清朝的宁绍道台的官，后来家族维持生计至新中国成立时，包括精美的园林怡园完好和大量珍藏俱在，仍然为姑苏大户人家，并没有败落，很重要的一个原因就是家里开有"顾得其"大酱园多家。另一体系的酱园集团为潘姓所开，在苏州有"富潘"之美名。

因为苏州是在太平天国败退后从近似废墟上重新恢复的，而当时收复苏州的是李鸿章和他的淮军，自然安徽人来了不少。"富潘"原本就是安徽歙县人，苏州城里的酱，很长时间里是安徽口味，偏咸一点，我印象里和安庆的"胡玉美"的酱口味相近。我家里总不太习惯"卖家的"酱，嫌咸，好在店家也有甜蜜酱，虽然稀薄一点，而且感觉像是调出来的，但苏州市民还是很喜欢。不过为了吃到苏州风味那种口味偏淡又带天然甜和香的酱，过去苏州人自己做酱很普遍。

酱作为中国特色的调料，培育出了总称为酱香的风味。比如《金瓶梅》里那个低贱苦命、最后无奈自缢被黑暗社会吞噬的仆妇宋蕙莲，就善于用一根长柴安在灶内烧猪头肉，其秘法是烧制时根据吃的人的身份放不同量的酱，书中说是"一大碗油酱"，加上茴香等，估计是没有汲走母油的原酱。

酱还制出了数以千百计的酱菜，还有让中国菜肴特别有色有味有香的酱油。因此，酱遍布中国，不仅是苏州，各地都有名酱为自己的特产，什么东北大酱、京酱（北京黄酱）、四川辣酱（还有名闻天下的郫县豆瓣酱）、桂林蒜蓉酱、山东豆瓣酱……正所谓一方水土合一方酱，处处出好酱，方为中国味。

父母都和我讲过酱之为功甚大，贫穷者不能离，我和外婆、母亲就有段时间年年吃用晒干的西瓜皮炖的酱；富者也要吃，比如常上国宴的北京烤鸭，无酱就难以下咽。而其酱中所产出酱油，更是让中国菜有别于世界各国的菜。

很奇怪的是，苏州有一特色酱油，不是酱园所产而是为苏州知名茶食店或糖果店的作坊所制作，初夏时应市——这就是虾子酱油。

那时苏州最主要的商业老街观前街上的采芝斋、叶受和等店，有虾子酱油出售，《多收了三五斗》故事发生地的甪直镇也产虾子酱油，倒是酱园里所出。听业内人士说，取了河虾子，用黄酒和姜汁炖过，以去其腥，然后放入老抽酱油中，还要放极微量冰糖，煮过后，装瓶出售。需要说明一下，过去苏州酱油没有老抽、生抽之分，酱中抽出的原汁叫母油，也有叫伏油、秋油的。至于南酱店里，一般色较浓的叫红酱油、赤酱油，色淡的叫白酱油、淡酱油（相当于生抽）。现在普遍流行的老抽、生抽之说，可能源自广东。

那时虾子酱油的瓶上，贴着齐白石先生画的水墨虾的瓶贴，很有特色。瓶里酱油上面，结有厚厚一层虾子，浓得化不开。第一次开瓶，常需要用筷子捅开虾子，然后再晃瓶，让虾子均匀"化"开在酱油里，再倒出酱油。虾子酱油做白斩鸡、白煮肉、清煮茭白等的蘸料，白煮的食材瞬间点石成金变为极为鲜美的人间至味。

好像只有苏州方有虾子酱油，除本地人买外，过去到观前街的游人，也会买两瓶带回，不仅自己品尝，也可送人为礼。此物实在是价廉物美，来苏州一趟很值得拥有啊。

欲说粉丝思绪多

姑娘去远方的最后晚餐

一个夜晚，江苏省长江北面的某知青农场，一个女知青泡了点粉丝，没有肉，也没有啥油和葱姜，就是放点酱油，不知用啥办法煮了一大面盆，等到大家睡了以后，独自吃起了粉丝。

"为啥她今天一个人吃独食呢?"大家有点纳闷，但看她不想和人交流的样子，也就没有过问，让她一个人吃去。

厕所里照例没有灯，到第二天天色微明，有女知青上厕所，看见她吊在梁上。少不了尖叫一声、手忙脚乱之类，有人把她从绳环抱下来，她头无力地趴在人肩膀上，嘴里流出的是粉丝。原来她吃了最后一餐后，就寻了短见，粉丝还在喉咙口和食管，尚未完全进入胃里呢。

她是苏南某城市的高中生，那年才十八岁，因为"家庭成分不好"，一直觉得人生没希望，来农场才一年多，就这样踏上离开大家和父母去远行的不归之路。有的人哭了起来。她的父母因成分问题受限制不能前来，只来了一个亲戚，简单料理了她的后事，世上就再没有这个如花女孩了。

我夫人是这个农场的六八届知青，她父母为福建前线军人，五岁读幼儿园，小学又是五年制，下乡时父亲还在"牛棚"里，自己才十五岁不到。她说这原先是个劳改农场，改为知青农场，但管理人员还是把知青当劳改期满

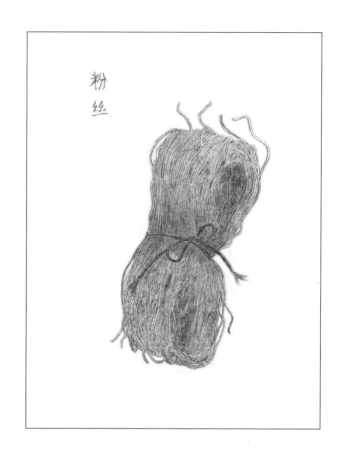

粉丝

的留场人员那样管理。她挑河泥时昏倒从岸上滚下河床，也没有人管，等醒了继续挑。她说，这样的昏倒从堤上滚跌的知青非常多，有的人甚至跌断了骨头。这个才十几岁的女知青就是看不到希望也熬不住这苦，自我结束了苦难人生。人世间的粉丝，成了她最后的安慰。

粉丝在我心目中，是一种美好的食材，而且有点身份。要到过年时，政府发粉丝票，家里才会买到。南北货店里用淡褐色土纸，包住一束粉丝的下面一半，露出上面半截，就像一个孩子在褓褓里。这种包装除了笋干，在店里众多商品中独一无二，加上粉丝银白色，半透明，似雪似银，晶莹亮丽，很是夺人眼球，形象十分讨人喜欢。苏州人在过年时，把它当作银丝，有专门的口彩，主要是在除夕那顿最为重要的年夜饭的重点菜什锦暖锅中，作为垫锅底之物，是这一餐的必备食材。平时有时烧菠菜粉丝、肉末粉丝之类，吃得并不太多。

那位不知名的女知青，在吃最后的粉丝时，不知会不会想到和父母融融泄泄一起吃年夜饭的情景，就像《卖火柴的小女孩》最后看到的场景？听了夫人说过这件让人悲哀的往事以后，再看到粉丝，会在过年超级丰富的食材形成的喜欢心理中，又夹杂了几许难过的思绪。

粉丝、索粉、线粉和苏州话

我母亲是很喜欢吃粉丝的。因为粉丝有良好的附味性，它能吸收各种鲜美汤料的美味而使其鲜味更浓，再加上其本身的柔润嫩滑，爽口宜人。

粉丝让苏州人喜欢的特点还有它的颜色纯白，配以绿叶蔬菜，看起来非常赏心悦目。母亲一直在乎的是，粉丝要吃绿豆粉丝。在那个样样计划供应、食品短缺的年代，政府为了让市民过好年，想尽办法组织年货，但未必能保证全是绿豆粉丝，有时出售的是绿豆粉丝，有时是黑乎乎、比绿豆粉丝粗的红薯（苏州人叫山芋）粉丝。绿豆粉丝如果像俏丽的少女，山芋粉丝就有点黑粗憨厚的农妇的感觉。豆制品摊上凭票可买到湿粉丝，称量出售，但母亲认为这不是绿豆粉丝，口感不佳，不甚喜欢。

假如要细讲，苏州人把那湿粉丝叫作"索粉"，菜场卖的就叫水索粉。《儒林外史》第十回中有这样的文字："席上上了两盘点心……热烘烘摆在面前，又是一大深碗索粉八宝攒汤。"更早在南宋诗人陆游《老学庵笔记》卷一中有这样的记载："集英殿宴金国人使，九盏：第一肉咸豉……第七奈花索粉。"奈花据说是茉莉花，此菜也很特别，这倒不去说它了，但显示了"索粉"这个名字，还是很古老的呢。

有人说，北魏的《齐民要术》中提到的"粉英"是"淀粉"，"粉饼"是指粉丝，但"粉饼"是如何理解成粉丝的，还需要专家作进一步的考证和研究了（古代小儿满月要办"汤饼会"，据说这汤饼就是面条，那么，饼在古代有时也指细长条食物）。今天我们如果还有人说索粉，这多半是指山芋淀粉所做的粉丝，在苏州人心目中，档次低一点。过去工厂食堂里的所谓粉丝菜比如粉丝青菜、红烧粉丝萝卜、慈姑肉片炒粉丝、排骨粉丝汤、肉末粉丝等等，多半是山芋索粉。

真正的粉丝，也就是绿豆粉丝，过去苏州人叫线粉。其实，吴语区大多叫线粉，比如上海的咖喱牛肉线粉汤、油豆腐线粉汤，苏州的线粉血汤，湖州的鸡肉线粉……都叫线粉。上海朋友说，如果客人进店用沪语说："老板，买碗咖喱牛肉粉丝汤！"那多半是新上海人，而非土著或者说老上海人。像南京，鸭血粉丝汤可说是江南风味的小吃，也是南京有代表性的小吃，但"粉丝"两字，显示了南京虽在苏南却不是吴语区。我观察下来，北方话的"粉丝"，近二三年来大有取代吴语"线粉"之势，至少在苏州很少说线粉了，如今苏州评弹式微后，苏州话就难以消化潮水般涌来的外地人的北方语言了——苏州话这一文化财富的命运，有点可虑。

嗯，从粉丝的名称，谈到了吴语中最重要的苏州话的命运，跑题太远了，回到正题：近年来各地交流多，长三角地区甚至还有粉条一说。比如东北菜"猪肉炖粉条"来后，让人们知道了这食材还有另一名字。原料虽同，但粉条较粉丝粗，还有四川的水粉（四川粉条）也是这样，虽然都是山芋淀粉所做成，但外形、风味差异大，只能是这两地粉丝的专用名词，不会混入江南人心目中的粉丝行列中的。

现在市场上出售的粉丝品种繁多，有绿豆粉丝、豌豆粉丝（有的其实原料是蚕豆冒充）、蚕豆粉丝，更多的是红薯、土豆淀粉制的粉丝。说实话，山芋粉丝也是很好吃的，比绿豆粉丝滑爽，如果炒个菜，或拌为馅做粉丝饺子、粉丝包子什么的，山芋粉丝更合适呢。至于豌豆粉丝，据说是一种比较优良的粉丝，真正的豌豆粉丝口感柔软爽滑，和筋道耐煮的绿豆粉丝口感不太一样。但长三角地区以前没有此物供应，现在即使有售，也是极小众，虽天生丽质，无奈人多不识此君。

绿豆粉丝虽好，不可贪"杯"哟

那么苏州人过去为何独钟情绿豆粉丝呢？除了卖相好，像银丝，可能和丝绸、纺织业为主的苏州人心理审美有点契合外，必然还有其他原因。我细想了一段时间，觉得更重要的原因，可能苏州人喜欢吃绿豆粉丝，是因为绿豆粉丝来自上海，再转到苏州。上海当然不出产绿豆粉丝，但上海是近代华东大码头，上海的绿豆粉丝来自山东。

山东省的招远、龙口至晚在嘉道年间就有粉庄了，专门制售粉丝。那些地方制粉丝用绿豆淀粉为原料，经过冲芡（滚开水将淀粉冲调、搅成稀糊）、开生（调入明矾的工艺）、捏粉（将开生过的粉团揉和成熟）、漏粉（锅烧开水，漏粉筛吊在锅子正中间上方，把捏好的粉团陆续放在漏粉筛内，粉团通过筛孔拉成细长而不透明的生粉丝，落入锅内的开水中，成为熟粉丝，在水中浮起、呈半透明状态）、晒粉（捞起粉丝，放冷水中降温，捞起挂在竹竿或铁丝上晒干）、检验等工序，就成了商品粉丝。

当地的粉丝，主要经龙口（今为烟台下属县级市）的港口，北上天津，中至上海，南至广州、香港，销售走的是先打沿海市场战略。如此洁白、韧滑的粉丝，一在市场上出现，那模样冰清玉洁，气质高贵，立马受到欢迎。无论招远还是龙口哪个县生产的粉丝，因工艺差不多，都是经龙口运来，故统称"龙口粉丝"。像粉丝扇贝这道粤菜，相信大多数人吃过，此菜要在扇贝上放一小撮龙口粉丝，这就是当年显示粉丝高贵的做派，这一菜式至今未改。苏州的消费受上海影响，上海等大码头这样尊宠龙口粉丝也就是绿豆粉丝，那么在人们的印象里，绿豆粉丝也就优于所有其他淀粉为原料的粉丝了，搞得苏州人至今对绿豆粉丝情有独钟。

但不知诸位看官有无留意，在粉丝的制作过程中，有一关键工序，就是"开生"，是很有奥妙的一环：正是这一工序，既让粉丝韧滑爽利、洁白透明，但又害了粉丝：生产粉丝要放入明矾。据说有的商家做粉丝，湿淀粉50公斤，要放入明矾达200克（需放0.4%左右）。

网上有篇良心文章，说："明矾即硫酸铝，因含有较多的铝，所以大量食粉丝，也就是大量摄入铝。由于铝对人体的毒害是多方面的。过量的铝可影响脑细胞的功能，从而影响和干扰人的意识和记忆功能，造成老年痴呆症，可引起胆汁郁积性肝病，可导致骨骼软化，还可引起小细胞低色素性贫血、卵巢萎缩等病症。因此，对铝的摄入量不可等闲视之。"

但是绿豆粉丝实在太可口了，完全放弃吃它，实在心有不舍。那怎么办呢？一方面希望政府有关部门多多查处超量放明矾的粉丝，二是如那篇文章所说的："对于喜食绿豆粉丝的人，有时一次能吃上一大碗，有的甚至以粉丝为主食充饥。这种吃法实际上是不科学的。在食用粉丝的时候，一定要注意不要一次摄入过量的粉丝，以免会影响人的神经，对人体造成不良影响。"

不要贪食，食有节制，此谓食之道。不仅是粉丝，任何食品都应该是这样的。您说对吗？

那香气里有着血泪和辉煌

鸡嘴里放一只香菇

2019年将近中秋节，桂花正飘香，我在苏州枫桥遇到年逾六旬的蒋大厨。1978年他知青回城，在阊门外石路上的老正兴菜馆学厨。好多年前老正兴已因城市改造被拆除，就如雪泥鸿爪，旧迹无觅，他也辗转好多宾馆、菜馆，烹饪谋生。说到当年老正兴店里情景，蒋大厨谈到了"苏州四只鸡"，问我知道否，我答曰"不知"。

他就介绍了其中的一只神仙鸡。说晚稻收获时，用渡村（原属吴县的一个乡镇，位于苏州西郊太湖边，现属吴中区临湖镇）那边散养的新母鸡一只，杀好后，用葱姜酒盐收拾好，在鸡嘴里放一只水发香菇。然后鸡放海碗里，盖好；取锅一只，放点水，水里垫放一些新稻草，稻草上放好海碗，再盖上锅盖，用文火炖三四个小时。这鸡上桌，鸡肉极香极嫩不说，关键是鸡嘴要对着主客，这只香菇就由这主客吃，旁人无食。据说鸡的精华全被这只香菇吸收，因此这只香菇味美不可言说。

我查了《中国苏州菜》，此书确实收有"神仙整鸡"这个菜，但和蒋大厨介绍的做法有些不同，很奇怪的是炖鸡用湿稻草而不用水，而且也无香菇放鸡嘴中和对准主客等内容。蒋大厨所说的"神仙鸡"，或是他那派厨师不外传的秘法吧——不知江湖还藏有多少人所少知的做法独特精细的

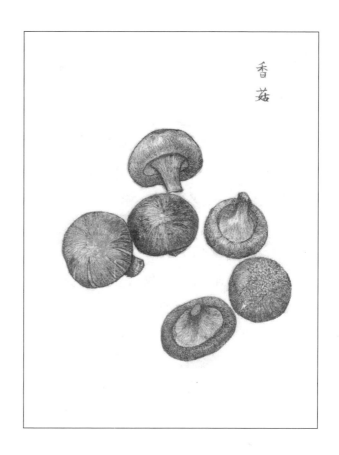

苏州菜点？

香菇这样做，实在是让人惊艳，也可说是香菇入肴的极致了。

但这一已经几乎失传的"神仙鸡"名菜背后，也透露出香菇过去在苏州是比较稀罕之物，一只鸡只用一只香菇，这可能是苏州不产香菇的缘故吧。苏州人说起香菇，只知道是福建、浙江等外省的特产，具体知识也比较朦胧。比如说香菇之所以香，是用柴火烘烤出来的，其技神秘；或说福建香菇以刀在菇盖上划出井字形痕，故名之为花菇……总之在苏州、上海等城市，所见香菇均为干品，在南北货店里出售，和黑木耳、金针菜为三大素干货，至于原生态时模样如何，并不是很清楚。

记得苏州曾有过一个故事，说从前啊，噢不不，也许没有那么遥远，是二十世纪末，苏州有个男士，原是机关干部，喜婚外刺激，结果吃了几年牢饭。但他好尝这方面便宜之习未见收敛，但因无业无家了，人多无奈何他。

忽有人偶然谈起："此人已好久不见，莫非洗心革面从此安分守己了？"

"非也非也，被南面一女子收走了。"

众人惊问原委，原来他有次路遇一窈窕之女，挑之不拒，回以微笑，大喜，遂尾之去。此女告云，此来苏州卖香菇，愿与结为夫妇，但需入赘，女主外销，男主生产，共创家业。此人见色心喜，当即允诺，遂离姑苏，南去浙或闽了。

后有人见彼在山中，手端大竹匾出屋，正欲晒菇，彼此相见都甚感意外。彼云未曾想栽菇异常辛苦，但因不知其法，且有业内隐语未相传授，只能替妻家打杂，并不能外出。女丧夫孀居，招他入赘，因本有子女，故并未再育。所喜者，山中空气清新，时闻鸟语，生活安顿，吃穿不愁，又道菇农习性淳朴，已经适应云云……闻者咸合掌祝颂："阿弥陀佛，一刑释人员如此结局，善莫大焉！"

苏州人喜吃香菇。许多家庭常吃的蜜汁香菇，只用香菇一味，放酱油、少量白糖（或冰糖）和麻油，文火煨成，要吃时盛一点出来，佐饭或做面浇头，或取几只剁碎，拌入馄饨、包子馅中，或配豆腐、木耳等同烧，都是烘云托月或相得益彰的绝佳之物，更是佛门菜中不可或缺的食材……不过苏州人或其他江南城市人，并不会关心香菇如何得来，这传说不过是新民间故事。齐东野语虽无须深考，也透露出香菇种植的一些风俗、信息，确实出乎习惯锦衣玉食的苏州人的意料。

敬菇神就是敬香菇

香菇传统主产地，是在浙江省南部靠近福建省的龙泉（县级市）、庆元县、景宁畲族自治县（均属丽水市），过去这里也是浙江最为贫困的山区，三县都有香菇种植业，而庆元和龙泉都认为自己是香菇种植发源地，并且也都有过硬的历史资料，让外人不好随便置评。

更有意思的是，庆元建了中国庆元香菇博物馆，并说是全国最早创建的香菇专题博物馆。馆内设香菇之源、之路、之韵、之问、之歌五个单元，以历史文物，"全方位、多角度"展示了庆元香菇文化源远流长，展示香菇产业的绚丽辉煌，既是一处独特的菌类历史文化载体，也是"展示庆元形象的一个特殊窗口"。

龙泉当然也不甘落后，也建了中华香菇博物馆，与龙泉青瓷博物馆、青瓷大师园毗邻，青瓷、宝剑、香菇三大文化，同为龙泉文化三大代表。香菇博物馆的墙壁，别出心裁为香菇色，内设香菇历史文化主展馆、香菇展示服务区、国际食用菌学术名人展示、服务区和菇林科普生态园等板块，除展示采用现代的声光电等技术外，还有木偶演出"菇民戏"，表演别具一格的"香菇功夫"，展示栽培技术……真是动足了脑筋。

景宁也不简单，早在1996年就被国家农业部命名为"中国香菇之乡"，2012年在官方的支持下，编辑出版了《中国畲乡·景宁香菇历史与文化》一书，书中光"菇神传说"，就有五显大帝（改邪归正的五通神，苏州上方山上原先也有此神之祠）、吴三公（1130—1209，原名吴昱，因排行第三，出生于三县之交、今属庆元的今百山祖乡龙岩村，现该村尚有吴三公墓、吴三公故居旧址等历史遗存）、刘伯温（当地传说是他奏明明太祖朱元璋，"钦赐龙、庆、景三邑独放菇业"，因被奉以为神）等。景宁的包坑口，建有菇神庙，每年农历七月十三日起有连续十天为菇神香期，这一习俗延续至今。

需要说明的是，吴三公信仰，为龙、庆、景等地共有，大大小小的菇神庙到底有多少，除吴三公外还供奉什么菇神，非外人能说清楚了。说白了，敬菇神其实就是敬香菇，体现了当地对香菇的尊敬和喜欢。

福建闽江北岸的古田县，有着"中国食用菌之都"之美誉，每天在市场上交易的菌菇有30多种，而又以香菇、银耳等为大宗，特别是花菇最为有名。通过控制温度、湿度、光照和通风等条件，改变香菇生长发育，使菌盖开爆花，形成褐白相间花纹，成为香菇中的佼佼者。食用菌作为古田的支柱性农业、地方特产，当仁不让建有食用菌博物馆，花菇的介绍安排在重要位置。

一个农产品，有这么多博物馆、神庙，这真是素菜中的奇观了。而国人赖以为生的稻米、麦子、玉米、稷、粟，蔬菜中最大宗的青菜、萝卜，也没有受到这样的尊崇啊。唉，世上不公平的事，真的太多了。

穿过岁月，从曲折到辉煌

张寿橙主编的《中国香菇栽培史》（西泠印社出版社，2013）第十六章中说，在一千八百年前的西晋或之前，先民"已在'江南诸山郡中'生产香菇，有张华《博物志》为证……龙、庆、景三县……清时即有菇民15万人"。因为生产香菇需要租山方可入山搭菇寮、伐杂木为菇培养基，从冬到来年春需住在简陋的棚里，培育香菇（因为冬菇质量最佳），这段时间里生活非常艰辛；而能不能出菇、收成如何，有着不确定因素，因此进菇山种菇的菇农心情也很紧张，此书说"一部中国的香菇栽培史，也就是龙、庆、景菇民的血泪史"。所以有说那位苏州人到了那里状如菇奴，虽是民间传说，但种菇人吃的苦确实是外人难于想象的。

但是莫说种菇苦，香菇之所以成为全国性重要食材，很重要的一个原因是香菇从野生到能够栽培，完成了历史性飞跃，只有可以栽培，方可成为商品销至全国甚至外销，从而成全了香菇今天的辉煌。

香菇从野生到技术不断改进、成熟、推广，这是一首波澜壮阔的史诗。在这史诗般的发展中，香菇成为一个大产业，其中也有苏州人做出了重要的贡献。

宋嘉定二年（1209）两朝帝师何澹在《龙泉县志》里记载了关于"砍花"法栽培"香蕈"的一百八十五字，其中还有敲木"惊蕈"等独门技术。

这一百八十五字固然珍贵，但毕竟是一县之志，影响有限，而且后来这部志也遗失了。

幸赖明代苏州太仓人陆容（1436—1497），他是进士，曾在杭州任浙江右参政，看到此志，将何澹的一百八十五字收在他的《菽园杂记》中，并将何澹记载中的"香蕈""香菰"等尚不统一名称，均改为"香蕈"。

他之所以敢改，必定是对当时浙南栽培香菇的实际情况有过了解。因陆容实事求是说明引文出处之故，宋人何澹现在被尊为"香菇文化之父"，许多场合比如博物馆、菌菇交易市场等，人们也竖有陆容塑像让人瞻仰，也是对他记下种香菇秘法表示感谢。陆容保留下这珍贵的一百八十五字，使得香菇栽培之法得以传播，出了浙江省到了外省，甚至传到了东瀛。我国的台湾省也是重要香菇产区，但是否是因陆容记载传入的大陆种菇技术，专家还在考证、研究。

民国时期，香菇种植有所发展，不仅技术改良，更主要的是地域扩大。新中国成立后，香菇更是地盘广大。但"文革"期间庆元、龙泉在"以粮为纲"的国策下发生了"枪毙香菇"的说法，就是禁止种植香菇，导致菇农外流，促进了江西等地的香菇产业。

改革开放的春风，让中国的香菇产业得以复苏，二十世纪八十年代庆元县领导甚至喊出"香菇万岁"的口号，传统产地香菇业繁荣，新的香菇产地如雨后春笋，安徽、江西、广东、河南、陕西、湖北、云南、四川等省都有相当壮观的香菇产业，全国香菇产量达到数万吨，形成了多姿多彩的中国香菇文化。

今天，吃香菇已成平常之事，但一朵香菇背后，有多少不寻常的故事啊！

梅干菜，吃了会爱上一辈子

巧借姓蒋人来做代言人

凤凰卫视2011年5月11日《凤凰大视野》推出一档节目：《逃台前的蒋介石：一碗梅菜扣肉吃一周》，说1949年我解放大军已渡江南下，势如破竹，蒋介石面对崩溃的局面心事重重，东奔西窜，难挽狂澜于既倒。

时任蒋介石侍从官的翁元接受记者采访时说到那个时候记忆很深：

> 有的时候（我们就给蒋介石）烧一碗梅干菜扣肉，那个时候没有电锅，每一餐蒸完饭，上面就摆那碗梅干菜扣肉，扣肉蒸一蒸，拿出来吃，吃完第二天还没有冰箱，因为梅干菜扣肉是不容易坏，那个时候是六月嘛，气候还不是很热，所以他（蒋介石）再加上几个素菜，就是简简单单，他曾经跟我讲，他那一道菜可以吃一个礼拜呀。

梅干菜是浙江奉化人氏蒋介石素来所爱的素菜。他在西安事变期间宋美龄赴西安去见他，带去的就是梅干菜。他在离开大陆前，努力吃梅干菜，大概是反映了一种难言难舍的心情吧。

这年6月，蒋介石到了台湾以后，虽回过大陆布置顽抗事宜，但最终蒋

氏父子还是老死于孤岛。没有改变的生活习惯是，会想办法搞到浙江的梅干菜，也许可以说，梅干菜是他俩在孤岛上最慰乡思的食材了，可以说这一口爱好至死未变。

江西上饶原先不像浙江那样痴迷梅干菜，现在梅干菜扣肉却成了这个地方的十大特产之一，有真空包装出售，商品名却叫"经国扣肉"。原来，是蒋经国1939年6月至1945年年初在赣南任专员期间，厨师涂光明经常根据蒋经国口味烹制此菜，也是蒋经国一生特别爱吃的一道菜，在节日、招待外宾、宴会时必选此菜。新中国成立后，蒋氏父子去了台湾，涂光明回到家乡上饶市的弋阳县，传授推广这道菜，很受欢迎，"经国扣肉"借浙菜浙人成为当地一种旅游产品。

越中特产，色乌为佳

梅干菜是浙江特产，特别是绍兴的特产，当地有"三乌"之说，就是乌毡帽、乌篷船和梅干菜。

梅干菜为何列为"乌"的特产呢？鲁迅在小说《风波》一开头就写道："临河的土场上，太阳渐渐的收了他通黄的光线了。场边靠河的乌桕树叶，干巴巴的才喘过气来，几个花脚蚊子在下面哼着飞舞。面河的农家的烟突里，逐渐减少了炊烟，女人孩子们都在自己门口的土场上泼些水，放下小桌子和矮凳；人知道，这已经是晚饭的时候了。老人男人坐在矮凳上，摇着大芭蕉扇闲谈，孩子飞也似的跑，或者蹲在乌桕树下赌玩石子。女人端出乌黑的蒸干菜和松花黄的米饭，热蓬蓬冒烟……"

"乌黑的蒸干菜"，就是梅干菜，写在这里非常点睛，也是作者乡情的流露。他自己自然也是喜食这家乡风味菜，在《华盖集续编·马上支日记》中还骄傲地说："听说探险北极的人，因为只吃罐头食品，得不到新东西，常常要生坏血病；倘若绍兴人带了干菜之类去探险，恐怕可以走得更远一点罢。"

梅干菜如不放酱油是为紫黑色，放了酱油就越蒸越黑。但需和酱油肉、红烧五花猪肉同蒸，让猪肉中的油脂渗进干菜里，经过反复蒸，越蒸越口感肥软，颜色变深，油而不腻，味道变得特别好吃。《风波》中赵七爷由衷地赞美道："好香的干菜……"那蒸得乌黑的梅干菜，八成是猪肉蒸梅干菜并且经过了反复蒸，才有香味飘到老远，十分诱人。

梅干菜和猪肉同蒸，就叫干菜焖肉或干菜扣肉，是绍兴名菜之一，当然在浙江省省会城市杭州，干菜扣肉也是这个城市名菜。到了绍兴，人们会告诉你梅干菜的典故。说是明代绍兴有个文化大家名叫徐渭（1521—1593），因字文长，民间故事也常常叫他徐文长，他是大写意花鸟画的大师，齐白石甚至说愿意做他门下的走狗，可见崇拜之至。他晚年精神有点不太正常，生活潦倒不堪。绍兴（当时叫山阴）城内大乘弄口新开一肉铺，店老板请徐文长写招牌。徐文长写好后店老板很满意，以一方五花肉相酬。徐文长好像长久没有吃肉了，拿到这么大一块肉当然心生欢喜。但无钱买其他食材相配，找出床底下腌菜瓮，瓮内还留有一些忘记许久的干菜，便取出干菜和肉一起蒸煮。谁知香味飘到邻家，都觉得闻所未闻，打听下来原来是干菜和猪肉同烧的缘故。试烧了觉得不仅肉好吃，干菜味更佳，从此干菜蒸肉或者干菜扣肉就在民间传开来了。

这传说借此菜的美味宣传地方的文化名人，又是借文化名人增加品尝时的雅兴，真是水月相映双美的佳话。听故事，尝美味，实在是旅游时的美妙体验，人们不问真假总是乐此不疲。

绍兴人有到外地谋生的传统，比如清代的师爷（官府幕僚），民国时的酿酒业、纺织印染业、豆腐业、香烛锡箔业等，在外不仅人多而且都很有名。他们落脚之处，自然也要带上美味的梅干菜，特别是带到了上海、苏州等地，成了落地生根的食材。江南多雨，空气湿润，容易发霉，绍兴人能够开发霉菌来让食材增味，实在是大才智啊！霉干菜、霉豆腐、霉千张、霉苋菜梗、霉毛豆、霉菜头……形成了这个越都城市饮食中独有的霉文化，但在浙江之外大都没有推广开来，唯有霉干菜为其他城市较为接受，一些菜馆有干菜扣肉、干菜扣鸭，食堂有时也会供应干菜烧肉。甚至上海把苏州等地传去的青团子，觉得只有豆沙馅太过单调，搞了许多很开脑洞的创新，除腌笃鲜馅青团子外，还开发出了猪肉梅干菜青团子，上海人有海纳百川的气度，觉得干菜馅青团子味道"老好"——其实这很可能是受了越派小吃干菜烧饼或干菜包子的启发吧。

梅干菜就是霉干菜，因为有的人不理解霉是微生物对食材辛勤改造的杰作，不知霉过的食物味道之妙，不懂食物的霉文化，就将"霉"改作"梅"，以示风雅，埋没了亿万霉菌做出的功绩事小，梅干菜和霉干菜被分为势均力敌的两派，有时写梅干菜，有时写霉干菜，估计会有一多半人搞不清楚这是咋回事："你们江南人霉会当作梅，这糊弄人是不是太过分了？"

需要说明的是，干菜和梅（霉）干菜虽说其本源是同一种食材，实际上在江浙人看来是有区别的，有时会为马大哈对干菜、梅（霉）干菜两词混用而着急呢！

所谓干菜，就是青菜开水烫至七八成熟，然后晒干，一般叫菜干，带有阳光造就的香味，可以蒸肉也可以烧肉，菜和肉都非常好吃；而梅干菜属于干态腌菜，食材也不是青菜，其味是黑暗造就的香味，和一般不腌、烫后晒干的干菜不是一个味。

民国时张载阳（此人做过官和武将呢）在其《越中便览》中记述说："霉干菜有芥菜干、油菜干、白菜干之别。芥菜味鲜，油菜性平，白菜质嫩，用以烹鸭、烧肉别有风味；绍兴居民十九自制。"

梅干菜和倒笃菜

但和过去有点不同，现在梅干菜主要用芥菜或者雪里蕻，通过晒干、堆黄，再用盐发酵，之后晒干而成。本人作为江苏苏州人，本地没有制作梅干菜的习俗，自然无资格介绍制法，现引张晗晖《梅干菜的制作方法》中介绍的腌制过程："一、原料选择：选择细叶雪里蕻，植株要均匀，一般春菜每株重500至750克，冬菜株重250至500克。二、原料配方：每50公斤干菜用盐2公斤。三、工艺流程：选择新鲜原料→修整菜根→曝晒→堆黄→整理→洗净→曝晒→切菜→腌菜→晒干→成品。"其做法也只能供参考而已，因为在绍兴，梅干菜制法各家多少有微妙的不同，然而不足为外人道也。

烫后晒干的菜干，成品形态一般长度为整棵菜，当青菜很厚实时，剖切为二或为四，但不会拦腰切断，而梅干菜则切成很小的菜末，两者作为商品很好识别。过去苏州南货店里是梅干菜放在栲栳里，置于店堂较显眼处，称重出售，进店时扑鼻而来梅干菜味，或者说是梅干菜香味也可以。

张晗晖介绍梅干菜制法，是青菜在曝晒、堆黄后要洗净再曝晒，而据本人所知，梅干菜一般并不清洗，只是抖掉菜上的泥、灰，剥去老叶，切去菜头。所以梅干菜无论菜馆、食堂还是家庭买回后，先要泡洗干净。要多保持梅干菜香味的，冷水浸洗几次，带点洁癖的，可用热水浸泡几次，但香味会逊色不少。记得我外祖母和母亲，都不太肯吃梅干菜，嫌它不洗而腌，其脏进入菜里。但美味是挡不住的，梅干菜蒸肉或梅干菜扣肉，正走向全国，被越来越多的人所喜爱。是素的梅干菜，为猪肉增加了风味，从而成为很江南很中国的特色菜肴。

顺便要说一下倒笃菜，因为苏州的吴江和浙江接壤，菜点中掺杂有越地风情，浙江的倒笃菜，也进入了吴江菜。我小时曾看到有人家腌咸菜的小甏，倒过来放在天井南墙脚下晒不到太阳的地方，说是晒了太阳，甏里的腌菜变热了就会坏掉，当时对这种腌菜甚觉稀奇，而不知浙江实是中国腌菜大省，名堂多多。至于这种倒甏而腌、方式独特的菜，后来看到新闻，才知这是湖州建德的特产：

　　倒笃菜是浙江建德市农村几百年传承下来的传统农家菜，通过手工腌制而成。倒笃菜制作所用的原料是我们俗称的"九头芥"菜。但须澄清的是倒笃菜不是冬腌菜，倒笃菜不是雪菜。传统手工制作是将"九头芥"经过清洗、晾晒、堆黄、切割、加盐揉搓、倒笃、发酵腌制等一道道工序加工成为倒笃菜。这些工序中最有特色的就是倒笃腌制。用木棍把切碎并加盐揉搓脱水后的"九头芥"菜用力笃进坛里，且必须结实笃紧装满。然后，将腌菜的坛子倒置过来的方法进行干腌，发酵数月后腌制完成，再通过烹饪即可成菜。这种倒笃腌制的方法避免了营养成分的流失，达到特有的原质风味，鲜香脆嫩，保鲜不变质。

　　现在倒笃菜被一位建德籍女企业家开发成销售额据说达数亿元的商品，

不得不佩服浙江人的聪明勤劳和商品意识强，此文就是记者去采访这家倒笃菜企业所作报道的摘要。

夏天到杭州吃特色面条"片儿川"，除肉丝、笋丝外，还必须配一种腌菜，正宗的店家用的基本是倒笃菜。其味之鲜美，让人大暑天也会食欲倍增，甚至有文章说这才是"江南味道"——不过，千万不要错认是梅干菜下的面条噢。

松下有奇珍，与君共采食

吴下蕈，自古有名

苏州城乡佛寺遍布，释家的厨房叫香积厨，进香（在江南大多带旅游性质）的人往往会选择午餐在佛寺吃点素斋。吃点素食，对身体有好处。

寺院为吸引进香人（其实也是游客），会下功夫把素斋搞得环境洁净，素斋菜鲜美可口，甚至和鱼肉禽的菜肴相比也并不逊色甚至还有其独特吸引人处。

但是素斋受到食材限制，要烧出可口的菜肴，并不容易。然而有的佛寺的素菜，却味道非同寻常。原来掌厨人有着秘密武器，这就是蕈。

佛寺通过信众提供、出钱购买等途径获得蕈，用来熬油。用很多菜油或豆油或花生油烧撕碎的蕈片，让蕈里的鲜味成分溶解在油中，就是蕈油。蕈油熬好后，放在洁净的瓷器（今天可用玻璃或不锈钢容器）中收贮，一般能保存几天时间。烧豆腐、茭白、笋、青菜之类时，用上一点蕈油，真有点石成金的神效，其菜有非同寻常之美。

我也听说新中国成立前苏州有位大厨，上班自带一只有盖竹篮，里面是许多容器——这是他的秘密武器。他烧菜时，会从某一容器里取出一点，搁在菜里。主家是菜馆兼面馆，因他主厨，从此顺利转型成为当地首屈一指的名菜馆，连外地食客也会慕名赶来。虽然说这位大厨开发出许多特色菜品，但放了特别之物让味道更佳是重要原因。遗憾的是这位大厨至死也没有告诉别人竹篮里的奥秘，所以到今天仍然还是一个谜（参见华永根所著《苏食记》）。有人猜测那篮里面，是蕈油、笋油、葱油、最好的抽油之类，他根据菜品需要，选择采用，放入菜中以增味调香。

蕈油确实不属凡品，也较难得到。外祖父葬在苏州西郊的横山西麓，我小时外公坟客（看坟人或坟墓土地所有人）清明前几天摇船来我家，带一只小竹篮，里面是几支细竹笋，七八个灰白带肉色的蕈，还有几棵青翠欲滴的青菜，父亲看见开心地笑了，致以谢意说："蕈是难得看见哉！"在过去的苏州，蕈、笋加姜同烧是最有品位的素菜。当时母亲回赠以一些需要用票证购买的物品如赤砂糖、肥皂、鞋面布之类，然后和坟客定下上坟日期，他也笑眯眯地告辞回去。

苏州靠太湖有些并不雄峻的山岭，历史上是出蕈之地，所以留下了这一饮食习惯，而且对蕈非常讲究。清康熙二十二年（1683）苏州人吴林撰写一卷《吴蕈谱》，书里说："吾苏郡城之西，诸山秀异，产蕈实繁。"出产多，当然也就是苏州的常蔬之一了，因此需要专门来介绍苏州城周边山中所产之蕈。此书将蕈分为上、中、下三品，每品九种；还介绍了一些毒蕈。上品第一叫雷惊蕈，一名戴沙，一名石蕈，特别是雷惊蕈中一种嫩黄色如染松花的黄雷惊蕈，又叫松花蕈，"为苏郡之佳胜，以冠诸蕈"。但今天好像已经绝灭了。

常熟虞山风景优美，名胜众多，是著名旅游景区。北山麓的南朝名刹兴福寺，寺外有面馆供应蕈油面，可谓名闻遐迩。天气晴好日子，游人都愿在外面一片长着稀疏树林的广场上吃面，朝阳透过树影斜斜射入，这样的吃面环境别有一番意境。当地朋友介绍说，抗战胜利后，宋庆龄、宋美龄姐妹来常熟秋游，游罢兴福寺，在寺外林中野餐，送上来的是兴福蕈油面，姊妹俩吃罢连连称赞味道不错；或说此面是当地名菜馆王四酒家所做送上的。现在人们到兴福寺，还是愿意坐下来吃一碗蕈油面，很多人是专为吃这碗蕈油面而来，并不进寺。说实话，苏州面条是一种非常考究的主食或点心，面上的浇头或焖肉或爆鱼或爆鳝……一般店都有几十种，除素什锦浇、油面筋和香菇浇头外，全是荤浇，然而常熟蕈油面可以和苏州任何浇头面争胜，有人夸

松蕈

赞常熟蕈油面是"素中之王"。

　　小时候不懂蕈油美，后来才知道常熟这碗蕈油面不简单，今日在苏州面中独享嘉名，这又是什么原因呢？

常熟蕈油面，美名天下传

　　常熟朋友介绍说，虞山的蕈，确实不简单，生长在松树的根部，主要生长春秋两季，过去农民一早去山上，采（吴俗拾蕈叫"斸蕈"，斸音zhú，老人仍这样说，今人或写成"捉蕈"）得几窝松蕈（蕈的繁殖靠孢子飘送，往往集中在一个范围内生长），就赶快送到面馆里来。世上事物总是物以稀为贵，随着环境的改变，天然野蕈只会减少不会增多；加上此蕈和松有关，南宋陈仁玉撰《菌谱》，说："凡物松出，无不可爱。"还有一个特点是蕈的生长规律尚不清楚，这东西和人参一样，有点神秘，因此更显难得。我采访时，朋友曾陪我去兴福寺品尝蕈油面，亲眼见山农把小半篮颜色有点深的松蕈送进面馆厨房。

《吴蕈谱》将松树蕈列上品第九种也就是最后一名："糖蕈，即松蕈也，于松树茂密处，松花飘坠，著土生菌，一名珠玉蕈，赭紫色，俗所谓紫糖色也。卷沿深裥，味甘如糖，故名糖蕈……四月产曰青草糖蕈，八月产者名西风糖蕈，有白色者曰白糖蕈，有黄色者曰黄糖蕈。"可见苏州人吃蕈实在是精细入微，想来前几名的蕈应该是天厨之味了，同时也可见松树蕈是苏州包括常熟虞山也出产的一种佳蕈。

这讲究而显得精雅的食蕈之俗，后来淡出苏州食俗和菜谱中了。

幸好常熟以一碗蕈油面还保留着苏州人爱食蕈之俗的一点旧痕。过了若干年，和常熟朋友谈起蕈油面，我自然要赞叹几句。谁知他告诉我说，松蕈一向难觅，现在有的店家是从外地甚至外省买来的蕈熬油入馔，说话间流露出有点失落的情绪。

他这情绪我是理解的。常熟人吃蕈，是很细致的。任何食材，只有怀有喜爱和敬重之情，才会认真对待，态度虔诚，手法细腻，一丝不苟，以尽显其天籁之美。常熟著名老字号王四酒家的后裔王化民先生曾介绍过他父亲时店里所用之蕈："本地所产名贵食用菌松树蕈，虞山上只有北山所产的品质最好，西山虽然也产，细品味不及北山。外地也产，但远不及常熟北山产品，故自家店里严格选用北山人所采的松树蕈。外地松蕈价格虽低，但概不进店。虞山三峰一带曾偶产白色松树蕈，品质更好，常以优价购进，但已多年不见，似已断种。"凡名店，各种荤素食材进店后，各个环节都会有一定的操作规定，决不随意。王四酒家洗蕈就很不简单："松树蕈的检洗，要求必须先去掉蕈脚上的泥土后，浸入水中漂洗，再一只一只地把蕈面在手心中轻擦，轻洗，然后把蕈的褶背在水中拍洗，最后作总的冲洗。这样洗检，不留泥沙和附着的污物，保证清洁不碜。有一次临时请来一位司务，他不了解这里的操作规程，在一桶刚收购的松树蕈里先放进了水，我父亲（指店主王渭璋，1920年继承父业）发现后，这桶松蕈就不用了。因为蕈脚上泥土没除去，放入清水后，泥土会在水中漫散开来渗入蕈的褶背，这就不易清洗了，食用时难保不碜。"（《王四酒家·黄鸡白酒·山肴野蔌》，载《常熟文史资料辑存》第18辑）

这一洗蕈法应该是严守《吴蕈谱》古训。但也说明能吃出蕈中有无泥土细屑，必然是细细品尝，而不是狼吞虎咽，因此店主洗蕈不敢马虎。这里也提出了一个问题，就是食者的审美问题。吃，有时是为礼，比如年夜饭，比如婚宴、寿宴、致谢之宴、接风之宴，比如外交宴会甚至国宴，宴请并不是别人缺吃少营养，这筵席的举办是一种礼。有时吃是为体验大自然之味，也是对大自然的敬畏，比如日本人对食材的精细处理和食物分量很少，供食者观赏后再细细品鉴。如果只说吃，那是为填饱肚子的解饥之吃，或者是贪欲之吃，似不应归属食文化，更不是美食家在品鉴。

因此，现在仍是风风光光的蕈油面，不知还需要继续保持这样细致的清洗方法否？

江南产蕈，北方产蘑

古人说了出于树者为蕈，出于地者为菌，但人们印象里好像是江南产蕈，北方产蘑，因此江南的外地或外省所出产的蕈，也是得山川精华而生出，同样是很珍贵的呢。

2014年5月，常州下属的溧阳，其特产南山雁来蕈因《舌尖上的中国》作了介绍，名声远扬。据溧阳市人民政府举办的茶叶节上介绍如何烧法：用当地所产雁来蕈（浸泡拣洗）100克、仔姜50克、酱油100克、白糖30克、沙拉油500克。上火，放酱油、雁来蕈、仔姜、白糖，烧沸，撇去浮沫，转小火烧半小时，起锅，冷却后食用，咸鲜微甜、香味醇浓，味道鲜美。还有诗一首："雁来过南山，声声催君还。雨后松林间，采得鲜蕈返。"也是强调采自松林中。

所谓雁来蕈，是指秋季所产，而生于农历二月的蕈当地人叫"桃花菌"，春蕈、秋蕈区分清晰，两名俱美。但现在很多地方未必都这么严格区别春蕈和秋蕈，人们所说的雁来蕈中也包括春蕈：

> 时序入秋，金风送爽，大雁南飞，在江苏的原野地带，每当雨后，就会长出一丛丛褐色小伞状的蕈子，这便是"雁来蕈"。雁来蕈为生长在森林中或草地上的一种高等菌类植物。夏历二月飞燕营巢时所长的名为"燕来蕈"；秋季大雁归来时节所长的名为"雁来蕈"，一般统称"雁来蕈"。雁来蕈分布于我国湖北、浙江、江苏、安徽、江西、云南等地的山区和丘陵。这些地带马尾松林分布辽阔，气候湿润，特别适宜雁来蕈生长，而以长江南岸松滋口一带雁来蕈的产量最多。

引文最后所说的松滋口，在湖北省西南部的荆州，当地把此蕈叫作松乳菇，现作正式大名了。松滋山里马尾松林分布辽阔，气候湿润，适宜松乳菇生长。其实四川、江西、浙江、安徽、湖南等都有出产，各地有寒菌、雁（或天）鹅菌、紫花菌、松杉菌等种种名字，因产于松林之地，松菌、松树菇等也是正名之外的常名，而苏州一带，仍习惯叫松蕈或松树蕈。

松树蕈一般为群生，常生春夏之交和秋末冬初，与马尾松形成菌根关系，古人视作神奇，而聪明的中国农民看到了松树蕈的商机和人工栽培的门道，有文章说已经能人工栽培云。

可能各地环境有不同、人工栽培的和野生的松树蕈的味道可能会有一点细微差异的吧，所以常熟朋友有点怅惘，但我要说——

松蕈或者说糖蕈菜肴再现苏州菜谱，今后成为常蔬，用它烩烩豆腐，炒炒茭白，拌拌水芹，爆爆肉丝或鱼片，实现松蕈自由可以期盼，岂非妙哉！

回眸蘑菇百年路

深巷留下一个惊人传说

大约是1959年年初吧，日历的杂志封面，还有年画，画的都是大肥猪，"大跃进"的热风还在刮，苏州城乡还在鼓足干劲、力争上游发展生产。姑苏城东平江路的支巷大胡相思巷，巷中有幢古建筑叫蒋家祠堂，有天在第三、四进建了家工厂。

这不用惊讶。苏州在"大跃进"高潮中，计划要办三十万家工厂，农村每个村（生产队），城里每个居委会都在办厂。可以说这是发热，但也可以说这是苏州走向工业化的序幕、社队办企业（乡镇企业前身）开始萌芽……

蒋家祠堂里要办的是蘑菇厂。幽静的深巷热闹起来，大家都来看稀奇。先是运来了许多做热水瓶内胆的玻璃瓶，苏州城南有玻璃厂，生产热水瓶。又做了木架子，将麦秸打软，拌上木屑，蒸过后塞进玻璃瓶里，放在木架子上。然后室内生起火炉，门上挂起草帘子，墙上挂着温度计，从此任何外人不得进入生产"车"间。其中有个戴眼镜的青年，外表清瘦，举止稳重，胸口别着一支钢笔，据说他是负责蘑菇栽培技术的知识分子。蘑菇厂里还隔出一个小食堂，拱形小窗洞旁边挂着小黑板，上面是这位青年写的菜名和价格，他写的阿拉伯数字有点特别，4的上面不封口，7有一小横，2下面一横作波浪形，让巷子里人佩服得不得了。

有人说有两只玻璃瓶里长出雪白蘑菇的，拿去报喜了，后来就再没有长出来。据说是进来取经的人很多，巷子里老人说，关照闲杂人不能进入，这么多人拥进来，风水破了。是的，后来就再没有长出蘑菇……再后来，厂撤了……食堂撤了……再后来，蒋家祠堂住进了很多人家，成了大杂院。但有个惊人的传说留下来了："那眼镜兄坚持要在种蘑菇的瓶里拌发过酵的马粪，啧啧啧……""蘑菇是长在马粪里的，真想不到……"

　　但蘑菇神奇甚至说离奇，这个印象就深深烙在了小巷人的脑子里。

　　苏州人或者说南方人，对真菌植物一般不说菇而说蕈，"蕈"确实是一个古字。苏州人采蕈食用历史悠久，但对蕈的品种、概念有点模糊，哪些可食，哪些有毒，并没有作过分类学方面的研究，凭运气采蕈，凭经验识蕈，

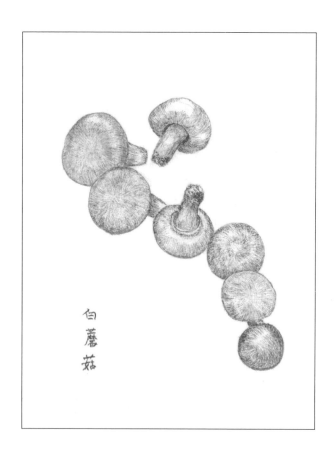

白蘑菇

发生食蕈中毒事故时有所闻。新中国成立后政府相当重视食品卫生，比如不喝生水，消灭苍蝇，煮沸消毒……宣传不遗余力，其中有一项是防止食野蕈中毒。今天看来这类事鸡毛蒜皮不值得地方政府耗费心力，但当时社会普遍认为共产党如父母考虑周到真的好关心人民，对人民政府印象很好。

蕈之鲜美，有着让人抵挡不住的诱惑，无奈媒体对蕈中毒常作报道，还有宣传画介绍了许多毒蘑菇。久久为功，终于社会普遍有共识，吃了毒蕈风险很大，人不是变傻就是榻冷（苏州话死掉）。除了松树蕈在常熟还有个别店家收售，野蕈在苏州是菜场无售，菜馆不烧，山农自采的蕈也就基本退出菜肴系列了。

既然本地鲜蕈已视为危险食材，口蘑又贵，人们要吃蘑菇怎么办？在这样的情况下，有知识青年打算培育蘑菇，应该说眼光超前，但因是在居委会层面启动这一生产，生产资本太弱，技术力量单薄，又无设备，土法上马，失败是必然的。

从天然的口蘑到栽培的洋蘑菇

以苏州为例，以前也吃一种"蕈"，叫口蘑。嘉庆年间的《桐桥倚棹录》中，山塘街有多家名菜馆，供应满汉全席，当然是苏州风格的满汉全席，其中口蘑菜不止一道，如口蘑肉、烩口蘑、炒口蘑、口蘑鸡等，是用得较多的配菜，那时口蘑为苏州厨师所熟悉和爱用。

新千年前苏州观前街玄妙观正山门西侧有个带点传统风格的三层楼，开着全市最大的土特产商店，一楼南北货柜常年供应一种有点灰中带点炒米黄的干品小蘑菇，标明叫口蘑，价钱很贵，一般人不敢问津。

口是指张家口，人们一般认为这种蘑菇是张家口的特产，是一种白蘑菇，因而得名。当地有介绍说："白蘑菇色、香、味最佳。新鲜的白蘑，菌盖洁白，菌褶黄白，褶细，肉厚，盖大，柄短，口味极为清香。含有大量的蛋白质、脂肪、粗纤维、碳水化合物等营养成分"，"口蘑是直接食用的名贵真菌，主要品种有白蘑、青腿子、马莲杆、杏香等，其中以白蘑色、香、味最佳。口蘑用来清炖、红烧、做汤均可，其味清香、鲜美，历来为席上珍馐。口蘑菌肉肥厚，质细具香气，味鲜美，营养价值高"。（博雅特产网）苏州是江南著名丝绸之府，东北、内蒙古是传统市场之一，从那里运点口蘑回来也是很顺道的事。

晚清和民初社会逐渐开放，西方餐饮进入长三角地区，西餐在国人中也日渐普及，而从西方文学作品中常会看到欧美人食用蘑菇细节，一些西方的食材引起了中国知识分子的注意。世界上消费食用菌，第一位的是白蘑菇，并且主要是欧美国家，而又以法国为最。这种叫mushroomr的食用菌，当时或称洋蕈、西洋蕈、西洋菌，或称白蕈，或称法国松菰、马粪菰、法国蘑菇……最为国人重视。这种食用菌后来名之为蘑菇，细究或许"蘑"字是音译，又借用了中国著名食用菌口蘑之蘑，再加菇字组成，真是妙意浑成。1964年我国有书始用"蘑菇"，1966年另有书也沿用"蘑菇"，后来全国渐归统一用了"蘑菇"一词。此菇学名双孢蘑菇，因颜色洁白，肉质厚实，营养丰富，吃口也嫩滑，定作首选，成为推广最力的品种。

据河南科学院生物研究所贾身茂《西方近代双孢蘑菇栽培技术在我国的传播及影响（1-4）》中介绍，民国时期一些留学归来受过近代农学专门教学的知识分子，他们主动撰写了一些蘑菇栽培技术方面的论文或专著，他们是中国近代蘑菇事业的开创者。"如民国时期第一个撰写《种蕈新法》的邹秉文（1893—1985），系江苏苏州人，农学家。1915年获美国康奈尔大学农学士学位，1946年获密歇根大学博士学位。他回国后先后任金陵大学、东南大学、南京中央大学农学教授等。抗战胜利后任联合国粮农组织筹委会副主席。1956年回国后任农业部与教育部顾问，周恩来总理称邹秉文、杨杏佛、茅以升为'东南三杰'。撰写第一部《蕈之栽培》的胡竟良（1897—1971）是安徽当涂人，棉花科学家（因1926年就专业在棉花，故引文下略）……撰写《西洋菌栽培法》的孙西蔚（1908—1996），江苏吴江县人，园艺学家。

1928年毕业于苏州农校，后两度赴日本学习曾在日本九州帝国大学农学园艺研究室工作，1936年回国……自1949起任西北农学院园艺系教授、系主任，直至病逝。撰写《中国食用菌种类与西洋蕈培养法》的胡昌炽（1899—1972），江苏苏州人，园艺学家，17岁毕业于苏州农校即东渡日本留学，21岁毕业于东京大学农学实科后回国任教，25岁又入东京大学园艺系，1928年回国创建金陵大学园艺系，1945年赴台湾省讲学滞留，任台湾大学教授兼园艺系主任。胡昌炽先生是有记载的我国栽培蘑菇的第一人。"这些先贤（当然还有其他地方的学者也为推广西方现代蘑菇栽培方法出力，但无疑苏州学者人数最多、作用最大、水平最高）因为在美日等国学习，是开眼看世界的学者，认识到国外栽培食用菌已成产业，而我国显然落后了，于是积极向国内推广这方面的科学知识。加上二十世纪二三十年代上海、杭州、南京、福州等地私人办起农场，菌种是从国外买来，探索"人工种蕈"也就是栽培蘑菇。到二十世纪五十年代初，上海已有私人种蘑菇场十余家，当初年产仅1.5万斤，所以蘑菇在人们心目中是比较稀贵的食材。

虽然起步艰涩，很大原因是社会发展坎坷。但从天然的口蘑到栽培的蘑菇，已然开始的是质的飞跃。

蘑菇飞入寻常百姓家

苏州市中心的北局东南角有家开明大戏院，过去利用西墙沿街的半地下室开了一家西餐厅，供应半真半假的廉价西餐，甚受普通市民欢迎。供应的西餐中常会用到蘑菇，什么奶油蘑菇、蘑菇杏利蛋、蘑菇红焖匈牙利鸡……即使到改革开放初期，恋人看戏看电影前后，在那里吃顿西餐，吃点蘑菇，比在家里吃青菜萝卜要有情调，绝对加温双方感情。

一些科普文章也盛赞蘑菇营养是如何地好，人们追求食材的美好，多种原因推动社会对蘑菇的需求，于是栽培蘑菇在江南地区很有动力。新中国成立后发展蘑菇栽培渐受当地政府重视，加之二十世纪五十年代我国蘑菇纯菌种分离成功和推广，因此东南一带包括福建发展成为蘑菇重要产区。以至于1982年有首歌唱道："采蘑菇的小姑娘，背着一个大竹筐，清晨光着小脚丫，走遍森林和山冈。她采的蘑菇最多，多得像那星星数不清，她采的蘑菇最大，大得像那小伞装满筐……"至少我们吃得最多的白蘑菇，全是栽培出来的，在森林和山冈是采摘不到的。

我国在二十世纪六十年代前后，总之有一年是蘑菇现代化、大规模培育元年，从此开始，我国很快成为世界上菌类产量第一的国家，种植菌类植物的重要性在我国已是粮、棉、油、果、菜之后在种植业中占第六位。据说我国食用菌有938种，占世界将近半数。产业化生产的菌类有1200万吨，其中白蘑菇产量独占鳌头，其次是香菇，除自己消费外，还大量出口，总数有数十万吨。

记得二十世纪八十年代末我在昆山采访，听说有个镇的农民将鲜蘑菇倾倒在镇政府门口，抗议卖难。想象那娇嫩嫩的蘑菇撒得白花花一地，一定是触目惊心。原来，当时大力发展白蘑菇栽培，很大部分是外销以换外汇，农村也可调整产业结构帮助农民增收。不过那时蘑菇主要是由港商收购，也有的港商并不是太讲信用，也可能是小老板实力有限，先是许很大的愿，让农民拼命扩产，市场风吹草动时又未能完全实现承诺的采购，而国内市场又没有起来，导致农民血本无归，只好把气出在政府头上。好在现在国内蘑菇消费上来了，加工能力也强，如果外销不行，可以转为内销或进工厂加工。

看到我国成为食用菌产量第一大国，回顾百来年白蘑菇的过来路，不禁让人感慨良久。正如贾身茂先生所言："西方蘑菇栽培在我国的传播与发展，是从理论到实践一步一步从小到大走过来的，许多科学家及实践者都进行了艰辛的工作。"

蘑菇（包括其他品种的菌菇）今天已成普通"蔬菜"，飞入寻常百姓家。买点蘑菇炒个肉片、煮个蘑菇蛋汤，或者拌馄饨、饺子、包子馅时加点蘑菇以增加鲜香，实在是稀松平常的事。比如苏州许多人吃饭的菜肴比较讲究清淡，但又清淡中要有鲜美，那就来个新雪菜末加冬笋丝炒蘑菇吧。这菜好有一比，简直是一盆翡翠末、黄金丝加羊脂白玉片的神仙之食，味道隽美又远胜膏腴的大鱼大肉菜，如果没有蘑菇，这菜就感觉少了些许意趣……蘑菇随意吃的背后，是我们中国百年来的沧桑巨变。

 果实类

你说什么，茄子不是蔬菜？

茄子有点麻嘴的秘密

假如有人和您说，茄子不是蔬菜，您也许会惊讶："你说什么呀？难道茄子是水果？"

嗯，这话说得和事实有点差不离。茄子当然不是今天我们理解的水果，但它确实属于浆果。茄肉里含有种子，不过种子还没有成熟就被我们作为菜吃了。

据有的文章说，茄子在当菜吃时，"果实含有许多小的，柔软的，可食用的种子"，这就是它是浆果的特征。浆果是肉质果的一种，茄子属于浆果，是先人们驯化成了一种重要的蔬菜。但文章又说："它们（指种子）含有苦味，因为它们含有或被烟草类生物碱覆盖（的物质），（就）如相关的烟草。"（陈柏香《茄子的历史简介与来源》，来源：百度）可能先人尝尝这浆果口味，觉得味道有点那个不适合往水果方向培育，就让它往蔬菜方向走了。

怪不得我们吃茄子有时会感觉其味有一点点微微的麻嘴，或者感觉喉咙有点痒。也因此之故，茄子往往不作为生吃的菜，西餐的沙拉中也见不到茄子的影子。

茄子是茄科类植物，它的同科不同属的弟兄们有辣椒、洋金花（颠茄）、

茄子

番茄、马铃薯、烟草等几个种。有道东北名菜地三鲜，由土豆、茄子、青椒炒成，这三种食材都是茄科，也都是浆果植物，号称"茄科三杰"，也不知东北人这样搭配是有意还是无意。

茄科植物里的这种"烟草类"生物碱叫茄碱，如果很纯又有一定的量，那确实有一点毒性，而且茄皮颜色越深，茄肉中的茄碱含量越高；未熟的茄子，茄碱含量比长熟的茄子要高；深秋的茄子，茄碱比夏天产的茄子含量高，所以一般人习惯上不大吃秋茄特别是初冬的茄子，就是这个原因，但话又说回来，大棚里种出的秋茄、冬茄，茄碱含量和夏茄无异。

茄碱也称龙葵碱、龙葵素、马铃薯毒素，不仅存在于茄子中，像马铃薯、番茄等茄科植物中，也含极少量的茄碱，而且发芽的马铃薯，这东西含量更高。

多谢我们的祖先，在从西汉以来茄子的栽培选育过程中，尽可能选择茄碱含量少的品种。经过代代选育，到明代品种趋于稳定，今天的茄子，含茄碱很少了，并且从母亲、祖母、外祖母、曾祖母……那里，就传下了饮食上不吃老茄子、不吃生茄子、不过量吃茄子的好习惯。而且国人烧茄子、拌蒸茄子，常会放一点醋。醋酸加热后能破坏茄碱，前辈们烧、拌茄子加点醋的生活智慧传给了我们，真让我们感激。再说，那一点点茄碱摄入体内不仅没有问题，还可能有一点点医学上的价值，据说茄碱有点抗癌作用呢。

茄肉含茄碱，但茄子皮里富含维生素P。这维生素P和维生素C是好搭档，两者相配，可以提高维生素C的抗氧化作用，也就是抗衰老作用和美白作用。维生素P还有破坏低胆固醇、提高血管通透性（防脆）的作用，也就是有点预防动脉硬化和高血压等生活方式疾病的作用。

世界上的事情就是这样辩证，一个事物有这个方面的缺点，但也许在另一方面有其长处，茄子就是这样。它的食品保健作用明显，让我们不必为那一点茄碱而谈虎色变不敢食用，相反，人到中年以后，吃点茄子，对身体是有益的。

茄子也是来自外国？

茄子还有一个特性，中医认为它性寒，体质偏弱偏寒的人暂时不能吃或不能多吃。但是，这也不全是缺点。中央电视台曾经介绍过"茄子把"治咳嗽的单方，说是很有效果。长形茄子在齐蒂花瓣状尖的地方切下，放冰箱里冻五六个小时（有人在冰箱里常备着），咳嗽时用三五个茄把，煮开六七分钟，用其水当茶饮。中医认为，茄把性寒，冰过后更寒，治热性咳嗽，确实是有效果的。"茄子把"治咳嗽，就是利用了它的寒凉之性。

最保守的说法，中国南北朝之前，还没有茄子，到了公元四至五世纪时进入中国。关于它的原产地，南京农业大学中华农业文明研究院惠富平、钱伶俐两位学者在其《中国茄史考述》中说："茄子是中国古代最为常见的蔬菜之一，具有悠久的栽培历史。自西汉起普遍种植，至明代品种趋于稳定、品类繁多。"但有不同的说法，有人通过语言排斥法，发现茄子在"众多的阿拉伯语和北非名字，以及古希腊和罗马名称（中）的缺乏"，因此或推测说茄子起源于古印度，也有人说起源于东南亚，总之是亚洲热带地区的植物，这种说法貌似有道理。现在茄子是一种世界性的蔬菜，遍布各有人定居的大洲，看来它作为蔬菜已被人类普遍接受。

有人介绍说，刚进入中国的是圆茄子，与野生茄形状相近，到中国元代时才培养出了长形茄子。但也有人认为："它最初来自野生茄属植物刺或苦苹果，可能有两个独立的进化。"考证到这层面，已和吃茄子无关了，就此打住。

茄子在热带地区为多年生植物，在中国好像只让它一年生了。它茎、叶子有点紫色，高度适中，开花白色到紫色，有五瓣花冠和黄色雄蕊，结有光泽和紫色的果实或蛋形（英语茄子就是蛋形果实之意），或长条形，可以作为一种观赏植物栽在花盆里。

但在中国的这个吃货大国里，连天鹅、老虎、蛇、龟、蚂蚱（蝗虫）、蚕蛹都敢吃的民族，茄子很例外地不作为药而是作为食用植物引入的，它在中国的身份就是一种蔬菜。现在列入《中国蔬菜品种志》中的茄子种质资源有220份，可见祖先们为培养它们花了多少心血。茄子有这么多名目，让植物学家感到头大，就简单将茄子分为三个变种——长茄、矮茄和圆茄。茄子品类虽复杂，经归纳成如此简明的内容，上课时大学生们才不会睡觉。因为我们的嘴巴比较刁，种植期望高，两百余品种只是选择其中一部分吃口好、产量高的品种在农业生产上应用种植。

因为种种原因，比如各地民众的口味，大厨做菜的需要，当地的气候、土壤等客观条件，产量，在市场上的吸引力……栽培茄子会选择各种适合需求的品种，故而我们会看到各地的茄子并不一样，有的圆形，有的长条形，有的皮呈深紫色，有的皮色紫中泛红，有的皮是白色的，有的皮呈淡绿色，现在甚至还有一种有花纹的茄子，有的细而软，有的粗而硬，有的很大，有的很小……不一而足。就像马铃薯、辣椒一样，茄子成了不是蔬菜的蔬菜，而且是我国广泛栽培种植的常见蔬菜，甚至可以视为是主要蔬菜之一。

《红楼梦》里的"茄鲞"是苏州菜吗？

好像茄子最喜欢和肉类配菜，素的食材除了可以和茄科植物蔬菜搭配，和其他食材大多搭不起来，因此茄子的烧法，并不复杂。人们烧茄子菜，大多是酱烧茄子、油焖茄子、鱼香茄子、干煸肉丝茄子、香酥炸茄合、鱼香茄子、肉末茄子、红烧茄子土豆、茄夹、蒜蓉茄子、清炒茄丝……无非利用其肉质绵软的浆果特性，让其吸足油和调料，成菜口感甚为醇厚。茄子各地都有，茄子菜的风味各有特色，不过现在人的流动性规模空前，导致茄子菜肴的地域性也在淡化。

茄子本身营养价值一般，但皮中除含维生素P较多外，紫茄子皮中还含有丰富的花青素，皮色越紫含量越高，因此茄子在铁锅中炒，花青素接触了铁质后容易变黑，成菜黑黝黝地不好看。如果去皮炒，可以避免茄子烧成包公脸的颜色。但花青素是一种对身体有益的营养成分，比如对皮肤、心血管较为友好，也能抗氧化，所以还是带皮吃比较好。

苏州人经常蒸茄子吃，整条茄子五六条，放碗里蒸，蒸出的水不要，蒸熟了凉一下后手撕成细条（也可用筷子划拨成条），淋点葱油，放点盐和生抽，考虑到茄子性寒，还会放点姜米，现在则大多用蒜泥拌一下即可，所以也叫蒜泥拌茄子，上桌时不用讲究菜型。这道菜比较完整地保留了茄子的营养，而且夏天特别开胃，还有防止感冒的作用（大蒜的作用）。过去苏州人一般不太吃蒜泥，特别是夏天出汗多，更不便吃蒜类菜，但对此菜却很认同。

最早由苏州人整理并在苏州出版的《红楼梦》，第四十一回中写了一道茄子菜名曰"茄鲞"。说凤姐儿依贾母言撕（"鲞"和"撕"这两个字是苏州话噢，大概率这"茄鲞"是苏州菜）些茄鲞送入刘姥姥口中，因笑道："你们天天吃茄子，也尝尝我们的茄子弄的可口不可口。"刘姥姥笑道："别哄我了，茄子跑出这个味儿来了，我们也不用种粮食，只种茄子了。"众人笑道："真是茄子，我们再不哄你。"刘姥姥诧异道："真是茄子？我白吃了半日。姑奶奶再喂我些，这一口细嚼。"凤姐儿果又撕了些放入口内。刘姥姥细嚼了半日，笑道："虽有一点茄子香，只是还不像是茄子。告诉我是个什么法子弄的，我也弄着吃去。"凤姐儿笑道："这也不难。你把才下来的茄子把皮签（签是苏州话削）了，只要净肉，切成碎钉子，用鸡油炸了，再用鸡脯子肉并香菌，新笋，蘑菇，五香腐干，各色干果子，俱切成丁子，用鸡汤煨干，将香油一收，外加糟油一拌，盛在瓷罐子里封严，要吃时拿出来，用炒的鸡瓜子一拌就是。"刘姥姥听了，摇头吐舌说道："我的佛祖！倒得十来只鸡来配他，怪道这个味儿！"茄子是夏秋季的菜蔬，只有江南的浙江一些山里，能在夏秋季挖到笋来烹制此菜。

二十世纪八十年代曾有人学样来烧这个红楼菜，但还没有走完书中介绍的那些烧茄子程序，茄子早已在锅中化没影踪了。当时有人认为"茄鲞"不过是小说家言，写作的目的是反映贵族家里吃得讲究和奢华，但也透露出一个烧茄子菜的原理，就是利用茄子吸味的特性，配上其他食材，以让茄味更加丰富、鲜美。著名红学家、敦煌学家、佛学家、文史学家周绍良认为"鲞"是一种干的食材，南方方有，北京无此说法，认为"茄鲞"是一道南方菜。确切地说，"鲞"是苏南、浙北这一带的菜。确实，苏州人现在还很喜欢吃咸干鳓鱼，叫"鲞鱼"，吃粥菜"虾子鲞鱼"是当地名茶食店所制售的特产。

既然"茄鲞"是南方菜，江南人应该多花功夫来恢复这道红楼菜。可喜的是，苏州胥城大厦、吴江宾馆等多家菜馆饭店有"茄鲞"这道菜。苏州大厨们在成功恢复这一红楼名菜的同时，采用的食材、调料更多，使得此菜口感更加丰富，味道更加鲜美，真是：苏州"茄鲞"味殊胜，只缘时代今胜夕。

顺便说一下，上海、浙江、江苏南部比如苏州人，叫茄子为落苏。南宋诗人陆游在其《老学庵笔记》卷二中说："《酉阳杂俎》云：'茄子一名落苏。'今吴人正谓之落苏。或云钱王有子跛足，以声相近，故恶人言茄子，亦未必然。"他这里说的钱王是吴越国国王钱镠，茄子读起来音像"瘸子"；《酉阳杂俎》是唐代段成式创作的笔记小说集，后来的钱镠为儿子讳，推广唐朝时的一种叫法，未免太过霸道。事实上落苏名也确实是在原吴越王统治的范围内有此叫法；或说茄子烧熟后软烂滑嫩，加上烧时很吸油，成菜口感肥美，有点像酪酥，有人把"酪酥"写作"落苏"，约定俗成了茄子的别名。

苏州人平时可以吃得简单，但除夕的年夜饭一定要想尽办法办得丰富，而且特别讲究菜的口彩。顾禄在其《清嘉录》中介绍苏州人的年夜饭中有"安乐菜"，并作详细介绍："分岁筵中，有名'安乐菜'者，以风干茄蒂杂果蔬为之，下箸必先此品。蔡云《吴歈》云：'分岁筵开大小除，强将茄蒂入盘蔬。人生莫漫图安乐，利市偏争下箸初。'案：陈藏器《本草》：'茄一名落苏。'盖吴人落、乐同音，因以为谶耳。"

苏州年夜饭要先吃风干茄蒂，这大概是太平天国前的风俗吧，我父亲曾在吃年夜饭时指着一碗炒青菜说："这是安乐菜。"我问为什么这样说呢，父亲说："苏州话绿、乐同音，不过安字的意思和绿没有关系，一个人能够安于吃青菜，学业或事业方能有成，这两业能成，所以为人生之乐。"他的解释反映了民俗的演变。场景如昨，言犹在耳，但时光悠悠如流水，这差不多已是半个多世纪前说的话了。

黄瓜：你从哪里来？我的朋友

胡瓜东来和"黄瓜帝国"

唐太宗李世民得天下后，比较重视总结，常会和群臣讨论一些前朝执政得失等，他们的讨论纪要，编纂成一部书，叫《贞观政要》，收录了唐太宗在位二十三年里与几位重要大臣的论政对话，作为执政经验，为后人所重视。

一天，皇帝又和群臣聚在一起，按主旨讨论，话题大多是谈前朝隋炀帝失败并丧命的原因，这反正是政治正确的主题，是否历史的真实很难保证。但这次皇帝谈到的是黄瓜。小小黄瓜的名字，怎么就引起皇帝的一番思考呢？

此书卷六《慎所好第二十一》中，记载贞观四年（630）唐太宗说的这段话：

> 太宗曰："隋炀帝性好猜防，专信邪道，大忌胡人，乃至谓胡床为交床，胡瓜为黄瓜，筑长城以避胡，终被宇文化及使令狐行达杀之。……且君天下者，惟须正身修德而已，此外虚事，不足在怀。"

唐太宗的话，翻译成今天的话大意是：隋炀帝天性喜好猜忌提防，而且专信歪理邪说而不信良言，对胡人非常忌讳防备。这样的理念下，竟然会强烈忌讳胡人（主要是指中国北方和西北方的少数民族），把胡床改叫交床（床脚是交叉的，原叫胡床，苏州人二十世纪八十年代前，有一种椅脚交叉的"交椅"，估计原是少数民族创制的胡椅），把胡瓜改叫黄瓜，最后还是被叛臣宇文化及派令狐行达杀害了……君王管理的是国家，对改名这类无聊之事，本不应该挂在心上的。

执政理政什么的，这里不谈，但这一史料透露出了一个信息，黄瓜以前的名字叫胡瓜，意思是非中土所产的瓜。

或说这胡瓜是汉武帝时的张骞从西域带回来的，因为他十三年里两次出使西域。第一次是为了打破匈奴的封锁，联合西域诸国共同讨伐汉朝的强大敌人匈奴，军事上已获得巨大胜利，河西走廊也已恢复，形势不那么紧张，

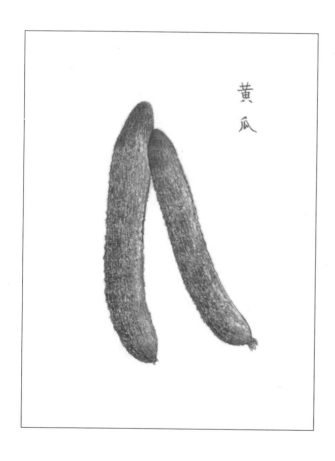

张骞的这次出使，外交亲善、文化和经济交流成分更多，因此第二次出使带回的东西也大大多于第一次，黄瓜基本上是这第二次出使带回的。但是不是真的汉代时传入中国，也说不准，可能以前已有引入了呢？反正那个时期几百年里许多进入中原的外来农作物，往往被归在张先生的功劳簿上，大家也接受的。

其实，境外民族、我国少数民族的好东西，在中原落地生根，是一个长江之水奔流不息式的漫长历史过程，未必全是一个人所能完成，就像中药全归在神农头上一样。可能是张骞打开了西域，加强了中原和西部、北部的交流，人们享受丝绸之路带来的好处，念及张的功绩，才会说黄瓜也是张带回来的吧。

当时这瓜叫胡瓜，叫了很长久，如果不是皇权干涉，估计我们也就会叫到今天了。

"黄瓜一头苦"和水果黄瓜

记得1966年前的小学四年级课本中有篇目的是学蔬菜名的课本，课文是问答式的，很是风趣："卖菜！卖菜！卖的什么菜？韭菜。韭菜老。有辣椒。辣椒辣。有黄瓜。黄瓜一头苦……"是不是有点奇怪，黄瓜为何那时会有一头苦的说法？

说黄瓜苦是以前的事了。彼时吃黄瓜，有的黄瓜在瓜蒂一头，会有苦味。其实这就是黄瓜的返祖性，今天黄瓜脆嫩清香、爽淡似带甜味，那是培育的结果。黄瓜的原产地据说在喜马拉雅山的南麓，不过在我国的云南以及尼泊尔等地，发现了野生黄瓜，或说其味苦，或说其味酸，那才是黄瓜的"原汁原味"，笔者没有见过更没有吃过，说不清楚。

黄瓜的栽培历史非常久，据说已有三千年了。在这漫长的岁月里，一方面黄瓜四处扩散，很早就到了古埃及、古希腊、古罗马等地，不断在新家园定居。而各地的农人持续三千年精心选育，不断培育出新品种。

那份用心呵，太让人感动。举个例子来说明吧：比如种黄瓜有个独特的程序，秧苗阶段都需要嫁接，这样做是为了改善黄瓜品质。方法是将黄瓜秧苗嫁接在南瓜秧苗上，嫁接方法有多种，这里不细谈了。嫁接的黄瓜不仅长得好，而且产量高，上市早，品质优。有时作静夜思，当初第一个想出黄瓜嫁接南瓜苗上的，一定是对种好黄瓜非常钟情、脑子特别灵活又敢于尝试、创新的人吧，可惜史无记载。

过去农作物选育手段较为传统，农业科技不像现在这般发达，黄瓜品种更新慢，偶尔有的黄瓜有点退化，出现了苦味，也是情理中事，而现在"黄瓜一头苦"几乎可以说绝迹了，甚至有味道美得可以媲美水果公然叫水果黄瓜的品种，堂而皇之地与香蕉、梨等为伍，出现在水果店里。大概新世纪以来，全世界每年有很多新品种黄瓜推出，各有其美，让人喜欢。我国也很努力，有新闻报道说一次黄瓜新品鉴定会，竟推出了几十个新品种，让人眼花缭乱而又高兴不已。今天黄瓜到底有多少品种，这是一个很动态的数据，很可能只有少数专家才能说得明白吧。

再说野黄瓜到底是什么样的呢？有一位网友从云南西双版纳发来野黄瓜的照片，这才让人一睹其真容：天哪，约莫才5厘米长，有刺，模样和苍耳子差不多，他说景洪当地叫老鼠瓜，瓜很脆，黄瓜味……人们总是认为采摘下的品质最优的黄瓜，要"顶花带刺"，就是黄花还在瓜尖未脱落，瓜身上要有刺。从苍耳子般的野黄瓜有刺，可见黄瓜身上有刺，是它的原生性特征之一。就是不知当初张骞带到中土或者隋炀帝亲自改名的黄瓜，是不是苍耳子般那么"迷你"。

小小一根黄瓜，中国的农学家们也很关注，近年有关黄瓜的科学技术收获许多成果，让人惊喜。1998年，我国在国际上率先成功取得了黄瓜种间杂交的突破，2009年完成了黄瓜基因组测序计划，为黄瓜遗传基础拓宽和重要基因发掘做出了重要贡献，《中国科学报》2018年10月17日报道："南京农业大学园艺学院教授陈劲枫及团队从1989年开始，以远缘杂交和细胞工程技术为主要手段，以种质创新和优异基因资源发掘为根本目标，开展了促进黄瓜育种发展的系列研究。在种质创新方面，该项目组首次在国际上成功实现了甜瓜属栽培黄瓜与野生酸黄瓜的种间杂交，创制了遗传稳定的异源四倍体新物种，以及异源三倍体和单体异附加系；在国际上首次建立了黄瓜小孢子培养技术体系，优化了培养体系。其培育出的'南水'系列黄瓜新品种目前已在江苏省各地推广应用，产生了显著的社会经济效益。"我国黄瓜的甜瓜属远缘杂种的获得和小孢子培养核心技术研究，为国际上首创。

"黄瓜一头苦"的说法，二十世纪五六十年代孩子因为这篇课文都知道的，但今天和以后的孩子，都不会懂了，只会说："我要吃水果黄瓜！"呵呵。

越来越被喜欢的蔬菜

黄瓜今天在中国人眼里实在是讨人喜爱。

原因一是它清新的香味沁人心脾；二是它没啥热量，吃黄瓜有利于控制体重。再一个原因是黄瓜为馔太过容易。

就说拌黄瓜吧，把瓜洗一洗，菜刀横过来"啪啪"将瓜拍松，切滚刀块，拌以蒜末（如是葱油就不用蒜了）、酱油、素油或花椒油，爱吃辣的放点辣酱……分分钟工夫，这道凉菜就大功告成了，而且这菜还有一个响亮的说法，叫"国民凉菜——拍黄瓜"。如果考究点，可以切黄瓜片，略腌后拌上调料，至于到底用哪些调料，当然无须拘泥，北方或川黔风格的蒜泥不可缺外，香油、花生酱或花生碎、白芝麻、醋、香菜……都可以用上，也可以配皮蛋、粉丝、辣椒、木耳或银耳。再考究一点的，可以切蟠龙黄瓜，就是黄瓜整条，排切薄片但又不切断，盘在盆子里，浇以调料；如果正斜切又翻个身反斜切（切黄瓜的时候可以用两根竹筷，紧靠瓜身，这样刀切到筷子而切不到底，不会把黄瓜切断了，上桌前再把黄瓜分段。此菜叫蓑衣黄瓜，刀工细腻，调味爽口过瘾，为京鲁名菜）……反正凉拌黄瓜，是黄瓜最主要也

菜蔬清如诗

是最受欢迎的吃法，既上得筵席，也是家常菜肴，在国外华人开的中餐馆里，"拍黄瓜"虽因厨师手艺不一而风味各殊，却是很受欢迎的一道菜。

起油锅热炒的黄瓜菜，好像不太多。无非烧黄瓜蛋汤，清凉解暑，或者黄瓜炒蛋、黄瓜炒肉丝、黄瓜炒木耳肉片……这类菜肴都是老生常谈，烧法要求不高。南北吃黄瓜，有时还是会有细微不同的，大致说来，南方多用葱取香，北方以蒜增味。让江南人有点失落的是，近年来蒜味的凉拌黄瓜大有压过葱香的凉拌黄瓜之势。但有家长却说，通过吃拍黄瓜让孩子吃点生蒜，有利健康呢。想想有点道理，也就不伤感了。

苏州人有一道黄瓜菜蛮有意思。将黄瓜切三四厘米长的段，瓜瓤掏去，掏空的地方填以拌好调料的猪肉糜，再两面抹一点湿淀粉，下油锅略煎后，放入水、盐、姜片、葱段和少许生抽，烧至熟，是一道宽汤菜。主要是苏州夏天湿气重，人往往胃纳欠佳，想吃肉但又嫌油腻，此菜配以黄瓜，让肉馅中渗有黄瓜清香，细细品尝，还有点诗意不是？何况黄瓜也有清热去湿利尿的食疗功能。暑天您去江南人家做客，假如主人安排这道黄瓜塞肉，那是一种情分一种体贴啊。

北方吃黄瓜有时也很有意思，比如用生黄瓜丝（口感爽）、葱酱（口感腻）等拌面吃。特别是北京吃烤鸭，一片面饼，夹一片带皮鸭肉，蘸点甜面酱，放上大葱丝，最后还要再加一根细细的黄瓜条，卷起来吃。这挺让人纳闷的，卷根黄瓜丝干啥呀？京里朋友解释说："解腻呀！爽口呀！夹一根绿玉细条，悦目呀！去火气呀！"但想想又有点想不通，从俄国或德国学来的酸黄瓜，不是更爽口吗？为何不用来配烤鸭肉呢？

有厨师捂嘴笑道：哪有那么多大道理呀！过去北京冬季吃的黄瓜，全是窖子里生火的暖棚里种出来的，稀罕之物呀，一两银子一根黄瓜。吃时切成细条，小碟子装了上桌，夹烤鸭肉吃，这是派头呀，当然饭店也可借机赚钱，就这样留下了这吃法。

现在我国，从滨海到西陲，从海南到塞北，露地、大棚到日光温室或自动控温温室，黄瓜被广泛栽培，而且栽培形式多样，品种类型繁多，不要说冬季吃黄瓜了，我国只要交通条件可以的地方，都实现了四季吃黄瓜，自然也就不稀罕了。这样一来，黄瓜条夹烤鸭肉，不再是有钱的象征，只是一种京派的吃法而已。

因为黄瓜嫩而香，宴会上作为装饰菜、冷盆菜，越来越受重视。除切外，雕刻黄瓜也蔚然成为一引人入胜的厨艺，还会举行或地区级别，或中外规模的各种黄瓜雕刻大赛，大厨们各逞刀法，显示神功，让人看得或惊喜或赞叹，现场往往"啊……啊……"声不断。

因为黄瓜的优点太多，所以在中国消耗量也日益增加，成为最受欢迎的瓜类蔬菜，而这么大的市场需求，才得以支撑起中国是"黄瓜帝国"这个江湖雅号。

未必淡水煮冬瓜，江南此物滋味别

绿豆汤里有块"羊脂玉"

赤日炎炎，这是北方对暑热天的形容。而在江南地区，盛夏却不完全是这样的炎热，而是闷热，人不做什么事也会汗水津津，稍动更是汗湿衣裳。因为江南近海又湖河众多，湿度大，导致夏天的热就是湿热、暑湿、闷热、燠糟热，这时节不要说北方人在江南会甚感难受，就是江南人的饮食茶水，也需要注意清热去湿以保养身体。

回想五十年前苏州的两大商业中心观前街或阊门外石路，商家在这大热天，除了供应棒冰、雪糕、冰砖之类机器生产的冷饮外，还有三种传统冷饮：一是酸梅汤，这种酸甜清凉的饮料从北京还是广州传来，尚不清楚；二是将一把干青蒿（一种中草药）全草折挽一下，泡在茶水桶里，就是清香宜人、不含糖分的青蒿茶了，而且各店都是免费供应；三是绿豆汤。

讲起这绿豆汤，虽然上海、杭州、广州、南昌、黄山、宣城等江南各地也都有并且味各佳胜，但苏州人却坚持认为自己的绿豆汤才最体现江南风味，往往名之以"苏式绿豆汤"，近年来有复兴之势，或传统原味或小资情调，各有妙处。

一碗"苏式"绿豆汤在手，一般人夸赞沁人心脾啊，清甜怡人啊，配料丰富啊……但这只是皮相之谈。带点夸张地说，"苏式"绿豆汤就是一张清

暑食疗处方组成。比如蒸熟的绿豆清热解毒，蜜枣益气养血，莲心补脾安神，小半瓣蜜腌青梅肉生津润肺，另有看不见薄荷叶而有薄荷的清凉水清暑散热；那时绿豆汤的水，用的是沙滤水，冰过，清冽激牙……蒸糯米饭和那点缀用的大头菜丝做的红绿丝，就不需谈它了，碗里还必须有块小指粗细、如羊脂玉又微透明、靠近皮的地方还带点淡莹莹的绿的"宝贝"，样子很是清雅——这是什么呢？

样子清雅，其实平凡——这是冬瓜糖。

过去苏州许多前店后坊的苏式茶食糖果商家会自产自销冬瓜糖，现在也仍有食品企业在生产，当然其他地方也有生产，成品大致相同。其制法是去皮、籽、瓤，瓜肉切条，然后浸在石灰清水里（据说有的是浸在蚬壳灰泡出的水里）一定时间让其硬化，取出冲洗后滤干，再渍以白砂糖。糖腌一些时间后，再熬煮，慢慢收干。过程大致这样，也可以说制法简易，但里面窍门、秘法不少，非内行制作不成。

冬瓜糖成本低，制作又不需设备大投入，因此价格比较便宜，商店作为糖果蜜饯类里的一个品种出售，居民买了或当蜜饯吃，但因含糖高，今天做零食已经比较少了。

冬瓜在中药里是一味食疗性质的药，本草书介绍吃了有利水、消痰、清热、解毒的作用。放在绿豆汤里，除了是一种清香隽永的蜜饯外，还因为它的这一食疗功效，而且它的性味是微寒，夏天吃有利于祛暑去湿。

或者有人要说了，冬瓜糖这点冬瓜，有多大的清暑作用啊？哎，绿豆汤放冬瓜糖，一个不起眼的细节里透露出苏州人饮食的讲究，正是生活的方方面面、点点滴滴都很注意，所以苏州才能成为让人得享长寿的人间天堂呀！（中国江苏网 2020 年 7 月 14 日《苏州人均期望寿命全国第一》）

苏州（包括上海等地）人家，冬天特别是过年大多要吃八宝饭，除了蒸绿豆换为赤豆沙外，其他配料大体一致，也必有冬瓜糖。那么，冬天不需要清暑除热了，为何还要吃它呢？原来，冬瓜利水消痰，冬天吃了对身体也是有好处的。更何况，它的性寒只是微寒，冬天吃也是可以的。现在糕点用的瓜蓉，主要原料就是冬瓜，但不知经过现代技术加工后，瓜蓉有没有利水清热的食疗功效了？

本性清雅，但无味也不成菜

有一天，苏州女生芸娘和夫君沈三白聊天。她每日吃饭，必用茶水泡饭，喜欢吃芥卤乳腐，就是吴语所说的"臭豆腐"，又喜欢吃虾米卤瓜。这两种食物，是沈三白平时最厌恶的，夫妻俩聊到了这"臭食"，芸娘解释说："我是因为臭乳腐价格低廉，可以佐粥可以就饭，幼年时吃惯了。有臭味的虾米卤瓜，我是到你家才开始吃的呀。你喜欢吃大蒜，我也跟着勉强吃一点儿。乳腐不敢勉强你吃，卤瓜你可以捏着鼻子略微尝一些，入口就知道它的美味了。"

这段对话，一般人未作细究，其实反映了南北饮食习俗的不同。清代中晚期苏州男子已经接受大蒜，苏州女性不吃但从家庭和睦出发忍耐蒜臭。还有苏州女性因家境清贫而食臭腐乳。也就是说，苏州也有人会吃臭的食物。沈三白家虽也是社会底层但不是贫寒，臭的食物就吃高档一点的虾米卤瓜。

江南人食有臭味的食物（比如徽州臭鳜鱼），是一传统食俗，其他地方人甚不理解：生活在景色秀美、物产丰富的江南地方，为何要食臭物呢？苏锡常、上海等地食臭物未成风气，会吃点臭豆腐、臭乳腐、虾油小黄瓜，而浙江的绍兴，臭豆腐、臭苋菜、臭冬瓜是有名的食中"三臭"。不过据有的绍兴人说，宁波的臭冬瓜，未必每个绍兴人都接受得了，最多尝一两口，就败下阵来了。那么，宁波臭冬瓜可称臭菜之王了？

据说一些年长的宁波人吃臭冬瓜津津有味甚至可说情有独钟，这一食俗的形成有待专家学者去研究。冬瓜因为产量大，价格便宜，味又清爽，是一种健康蔬菜，所以很受主妇欢迎。"四更枕上歌声起，泊遍冬瓜堰外船"（清·朱彝尊《鸳鸯湖棹歌之九十一》）。朱是苏州南面的江南名城嘉兴人，当地鸳鸯湖有冬瓜堰，大概是以冬瓜交易量大或是以冬瓜种植多而得名吧，多少反映出冬瓜是江南地区主要蔬菜之一。而江南地区吃冬瓜，绝大多数人并不是将它搞得臭臭的而食之，讲究的是既要去其"淡水气"（先焯水），更要保持其清淡的本色，主要还是食其清香。苏州人吃得讲究，冬瓜块也要讲究卖相，去皮的那一面的四条边还需要苏州话叫"倒一下角"，就是修一下，削去"锐利"的角。

古人说："淡水煮冬瓜，真个滋味别。"（宋·释师范《偈颂七十六首》之五十八）毕竟是佛门中人，方会欣赏如此淡味，一般人认为有滋有味方为菜，冬瓜也不例外。即使夏天想吃得素一点，也会把冬瓜烧得有点滋味。比如用扁尖同烧（也可放点毛豆籽），虽是纯素的冬瓜菜（或汤），那是比较鲜美的，一般的也可选配以海带、茭白片、黑木耳、咸菜、蚕豆瓣之类，或者索性配以青菜，夏天的青菜长得快，叫小青菜，比较嫩，特别是鸡毛菜，一烫就熟，烧出的素汤，青青白白，清淡去腻，应该有帮助减肥、降血脂作用的。

苏州人的冬瓜菜（汤）有自己的特色，比较著名的是风肉冬瓜汤。一般是咸肉冬瓜汤，但苏州人夏天喜欢用风肉。这是一种轻盐腌制、腌制时间较火腿短、介于火腿和咸肉之间的咸猪肉，有精有瘦，其味鲜美，以浙江金华、兰溪等地所产为佳，又叫南风肉。切几片风肉和冬瓜烧汤，哪怕因湿热而胃纳差的人，此汤上桌也会来了胃口，至少吃上一碗饭。如果烧只冬瓜老鸭汤（最好放几片火腿和一点扁尖），一般认为鸭肉性凉，因此这是夏天上得宴席的时令好菜。老鸭收拾起来比较麻烦，那就烧排骨冬瓜汤、开洋冬瓜汤、干贝烩冬瓜，也是挺好的。细露冬瓜是苏州有代表性的夏令菜，用火腿、香菇、熟笋丁、青豆、高汤等同烧，最后勾薄芡，此菜色彩淡雅悦目，口味清爽鲜美。过去家里不容易烧此菜，配料难以觅全，但我父亲另有办法，将肉糜拌以葱姜末，做成栗子大的水煮肉圆，煮肉丸水里放入冬瓜块和肉圆，不放酱油宽汤烧成，似菜又似汤，味极鲜美，老人孩子都很适宜。

冬瓜品种比较多，有早熟、中熟、晚熟品种，外形有近圆形、短扁圆形、长扁圆形、短圆柱形和长圆柱形五大类；从果重来说，大的几十斤，小的三四斤，一串铃、墨地龙、墨宝、冠玉、绿宝石、粉娃、宏大、白星、黑先锋、小家碧玉……名堂多多。南方大厨很喜欢取小一点的冬瓜，雕刻为艺术味很浓的冬瓜容器（先烫一下消毒，也让瓜皮更鲜艳好看），里面放入已经烧好的带汤菜肴，让冬瓜的清香和营养物质慢慢溶进汤里，此菜叫冬瓜盅，往往是夏令筵席上隆重的高潮大菜。

冬瓜皮一般是切下后弃去，但以前父母包括很多苏州人都用之炒成一道菜。冬瓜皮切成很细的丝，配以辣椒丝，加葱姜盐爆炒而成。当时觉得这是一道看上去挺赏心悦目的小炒素菜，后来才知道冬瓜丝在古代本草书里也是一味药，或为菜，或泡茶，有去湿、消肿、清暑的功效。

我有段时间查看了不少父亲工作的苏州振亚丝织厂档案，工厂曾有过

"全国学振亚"的辉煌，但今天这家名厂已消失，厂址成了景色优美的别墅区。为怀念和父母共同走过的岁月，我让夫人为我烧道炒冬瓜皮小菜。夫人按我回忆和要求精心烧成，我却觉得冬瓜皮太硬，刺喉咙，难以下咽。

和人说起冬瓜丝为菜难吃，有人就说放豆豉或者大蒜炒，有人建议与香干丝炒，有说应该配肉丝，炒时淋点酱油以增香增鲜，还有人介绍了一个苏州人不大容易想到的好菜，索性和皮蛋或蛤蜊同煮为汤，一定好吃……这些菜当然挺好，但都没有过去岁月的沧桑味道，不过我还是非常感谢这些好的建议。

此瓜身世不寻常

从冬瓜皮我想到了冬瓜的这个瓜名。有人说最早的中药书《神农本草经》中所说的"水芝"就是冬瓜，《本草纲目》也是这样认为的。其实在唐《艺文类聚》卷八十七果部下引《本草经》则称："水芝者是白瓜，甘瓜也。"看来不是冬瓜。

李时珍则释名说："冬瓜，以其冬熟也。"众所周知，冬瓜不是冬天的蔬菜，李引用北魏农学家贾思勰（著有《齐民要术》）的话："冬瓜正二三月种之，若十月种之，结瓜肥好，乃胜春种。则冬瓜之名或又以此也。"其实没这么复杂，因为冬瓜成熟后瓜皮上有层蜡质白粉，仿佛是霜，因而得名。

今天冬瓜有的品种皮上有粉，有的无粉，有的皮作淡绿或翠绿，有的则呈墨绿，这又是怎么回事呢？事实上有粉以外的冬瓜，都是近几十年来新培育的品种。而那些皮上无粉或者皮作黑绿色的冬瓜，更加不像冬天之瓜了。

但说"水芝"是甜瓜而不是冬瓜，既对也不尽然。据科学家研究，葫芦科是一个大属，包含多种具有全球或地方经济重要性的蔬菜水果作物，比如甜瓜、冬瓜、南瓜、西瓜、黄瓜、葫芦、丝瓜等，而冬瓜、甜瓜都应该是从印度进入我华夏大地的"堂兄弟"。

为了搞清楚这些同属瓜之间的关系，中国的科学家利用基因技术，进行了为时六年的研究：

"在目前已知的瓜类作物里，冬瓜的基因组最大。冬瓜含有27000多个基因，重复序列的大量扩增导致基因组比其他瓜类作物大2至3倍，相对比较复杂。并且，冬瓜属于葫芦科冬瓜族冬瓜属冬瓜种，是一种进化地位特殊的作物，是探索瓜类基因组进化的绝佳系统，有着重要价值。"广东省农业科学院蔬菜所副所长江彪在接受《中国科学报》采访时表示。……夏季成熟的冬瓜，显得有些"名不副实"，其名字的由来主要是因为冬瓜表皮的一层白粉，像冬天的雪霜。除了这个特殊标签外，市面上冬瓜的巨大个头也是最引人注目的特点。瓜类作物的果实发育都经历了由小变大的过程，"实际上，野生冬瓜果实非常小，长度小于10厘米，只有鸡蛋大小，而大多数冬瓜品种果实巨大，长度可达80厘米～100厘米，重量可高达60公斤，这些果实含有丰富营养物质。"(中国农业科学院博士研究生)许愿超介绍。……研究团队挖掘出冬瓜含有27000多个基因，广东省农科院蔬菜所首次绘制出冬瓜基因组精细图谱，在此基础上，分析了146份冬瓜核心资源，构建了一张包括1600万个单核苷酸多态性位点（SNPs）的全基因组遗传变异图谱。(张晴丹《解开冬瓜"保守"的秘密》《中国科学报》2019年11月26日)

这一研究获得的数据，可以利用来开展冬瓜的分子育种工作，有针对性地筛选材料，加快育种速度，从而奠定以后冬瓜大家庭中优秀成员可以更多的基础。

喜欢吃冬瓜的朋友想象一下愿景吧，以后口福会越来越好呢！

入汤镬、进油锅，生性不改君子德

从一个和尚对它膜拜说起

1645年是中国一个风云激荡的年份。这一年，导致千万生灵涂炭，无数村毁城破，甚至为攻城而人为掘开黄河，导致中国历史改写的闯王李自成，作为一个自然人，消散在历史的烟云中。这一年，清兵大举南下，破扬州过长江攻下南京、苏州等江南主要城市后，宣布"薙发令"和修《明史》，以此宣告明作为一个皇朝的终结。

而这一年，也有一个人的命运发生了戏剧性的升降。分封于广西桂林的靖江王朱亨嘉，在这乱世，他自称监国，黄袍加身，启用年号"洪武"，谁知席不暇暖，就很快在南明内讧中消失了。

而一个"年仅两三岁的石涛在仆臣喝涛的保护下逃出王府，隐姓埋名藏身佛寺，躲过了被斩草除根。清朝自开国至康熙初，始终未放松对明宗室成员的搜捕、追杀，石涛的生存环境极其险恶，他只能一直隐藏在寺庙里"（朱炳贵《明宗室子弟"苦瓜和尚"在长干寺接驾康熙帝》，2016年11月21日《金陵晚报》）。这个石涛，原叫朱若极，是朱亨嘉的儿子。父亲谋大位失败，他尚是幼儿，就成了一个南明政权不容、新建立的清政权也不容的政治失败者。

他在佛寺中长大，并在广西桂林市全州县的湘山寺削发为僧，法名道济，石涛只是他的"艺名"之一。后来他辗转于广西、江西、浙江、安徽、陕西、河北、江苏等省，生活虽然颠沛流离，但他也无须遵守寺规、苦修佛学了。从另一个角度，他可以饱览天下景色，凝心于绘画，这对提高艺术修养有极大的帮助。

有意思的是，这位画家和尚，有一个生活习惯，非常爱吃苦瓜，只要有可能，他要餐餐吃，还把自己叫作苦瓜和尚。一个人嗜吃某物，本可理解，无论爱吃臭菜梗、爱吃霉豆腐还是爱吃鸡屁股，都是个人爱好，无须褒贬。但他不仅爱吃苦瓜，还要把苦瓜供奉起来膜拜，这一拜就暴露出了他内心深处一个终身坚守的秘密。

那苦瓜，外皮绿莹莹的色如青玉，味却是苦的，而且这苦味很特别，并不沾染给别的食材，不要说肉啊鱼啊虾仁啊，哪怕是高贵的鱼翅、海参，它都不会把苦味染上去。也就是说，苦瓜炒菜，如果搭配其他食材，仍然这甜那苦，泾渭分明，互不相干。因此清代屈大均写在《广东新语》中说苦瓜是菜中君子："其味甚苦，然杂他物煮之，他物弗苦，自苦而不以苦人，有君子之德焉。"

苦瓜做食材，吃的是半熟瓜，里面的籽还没有成熟，烧菜时剖开瓜，把里面的白色的瓤之类用刀削去，只用其皮。

当苦瓜成熟后，不仅皮转为鲜亮亮的橘红色，而且里面的籽，外面包裹有一层柔滑的"籽皮"（姑妄言之，不知植物学上的科学名称叫什么），这"籽皮"颜色鲜红，就如鲜血一样，好像还没有哪一种水果有其鲜红。民间于是就想当然认为吃这东西有补血的功能，女性则认为吃了会让人嘴唇变得红艳。

清康乾时苏州著名的医学家张璐（就是著《张氏医通》的那位），在《本经逢原》中说："（苦瓜瓜形）短者性温，其子苦甘，内藏真火，故能壮阳益气，然须熟赤，方有殊功。"张璐这样说，多半也是以红为火，可以视为古时的民间说法。

苦瓜熟时，正是盛夏时分，"籽皮"味有淡淡的甜，如果当作吃着玩的，有点夏秋日的风情，那也没有啥坏处，如果身体虚弱需要"壮阳益气"，那还是找医生为好。至于补血、红嘴唇等功效，未必经得起现代医学的考量。

但是这"籽皮"太过鲜红，红在中国有另一个说法，叫朱，明皇朝的皇家，众所周知姓朱，以红代指朱，是一种借喻。石涛膜拜苦瓜，似乎蕴含着一种寄托。皮绿，指清皇朝的现实，籽红，则是指自己，表明他是大明皇室人士，或者说一颗红心在苦难之中未变其色，还是大明人。

到了康熙三十一年（1692）秋，石涛虚五十岁时，人生有了转折，选择定居扬州，开始了新的生活：蓄发改道，取艺名大涤子，不再做苦瓜和尚了，大概苦瓜也不需再餐餐吃了吧。朱炳贵在文章中就说："石涛出家是被迫的，佛寺只是他的庇护所，他身处佛门却心向红尘，直到五十多岁时还在说'今生老秃原非我，前世襄阳却是身'。他也一直没有成为一个虔诚的佛教徒。"没有成为高僧并不表示他人生的失败，相反，他的绘画艺术修养极高，成了一个重量级的大画家。

苏州人起佳名叫"锦荔枝"？

苦瓜入馔，在苏州是比较迟的，印象中还是二十世纪九十年代前后开始的，先是很小众的有人吃，经过约二十年时光，慢慢地成为普遍的食材了。以前只是吃其中的红色"籽皮"，也不过是小儿女在喜欢，大人不会当水果吃的。

我们在"文革"中搬出祖屋，住到新建的公房（平房）里，父母看到屋顶没有望砖，瓦直接盖在芦席上，都叹了口气，说从来没有住过这样的房子。但新住处有个园子，母亲有一年在靠窗的墙脚下，种了一棵什么苗，叶和蔓都很纤细，绿得也很淡。"这是什么？"我问。母亲说："吉铃子。"苏州话有连续变音的特点，常常别音很多，这"吉"和"金"，到底孰是？我至今也没有搞清楚，暂且叫作吉铃子吧。

吉铃子慢慢地长了起来，父亲还给拉了一根绳，随着天气热起来，终于长到屋檐高了，开黄色的花了，结很小的果子了，像个尖尖的小甲虫。可能是墙脚下，没有什么土壤，都是些碎砖碎瓦，这吉铃子虽然还是一贯的纤细，但在窗口那高度的地方还是结了一大一小两个果实，外婆说："像个马铃铛……"

果实半藏在叶子后，慢慢变成黄红色，这时叫金铃子也蛮形象。过了几天，很成熟的样子，母亲用剪刀把一个大的果实剪下来，放在盆子里。那时虽是"文革"，苏州许多人家还保持有欣赏清供的习俗，桌上放个上面刺有"毛主席万岁"字样的北瓜，或者是几个橘子配几粒银杏，单独一个带叶的菠萝竖着放如万年青之类……我们家摘下第一个吉铃子，也是这样在饭桌上放了几天。终于有一天太过成熟而破了，里面露出鲜红的籽来，我们看了都很惊喜。母亲收了几粒籽，说要留作明年再种，其他的让我们吃。那时吃饱肚子是第一要义，水果是奢侈之物，因此感觉这吉铃子味道好甜。母亲轻声说了半句："这吉铃子好比一户人家……"什么意思，我没有明白。

母亲过世好多年了，我看到一些文章，说，苦瓜的皮色绿味苦，成熟了以后里面的籽却那么红、那么甜，寓意清苦的环境里，子女都要保持本色、为家庭争气；也有的说，苦瓜外面长满疙瘩，样子奇丑，被人看不起，甚至还有叫作"癞瓜"的，但里面孕育着满满的希望，那籽又美又甜，寓意不要看不起一身皆苦的母亲……当时不太懂事，我不知道母亲想借物说什么道理，也没有问。

有一次读到明代黄衷的一首咏苦瓜的诗："闽圃红蘘子，吴中锦荔枝。江乡多此味，下箸涕还垂。"黄衷是南方（南海）人，了解到福建人叫苦瓜的名称"红蘘子"，在南京为官时，朋友中有在南京为官的苏州人，因此他了解到苏州人叫苦瓜为"锦荔枝"，这都是强调了此瓜皮苦而子佳，让他想起了家乡的苦瓜，心里触动很大，不禁流下了热泪。这泪水是为思乡，还是思母？也许可以两读吧！

文化深厚、善织绸缎的苏州，对一物起名一般不会随意浅显，先人把苦瓜叫作锦荔枝，那是多么华美的名字啊！

顺便要说一下，张璐在《本经逢原》中说："锦荔枝，有长短二种，生青熟赤，生则性寒，熟则性温；闽、粤人以长者去子，但取青皮煮肉充蔬，为除热解烦、清心明目之品。"显然这位苏州名医说的锦荔枝就是苦瓜，他并对两种苦瓜的区分作了很清楚的定义。

也就是说，至少在明代，苦瓜已经分流：长形的作菜蔬，福建、广东一带人当蔬菜，认为有食疗作用；橘子大小椭圆形、花蒂部有点尖的，食用其红色"籽皮"的。现在苏州等街头巷尾有时还会有人将橘红色的吉铃子和莲蓬一起放篮子里出售，这也是苏州城市一道小小的风景吧。

我现在有了外孙女、外孙，看到街头有卖水果店里所没有的"水果"吉铃子，就买了两个回去，给他们尝鲜，谁知每人含了一粒红宝石般的"籽"后，并无欣喜之色，勉强吃了，就借故走开去玩了。

如今中国各地的和从各国进口的食品，多得不可胜数，千奇百怪超过想象，刺激了孩子的味蕾，吉铃子籽这种乡土小食品，黯然失色也是情理中事。不过也让人有点失落：难道吉铃子要退出孩童零食行列了？想到这里，不禁莞尔——这种因甘思苦的今昔之叹，大概只有我们这代人吧。

毛主席请末代皇帝吃苦瓜

苦瓜是外来植物，大概是从南方进入中国的。明上海人徐光启的《农政全书》说："南中人甚食此物，不止于瓤，实青时采者，或生食与瓜同，用名苦瓜也。青瓜颇苦，亦清脆可食耳，闽广人争诧为极甘者。"广东人叫它凉瓜，至今仍是最为喜欢的蔬菜之一。

广东人讲起凉瓜，真是学问满满："凉瓜没有冬瓜的'粉嫩'，也没有西瓜的'清甜'，但讲到营养价值、消暑清热等功效，却是顶呱呱的！所以说，凉瓜全身都是宝：瓜肉甘凉无渣，有多种维生素，有清热、解毒的功效；到了生长期末的小瓜则可以晒干入药，也就是我们常说的'苦瓜干'

了，炮制成凉茶，喝了可以消暑怡神、烦渴顿消；即便是苦瓜藤，晒干了之后还可以用来煲水喝，或者烧水冲凉，有降血压、清肝热的疗效。"因为吃苦瓜历史悠久，吃法也多，此文又说，"（我们广东）以凉瓜入馔的菜式不少，经典的如凉瓜炖汤、凉瓜炒牛肉、凉瓜炒蛋，新派的还有凉瓜粥、酱烧凉瓜、冰镇凉瓜、酥炸凉瓜等，简直可以排出一桌'凉瓜宴'来。"从食材角度讲，广东还培育出了杜阮凉瓜、潮汕凉瓜等品质特优地方品种，引种到外地也长不好，因此外地人吃不到，其实吃到了也不懂欣赏一般苦瓜与名品苦瓜之间风味的微妙不同。

广东往北第一省是湖南，苦瓜也在很久前就进入了湖南，清人刘献廷《广阳杂记》卷三记载说："衡州（衡阳）苦瓜，即北方之癞葡萄，江南之锦

荔枝也。闽、广、滇、黔人皆喜食。"因为历史久，所以网上常会看到湖南人骄傲地说："湖南人是很爱吃苦瓜的。""湖南人都爱吃苦瓜的。""看是不是湖南人，除了吃不吃辣以外，还可以看他吃不吃苦瓜。"

因此，湖南人请客如安排家乡风味的苦瓜菜，多半表达的是亲切之意。2014年2月20或21日的中新网、人民网等转发大河网文章，毛泽东主席在1962年春节宴请逊清宣统皇帝溥仪，菜较简单，但其中有湖南风味的青辣椒炒苦瓜，文章说毛泽东"夹起一筷子青辣椒炒苦瓜，置于溥仪碟内，见溥仪吃进嘴里，便笑着问：'味道怎么样啊？还不错吧！'溥仪早已辣出一脸汗，忙说：'不错，不错。'"席间毛泽东关心溥仪的婚姻，鼓励他再婚，应该说苦瓜虽苦回味甜，安排此菜也许含有劝慰和鼓励之意吧！

说起来苦是五味之一，苦瓜味苦是它的特长，吃它应该是一种"味"的需要和追求，但苏州人喜欢甜食，菜味偏甜，能接受苦瓜，主要原因还是认为其有明目、降火、清暑、降血糖、降血脂、降血压等作用吧。现在菜场、超市里卖新鲜苦瓜已很常见，有的长有近尺，十分夸张；还因为暖棚栽种技术的普及，冬天也能吃苦瓜了。苏州人烧苦瓜菜起先是学外帮菜，最经典的是苦瓜炒鸡蛋，或者用豆豉、蒜末、红辣椒等调味，配以肉片、豆干丝之类同炒，至于苦瓜排骨汤、苦瓜酿肉蒸蛋、咸蛋黄苦瓜、橄榄菜肉末炒苦瓜、虾仁炒苦瓜……外地苦瓜菜肴名堂多多，但苏州人是为了健康而吃苦瓜，也就不太讲究烹饪方法了，菜式也单调，高档宴会更不会安排苦瓜菜。苦瓜为菜肴要在苏州风生水起，还需要一点时间。

广东人善吃，苦瓜入肴积累了许多秘法，有位记者王敏透露说："厨师事先以冰冻柚子汁浸泡（苦瓜片），去除了涩味又平添了一丝爽甜"，"入口清甜爽脆而多汁"。还介绍说："凉瓜身上一粒一粒的果瘤，是判断凉瓜好坏的特征。颗粒愈大愈饱满，表示瓜肉愈厚；颗粒愈小，瓜肉相对较薄。选凉瓜除了要挑果瘤大的外，还要瓜肉洁白，因为如果凉瓜出现黄化，就代表已经过熟，果肉柔软不够脆，失去其应有的口感。一般而言，凉瓜颜色越深越苦。"这些知识，是广东吃货和大厨们总结出来的经验，值得江南人记取。

秋来扁豆花儿开

蒋桃园里的扁豆

苏州气候有个特点，夏天十分闷热。立了秋了，大家会舒口气说："好了好了，立秋了，天气会一天天凉起来，人也会爽起来。"其实立秋后还是湿热逼人，让人只好摇头说：唉，今年又是秋老虎！

因为立了秋，夏天里最美的风景线——荷花，就开始谢幕了。而天气还是那么热，却无花可赏，初秋未免有点落寞，让人更加盼望凉爽的真正秋天早点来临。

然而不经意间，扁豆花开了。

说起扁豆，现在城里的孩子吃过扁豆荚，但未必见过整株的扁豆，更鲜有孩子见过扁豆花。

二十世纪五六十年代，苏州城市还有点农村的风光，这是太平天国的战火，让江南繁华的名城三年即成废墟，乡村破败，过了百来年还没有完全恢复，以致新中国成立后过了二三十年，苏州城里还有大片农田，更有许多河滩、空地。许多市民是晚清以来持续不断地进入苏州谋生的外地农民，那时在苏州城里边边角角的地方，会看到有人种了各种瓜豆蔬菜，这也是那时苏州城里的一道风景。

我家沿门前小河往东不多远，到靠近内护城河的北边，有个叫桃园的地

方，据说新中国成立前归一有现代思维的大户人家所有，那是一片有二三十亩面积的荒地。当年他在园林之城没有建造园林而是辟为果园，种植的是桃子，因主人姓蒋，故又称蒋桃园。新中国成立后不知何因，蒋桃园成为无主荒地，大约1954年、1955年开始，周边市民纷纷在里面你占一方地、我占一方地种起了豆菜甚至玉米、小麦。二十世纪六十年代时，蒋桃园里已不见一株桃树，正所谓主人不知何处去，更无桃树笑春风。

那时我还是孩童，常约了邻居小伙伴、同学，去蒋桃园玩。回想起来，面积之大、名堂之多样、进去玩耍之有趣快乐，绍兴那著名的百草园，哪能和苏州的蒋桃园比，一个小拇指也不到啊！

就在那里，小伙伴们见识到了篱笆上缠绕生长的扁豆，它的叶子柔柔的，很友好的感觉，依稀记得有个孩子鼻子出血了，是采一片扁豆叶子揉软后卷了塞在鼻孔里止住了血。

那扁豆藤真能爬，有的人家的篱笆，是整齐的细竹，有的人家的篱笆，竹梢并不截去，为的是让扁豆可以爬得高一点。记得父亲教我说，那矮的叫篱笆，那不截竹梢的叫枪篱笆，哦是了，那长长尖尖带梢的细竹子确实像古代的矛枪。篱笆有两个词语，很细微地体现了苏州话的考究。

就在燠热的立秋后，扁豆悄悄开出了花，各家种的品种不同，也无良种意识，因此那花有红的、淡红的、紫的、深紫红的，也有白的。细看扁豆花，由两部分组成，上面两个花瓣像蝴蝶翅翘起，下面像半个指甲……和槐树花、紫藤花相像，不过很难描述清楚，总之花形精致独特，很耐看，据说就叫蝶形花。

有人说，扁豆花有清香，这真是让人燠恼的事，因为小时见到扁豆花，它高高开在头顶上，既闻不着，又没有留意它香不香，现在听人说了，却一时半会无处寻觅正开花的扁豆。只记得当时有人说那白扁豆花是一味药，煎汤喝可以治肠胃虚弱的泄泻之症。

带露扁豆花，开在朝阳里

当扁豆爬满了篱笆，一般立秋后开始开花，扁豆花很好看不说，花开还意味着扁豆开始陆续结豆荚。因为扁豆是一种所谓"总状花序"，就是花是一串一串的，先开的花先结豆荚，下面结有累累豆荚了，那豆荚有的大有的小，而上面还有花在开出来。篱笆上有枝有叶有花亦有或大或小的扁豆荚，显得热闹了，让人忍不住会多看两眼。瞧，豆荚骄傲地翘着，有的深紫红，有的浅紫红，有的粉绿，有的绿豆荚镶有红边，雅致耐看，都在等着人来采摘呢。

这让我想起了我有一个美丽的同班女同学就住蒋桃园附近，母亲要我叫她父亲"舅舅"，我也不知何意。少年时她曾和她母亲夜访我家，和我母亲不知谈了些什么，但我竟一句话没说躲了起来。好多年后我走到这里，想起了那位女生，记起了她说过结婚那天在外面台阶上等了好久，不肯进去，看着她赠我的照片，深深明白了"往事不可追"这句话里面隐藏着的痛感。蒋桃园这里还有人家种的竹篱笆上爬着扁豆藤，正开着紫红色花，结着豆荚，在秋风里似在微微点头。心里涌起一首宋诗人元琚手书的蔡襄的七绝诗，当然我换了几个字：

> 桥畔马缨照清溪，君家原在城河西。
> 来时不似人间世，豆荚半篱豆花稀。

扁豆花开满篱笆，是一种美丽的秋景，这道风景在苏州城里已经消失了，蒋桃园也在二十世纪八十年代初由政府改建为东园的一部分，现在是一处景色优美的免费景区。

据在中国学中文的伊朗学生介绍，六七千年前苏美尔人就食用扁豆了，想想那时太湖流域、钱塘江两岸还是马家浜文化、良渚文化时期呢，这款食物的历史可真悠久啊！扁豆和人类一起从文明曙光里走来，穿越河姆渡时光隧道，到现在品种越来越多，有的叫绿宝，有的叫红绣鞋，还有红玫瑰、紫雪糯、红玉、翠玉……听听这名号，就会觉得真是名实相副，是一种很雅致的豆类蔬菜，想来也会有不同的美妙吧。但在我心里，就借了穿越遥远时光、来自遥远国家的美丽之物，给我心里这个姑娘就暗暗取了个名叫"扁豆花"——没见过扁豆花的人，不足以谈扁豆花之美。

我和那个姑娘俱进入了晚年，也就用用微信每天早上问好。这问好中，心中的扁豆花颤巍巍地在篱笆上，沐浴在早晨的阳光里带露微笑呢！

清代有个叫郑板桥的扬州文人，曾写诗赞叹说："满架秋风扁豆花。"诗贵含蓄，诗中没有明说的是，扁豆开花伴随着的是可以收获豆荚了。扁豆最可贵的精神是种豆人尽管挑已长好的豆荚摘去，只要秋光不老去，它开花不倦，结荚不息。一户人家如果在屋角什么地方，种上三两棵扁豆，少可和其他菜拼凑满一碗，多可以单独为菜也可和其他菜同烧，如用香肠、咸肉、腊酱肉之类切成丁，烧扁豆焖饭那是上乘佳味，总之隔三岔五可以吃到扁豆。

扁豆为菜与扁豆为糕

苏州人吃扁豆，烹饪方法好像有点漫不经心，最经常的就是清炒。扁豆折去豆尖和豆蒂，顺带撕去豆荚两边的筋，有的人要吃完整豆荚，有的人把豆荚折碎，然后起油锅炒，大多是放葱、加酱烧。因为伏里做的当年新酱，立秋后正好尝新，这太阳晒出的酱做调料烧出的扁豆，颜色不怎么鲜亮，暗暗的，但那股混有一点葱香和酱香的扁豆香飘出来，必然是感谢秋光和大地共同送给我们的这一美味。

细思想一下，苏州人吃扁豆还是有点讲究的，一是肯定会烧透，据说扁豆必须烧熟，吃带生的扁豆有可能让人不适；二是扁豆有红烧和清炒两种。那紫色或紫红色的扁豆，适合加酱烧，没有酱，加酱油烧也可以。与红烧肉同烧，更是上乘烧法，扁豆荚的味道，可能会胜过肉呢。

至于纯绿色的扁豆荚，往往是扁扁的，里面几乎没有豆粒，吃的就是豆荚皮。因为是绿色的，不适宜用乌沉沉的酱或酱油烧，只用油、盐和葱炒成（炒时要烹点水），成菜上桌，豆荚还是碧绿的，很是悦目。以前苏州人不大吃蒜，现在会放一点蒜末，炒份蒜香扁豆也是很下饭的。

据说还有用扁豆剁馅做饺子包子的，大概是北方之法，苏州人一辈子也品尝不到几次扁豆馅的饺子或馄饨，因为即使烫熟了剁碎，也不会调出精彩的味来，所以基本上只会炒了吃。至于扁豆煮熟晒干，也是用于烧肉为多，农村是常见食材，但在城里，过去是较为稀罕之物。因为店里无有这一商品，如果要吃扁豆干，需有乡下亲戚，进城时送来，才能吃到。

依稀记得父亲提起有个扁豆糕，和枣泥拉糕、船点等一样是真正体现苏州菜水平和风致的一种点心。小时我不懂事，后来学医、做记者志不在苏州民俗，因此父亲生前我一直没有追问。有一本记载清嘉道年间苏州风俗的书

《桐桥倚棹录》，里面介绍山塘街上名菜馆能办苏派满汉全席，并记下了这一苏州风味的超大型豪华宴席的所有菜肴点心名字，其中有款点心叫扁豆糕。这扁豆糕是什么风味的？原书没有介绍。

苏州市烹饪协会会长、苏州市饮食文化研究会会长华永根在其《〈桐桥倚棹录〉菜点注释》中说：扁豆糕是"苏州名点。将扁豆煮烂加糖做成糊状，糯米、粳米掺和洗净，水磨成粉，倒入拌缺内，加入扁豆泥拌和成粉浆，放入盘中上笼蒸熟。面上撒些松仁，切成菱形块即成。亦有将扁豆糕做成多层的：一层豆沙、一层玫瑰、做成扁豆夹糕。总之手法多样，为苏州夏令名点"。我后来专门请教资深大厨，他说扁豆糕的制作十分严谨，一般没有十年以上的白案功底很难做像样。扁豆糕是一种多层夹糕，底层为炒（或烘）制成的扁豆粉，上面铺一层豆沙，再铺一层扁豆粉；然后再铺一层绵白糖拌玫瑰酱；再铺一层扁豆粉，最后再铺一层绵白糖拌薄荷酱，就是成品了。此糕非常漂亮，吃前应先欣赏其外形之美。因特别易碎，吃时要倍加小心，需要轻拿轻放，入口酥酥的糕粉，津津的甜味，满嘴生香，口感丰富。听这介绍一时间你都不知道要说什么好，只有满满的幸福感在心中荡漾。

看了华大师和那位大厨对苏州扁豆糕如诗的介绍，觉得此糕点几乎比京城里的名点豌豆黄还要佳胜。话虽这么说，但心里并不是太有底，因为我从小时到在苏州做记者工作三十年退休，也没有看见过扁豆糕，更没有品尝过。看样子这一宴会所用点心已难觅踪迹，所以只能在心里神往不已了。

还有人说，你们苏州做扁豆糕，要用白扁豆做，此物以太湖南岸、浙江的湖州所产为佳，苏州产白扁豆少，做糕、入药（白扁豆也是健脾止泻的中药），多半来自湖州。1950年后苏州虽与湖州同饮太湖水又接壤，但往来减少，巧妇难为无米之炊，大概主要是这一原因，苏州人的扁豆糕也做不成了。湖州盛产扁豆，把扁豆叫作羊眼豆，以其酷似湖羊之眼而命名，也显示其豆粒大而圆、质量优异。一说湖州菱湖多鱼塘，塘边都种杨树。湖州人多于傍荡岸而栽种白扁豆，让豆缠杨树而长，所以又叫杨岸豆。羊眼、杨岸，湖州话里两词互为转音，不知孰是？

丝瓜：夏天里的一丝绿意

吃苦耐劳，给出点空间就能长

二十世纪五六十年代时，姑苏城还是一座很疏朗的城市，平房多，特别是靠近城墙的城区，时见空地，人们就见缝插针种些瓜菜豆之类，有点农村景象。我那时尚是儿童，走着走着，就会看到零零星星种植的蚕豆、扁豆、丝瓜、青菜、苋菜、毛豆……

那丝瓜什么地方都能长，有的爬在树上，有小园子、天井的，搭个竹架，种两棵丝瓜，能搭出个绿色凉棚来。可能是太平天国战乱留下的痕迹，苏州那时碎砖瓦特别多，其形状、厚薄、大小不一，苏州人有个专门俗语，叫"乱砖"，有人捡了半块甚至四分之一块碎砖，叠砌个墙，并不用水泥、石灰，这墙就叫乱砖墙。乱砖墙上易长狗尾巴草、瓦松等，夏天时还常见到丝瓜爬在这乱砖围墙上，绿叶长得蓬蓬勃勃，开着黄得耀眼的单瓣花。印象里丝瓜很能结瓜，采了不久又有了，到秋天还在结瓜。

我住的老屋门口靠河边有根钢丝绳，斜拉住一根电线杆，这钢丝绳上攀援着丝瓜藤。因为这里有河道，也有一口井，可能地下水充足，那丝瓜藤爬得好高好高，夏天时，绿叶缠满钢丝绳，一路还开着金黄色的花，斜斜地挂下来，很像是绿色的小溪倾泻而下。

因为有的丝瓜结得太高，无法采摘，只好看着它膨大，变黄，变褐色，

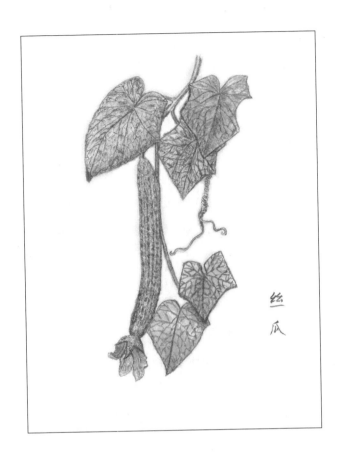

丝
瓜

成为老丝瓜，一直到冬天，还吊在那里。有路过的行人看见了就说："丝瓜筋经过霜了，是一味好药！"丝瓜筋是苏州土名，中药名叫丝瓜络，有时路口看见有人倒中药渣，里面确实有切成段的丝瓜络。但在南宋大诗人陆游的《老学庵笔记》里，说"丝瓜涤砚磨洗，余渍皆尽而不损砚"，难道当时是让文人学子用丝瓜络洗物件，而不是烹食丝瓜？到改革开放前，苏州许多人家洗碗洗锅，就剪一段丝瓜络，如果家里没种丝瓜，杂货店里也会有卖，甚至还剪成段卖。据说至今有的地方还大量种植丝瓜，将丝瓜络制成洗涤用具，大量出口，成为当地一个富民的产业。

小时夏天，家里都无电扇、冰箱，家家都在晚上出屋来乘凉，以散一天暑热。我们几家邻居就在那电线杆下，看着丝瓜叶在夜风中轻轻摇曳，似和

菜蔬清如诗

人们打着招呼，时常有人聊起了丝瓜。觉得丝瓜好吃，但味道独特，烹饪时一定要放葱。有人就说，凡中国本土所产的蔬菜，味道都很平和清淡，外国来的东西，都有股特殊的味道，比如芫荽、大蒜、胡萝卜，这丝瓜，应该也是外国来的。大家觉得好像有点道理，但也无法继续深究。

接着又有人说，这丝瓜呀，真的是吃苦耐劳，它不要求好地方的，在墙角落或随便什么地方，反正你种一棵丝瓜它都能长，根本不用照顾，甚至不用施肥，一个夏天里可以吃好到几次，也可以省一点买菜钿呢。众人都点头称是，说丝瓜对人真的好的，生长一生从来没有什么要求。

一首宋诗背后的农业考古

有次看到有个叫杜汝能的人写了一首叫《秋日》的七绝诗，诗曰：

> 寂寥篱户入泉声，不见山容亦自清。
> 数日雨晴秋草长，丝瓜沿上瓦墙生。

清代乾隆时杭州人、进士、藏书家、文人翟灏，写了一本叫《湖山便览》的书，卷三"孤山路"中介绍："杜叔谦宅。杜名汝能，号北山，宋太祖母昭宪杜太后诸孙也，居曲院，有能诗声，见《武林旧事》。"翟灏介绍了杜汝能这首《秋日》，诗里出现了"丝瓜"这个词。至于"居囗院"，根据上下文，一般认为是说诗人居于杭州西湖之曲院。

杜汝能去看望住在山里的一位朋友，看到朋友家竹篱为围墙，里面的瓦墙上爬着丝瓜，他以诗写景，大概自己也没曾想到写出了我国很可能是第一首咏丝瓜的诗。根据这首诗，大致可知在南宋时我们中国就有人种植丝瓜了，并且是生长在寻常百姓家。

宋代一首提到丝瓜的诗有何值得一谈的呢？

原来，丝瓜这个今天我们人人都认得、谁都吃过的普通蔬菜，还有个"你从哪里来"的大问题尚是谜呢！这瓜究竟是中国特有的呢，还是从外面比如印度、鞑靼引入的，过去说法不一。

学者们发现，北宋、南宋的多部医书中，都记载了丝瓜。北宋有部书里还有"服食仙翁指授散"的方子，其中有味药是要用丝瓜一两。方名竟然用"仙翁指授"，有点神秘兮兮的，可见当时人对它了解也不太多。

这样，就需要进一步解决问题：一是宋代时丝瓜是作为蔬菜还是药材，颇让人费思量，也就是说，丝瓜是何时成为蔬菜的？二是以前中国如果没有丝瓜，那丝瓜是何时传入中国的？三是从什么方向进入中国的？……这些都说不大清楚。因此，杜汝能的《秋日》诗，就有农业考古的参考价值了。

人们发现在南宋初的绍兴年间，有个叫温革的人，著有一本书，书已佚失，但幸有明抄本，抄了其中一部分内容，而且恰恰是农事部分，其中"种菜法"中有一条："种丝瓜，社日为上。"这表明至少南宋初丝瓜就已成蔬菜。

丝瓜进入中国的时间，大约在唐代，宋代开始普及，这时除入药外，亦已为蔬菜。浙江慈溪籍农艺学家吴耕民（1896—1991）在《蔬菜园艺学》中认为丝瓜原产印度，两千年前印度已有栽培。但是中科院云南植物研究所考察报告，在我国云南西双版纳发现有野生丝瓜资源。因此中国科学院自然科学史研究所罗桂环在《丝瓜起源考略》中根据古代许多书中说丝瓜又叫蛮瓜，认为丝瓜实是从云南向内地拓展的。

不过学者经过统计古籍发现，较早记载丝瓜的，主要是浙江地区的文化人或医学家，不太像是从云南进来的样子。丝瓜应该是先从南方沿海或东南沿海地区进入中国，然后逐步扩展。也许可以作这样的推测：丝瓜在印度（热带亚洲）栽培成蔬菜再进入我国的可能性比较大。因为丝瓜实是一种世界性蔬菜，遍布各大洲，唐时中国才小范围有种植，宋代开始普遍，如果起源于中国，那如何在唐宋以后这么短时间就面这样广地走向世界了？这个课题目前还说不大清楚，研究还在深入……

古人种丝瓜的春社日，大致是在农历二月初二前后，种丝瓜要选在这个时间的习俗一直坚持了下来。李时珍在《本草纲目》中对丝瓜有详尽的描述，显然已经很熟悉这一农俗了："二月下种，生苗引蔓，延树竹，或作棚架。其叶大于蜀葵而多丫尖，有细毛刺，取汁可染绿。其茎有棱，六七月开黄花五出，微似胡瓜花，蕊瓣俱黄。其瓜大尺许，长一二尺，甚至三四尺。深绿色，有皱点，瓜头如鳖首，嫩时去皮，可烹可曝，点茶充蔬。老则大如杵，经络缠扭如织成，经霜乃枯，惟可藉靴履，涤釜器，故村人呼为洗锅罗瓜。内有隔，子在隔中，状如括楼子，黑色而扁。唐宋以前无闻，始自南方来，故曰蛮瓜，今南北皆有之。其花苞及嫩叶、卷须皆可食也，以为常蔬。"现在丝瓜可以大棚种植，不仅遍布大江南北，而且全年皆有供应，已成国人餐桌上的常蔬了。

且留清香在人间

丝瓜归在葫芦科丝瓜属，共有两个栽培种——普通丝瓜和有棱丝瓜。

广东等南方，入菜主要是有棱丝瓜，瓜身上有七到九个棱，2013年9月在浙江德清出现了此瓜，当地人少见多怪，哄传说是日本瓜，害得记者去报道，结果鉴定下来就是有棱丝瓜，说是"广东丝瓜"（2013年9月18日浙江在线新闻网：《德清：有人叫它"日本丝瓜"其实叫"广东丝瓜"》）。这也从另一个角度证明了江南地区原无这个种类的丝瓜。

有棱丝瓜的皮相对厚，瓜肉炒时不容易变黑，吃口也好，这是其优点。也有人告诉我说，香港人叫丝瓜为"胜瓜"，并且关照我说一定不能对香港人说"丝瓜"。我很好奇，难道有什么典故在里面吗？其实也没有什么奥秘，无非是香港人特别讲究言语禁忌与口彩，丝瓜音同"输光"，改叫胜瓜，那是多么吉利啊。让人不禁莞尔。

江南普遍种植的是普通丝瓜，皮薄而且相对光滑，更水嫩一点。无论普通丝瓜还是有棱丝瓜，都有许多品种，现在还不断培育出新品种。但这些新品种丝瓜主要是种植、产量的区别，吃起来口感差不多。也有人考虑到市场竞争，致力培育优良品种丝瓜，比如常熟董浜镇的省级现代农业产业园区的筒管玉丝瓜，种植面积2万亩，是长三角地区最大的丝瓜园。这丝瓜果实肉质细嫩、口感糯性，长30—35厘米，粗4厘米左右，形似江南民间纺纱用的筒管状，故而得名。此瓜是当地瓜农在传统品种种植过程中逐步筛选出的优良品种，2017年成为常熟市第一个获得国家地理标志的农产品。一根普通的丝瓜，因为珍惜和用心，成了苏州和碧螺春茶叶、白沙枇杷、阳澄湖和太湖大闸蟹等一样的标志性优秀农产品，常熟农民真是不简单啊！

江南人吃丝瓜相对简单，就是起油锅，葱炝香，切成滚刀块或条状（需要去芯）的丝瓜下锅，炒一会儿后放点水和盐，很容易烧熟。丝瓜这菜肴，贵在丝瓜肉白中带绿，色泽淡雅，自带清香，一般不需要用蒜来调香，以免干扰、掩盖丝瓜特有的清香。特别是夏天时，此菜上桌，让人看着就舒服，如果来个丝瓜蛋汤，再放点榨菜或虾皮（米），岂不是让人暑意顿消、胃口大开？

家常烧丝瓜，汤水足一点，近乎煨。丝瓜煨出的汤，味道是非常赞的，淘在饭里，绝对是鲜美清香爽口。

丝瓜炒鸡蛋是最多的吃法，营养也好，为了让丝瓜菜更加可口，可以配肉丝、虾米之类同烧，起锅前再淋几滴熟猪油，味道会更鲜美。菜馆里炒丝瓜这道菜汤汁很少，因为丝瓜自带黏汁所以大厨一般不勾芡，但配菜要讲究色香味，比如配火腿丝、配虾仁；苏州人烧纯素的丝瓜还往往配豆瓣，是一道很清雅的江南家常菜。

苏州人有时偏吃素，怎么让素烧丝瓜可以和带荤的丝瓜媲美呢？就用一根冷油条，切成块，先起油锅炒一下油条，让油条更香，盛出待用，然后炒丝瓜，炒到差不多时放入油条同炒或略煨一会儿，这菜黄绿相间，香味扑鼻，味道不比配肉、虾米同烧的差。如果用油面筋代替油条，当然也是可以的，但风味毕竟稍有不同。还有人用黑木耳烧丝瓜，可能有点鲜味不够，如果配以嫩扁尖丝，啊呀，那才是清鲜异常。

丝瓜还有一个副产品，就是可以做药。书上介绍，丝瓜水可以治痰喘，方法是将丝瓜藤齐根剪断，插在洁净的玻璃瓶里，会有碧绿的汁水流出来，将之当药水饮服。但也有人只是割一道口子，这样就无须废掉一棵丝瓜了。江苏作家费振钟回忆他小时候，为老中医的祖父割取丝瓜汁治病的往事写道："有几年，每到秋天，院子里的丝瓜长得正旺盛时，我就会按祖父的吩咐，在傍晚时分，拣一根最粗壮的丝瓜藤，小心地用刀割一道口子，下面放只大口玻璃盏，第二天早晨就会取到大半盏绿绿的丝瓜汁了。丝瓜汁是给祖父饮用的，他老了，秋凉后咳嗽得厉害，常常从下半夜开始直到天明，坐在床上咳个不停。祖父做了一辈子中医，晚年为'文革'所迫，弃业回乡，困顿无聊，贫病在身，他似乎厌倦用药，仅仅用这些丝瓜汁来苟延残喘，直至他去世，除了这个偏方外，再也没见过他吃过其他药。那时候，我不谙药理，只觉得丝瓜汁是一味好药，我将丝瓜汁端到祖父面前时，偶尔也会尝一小口，说不出的新鲜甘冽和青草的芬芳。"（《丝瓜忌》，2004年4月12日《中国中医药报》）

丝瓜汁我是在本草类书里看到记载，但未见过实物，费的介绍十分具体和形象，让人长见识了。但我少年时在一本《科学实验》之类的杂志上看到有介绍丝瓜叶治外伤出血的偏方，心想这容易办到，就按介绍采摘了几片丝瓜叶，洗净放太阳下曝晒至脆，再洗净两手将叶搓成粉末，弃去叶脉，叶粉收在干净的瓶里，塞紧瓶口。有一次有个妹妹手上有个小口子，出血了，吓得流下了眼泪。我不慌不忙，取出瓶子，将灰绿色粉末倒一点在伤口上，血立即止住了，也没有去父母亲厂里的保健站找医生处理，后来也没有化脓，事后感觉这丝瓜叶粉末可真神奇。

它的叶，变成老瓜的瓜络（丝瓜筋），藤中的汁，当然还有丝瓜本身，全都对人类有用，它从无要求、自带清香、奉献全部，怎不让人对这蔬菜倍感亲切啊！

聊蚕豆的，却说到了野火饭……

湖州钱山漾和死海古城杰利科

"九九那个艳阳天来哎……蚕豆花儿开麦苗儿鲜"，这首名叫《九九艳阳天》的歌，至少风靡了半个多世纪，至今还是为人所爱唱。

什么叫九九艳阳天呢？原来，从冬至开始入冬，每九天为一个九，至第九个九的第九天结束，冬尽春来艳阳天，也就是古诗说的"春日载阳"。这时的物候，大地处处春意，从农民的眼光来说，春天的标志性花不是桃李花开，而是蚕豆花开，还有就是麦苗开始吐出新绿，田野一片生机。

蚕豆既有大面积种植的，也有利用田边、屋角、河滩等零星地头（过去农村将这些边边角角的地叫"十边地"），种几行或一小片蚕豆。苏州二十世纪七八十年代前，城里有些空旷地，甚至路边、河边，居民会种上一点蚕豆。三年困难时期，如能收获到一小碗蚕豆，那也是非常宝贵的食物。

彼时进入九九艳阳的春天，苏州城里常能看到蚕豆开着花，紫色间白色花瓣上，还有一个像圆黑点，花就像孩子的眼睛，俏皮地看着你上学、放学。不过两三天后花萎缩了、变黑了，豆荚也结出来了。曾经肚子饿得不行，几个邻居兼同学约过一次，到今天东园一部分的桃园去。那姓蒋的园主人新中国成立后人面不知何处去，这里成了废园，居民们就在这里种蔬菜甚至麦子。那时人小，走进蚕豆丛里，只露出半个头，就在里面偷吃蚕豆。生蚕豆有点涩苦，难以下咽，才吃了三四粒，就吃不下去了。

　　吃蚕豆季节，差不多是春尽夏来了。宋代浙江诗人舒岳祥《小酌送春》七律诗前四句说：

　　　　春风元逐土牛来，欲去金钱买不回。
　　　　莫道莺花抛白发，且将蚕豆伴青梅。

　　古代立春那天，地方长官带着僚属，和百姓一起去城郊迎春拜牛，一般是在一个庙里祭祀春神句芒，然后打碎一只土牛。诗人的意思春风跟着土牛一起来，时光过得好快呀，已经到了吃蚕豆也到了吃梅子的时令了，吃这两

　　　　　　　　　　　　　　　　　　　　　　江南风情好

样好比是送春。至今苏州民俗有"立夏尝（或见）三鲜"之说。三鲜是何物，说法或不相同，有的人认为蚕豆是一鲜，吃蚕豆就表示进入夏天了，这和舒岳祥吃蚕豆是送春的意思差不多。

蚕豆是哪来的，在我看来说不大清楚。有古籍书说蚕豆叫胡豆、佛豆，是汉代张骞从西域带回中土。最早有蚕豆之说的是南宋诗人杨万里，他在杭州吃到蚕豆，当时只觉得新奇，其中一位朋友告诉他说叫蚕豆，可见蚕豆之名知道的人并不多，他因此写了七律《招陈益之、李兼济二主管小酌。益之指蚕豆云》，首两句："翠荚中排浅碧珠，甘欺崖蜜软欺酥。"前一句是描写蚕豆荚剥开时的形状，后一句是说烧的蚕豆有甜味，口感很软酥。

以前蚕豆来自域外说，似乎已是定论，还有人说原产欧洲地中海沿岸，亚洲西南部至北非。叫胡豆、佛豆，算是洋名，因为吃此豆时正是江南开始养蚕之际，因此叫蚕豆很有节令性，就叫开了，并取代了胡豆、佛豆之名。

但在浙江湖州市城南约7公里处有条东西宽约1公里、南北长约3公里的河叫钱山漾。东岸南头有个百廿亩村，1956年，在河水干涸的浅滩上采获数千件石器。同年3月和1958年3月，又进行过两次科学发掘，在这个大约距今四千七百年的原始社会晚期的村落遗址，出土了陶质的鼎、罐、壶、盆、钵等器皿以及纺轮、网坠等纺织工具残件和残绢片和丝、麻织品。出土物中还有石质刀、斧、锛、犁等生产工具，更让人意外惊喜。这个遗址属于新石器时代的良渚文化，农作物品种丰富，"出土的还有骨器、玉器、稻谷、芝麻、甜瓜、蚕豆、花生、毛桃、菱等"植物种子，也许可以证明蚕豆是太湖流域的本土农作物。

也有人争辩说，在今天以色列的死海北面的古城杰利科遗址中，发现有公元前6200年前的蚕豆残存物，在西班牙新石器时代和瑞士青铜器时代人类遗址中也曾发现蚕豆种子。那么，以蚕豆为例，需要证明在新石器时代，太湖流域的先民就已和地中海有了交流。

吃蚕豆，讲究多

农家在边角地种的蚕豆，基本不是商品，自己吃为主，有时蚕豆成熟，一些农村人进城看望亲戚，就带一大口袋新鲜蚕豆上来，那是极受欢迎的。苏州人吃蚕豆，最讲究的是两点，一是早，苏帮菜馆吴门人家的老板沙佩智女士说，有的苏州人甚至豆还没有长饱满就吃了，有点涩怎么办？烧时放点冰糖，那时的豆因采摘太早，吃的只是豆皮呀，苏州人"主要是吃春天的那么一点气息"；二是吃蚕豆一定要新鲜，最好是带露采摘，中午就能吃到，农民知道苏州城里这点臭讲究，采了蚕豆都是赶快摇船送进城。苏州人吃蚕豆讲究得很，要看豆壳之柄，如果是绿得透明仿佛岫玉，那是采下来不超过三四个小时的新鲜标志；如果断口发干或有点变黑，那说明有至少半天以上时间了；如果全黑，那是隔夜的蚕豆，风味大为打折。过去在菜场上买蚕豆，从集体所有制的生产大队到国营的蔬菜批发站，再到国营菜场，一般都是隔天甚至隔两天了，难得看到蚕豆柄是那种刚采下的半透明的碧绿，就会激动得惊叫："啊呀！这蚕豆真的新鲜的，是一早到田里去采摘的哇，全是三结豆，灵！灵！灵！皇帝也吃不到这么新鲜的蚕豆的哇……吃过中饭陪你到观前街去带点物事转去……"

当作商品的蚕豆，一般要成片种植。而深秋季节水稻收割后，田里应该种麦子还是种其他作物？因为种蚕豆有一定的肥田作用，苏州农民一种选择是蚕豆和其他作物间作或轮作，比如种在桑园里，产量并不是很大；一种是靠近长江地带沙质土地，种植了蚕豆以后，采下的豆可以作为一种蔬菜类的商品，豆萁则可肥田，改良土壤。但是，苏州人太喜欢吃蚕豆，本地蚕豆不够满足市场需要，那怎么办？这喜好就是购买力、就是市场，改革开放后，每年会有大量浙、闽蚕豆进入苏州，叫"客豆"。

"客豆只是浙闽豆？这观念已经落伍了！"据从苏州南环桥农产品蔬菜批发市场了解，吃蚕豆主要是长三角地区的城市，以上海、苏州、无锡、常州、南京等地为最，浙江的嘉兴、湖州、杭州，吃蚕豆就少一点。为了这个地区人喜欢吃蚕豆，浙江的台州、丽水人看到了商机，就到云南楚雄等地去包农田。一亩地需要交4000多元，可收2.5到3吨鲜蚕豆，一个蚕豆老板一季包一次付钱往往是几百万元，这投入的强度让人咋舌。也因为吃准了长三角地区这点嗜好，这样年初十浙商的"滇豆"就可在苏州、上海等地上市了。

一个地方的蚕豆大约可以供应市场十天，吃毕云南蚕豆，浙江商人包的福建漳州蚕豆又接踵来长三角地区上市了。然后是福州的长乐、福清蚕豆北上来苏沪了，再接着是温州蚕豆，紧跟着是丽水地区几个县市的蚕豆，接着产地继续北上，下来是宁波的象山、慈溪蚕豆，这个地方的蚕豆比较嫩，有其特色，正好给沪苏锡常消费者换换口味，不知不觉蚕豆吃过了清明，"五一"劳动节突然涌上市的是常熟蚕豆，常熟城里、苏州城里常会吃到上市晚但量大，因而价廉物美的常熟蚕豆、张家港蚕豆，还有太仓蚕豆也是很优质的。苏州下属三市的蚕豆，主要特点是豆大而粉，吃口极佳，非常受欢迎。苏州南面的吴江，所种蚕豆上市较常熟蚕豆早，碧绿如翡翠，鲜嫩而香，有另一种风味，叫作吴江青。但在批发市场不大会有其踪影，量少珍稀，买一点吴江青，还是过去的味道，可以慰亲人之情。据父亲讲，吴江青最好要配点熟火腿丁同炒，味道才灵光。嗯，这又是不能让母亲听见的"穷讲究"。

吃蚕豆高潮在立夏前后，上海人、苏州人、无锡人、常州人立夏后感觉蚕豆已饱满，吃得不亦乐乎。如果蚕豆长出黑嘴，表示豆已经有点老了，炒食蚕豆的豆壳比较老，爱吃的只好在蚕豆上划一刀，破了壳后再炒，多放水煮，这是一种痴情的追随，再过后就真的无鲜蚕豆可食了。

苏州人还是想吃，觉得没有吃够，于是就将比较老的蚕豆剥去蚕荚，再剥去豆壳，只取豆肉，用来烧豆板酥、豆板汤等。二十世纪八十年代前，一些茶食店会供应油氽豆瓣，就是油炸的蚕豆豆瓣，买回家撒些盐是很好的吃粥菜或下酒菜；茶食店还会青豆瓣拌以薄荷糖，黄豆瓣拌以玫瑰糖，作为苏州的一种特色茶食。这样蚕豆可以全年都吃到，感觉生为苏州人吃福真好。据我的报社同事王颖老师介绍，南京人不仅爱吃蚕豆，还会做蚕豆糕，方法和做绿豆糕差不多。

蚕豆的风味如何，不仅和产地、品种、新鲜度有关，还和这一年的气温、降雨量有关，当然也和烹饪方法有关。苏州人烹饪蚕豆当菜，往往油重、葱多还要多放糖（俗称三重），考究的用笋片或笋丁（以早春时熬好的油焖笋最好，笋嫩而油润肥美）同炒。有的菜馆的蚕豆菜还要放火腿丁，而且一定要用金华火腿，这菜绿中间红确实色美味佳，母亲有点反感这种奢华，但今天已是司空见惯的事了。不过这样的苏州风味蚕豆菜，外地人不知适应否？现在讲究要吃得健康，厨艺有所变化，苏州人烧蚕豆菜看时，油、糖已都有减量。

总之在苏州，吃蚕豆的学问之道大矣哉，一篇文章很难讲清楚。

难忘的野火饭

剥去种皮的蚕豆肉还有一种很好的吃法，就是烧蚕豆饭（蚕豆尚嫩时，可不剥去豆壳烧饭）。

用豆肉烧蚕豆饭，过去以苏州人最喜欢的名叫"牛踏扁"的蚕豆为好。这种蚕豆粒大而酥糯。现在有一种日本种的大阪蚕豆，品质甚优，吃口和"牛踏扁"差不多甚至更佳。

苏州人烧蚕豆饭是各显神通，各家风味各有其妙。烧蚕豆饭放点配料会更可口，或配火腿，或配香（腊）肠，或配咸肉，或配酱油肉，烧饭时还要起油锅，将蚕豆肉和咸肉丁或火腿丁等一起下锅煸透，再放米焖烧成饭，临盛饭时，揭开锅盖往往还有趁热拌入少许猪油者。这样烧出来的蚕豆饭可以说是蚕豆饭中的贵族了，当然可口；也有人家清烧蚕豆饭，盛在碗里后，趁热饭上放一匙赤砂糖，一边慢慢吃，一边看着赤砂糖慢慢融化渗入饭中，其香其味也是十分诱人。如果追求小资情调，放桂花糖酱、玫瑰花酱，甚至放炼乳、椰奶（椰浆）……也是别有风味。

苏州人吃蚕豆饭，可能是从"野火饭"发展而来，这是江南农村缅怀先人在野外环境生存的一种古老民俗。以前农村孩童们在野地里搭个土灶，到邻居家讨要米、油、盐，到别人家地里去"偷"蚕豆，还要"偷"些竹笋、豌豆及一种叫"薏葱"的食材（大约是野蒜、薤一类野菜），放一起焖煮成饭，说是吃了这样的野火饭，孩子会身体健康，不会疰夏。当然城里的野火饭成了一种名堂，不是一定要去野外吃。《鲁迅日记》中记载：1933年5月"六日晴。午保宗来并赠《茅盾自选集》一本，饭后同至其寓，食野火饭而归"。这天是星期六，也是农历四月十二，立夏，当时鲁迅住在上海大陆新村，保宗就是茅盾，中午时带了新出版的书，来赠给鲁迅，就在鲁迅家里吃了午餐，饭后茅盾邀请鲁迅又去他家同吃了野火饭。估计茅盾家里早就准备了野火饭食材，因此相邀。鲁迅一听有野火饭吃，欣然赴邀。这表明野火饭不是非要去野地里烧了吃，又表明两位浙江老乡住在大都市里，还不忘乡土民俗。两位大文豪同吃野火饭，可以作为蚕豆饭的一段佳话。苏州的吴江，和浙江许多地方风俗相同或相近，立夏那天也有吃野火饭习俗。

虽然大文豪还在坚持叫野火饭，但在田里集各家食材烧野火饭的习俗今天已渐渐消逝在时光里，家里灶上烧的就叫烧蚕豆饭了。烧时用蚕豆肉和米，一半对一半，当然，蚕豆肉和米并无严格比例。米有用纯糯米的，有用纯粳米的，比较适当的是糯米和粳米一半对一半，也可以根据自己口味来配比。

放肉丁、香肠等烧出的野火饭或蚕豆饭，自然是饭香味腴。但我母亲烧蚕豆饭是将米淘洗后和洗过的蚕豆肉一起下锅，其他啥也不放。放入冷水，大火烧开，过一会儿揭开锅盖，见水已不见，将锅中未煮透的饭粒，用勺轻翻，让米、豆均匀，然后再小火焖烧一会儿，熄火后还要再焖二三十分钟。母亲的素蚕豆饭，色彩淡雅，因不用盐、油、糖，虽比较清淡，但因没有其他食材的打扰，清香沁人心脾，慢慢吃、细细嚼，口中回有甜味，是最原汁原味的蚕豆饭。

我小时和母亲同走过艰苦的岁月，她烧的清蚕豆饭，清香而有至味，让我回味无穷，思念至今。

此豆在日本，冠以一中国和尚名……

复杂了！这豆角的芳名有点多

有一款好吃的菜叫焖豆角，细分有土豆焖豆角、肉片焖豆角、牛肉焖豆角、鸡肉焖豆角……有的说这是鲁菜，有的争辩说，不不不，这是东北菜，还有人说，放了咖喱会色香味更诱人，那这算什么地方的菜啊？还有一款美味的饭叫焖豆角饭（或叫豆角焖饭），还放了胡萝卜、肉丁……焖豆角饭和焖豆角菜一样，籍贯属何方宝地，也说不大清楚。

能叫作焖豆角的四季豆菜，应该是干煸四季豆，或者叫干烧四季豆吧，我们都不会在乎这平淡无奇的家常菜的吧，但稀奇的事来了："2000年12月的一天晚上，小布什夫妇、弟弟杰布夫妇、妹妹多罗西夫妇和现任美国国务卿赖斯共7人来到'北京饭店'为杰布过生日。他们对这里的菜肴已经非常熟悉，不看菜谱就直接点了北京烤鸭、椒盐大虾、北京风味羊排、干煸牛肉丝、干烧四季豆这5道菜……如今5道菜肴在北京饭店已经声名远扬，被称为'布什菜单'，许多慕名而来的食客只要开口说'布什菜单'，饭店肯定不会上错菜。两代布什总统每次到这里来吃饭都在一张号码为'N17'餐桌上用餐，于是'N17'这张桌子渐渐有了名气，这个包间还被戏称为'总统房'，很多客人包括北京来的游客，订座时都点名要这个包间。"

焖也好，干煸或干烧，这烹饪方法差别不大，大致说来是北方的风味。

对南方人来说，不仅对四季豆的烧法有点迷糊，而且对豆角究竟为何物也不大搞得清楚其概念。比如苏州人就会一脸惘然："豆角是啥物事？不晓得唦。"北方人可能会心里骂苏州人，居然不懂豆角是啥玩意，是开玩笑呢还是要吃补脑汁了？——不要动气，是真不明白。

网上查了一下，豆角有说是长豇豆，有说是四季豆……前辈作家汪曾祺说北京人叫作扁豆或"棍儿扁豆"，似乎北方将豆类作物鲜嫩可食的都叫豆角。那好吧，朦胧也是一种美，就不要过多花心思一定要去搞清楚它了。

不过细看那些谈豆角的菜谱、文章，似乎是四季豆居多。不知诸君发现问题没有，唐诗、宋词、元曲中没有提到过四季豆。而名字的不确定，正说明此豆登上中国人的餐桌，时间不太久。

百度了一下，是这么说的："四季豆原产于中南美，从墨西哥遗址的出土品中，可以推定大约7000年前就已开始栽培，若此推定可信的话，四季豆可说是最古老的栽培植物之一。由于一年之中能收获三次，所以称为四季豆，四季豆是菜豆的别名，菜豆是豆科菜豆种的栽培品种，学名：Phaseolusvulgaris L。又名：芸豆，芸扁豆、豆角等，为一年生草本植物。在浙江衢州叫作清明豆，在中国北方叫眉豆，在四川等一些华中地区叫作四季豆，是餐桌上的常见蔬菜之一。"

事实上四季豆名字甚多，"各地还俗称为芸（云）豆、玉豆、二季豆、时季豆、架豆、云藕豆、四月豆、联豆、梅豆、豆角、敏豆、龙爪豆，等等，难以穷尽"。有位张箭教授以四季豆名字多到"难以穷尽"来形容，可见其名真的凌乱。

扶桑以中国高僧名冠名此豆

想来四季豆名多而乱的背后，必有历史缘由。百度的介绍中，有这么几点信息值得注意，一是说四季豆是外来物，祖籍地远在中南美洲，二是说它也叫菜豆，虽然菜豆这个名在长三角地区比较陌生，但此名值得注意。至于何时进入中国，如何进入，先到哪个地方落脚，如何再扩至全国的，都语焉不详，这其实也是可以理解的，因为四季豆进入中国的这些问题，确实还没有搞清楚。

我请教了一位定居东京的常熟女生，四季豆在日本叫什么？她回了我一个日语词"インゲン豆"。后来我又请教一位在上海专门电话接受日本旅游者咨询的张家港市女生，她说："インゲン豆的インゲン，现在用片假名，表示是外来词。"东京的常熟女生补充说，日本人也写作"隐元豆"。インゲン，如果用罗马字母大致是YingGenn，就是隐元的读音，豆的日语发音大致是mame。

此前中国学者早就有所发现，日本曾经把四季豆叫作菜豆、汉豆，这表明日本的四季豆和中国是有关系的。至于现在日本正常的名字インゲン豆原意是"隐元豆"，是有来历的，隐元，是一位中国和尚的法名。

明末清初时福建省福州府福清县黄檗山福严寺有一位禅宗僧人、住持叫隐元隆琦，曾携二十名弟子，乘坐郑成功的战船，于1654年7月5日夜到达长崎，他的东赴扶桑，对日本禅宗界的临济、曹洞二宗的复兴产生很大的影响，他也是日本禅宗黄檗宗的始祖以及煎茶道的始祖。2017年为纪念中日邦交正常化45周年及长崎、福建结为友好县省35周年，同时也为了让更多人了解长崎与中国源远流长的交流史，日本长崎县厅发行《情谊永恒》一书，介绍长崎与中国的悠久交往史。书中介绍了从福建渡日，将四季豆、明朝体（即中国的宋体字）、稿纸等传入日本的禅宗高僧——隐元禅师。隐元豆，就是日本为纪念这位中日文化交流友好使者而命名的。和如此重要的人物和事件相关联，这也是四季豆的荣幸。但可叹的是，现在日本四季豆多用表示音节的假名（即日语字母）进行音读，而少用汉字"隐元"，这样，许多人就读其音而不知其名的本意了。

张箭在其论文提要中还介绍说："菜豆——四季豆分别起源于中美洲和安第斯山区。距今至少六千多年前，今墨西哥普埃布拉州的印第安人最早开始栽培菜豆——四季豆。一些现存最古老的菜豆——四季豆豆粒则为发现于今秘鲁安第斯山区的四千多年前的残粒。到地理大发现开始前，菜豆——四季豆的大田栽培已遍及今美国南部、墨西哥、中美洲和南美洲北部，成为与玉米、南瓜并列的重要的'三大姊妹'作物。16世纪初菜豆——四季豆传入欧洲，很快受到欧洲人的欢迎并传开。大概在16世纪末，菜豆——四季豆传入中国。1654年，中国的隐元禅师渡日弘法，把该作物传去。但明代文献中并无关于菜豆——四季豆的确切记载。直到乾隆年间，张宗法的《三农纪》才确凿、详细地记下了菜豆——四季豆。稍后，嘉道年间吴其濬的《植物名实图考》画下了菜豆——四季豆的逼真图画。在此期间，菜豆——四季豆渐渐传遍了全国，包括边远地区。今天，中国已成为世界上最大的菜豆——四季豆生产国和消费国。"他将菜豆和四季豆并称，大概两个豆名是同指一物吧。所谓明代文献并无菜豆或四季豆的确切记载，是他考证后的发现，约成书于1578年的李时珍《本草纲目》，也无菜豆或四季豆的记载，因此说此豆是在十六世纪末传入中国的，也只能是一个大概说法。但从隐元东渡携去此豆种来推测，似乎是先进入东南沿海地区的。

江南人尊重四季豆的倔脾气

四季豆进入中国后，很快推广开来，逐渐形成了有中国特色的变异、次生中心、栽培品种，如今成为中国人最爱吃的蔬菜之一。

此豆虽然名字众多，但在中国四季豆正逐渐成为最认同的名字。也许有人会疑惑，为何叫四季豆呢？是春夏秋冬都可种植还是都有收获呢？没有人能作这样的解释。有的地方叫二季豆，此名字虽小众，但却比四季豆确切。因为此豆幼苗对温度敏感，零度会冻死，所以此豆从华南到东北，下种的时间不一，但大致是一年可以下种的季节只有两次。

四季豆亩产量从1000公斤到2000公斤甚至3000公斤以上，售价常比叶类菜好，加上比叶类菜耐藏、耐运输，加上市场上四季豆销售情况好，很少发生销不掉的情况，所以农民喜欢种。四季豆依生长习性区可分为蔓性、半蔓性及矮性三大类型，各类型均有其优良品种，除各地培育的优良品种外，现还从法国、美国、日本等引进，也有从我国台湾地区引入的，什么供给者菜豆、优胜者菜豆、黑粒地芸豆、京都748、青刀豆5991、青兰湖、无筋四季豆……这些是从外面引入的四季豆新成员。丰收1号、乌金2号等四季豆名很具中国气派，其实是穿马甲的洋四季豆。这些四季豆有的产量高，有的豆实超长，有的生长期短，有的特嫩……各有其特长，大大丰富了中国四季豆家族，也更准确适合各国市场需求而有利于出口。

四季豆今天干煸、清炒、凉拌、焖烧、配荤、配素、做馅……吃法多

样，无不臻妙，不知我们感觉到了没有，不知不觉中真正是一年四季甚至天天都可以吃到它了。如今全国各地都有种植，加上交通发达、冷藏完善、物流给力、实体店（菜场）和线上交易争着给我们提供优质服务——四季豆的"四季"两字，在这个时代才真的名副其实了。

四季豆是一种固守自己天性的蔬菜，俗话用"四季豆油盐不进"来形容有的人的性格比较固执，听不进别人劝，但也表明无论油烹、水煎、加糖、加盐，四季豆都顽强地保持自己的原有风味。此豆的这一属性，江南人最为尊重，烧四季豆菜尽量避免浓油赤酱、大量用油、味道厚重的做派。就是盐、油炒透加水焖熟，小葱助香，最多烹一点生抽以助鲜味，这么简单的烹调方法为的是体现四季豆天然清丽之风味。假如一定要增加点味道，就用肉片同四季豆焖烧。但素四季豆才能品尝到此豆的真味呀，比如，用咸菜来烧四季豆，或煸炒四季豆放橄榄菜或梅干菜，我也见过四季豆同茭白片（或水面筋）同炒甚至不放酱油。这样的四季豆菜是不是有点味淡了？如果心胸中没有一点诗情，不会欣赏兰花、米兰、桂花、栀子花香，没有听过小巷雨声、鹂啭柳荫、弦索叮咚之类江南声音的，怎会欣赏江南味的炒四季豆呢？

从粮到油又到菜：豆的华丽转身

吾土所产，六谷之一

"人之初，性本善，性相近，习相远……"孩子们琅琅的读书声响起，谁都知道，这是《三字经》开头的四句。继续读下去，就会出现"稻粱菽，麦黍稷，此六谷，人所食……"

六谷中的菽，是古代说法，就是今天的大豆。

大豆被古人视为一种粮食，并列为最重要的六种谷物之一，《史记》里说韩国"地恶山居"，农业生产的环境差，"民之大抵菽饭藿羹"。不过以豆为饭，是一种粗粝的餐食，可能那时豆的品质还很差吧。

我们中国人对豆不离不弃坚持种植，品种不断改进，并一直将豆列为粮食，这个观念至今也没有改变，有人回家乡还吟出"喜看稻菽千重浪，遍地英雄下夕烟"的名句，从诗意看，稻豆还是同为粮食。

《诗经·小雅·小宛》有人吟唱道："中原有菽，庶民采之。"但《战国策·韩策一》却说："韩地险恶山居，五谷所生，非麦而豆，民之所食，大抵豆饭藿羹。"这句话引自《史记》，但将菽改成豆了，透露了人们在战国和西汉时菽改叫为豆的历史信息。

后来叫豆成为主流话语词，用菽字多为书面语，以显典雅。有趣的是我们很少叫菽，英美澳新等国的人或者说讲英语的人，却还在坚持中国的古音叫菽。

这有点神奇了是不是?

原来,大豆原产于中国,西部等高山密林里至今还能见到野生大豆。有人说在1804年中国黄豆被洋人引到了美国。大约他们来中国看到黄豆,请教的是中国官员或读书人,这些中国人在洋人面前当然要显得雅一点,就告诉洋人这叫菽,于是洋人就取名菽豆:英语Soybean前三个字母是中国"菽"的译音,后面四个字母意思是豆,这也说明,豆走向世界是勤劳的中国人民对人类的贡献。

但豆今天叫大豆,民间也叫黄豆。叫黄豆自然是豆粒成熟干后呈黄色而得名,但后来又多叫大豆,甚至渐渐成了正式名字。这又是为什么呢?

我想,大,表尊意之字也,大禹、大王、大臣、大兄、大师、大匠、大夫、大作、老大、大腕、大人物、大手笔……冠以"大"字的,都意思非同一般。这黄豆对人类的贡献大矣哉,顺理成章叫了大豆。如今是大豆为学名,含义包括干的黄豆和新鲜食用的毛豆。

大豆因蛋白质丰富,一直是人们摄入蛋白质营养的重要来源。借四川大学一位老师讲课时的介绍:"俗话说'五谷宜为养,失豆则不良',它的意思就是五谷的营养虽然很高,但是如果不吃豆类的话,会造成营养的失衡。……大豆作为蛋白质和油料作物,它的蛋白质占比非常高,约占40%,脂肪含量占20%,糖类含量占30%,另外还有8种氨基酸;同时它还含有丰富的维生素,营养价值非常高……"我看到有的材料说它富含蛋白质,是猪瘦肉的一倍,50克干黄豆的蛋白质等于100克猪里脊肉。过去城乡一般人家常常炒黄豆,既可以拌以调料当作一道菜,更多的是当一种有营养的零食。孩童吃点炒黄豆,比今天那些有很多添加剂的小食品,应该更有营养价值。上海有童谣唱道:"炒、炒、炒黄豆,炒好黄豆翻跟斗。"这是称赞吃黄豆对帮助孩子生长有益呢!

后来有人说它有美容作用,可以使女性的皮肤有弹性;说它有降血脂作用,可以帮助防止因为肥胖而引起的脂肪肝,起到预防心脑血管疾病的作用；还说它的淀粉含量少，是糖尿病患者的一个理想食品；又说吃黄豆有利于提高免疫力；还因为含有卵磷脂有助于改善大脑的记忆力和智力……大豆的优点确实是多，但也不宜神化，毕竟人体的健康需要营养丰富而均衡，食物吃得杂一点更好。

难忘那又香又美可以拌饭的豆油

黄豆被引去海外后，得到许多国家的重视。美国推广最力，2019年的种植面积大约是8000万英亩（这还不是最多年份，最多时面积超过玉米），产量逾亿吨，种植面积和产量都大大超过了中国。此外，巴西、阿根廷等国大豆的种植面积也都超过中国。

众所周知，大豆可以榨油，榨过油的叫豆粕，是上好的精饲料……也就是通过饲养家畜将植物蛋白转化为动物蛋白，而国民摄入多少动物蛋白，攸关国民体质，兹事体大。苏州海关（俗称洋关）成立于清光绪二十二年（1896），当时管辖范围几乎是不含南京的整个苏南地区，我看资料清末民初从苏州关出口的大宗商品中，就含有豆粕。豆粕富蛋白质，贫穷乏食的中国也很需要的啊，但也被日本等买去，岂不让人伤心感叹。

今天世界种植这么多大豆，外国豆农很大的动力是可以卖给中国。中国成了世界上最大的大豆买家，在世界大豆市场上出现，可以说是豪气万丈。中国买进那么多大豆主要是用来榨油，豆粕做饲料，所以我们国民能吃到那么多肉、蛋、奶和鱼，体质、身高是历史最好时期。这个变化也许关注的人少，但确实是国家巨大进步中一个亮点。

讲到大豆可以榨油，我认为这是大豆转变粮食功能后的一大贡献。

吃大豆油似乎已是常识，有人会说这不稀奇啊。花生虽也是重要油料作物，但却是在十六世纪才进入中国，十九世纪方有较大发展，在不长油菜、油茶和花生的地区（过去物运难），长期以来是大豆挑起了食用油的重担。

在许多地方，会有油坊路、油坊桥、油坊巷之类的地名，这就是榨油作坊留下的历史信息。今天榨油的方式已很现代化了，但在生于上世纪前二三十年的人来说，他们吃不惯店里买来的食用油，说是不香、不好吃什么的。这代人今天已大多告别这个世界了，但我以前常听到他们的感叹。

1969年正是风起云涌年代，我外祖母带我去淮河南岸、苏北灌溉总渠南的嵇庄避风头。淮河以南都属江南，但其实长江北至淮河之间区域的经济水平和生活方式，和苏南、浙北差异很大。这个村里甚至连小店都没有，买盐啊烟啊针头线脑啊都需要逢五逢十赶集，但村里却有一个油坊。

这个油坊是个土坯草房，也仅三四间，人来人往的，也是村里的一个热闹场所了。特别是冬天，油坊里热烘烘的，人就更多了，而且多为年轻人，交流虽热烈，但没有听到过一句谈男女的话，是村风好还是今天作家写这类年轻人多的地方必加点料才有味，那就不清楚了。

油坊里有个大灶头和几个豆囤，主体装备是一条黑黝黝、油光光的木油车，有五六米长吧，趴在地当中，可能是村里最大的设备了。村民都会在自留田里种一点黄豆，收下后藏在罐子里。要吃油了，就拿出点黄豆到油坊去换油。

我常去看他们榨油，觉得十分有趣，几个月下来，了解了传统榨油或者说古法榨油的全过程。先是将黄豆轧扁，好似燕麦片那样子，然后上灶蒸熟后取出，放在竹篾绞编成的圈子里，竹圈里铺着基本全株的稻草或麦秸，熟豆片倒在稻草或麦秸上，再将稻草或麦秸捋过来盖过豆片，压实，像一个比锅盖大的大饼，再一个个竖排在油车的榨槽里，通常要放二十个左右。最后用厚板顶上，一根可以手工绞动的粗木柱顶着木板。几个人用力扳动粗木柱，让木板慢慢前行，压榨着槽里的那些豆饼。一会儿，黄亮亮的油顺着槽慢慢淌下来，这就是豆油了。刚榨出来时还热乎乎的，有股诱人的清香。

有次我叫维泰大舅的远亲将这豆油浇一小勺在饭里，让我拌饭吃。不用菜，一碗饭很快就吃掉了。在那个全村都是泥墙草屋的村里，这也是很奢侈的吃法。几个月后苏州局势趋向平静，外婆带我回到苏州，我想念那豆油拌饭，就用店里买来的豆油浇在饭上，啊，那真是难以下咽了——于是我就明白老一辈人感慨的原因了。

我曾去张家港市长江边的保税区里采访一家著名的食用油脂厂，采访中我请教一位技术员榨油方法。她说，通俗点讲吧，现在榨油主要用一种化学溶液把豆中的油脂溶解，然后通过加热蒸发、汽提，蒸出溶剂，留下油脂，获得的叫毛油，再做进一步加工，这叫浸出法制油工艺。这样的取（不是榨噢）油脂法，出油率高，但口感不能和传统法榨出的豆油相媲美，因此厂家有时会调点芝麻油等改善口感，才作为商品食用油出厂。问题是溶剂的回收，能否做到极微残留也没有呢？说到这里她不说了，用明亮的眼睛望着远处池塘里的黑天鹅，说这是公司养的，让我看……

我想的是另外的问题。就是不管用什么方法将大豆的油脂取出来，用于拌、炒、爆、炸……非常寡味的食材也可以变得美味，这就是豆在作为粮食的同时，也为菜肴做着巨大贡献吧！

毛豆籽入菜：配角还是主角？

大豆基本退出粮食行列，据说百分之九十是为食用油做原料，此外就是做蔬菜了。

进入烹饪界的大豆叫毛豆，少量是用干黄豆浸泡后煨蹄髈、煨猪爪之类，主要是用新鲜连荚的黄豆：因荚上有细毛，故称毛豆，供人食用的是鲜嫩青翠的豆籽。毛豆入菜有其独特的优势，比如色彩淡绿，雅致，比如细小，省了厨师刀功，又比如味道鲜美而且营养好……种种优点让毛豆成为今天餐桌上不可或缺的一种食材。

入肴用的毛豆，市场需求量不小，各地都培育出了一些优质品种，从苏州人角度来看，喜欢选吃口比较糯的毛豆，还认为荚上长金毛的毛豆，籽肉较糯，荚上长白毛的毛豆，籽肉较硬，苏州人叫"粳"，不太喜欢。殊不知

现在毛豆新品种经常出现新面孔，老师傅也未必一下子就讲得清楚呢。

　　毛豆分早熟种、中熟种、晚熟种，另一种分类法是中粒、大粒、极大粒等。名优品种有上海三月黄、杭州五月白、无锡六月白、慈姑青、成都白水豆、武汉黑毛豆、太仓牛踏扁……都是传统好毛豆，现在还有一些是从日本引入的或中国农技员培育的优良品种。相对说来晚熟毛豆生长期长，品质较优。

　　毛豆作为一种蔬菜，家族日益兴旺，加上冷藏条件普及，可以全年让人随意吃。

　　毛豆籽入菜，好像做配角为多。比如咸肉炖毛豆籽，咸肉片放碗里居中，四边放上毛豆籽，蒸好后咸肉香而腴，毛豆糯而鲜，一色淡红，一色淡绿，色香味都很不错。又如用毛豆籽焖煮小排骨，如果放个咸猪爪，那味道、那营养，都是极好的。毛豆籽和肉丝配上榨菜丝或或茭白或青椒同炒，是快餐店或食堂的主打"小荤"菜，如和蘑菇、木耳、茭白、香干、油面筋等同炒，那就是上品素斋了。

毛豆刚上市作为时鲜货必然价贵，一般人也就买半斤而已。父母等毛豆大量上市、价格便宜时，会买四五斤回来，剥荚取豆籽，满满一大碗呢，看上去派头很好。做法是起个油锅，毛豆籽和盐同入锅，火无须大，用铲轻轻翻动，这样炒较长时间，等到毛豆籽体积缩小，豆皮起皱，豆肉中所含水分大大减少后，放点葱末取香，就算大功告成。过去没有冰箱，这道纯以毛豆籽炒出的菜，可以存放好几天而不霉坏，做菜、佐粥或取一些配其他食材另炒一道菜，都是可以的。

另一纯毛豆菜叫焓毛豆，也有的地方就叫盐水煮毛豆，用带荚毛豆剪去两端，洗净浮灰，盐水煮熟即可食。苏州的太仓有特产糟油，毛豆煮好放凉用糟油浸拌了，嘿，做吃饭小菜或下酒菜其味卓越，上宴席做冷菜不觉得寒酸，客人也觉得风味甚佳，方法又如此简便，多么好啊。

如果要问毛豆籽入菜，在苏州何菜最有特色？

本来想推荐吴江的熏青豆的，但一想这毕竟不是菜，还是说下烧六月黄吧！

六月时螃蟹刚有点蟹黄，叫六月黄，洗净了一切为二，油煎了切口处，放上毛豆籽，加酱油、葱姜、料酒、水等无须细说，煮至豆熟了吃。您想，毛豆籽是素的鲜，螃蟹是荤的鲜，您那追求味道无止境的舌头，能挡得住蟹、豆两位大侠刀剑合一的凌厉攻势么？

秋来栗子香

良乡栗子，江南人就爱这北来的风物

秋风起，天气凉，秋分后有两大节日联袂来到，国人特别重视：一是中秋节，一是国庆节。这两个节日，苏州、上海、杭州等江南城市应景的美食很多，其中有一样是栗子，虽是很小的食物，却很有风味。

半个多世纪前，苏州古城里的小公园（又叫北局）和玄妙观里的广场上，还有阊门外的商业中心石路地区，到下午时，有的水果店会在店门口架了煤炉，用一口大铁锅，开始糖炒栗子。我本以为糖炒栗子是苏州的小吃，北方人却说是北方庙会的标配，苏州的糖炒栗子是从北方比如北京、开封传来的。也许是这样吧。

彼时的炒栗子，当然是人工炒的，不像现在是一只铁皮炉子，转啊转的，一点也没看头。开炒栗子时，一工人穿着长围裙，双腿叉开，双手持一尺来长、约巴掌宽的大铁铲木柄，气势很豪迈。锃亮的炒铲有节奏地翻动着黑色的炒砂，亮如琥珀的栗子在黑砂中出没着。更让人难忘的是，炒栗人还时不时将铲子伸进炉旁的桶里（桶里是饴糖），蘸一下提起来，铲上滴滴答答挂着金黄色透明的饴糖，将一铲饴糖拌在砂子里继续炒。空气里一阵阵飘来诱人的焦糖香，这大约就是糖炒栗子得名的由来吧。其实炒栗子放饴糖浆，不是为了让栗子壳有甜味，糖浆在炒的过程中早就炭化了。放饴糖是为了粘去栗子壳上的茸毛，炒出的栗子光亮好看，没有栗毛呛喉咙。

苏州炒的栗子，都来自外地。店里的红漆撑牌上用墨汁或广告颜料的白粉赫然写着"糖炒良乡栗子""糖炒天津良乡栗子"，老远就能看见。这良乡到底是天津下面哪个县，苏州人并不清楚，好像觉得也没啥必要去弄清楚，只要所炒栗子来自良乡或天津良乡，方为正宗。

在苏州人的印象里，良乡栗子比较小，不过吃起来有点甜，而且有点糯，炒食确实好，所以喜欢。后来才知道，所谓良乡只是一个镇，不过有点纳闷一个镇哪有那么多栗子卖遍大半个中国，还听北京人说良乡也不是天津的，是京郊房山县的。而且还有一个有趣的现象，上海的糖炒栗子也是标榜良乡栗子的（估计苏州过去的糖炒栗子只认良乡栗子是学上海），上海有人解释说：

> 良乡一带地近京郊山区、半山区，山里多板栗树。每年秋季收栗，良乡遂成集散地，以"良乡栗子"而出名。扯上天津，怕是另有原因。
>
> 天津地处华北平原下末梢，地势卑湿的海河出口，无山，素不产栗。但近代以来天津一直是华北最大的水陆码头，大宗货品由此装船经海路外运。津浦铁路通车前后，这一货运状况仍持续了很长时间。如此想来，那时的良乡栗子也很可能是经由天津港起运，送至上海的。上海生意人不识原产地良乡的确切地理位置，只知此物运自天津，也就稀里糊涂把"天津"同"良乡栗子"拴在了一起，而且以讹传讹多年，倒也弄假成真。

北京依托燕山山脉的地理环境，所产栗子品质优良，几乎成了北方栗子的代表。因为栗子是一种先用种子培育发芽、再接穗嫁接的树，农民在嫁接时，自然会选良种栗树穗。于是，村里某家的栗子品质优良，很快会成为全村皆种，再扩散至周边，北京的小个子栗子，就是这样成为地方优质栗子品种的，现在密云、昌平、延庆等区的许多乡镇已经实施燕山板栗国家地理标志产品保护。如果江南人吃到以良乡为名的正宗北京燕山栗子，那也是一种口福。

良乡栗子大多不产于良乡，这和哈密瓜好称伯仲，哈密瓜未必产自哈密，不过因在那里集散而出名，商家后来搞清楚了，有时会悄悄地改"密"为"蜜"，意思是让人甜到笑哈哈的甜如蜜的瓜，自以为能避免尴尬了。

大家庭里的"小家碧玉"

中国是世界最大的栗子种植国家，种植历史悠久，经过千百年的选种培育，栗子品种也多，大概优良品种百多种是有的吧。培养选育栗子，要求不同，有的要能抗旱或抗病虫性较强；有的要耐贮藏；有的要果皮深红或紫黑色，油亮，美观，果粒整齐，卖相好；有的追求晚熟；有的要求丰产、稳产性强；有希望品质优良，能抗逆……还有的希望栗子大、产量高，比如良乡栗子一斤大约60个，而借助日本栗基因培育出的湖北新岳王栗子，均粒重20克以上，一斤栗子才20来个。这样就导致中国栗子品种多而各有各的风光。

南方良种栗子有浙江上虞的魁栗、苏南地区的宜兴和溧阳的焦扎栗，安徽舒城叶里藏、湖南邵阳它栗以及更南的广西大果乌皮栗、广德大红袍等等，好像南方栗子淀粉含量要多一点，当粮食、食品生产原料很不错。

北方名种栗子似乎更多一些。除北京外，河北迁西是我国著名的板栗之乡，那里的四大名栗大板红、燕山魁栗、燕山早丰、燕山叶里青等，特点都是又甜又糯，最对沪、苏等南方人的胃口，所以上海人、苏州人吃的所谓"良乡栗子"，很多是迁西板栗。不过不要以为北方栗子果粒都是小的，像胶东半岛的莱西大板栗，平均栗重在20多克呢。

苏州西郊在太湖边有一点山陵，农民在山坡或山脚下的果树林间大都零散栽种一些栗子树，清《太湖备考》载："栗出东、西两山，东山西坞者尤佳。"据说现东山栗子的栽种面积约800亩，因栗子肉呈鲜黄色，十分悦目，当地人叫"东山蛋黄栗子"。到秋色渐深大致9月下旬时，洞庭东、西两山的农民，就会带着栗子到城区来卖了，正好赶上国庆、中秋两个节日。两山栗子比良乡栗子大，产量不多，农民进城穿街走巷卖一般是两小竹篓子，每篓通常十来斤。

因洞庭东、西两山都在太湖中（东山大约在清中期时和陆地相连，成了半岛），是太湖的甜水和氤氲的水汽养育了栗子树，也许两山栗子可以叫作苏州太湖栗子。

两山的栗子，栗子壳的颜色为油亮亮的褐色，因为过去苏州是丝绸、纺织重镇，苏州人对颜色普遍敏感，有种褐色既不同于咖啡色，也不同于赭石色，就叫它"栗壳色"。"我想买栗壳色灯芯绒"，"阿有栗壳色方格羊毛围巾卖?"今天如果这样对营业员说，估计营业员会一头雾水对你翻白眼了。

因为栗子树是嫁接繁殖，农民会选优良品种嫁接。两山栗子品种较多（也可以说是较杂），据介绍最主要的栗子品种叫九家种，又叫铁粒头，原产洞庭湖西山。这栗子适合密植，还有一个特点是嫁接苗结果早，苏州人吃蔬果喜欢抢先，早上市可以卖个好价值，因种植的农家多，十家就有九家种之说，故这一苏州培育出的优良栗子就叫"九家种"。此栗果实中等大小，平均果重12克，吃口也佳，被湖南等地大量引种，也许可说是最有名的南方种栗子。苏州两山还有油毛栗、稀刺毛栗、大毛栗、白毛栗、六月白、槎湾栗、小金漆栗、茧头栗、早栗、东阳栗、中秋栗、短毛中秋、乌子栗、南阳九家种、羊毛头、野毛箭、草鞋底、锥栗等，据说槎湾栗（东山有槎湾村）也是南方名种栗之一。这些品种都可视为宝贵的栗子种质资源，值得珍惜、研究和开发。

苏州的常熟，城西有座十里青山半入城的虞山，此山不仅名胜众多，也有栗子出产，但产量比市区的两山少，因此更显珍贵。当地人普遍认为，虞山的栗子和桂花树夹杂而种，因此栗子有桂花香味，享有"常熟桂花栗子"

的美称（其实是栗子品质自带香味，和桂花树并无必然关系），常熟人亲切地叫作本山栗子。南宋范成大《吴郡志》记载："顶山栗，出常熟顶山，此栗比常栗小。香味胜绝，亦号麝香囊，以其香而软也，微风干之尤美。"顶山是虞山北峰、面向大义镇方向，这"麝香囊"栗子是历史悠久的、小众的优秀地方特产。

虞山栗子采下时，剥掉带刺壳（叫壳斗，苏州人叫未剥壳的栗子为"毛栗子"），里面的坚果壳和一般栗子不同，是淡黄色的（可能采栗子较早），呈桂花黄色；也许是用栗子做的甜点心，上撒糖桂花，因此有了这样的美名。

此物为菜点，别有苏州味

苏州、虞山产的栗子，果肉质地细腻，有特殊的清香，本地人很钟爱。但是说实话，苏州栗子很难说形成了一种产业，相比起燕山山脉东端长城北侧的青龙满族自治县（属河北秦皇岛市），种植的"青龙甘栗"基地面积约20万亩，栗子大量出口日本；河北唐山市迁西县种植栗子50余万亩，"中国栗子之乡"名不虚传……苏州栗子树有数千株或万余株吧，自娱自乐恰恰好。因为自产栗子不多，但又喜欢吃栗子，所以苏州人就会吃到各种外地优质栗子。一些外地栗子质地较硬，苏州人认为是"粳性"栗子，不大喜欢，往往叫板栗。卖到苏州的栗子，还是以燕山、迁西这样的甜糯类品种，方受欢迎。

除了糖炒栗子讲究要良乡栗子，如果作为菜肴、点心食材，苏州人还是喜欢选用本地产的栗子。

苏州用栗子入菜，主要是栗子黄焖鸡、栗子红烧肉、栗子焖排骨等，这是秋冬季的应时大菜。栗子黄焖鸡作为苏州菜，有着很显贵的历史。乾隆皇帝在1765年第四次南巡到苏州，住在苏州葑门内织造府内的行宫里，闰二月初二晚膳，苏州织造府的长官普福进的菜肴是燕窝火熏鸭子一品、栗子炖鸡一品。皇帝吃得很满意，对普福等十五人有所赏赐（乾隆皇帝四下江南时，普福带三位苏州厨师赶到长江北的宝应接驾，大概是让苏州厨师先熟悉一下皇帝对饭菜的要求等情况）。

苏州还有一道栗子点心，那可是上得宴席的。将去壳去衣的栗子肉一切为三，烫栗子肉去衣后，用水煮熟，放冰糖、白糖，再煮一会儿，或勾下薄芡，业内叫玻璃芡，就可盛碗了。金黄色的栗子在琉璃般的汤（勾了芡）上撒一点金屑般的糖桂花，味道隽永，叫作栗子桂花羹，苏州著名前辈文化人周瘦鹃先生最喜欢吃了，是苏州秋冬时的一道家常点心，也可作为宴席点心。有的厨师做这道点心时，会将栗子肉削去"皮"，不知何意。过去苏州人家因秋季栗子上市时，也正是白果（即银杏）上市，会将白果同栗子同烧。白果有止咳定喘的食疗作用，已故苏州名老中医俞大祥先生九十多岁时曾告诉我他长寿的秘诀，就是每天生嚼几粒白果，许多苏州人认为吃点白果有益身体。

栗子也可用来烧素菜，比如栗子烧白菜、栗子烧青菜、栗子素鸡、栗子油面筋等。据说这些用栗子烧的素（蔬）菜，是佛门中的上等菜馔，也有人说是菜馆里的时令蔬菜。蔬菜中放栗子一是应时令，二是同样一道炒青菜，放了栗子味道更佳，三是价格可以提高一点，这是从利润考虑，四是栗子有点补益作用。中医古籍《名医别录》说它"主益气，厚肠胃，补肾气，令人忍饥"。

秋冬时（因以前栗子不耐贮藏，养成苏州人过了春节就不大吃栗子的习惯）家里用栗子六七个或八九个，煮一锅水，不用放糖，等水不烫后，当茶水随意喝，栗子或吃掉，或用于烧菜、煮粥。栗子水可以看作是一种纯天然的、有养生作用的家常饮料。

栗子的营养较好，古人说栗子"令人忍饥"，是因为栗子富含淀粉，可做粮食，但糖尿病人不宜多吃。记得我小时，母亲会买斤把栗子晒干，她说这叫"风干栗子"，告诉我苏州人吃风干栗子的习俗。她还出了四个老法头人（苏州话古人的意思）的典故让我猜，每个人各猜一个字：张良吹散楚王兵，比干死于无心菜，吕布杀死丁建阳，大闹东京锦毛鼠。我猜不出是啥物事。母亲说就是风、干、栗、子呀，还讲了这四个人的故事给我听。我被故事引起兴趣，就吃了半颗母亲剥好的风干栗子，但觉得一点也不好吃，不肯再吃了。长大后才明白，以前食物缺少，工作强度又大，吃两颗风干栗子可以稍解饥饿，母亲备一点正是此意。岁月悠悠，往事难追，现在食物是如此丰富，风干栗子亦早已退出苏州人的生活了。

辣火、辣虎、辣货……苏州人不知该怎么叫它

从此茱萸离开了厨房

过去听说过这样一个故事：有一次，有位北方人因"调爱"关系（新中国成立后至改革开放前，丈夫、妻子彼此都叫爱人，调爱就是因婚姻关系跨地区调动工作单位）到苏州工作。有一次他痔疮发，到厂里保健站看病，医生一边开处方一边对他说："你辣火要少吃点。"

"什么辣火？"

"就是辣椒，我们叫辣火，这东西属辛辣食物，就像火一样，你要注意忌口。"

他有点明白了："嗯嗯，苏州讲话就是有道理，这东西上火，辣得我屁眼火辣辣，所以叫辣火。"

厂保健站人一时无法解释，只是憋住笑。

他和丈母娘住一起，家里是丈母娘烧饭，考虑到这位北方女婿的生活习俗，丈母娘平时总要安排个把有辣椒的菜。他看了病回家就关照丈母娘："妈，医生叫我不要吃像火一样的辣火，你最近一段时间烧菜不要烧辣火。"

他丈母听他北方口音学说的苏州话，总感到别扭，一心要让他早日说正宗苏州话，就纠正他："什么辣火啊，辣虎！什么蔬菜都是性味蛮和顺的，就这东西吃到嘴里辣豁豁地像老虎咬人，满嘴都痛！一般苏州人不吃！"

后来他听人说，那辣确实就是一种痛感，痛感以后脑子里会来吗啡样的快感，不习惯的叫痛、讨厌，习惯的叫爽、喜欢。有次吃饭，他为了拍老丈人的马屁，没话找话，用很钦佩的语气感叹："苏州话真的很有道理的噢，把辣椒叫辣虎，对不喜欢吃辣椒的苏州人来说，那味道真的很凶狠！这是有科学道理的！"

老丈人笑了："那不叫辣虎，叫辣货。"他解释说："你看乾隆时的《姑苏繁华图》，那时苏州是全国性的物流中心，外地人运了这东西到苏州来卖，码头上人摊贩用到糖的叫甜货，盐腌的叫咸货，这辣的就叫辣货。"

这老丈人的知识大半来自听书，未必是学术见解，女婿虽然不明所以，但自然要点头不及："苏州古代交通发达，市面繁华，本地不产辣椒，有人从外面运来的就叫辣货，有道理！"

苏州话"火""虎""货"三字同音，"辣火""辣虎""辣货"，似乎都说得通，一定要说哪个是唯一正确，倒也不太容易呢！

这个故事真假无可考，但也说明了几个道理。

苏州本土不产辣椒，作为味道独特的菜，起先确实是外来货，说辣货好像也说得通。对温文尔雅的苏州人来说，嘴巴刚接触这辣货，感觉它的辣味，炽痛如火、猛烈如虎，惊叫："要辣煞脱人哉！"难于接受甚至有点怕怕，这场景也是可以想见的。

中国原先不产辣椒，西晋宜兴人（今属无锡市）周处（240—299）在《风土记》中记载："椒、樧、姜为三香，则自古尚矣。"这椒应该是花椒，而樧是茱萸。辣椒来到中国之前，人们要吃辣的滋味，就用茱萸。《本草纲目》中说："食茱萸，味辛而苦，土人八月采，捣滤取汁，入石灰搅成，名为艾油，亦曰辣米油。味辛辣，入食物中用。"

但茱萸之为调味香料，今天很多人是相当陌生了。我查到网易网上有篇花木君2017年10月27日的文章《茱萸的分类及鉴赏》，说茱萸分山茱萸、吴茱萸和食茱萸，前两种为中药，是不是都可以或某一可做辣味品，本人不知。

或说有一种食茱萸为芸香科落叶乔木，具有特殊香味。食茱萸的嫩枝密布锐利的尖刺，老干也长满了瘤状尖刺，连鸟儿也不敢在上面栖息，因此有"鸟不踏（栖）"之称。叶片为羽状复叶互生，长30—80厘米，小叶片为披针形，长6—12厘米，边缘有锯齿，小叶密布透明油腺，有芳香味，幼叶常呈红色，故又名"红刺楤"。很多凤蝶幼虫也喜爱吃食茱萸的叶子，为诱蝶植物。还有一种是食药两用植物，药用有温中、燥湿、杀虫、止痛的功效，食用一般作为调味品。茱萸为辣，今已难见，我讲不清楚，转述于此，以供参考。

辣椒入华，所向披靡

据专家研究，辣椒这东西原产地在美洲，是墨西哥、秘鲁、圭亚那等国印第安人的蔬菜，是哥伦布这样的航海家们带到欧洲（有人考证出是"于1493年带回西班牙"），然后就推广开来了。据传，辣椒被葡萄牙水手带入印度、日本，传入中国途径是借助海上丝绸之路，主要港口是广州、宁波，时间是十六世纪下半叶，也有可能还有其他路线进入中国，反正明朝书籍里已有辣椒这种植物的记载了。现在印度、泰国、朝鲜、韩国等和美洲等距离遥远的国家，已经无辣椒不欢了。我们中国虽然传入辣椒较晚，但如果画一幅吃辣椒地区的全国地图，也基本上全覆盖了。有的地方更是吃辣大省，比如就有"四川人（或说是江西人）不怕辣，贵州人辣不怕，湖南人怕不辣"之说，一定要吃到大汗淋漓才觉得爽，这些省都有绚烂多姿的泱泱辣文化让人又惊又喜。

辣椒进入中国并攻城略地普遍推广开来，茱萸为辣味调味品的使命也就基本结束了。

据查资料，1912美国药学家威尔伯·斯科维尔制定了度量辣椒素含量的一项指标，计量单位就叫斯科维尔，简称"辣度"。起点是一种毫无辣味的西班牙甜椒，辣度为零，朝天椒的辣度是3万左右。网上说有一种英国的

辣椒

叫"娜迦毒蛇"辣椒，辣度8760万至9700万，是目前吉尼斯世界纪录保持者。人们形容说，碰一下这玩意，人的思维都会停止，因此它的绰号就叫"辣掉你的头"。对这样凶悍的食材，吃不了但躲得起，没有人敢吃它了。但也有人说没有这样辣的辣椒，最辣的是一种叫"卡罗来纳魔鬼"椒，辣度160万至220万；或说是一种叫阴阳毒蝎王鬼辣椒，辣度166万。不过，这些魔鬼级的辣椒，笔者一种也没有见过，这里无非是掉书袋助谈兴而已。

而中国比较靠谱的辣椒之王，是有"中国辣椒之王"的海南"黄灯笼"，此椒从南美引入后，和中国辣椒杂交而得，其色金黄，状似灯笼，故有此名。它的辣度15万至17万，因为其辣，故又有"黄帝椒"的美称。在海南饭馆吃饭，有的餐馆桌子上会有一小瓶黄色的辣椒酱，这就是鼎鼎大名的黄灯笼辣椒酱，此酱也叫黄冠酱，因其辣在国内无出其右，辣界冠军之意。其实海南"黄灯笼"一般少入菜，主要用来制辣椒酱，将辣度调低至大约一般辣椒辣度的三倍，当地人夸耀说这海南特产"清新又爽口的黄灯笼辣椒酱，辣而不燥，辣而不腻"，比如陵水酸粉里会放一小勺，让外面人吃了顿生生死之爱的感觉。笔者请教了一些去海南旅游过的朋友，都表情复杂连说好辣好辣，苏州一些女士，在那里对这辣酱不闻不问，因为太辣了，不敢碰。

上海有一种玻璃瓶装的调味品，叫"梅林辣酱油"，应该有百多年历史了，为了区分浓淡，还分黄牌、蓝牌，是一种有代表性意义的海派调味品。本人二十世纪七十年代初到医院工作，首次学前辈的样子，用梅林辣酱油蘸白切馒头吃，当将这一吃法带回到小巷里，引起家人和邻居的惊诧，觉得这是上海人派头嘛！但现在看来，这辣酱油的那一丝丝辣，简直是不值一提的小儿科："这点辣算得了什么呢？"

——但也请不要小看，或许它是辣味进入江南地区的先驱之一呢！

清丽的江南，会成辣区吗？

辣这一不是味觉而是痛觉的感觉，还是征服了中国。不吃辣的江南，百多年前已有地方逐渐染上辣椒之瘾。比如浙江的衢州，就很能吃辣，当地的微辣让江浙不太吃辣的游人感觉是很辣、辣得吃不消，以辣而论简直是最不江南的城市，甚至连粽子也有辣的。而上海，既保持了"浓油赤酱"的本帮特色，但吃辣之风在海纳百川的上海吹得一直很顺畅，人民广场有家川贵商店，那是卖辣、麻、香等西南风调味品味老字号店了，什么巴蜀火锅、川湘特色……这类餐饮店在上海保守说也数以千家吧。从这一点来说，说上海菜肴有江南风，还莫如说上海餐饮市场华洋杂处，中国各帮汇聚，是世界美食之都、中国美食之海，至于说是上海风味的"本帮菜"，那也只是一种地标性的菜系，在沪上显得高大、珍贵，也有点孤单……

近三十年来江南餐饮口味的变化，最大特点就是辣风横扫，不过在各城市程度不同罢了。

苏州大约——也许可以带上无锡和常州，是最后归化吃辣的"部落"了，如果往大里说，苏州、上海、无锡、常州、嘉兴、杭州、湖州、宁波等长三角地区城市，原先都不是吃辣地区，现在吃辣的变化，发生在改革开放以后，又以年轻人居多。有人分析说，辣在很大程度上是盐的替代品，过去盐很金贵，西南一些地方如贵州就以辣佐饭，而长三角地区经济条件较好，辣作为一种风味入馔，大面积推广是较晚的事。

我犹记得1960年前后，苏州人还很少吃辣椒。要吃点辣味菜换换口味，也只是用两个辣味温和的羊角椒，或配上茭白，或配上冬瓜皮一同炒。因为苏州人认为茭白、冬瓜皮性寒凉，配上让人吃了有一种烧灼感觉的"辣火"后，这道菜的"菜性"就可以不那么寒凉了。有时也会用青椒炒肉丝，因为那时每人每月配额就半斤猪肉，当然不够吃。用青椒来炒肉丝，这道菜味道有点辣，苏州人舌头吃不消这辣，"啊，好辣！"就会饭吃得很快，会赞叹"青椒炒肉丝特别下饭"，用现在的话说，这菜很爽口。而且苏州人那时感觉红辣椒一定是辣味胜过绿辣椒，主要吃绿辣椒，这也是对辣椒少见多怪的原因。

后来苏州出现了一种朝天椒，有红色的、紫色的、绿色的，椒尖朝上，簇生，比小指尖还小，很娇小精致的样子。但在那时苏州人眼里这是世上最辣的东西了，认为其辣是辣到不能入口的地步，只能用来当观果植物。许多人家觅了种子来，将它种在花盆里，看它结的果子，有一层蜡光，有点像缎子的光泽，很是好看。苏州的园林、名胜古迹等景点，也会有盆栽朝天椒，放在墙边、路边等地方，作为一种赏果时间长的植物来装点环境。明代万历初高濂的《遵生八笺·燕闲清赏笺·草花谱》中记载："番椒丛生白花，子俨似秃笔状，味辣，色红，甚可观。子可种。"这是将辣椒列为草花类的观赏植物的较早记载，所以苏州人过去将朝天椒作为观赏植物，也是上续一段很悠久的历史文脉呢！

到秋天，朝天椒果子干萎了，苏州也没有人采摘了吃，原因是它太辣了。如果说有人吃一枚朝天椒，那几乎可以看作是打虎武松那样的英雄了。

苏州正宗的苏帮菜馆，基本没有苏味的辣椒菜肴，偶有尖椒牛柳之类供应，但这不属苏帮菜；干烧冬笋有一点辣，虽是苏帮菜，但这"干烧"手法，属于川菜，因此是不是民国时苏州大厨借鉴了川菜也说不定呢！有过用甜椒——苏州人俗称"灯笼辣火"、其实一点不辣的那种——做的菜肴，将其一切为二，去籽，将调好味的肉糜，塞在里面，先用油煎，然后放少量水（或高汤）、葱姜、酱油、少许白糖同烧，一道菜大约要用五只青椒，做成十只"青椒酿肉"，摆盘还模仿成青蛙，让成菜有苏菜风韵。苏州菜馆的大厨则将青灯笼椒上头去顶，掏去椒肚内籽等，仿佛是一只翡翠小碗，烫过后做容器，将熘虾仁分别装入后上桌，叫"翡翠虾斗"，是苏州著名的松鹤楼菜馆已故厨界大师刘学家先生所创的一道分食制名菜。

关于苏州人不吃辣，有人甚至认为是性格柔软的一种表现。对于辣椒的出现并进入餐饮，有人认为是一种"入侵"，甚至说是颠覆全球餐桌的"魔鬼"。其实辣椒在中国风行而独留江南在"顽强抵抗"，原因复杂：

辣椒占地不多，不挑气候、土壤，在中国大多数地方收获期长达半年，口味又重，拿来下饭，再好不过。这也是辣椒得以在清中期迅速而广泛地传播到各地的最重要原因，然而直到清朝灭亡的1911年前后，辣椒一直无法突破阶级的界限，其流传的人群仅限于乡村庶民，有些中农、地主也会吃，但城里的饮食罕有辣味。至于贵族和世家，更不屑于尝试这种"低贱"的味道……对于饮食文化拥有较大话语权的社会上层，把辣椒视为庶民饮食中最不可接受的部分，因此贵族世家的大厨们认为辣味不符合中国传统的"食疗"原则，也不符合调和的品味原则，味觉元素过于突兀，且会破坏高级食材的原味。事实上，贵族们所忌惮的，正是庶民所追求的，庶民要的就是辣椒的刺激、火热，能够盖掉劣质食材的味道，能够

下饭。因此贵族与庶民对于饮食的追求是截然相反的，也是不可调和的。（曹雨《中国食辣史》，北京联合出版公司，2019年）

辣椒作为庶民的蔬菜，当然最终会战胜贵族的舌头。到1949年前后，菜馆饭店的菜还大都不辣；改革开放后，人口可以自由流动，社会变革导致原有的阶级饮食文化结构破碎，辣味从吃辣区域内的农村走进城市，继而向东南沿海的江南地区和南方等地扩散。作为中国第二大移民城市的苏州，外来人口多，五方杂处，带来了川、湘、黔等菜系，什么辣子鸡、毛血旺、水煮鱼、麻辣小龙虾、鸳鸯火锅之类辣菜，多了起来。然而苏州人去吃这些辣菜不过是追求舌尖刺激而已，并不是像川湘黔人那般嗜辣，点菜后还再三关照只要微辣。辣妹子拿过菜单转身往厨房去下单时，忍不住要捂嘴偷笑。

如今苏州人对有辣味的辣椒不再像以前那样大惊小怪了，辣味这如火的热情让人胃口大开——而苏州人的舌尖有这点进步，还是可喜可贺的，对不？

西红柿，人人爱，又做汤，又做菜……

白糖拌西红柿，曾是遥远的梦想

1970年初夏，我还是初中生，在阳澄湖西南的倪浜大队参加夏收劳动。那正是看书如饥似渴的年纪和年代，一位农民偷偷借给我一本上海一位著名工人作家的短篇小说集。

因为他的《过年》等短篇小说曾给我震撼的印象，所以拿到书后连夜看了起来。书中有个故事讲到"我"去向一位画家学画，画家教画西红柿，并说，西红柿放冰箱冷藏后，切开后拌上白糖吃，是多么美妙——说时他还舔着嘴唇。但"我"发现老是那两只西红柿，原来是蜡做的。吃冰过再拌以白糖的西红柿，只是他的一个梦想。

新中国成立后，"我"再去画家家里，画家端出一盆拌了白糖的西红柿，笑着说，这是真的用冰箱冰过的西红柿。

吃冰过再拌了白糖的西红柿，在二十世纪七十年代，对于一个苏州少年来说，仍是遥远的梦想。不要说没有见过冰箱，西红柿也是很稀罕的东西。五十年代初，写冰箱、西红柿、白糖……作家还暗暗体现一种很洋气、中产阶级的上海情调。

第二年也就是1971年，有报纸刊登了一篇题为《从"隔夜愁"到百日鲜——贮存西红柿的哲学》的报道，说北京市崇文区副食品管理站实验小

组，通过学习毛主席哲学著作，运用"矛盾论"解决了贮存西红柿的难题，极易腐烂的西红柿因此能够较长时间地贮藏和保鲜。中央新闻纪录电影制片厂还专门拍摄了同名纪录片，那时没有电视看，拍成电影是很高的待遇。

这也透露出，在那个时代，西红柿是一种很娇嫩的蔬菜。彼时副食品供应，实行统购统销，由公社根据计划种植，收获后提供给城里的蔬菜公司，再由各菜场根据计划去供应站拉了到菜场出售，大筐运输，大筐出售，其间多次倒腾，损耗甚大（我采访听蔬菜销售业内人士说青菜的损耗约40%），加上西红柿容易腐烂，所以有"隔夜愁"之说（现在许多品种皮硬汁少，常温下可放多日而不腐烂，但也风味欠佳）。

因此地方政府安排蔬菜种植计划时，西红柿种植面积有所控制，市场供应少，市民不容易吃到。1962年就在苏州规模最大、位于阊门外的上塘街菜场蔬菜柜工作的沈荣来先生告诉我说，北方有冷藏西红柿的需要，苏州人吃蔬菜讲究时令，非时不食，故而不用冷藏。那时人生活水平低，对菜价一分两分的差别都很敏感，西红柿价格贵过青菜、萝卜数倍，买的人少，需求量少，也就种得少了。

因此，那位作家想通过上海人实现了西红柿的洋气吃法来歌颂新社会的幸福生活，在当时让人感觉有点假，而在今天年轻人未必会理解：什么？你们那代人实现这点欲望就已感觉幸福了？——只好老老实实回答：是啊，是啊，我们就是这样走过来的呀。

西红柿比青菜、萝卜显得高贵一点，这一印象的产生，除价格外，还可能和中国沦为半殖民地差不多有点同步。西红柿主要是北方的叫法，在长三角的吴语区，叫"番茄"，西、番，均有外国之意。晚清上海的西菜馆叫番菜馆，西餐叫番菜，番餐里用的这一中国本土过去所没有果实，其形似圆茄，就叫了番茄；而叫西红柿，是其果实必须熟透、全果呈红色时才能食用，名中有红字，体现出该蔬菜的特征，而西者，西方也，因此叫西红柿这名也挺好的。现在一般文章用西红柿比较多，但辞典里说它的学名叫"番茄"，两名并存，都很妥帖。

罗宋汤，细说由来感慨多

西红柿在中国入馔，来华外国人起到了引导消费的作用。

著名作家老舍1935年在青岛工作时写过一篇《西红柿》的杂文："想当年我还梳小辫、系红头绳的时候，西红柿还没有番茄这点威风。它的价值，在那不文明的时代，不过与'赤包儿'相等，给小孩儿们拿着玩玩而已。大家作'娶姑娘扮姐姐'玩耍的时节，要在小板凳上摆起几个红胖发亮的西红柿，当作喜筵，实在漂亮。可是，它的价值只是这么点，而且连这一点还不十分稳定，至于在大小饭铺里，它是完全没有份儿的。"老舍生于清光绪二十五年（1899），他系小辫子时，最晚也是在1911年前，彼时北京已有西红柿，但好像是观赏植物，结了果只是给孩子做游戏时玩玩，普通市民并不知可以用来做菜。但他说番茄比西红柿威风，其意今天有点费解。

想来用番茄做菜可能首先是在上海。因为早在大约1882年，沪上四马路（今福州路）就开出了"一品香番菜馆"，据说这是上海最早、中国人可以进去消费的西餐馆。目前我还没有确切的材料可以介绍这家番菜馆的菜单中有没有番茄做的西餐，但至少二十世纪五十年代苏州人普遍认为西餐要吃罗宋汤，是上海传过来的西餐知识。

苏州市中心的小公园东南角，有家民国时就享盛名的开明大戏院，戏院门口西墙开有一门，走下地下室却是家西餐厅，是许多苏州市民美好回忆中老牌而温馨的西菜馆。里面的招牌菜之一就是罗宋汤，那汤红红的、酸酸的还微有点甜，就着面包吃，风味和中餐汤大不相同，实在是别有滋味。

至于北方，老舍过了一周又在《再谈西红柿》杂文中说："记得前些年，北平的'农事试验场'——种了不少西红柿；每当夏季，天天早晨大挑子的往东城挑，为是卖给东交民巷一带等处的洋人，据说是很赚钱。青岛的洋人既不少，而且洋派的中国人也甚多，这就难怪到处看见西红柿。设若以这种'菜'的量数测定欧化的程度深浅，青岛当然远胜于北平。"以北京和青岛为例，西红柿在北方的普及，同样都和外国人在中国的引领消费有关。

过去上海滩所说的罗宋指俄罗斯、俄国，这一说法源自俄罗斯的英语为RUSSIA，因此较早时国人叫俄罗斯为罗斯，金庸的《鹿鼎记》中就是这样写的，我也为这请教过他。"罗斯"和"罗宋"，音甚相近，应该就是一词。

晚清和民国时，上海有许多俄国人，也比较活跃，开了许多俄式菜馆，做一种俄式红菜汤，红菜头煮出的汤嫣红带紫，极为夺目，配以牛肉，并以酸奶调味，在思想开放的上海滩很受欢迎。而红菜头毕竟国内栽培很少（至今仍是），有的国人要烧红菜汤就不太容易。也不知哪位厨界高人，改取番茄代替红菜头，用油炒过，炒出红汁，再配以牛肉汤、红萝卜、卷心菜、洋葱、牛奶和黄油炒过的面粉等，加水烧出微酸带甜、微稠、可口、金红色的汤，哦对了，还要放几片红肠，这菜就成了。

因未用红菜头，不能叫红菜汤，但又有俄菜风格，就以罗宋汤名之，意思是俄国汤。可以说，这是上海人研创出的一道极有特色的名菜，不过借了西餐或俄国的名头而已，完全可以申报沪上非物质文化遗产。

罗宋汤的出现，大大推广了西红柿：原来西红柿这么好吃啊！直至二十世纪九十年代，苏州三香路上有家著名的雅都大酒家，用西红柿、土豆条加榨菜，食材简单，因火工十足，熬制出的一道素汤，味道相当好，居然成为该店知名的特色菜。说穿了，也就是简化版苏式罗宋汤而已。

西餐博大精深，但在中国，牛排、沙拉和罗宋汤，成了西餐中分别代表热菜、冷菜和汤的三道经典菜，思前想后尤以罗宋汤最让人哭笑不得又难舍难分。

"西红柿，人人爱"，写进课文

记得1963、1964年人教版初级小学课本语文第三册有篇《卖菜》课文：

> "卖菜，卖菜！""卖的什么菜？""韭菜。""韭菜老。""有辣椒。""辣椒辣。""有黄瓜。""黄瓜一头苦。""买点马铃薯。""昨天买的没吃完。""请你买点葱和蒜。""光买葱蒜怎么吃？""再买两斤西红柿。""西红柿，人人爱，又做汤，又做菜，今天吃了明天还要买。"

安排这篇课文，大概本意是想让孩子认识一些蔬菜名吧，但因所有的菜都这不好那不好，结尾时就西红柿最好，吃法是既可做汤，又可做菜，效果是让人吃了还要吃，实在是一种"人人爱"的蔬菜，这样的课文当然会给孩

马铃薯

子留下西红柿是一种非常优秀的蔬菜的印象。也很可能是营养学家认为西红柿营养好，应该在国人中推广，才安排了这篇课文。

如果真要细说，这课文并没有夸张。西红柿进入中国人的餐桌，确实让国人惊喜不已——它的优点太多了：

一是其色是红的，除了苋菜、胡萝卜、红菜头、红辣椒外，这是食材中第五种自带红色的蔬菜，它的红，是红中透出金子般的黄色，非常明亮，无论油炒还是水煮，不会变色，独具风采。它的入菜，让菜肴大大增色。

二是其味酸甜，其酸在某种程度上可以取代醋，而酸味又比醋温柔得多，并且其香带有水果风格。苏州最有名的菜或许是松鼠鳜鱼了，苏州大厨考虑到外宾不习惯中国的醋味，听了外事部门的建议，改用番茄酱加糖代替

菜蔬清如诗

糖醋，又去骨……诸多改良，使这道菜变形、变味、变色，全面升华，成为苏州菜的代表性菜品。而西红柿的色香味无疑起了决定性作用。

三是营养丰富，生吃、熟食都可以，而且对人体还有其他益处。如有文章介绍说："西红柿有多种健康功效。……西红柿中的番茄红素可降低与年龄有关的前列腺肥大症，减轻膀胱压力，有助于前列腺肥大患者缓解尿频带来的烦恼。西红柿中富含多种维生素、自然抗炎物质及其他有益健康的成分。早期研究发现，吃西红柿有助于预防心血管疾病、脑卒中及前列腺癌。"

四是烧法多样，用途很多，既可当主角，又可当配角。西红柿炒蛋或番茄蛋汤，都是西红柿在前，应该是主角；又如茄汁虾仁，那是配角。甚至还可以做不能吃但作用重要的配角，苏州作家陆文夫在《美食家》中写资深吃货朱自冶请客，他的第一道私房菜是"清炒虾仁都装在番茄里"：

> 朱自冶介绍了："一般的炒虾仁大家常吃，没啥稀奇。……近年来也有用番茄酱炒虾仁的，但那味道太浓，有西菜味。如今把虾仁装在番茄里面，不仅是好看，而且有奇味，请大家自品。注意，番茄是只碗，不要连碗都吃下去。"我只得佩服了，若干年来我也曾盼望着多给人们炒几盘虾仁，却没有想到把虾仁装在番茄里。秋天的番茄很值钱，丢掉多可惜，我真想连碗都吃下去。唔，经朱自冶这么一说，倒是觉得这虾仁有点特别，于鲜美之中略带番茄的清香和酸味……

但文章也透露了，苏州用番茄酱炒虾仁，大致是二十世纪五六十年代的事，晚于青岛，还有番茄"比较值钱"，那时确是蔬菜中姣美而高贵的公主。

因和狗有关，这蔬菜尊贵无比

难解的龙狗和扁婆之谜

"文革"是一个普通人不具备谈论能力的历史非常时期，但作为过来者，有些事还是很有体会的。比如，彼时的看书，是一个大问题，有时甜酸苦辣、悲欢离合、峰回路转……让人难以忘怀。

因为中外名著、历史书等都成了"封（建）资（本主义）修（正主义）毒草"，必须锄而去之，烧掉是一法；或送造纸厂，那时候有段时间的草纸上，细看能看到两个残留的字，就是书被打成纸浆后留下的微痕。

但在社会底层，大多认为那时疯狂的烧书举动不是好的做法，因此许多人会以各种方法保护书。一种是藏书，把自家的书藏起来；一种是偷书，工厂、学校图书馆的书，烧书前就有被偷出来，被人知道了，大家不以为耻，反而觉得这书得以保存下来了，蛮好；还有是到废品收购站等去觅书……因为有了书，于是暗地里可以相互交流借了看。当一个寒夜一个同学来到我家里，从衣袋里掏出一本撕去封面改糊牛皮纸、切去三面边甚至拆开重新分册装订变得很小的世界名著，借给你看，那是多么让人感动和难忘啊。反而今天互相借书看、看了再交流心得，这道人际美丽的风景线淡得几乎看不见了。

我就是通过这样的借书看到了许多书。有次在姑苏城东、振亚丝织厂旁的虹桥浜附近，有位陆伯伯借我一本中国神话书，后来又从另外的人那里借到一本民间故事集。这两本书都有讲到上古时期有个王的故事，结合两书的情节，大致是这样的：

有个三公主非常漂亮，有次外敌入侵，父王起兵去抵抗，但被敌人杀死了，士兵只抢回了尸体而无头。三公主很悲伤，说谁能从敌人那里抢回父王之首，她就嫁给谁。但没有人敢去冒这个险。谁知有个叫盘瓠的龙狗，夜晚去敌营中衔回来了国王的头。于是三公主只好嫁给了它。狗驮着三公主进了山里，生下了孩子，繁衍成一个勤劳勇敢的民族，就是瑶族、畲族，狗也叫作龙狗。

这龙狗就成了瑶族、畲族的始祖。无须骇怪，人世间并无龙头狗或狗头龙这动物，龙狗应该是这两个兄弟民族的图腾。但这龙狗始祖有个名字，叫盘瓠。南朝范晔《后汉书·南蛮西南夷列传》中收载有这样的传说："昔高辛氏有犬戎之寇，帝患其侵暴，而征伐不克。乃访募天下，有能得犬戎之将吴将军头者，购黄金千镒，邑万家，又妻以少女。时帝有畜狗，其毛五采，名曰槃瓠。下令之后，槃瓠遂衔人头造阙下，群臣怪而诊之，乃吴将军首也。帝大喜，而计槃瓠不可妻之以女，又无封爵之道，议欲有报而未知所宜。女闻之，以为帝皇下令，不可违信，因请行。帝不得已，乃以女配槃瓠。槃瓠得女，负而走入南山，止石室中。所处险绝，人迹不至……经三年，生子一十二人，六男六女。槃瓠死后，因自相夫妻。"

宋元时代学者马端临根据唐《通典》中"盘瓠种国"记载，在《文献通考·四裔考五》（卷三百二十八）中说："盘瓠种，昔帝喾（kù）时患犬戎入寇，乃访募天下，有能得犬戎之吴将军头者，妻以少女。时帝有畜狗，名曰盘瓠。遂衔其将军首而至，乃以女配之。盘瓠得女，负走入南山（在国之南，即五溪之中山），止石穴中。生六男六女，因自相夫妻。织绩木皮，染以草实，好五色衣服，制裁皆有尾形。衣裳斑斓，语言侏离，其後滋蔓，号曰蛮夷。"这是说，这个公主的地位高至高辛氏家公主，而帝喾是三皇五帝中之一，《山海经》中最高神帝俊就是他。

436

但今天有学者认为盘瓠、盘古、伏羲，在很古的时代都是一个音，不是古人说的帝喾。反正伏羲也是三皇五帝中的一位，不必细究这太过遥远的事，但想不到的是，"瓠"这个字，指的是一种蔬食——瓠子。

民国时知名教授闻一多在《伏羲考》第五部分"伏羲与葫芦"中，以大量古籍和民俗材料论证指出，盘瓠、伏羲乃一声之转，"明系出于同源"，伏羲与盘古都是葫芦所生，或者说伏羲、盘古均为葫芦的拟人化。盘古、伏羲一人也罢，两人也罢，不仅是瑶族、畲族，而且也是中华民族的始祖、位居三皇五帝之一。

难道说帝喾、伏羲是瓠子？或者说帝喾的女婿也是瓠子？

那位借书给我的老者解释说，瓠就是我们吃的蔬菜扁婆，上海人叫夜开花，也有的地方叫瓠（hù）子。

什么呀，那扁婆（今多写作苏州话同音字蒲，下文按今习惯仍用蒲字）竟是我们的始祖，那不就成了尊贵无比的一道蔬菜了？而我还常理解扁婆之所以叫"婆"，是因为这菜滑滑的，容易嚼烂，适合老太婆吃呢，没想到它和民族的始祖有关，这"婆"是指高辛氏三公主？真是汗颜啊……

祖先留下的宝物

我们的祖先很早就利用葫芦了……但扁蒲、瓠子怎么搞到葫芦上去了？

葫芦和扁蒲、瓠子，本是一种植物。有说是从外国，如印度或非洲某国传到中国的，因为在那里还有野生的植株。但至少在七八千年前，我们的先祖就已利用它了。在河南新郑裴李岗、浙江河姆渡等新石器时代遗址，都发现了葫芦皮和种子，我们长江下游太湖流域的崧泽文化也有发现。因为嫩葫芦不会留下，只有老化的外皮和种子才有可能保存在遗址里。

葫芦老化的外皮，讲得好有学术味，说穿了，就是瓢，俗话说"按下葫芦浮起瓢"，其实两者本一物，葫芦一剖为二，就是瓢，用于舀水，我小时就用过。我看电影中，民国时北方农村舀水多是用瓢。

但是，葫芦在发展中，有了变异，一种是下圆球形、上是长柄，就像京戏里的兵器锤子，这就是葫芦、瓠子；还有一种长条形的，绝对长不成葫芦形，这就是扁蒲、夜开花；还有一种是我们看到传说中的八仙之一的铁拐李，背着一个葫芦，这或称细腰葫芦、桠（亚）腰葫芦、丫腰葫芦。这三种在嫩时都可以食用。相对说来，江南只食用扁蒲，北方多食用葫芦。还有一种很小的细腰葫芦，长不过三四寸，那只能做把玩之物，不堪食用。

有一次，我家里聘请了一个安徽籍钟点阿姨来做点打扫事情。她带来几颗种子，种在楼下公共花园里，结果长出了藤，夏天时结出了葫芦，引得邻居都来看。她说嫩时采下可食，我颇意外。元代古籍有"亚腰者可盛药饵"的说法，葫芦只能装酒、装药吧。一天，她采了下来，去皮切片，放虾米放葱，烧了一个菜，让我们品尝。尝尝味道清淡，和扁蒲没有什么区别啊，最多因为新鲜好像味道略鲜美吧。邻居采了去烧作菜吃了，也说是扁蒲味——因此而知道，原来两者本一物。

在苏州道教看来，葫芦颇为神奇，有避妖祛邪之神力，不仅道观中常可见到葫芦状的装饰物或纹样，普通百姓家里挂个葫芦可保合宅平安，正对门口有个电线杆、墙角之类什么相"冲"之物，也常建议门内挂个葫芦就可以反克而无事了。宝塔顶上也往往安有一个金属的葫芦，有的还贴以真金，大概也是取吉祥或镇邪之意，可见佛教也是相信其神奇作用的，不知是否帝俊（《山海经》中的大神）、伏羲信仰的痕迹。想到这里，不由想到在那非常岁月寒夜送书来的同学，他母亲高寿健在，让她吃个葫芦，不是有祝颂之意吗？同学也觉得情谊难却，特地赶来取，还连声道谢。

一只嫩葫芦巴巴地当特殊宝物赠送，还说有祝颂之敬意……不要再夸张了好不好？北方朋友听说了恐怕都要笑岔气了。

扁蒲还分阴与阳？

瓠子作为食品，历史悠久，《诗经·豳风·七月》中说："七月食瓜，八月断壶。"壶就是瓠，也叫葫芦，断壶可以理解为采摘或切碎食用，但此诗将瓠叫作壶，难免让人联想：上古时人作陶器叫作壶，应该是从瓠那里得到启发吧，这也许是最古老的仿生制品了。李时珍在《本草纲目》中说，盛酒为壶，盛饭为卢，葫芦原是壶卢，因瓠（瓢）的不同用法而分别得名。

三国时吴国吴郡吴县人也即苏州人陆玑，在其《毛诗草木鸟兽虫鱼疏》中说，"瓠叶少时可为羹，又可淹（腌）鬻极美，故诗曰'幡幡瓠叶，采之亨之'"，他说扁蒲嫩叶也可作羹，但这道苏州菜今天已经失传了。至于说瓠之为食，孔老夫子就说过："吾岂匏瓜也哉？焉能系而不食？"元代王祯《农书》说："匏之为用甚广，大者可煮作素羹，可和肉煮作荤羹，可蜜煎作果，可削条作干……"又说："瓠之为物也，累然而生，食之无穷，烹饪咸宜，最为佳蔬。"匏是球体的葫芦，瓠是长圆形的葫芦，在那时算作两个品种的蔬菜。

扁蒲，今天是一种夏季吃的瓜类蔬菜，比古代"八月"要早，为的是吃其毛茸茸的嫩果实。

扁蒲含有丰富的维生素、有机酸及多种微量元素，但因味道清淡而受到喜爱。扁蒲中含有一种葫芦素，据说此物有激发细胞免疫和保护肝脏的功能，还说它有利水、清热的功效，当然这都指食疗方面的概念，或许对肾脏或心脏疾病引起的水肿，还有肝硬化腹水，有一点食疗角度而言的辅助功能吧。扁蒲在民间认为有清暑的作用，夏天吃非常适宜，又因为清淡，吃了不会让人肥胖。想想这一蔬菜是我们祖先从葫芦中选育出来的一种蔬菜，心里还是有点感激的，但上古时人会不会对着扁蒲祭祀、磕头，想想又对这蔬菜不知说什么好了。

有的地方认为扁蒲有阴、阳两种，而在苏州，认为扁蒲有甜、苦两种。后来了解到，所谓阴，就是甜扁蒲，阳，则是苦扁蒲，其实是一回事，说法不一而已。

过去，苏州主妇到菜场买扁蒲，有的会用指甲在扁蒲头上掐一点，尝一尝，味道苦的就不买。这样做，好像行为有点不雅，但也是有道理的。因为，微甜的扁蒲，烧出的菜非常可口，而舌尖一尝感觉苦的扁蒲，含有一种叫碱糖甙的植物毒素，加热后也不易被破坏，误食后就可能引起食物中毒，轻度中毒表现为口干头晕恶心乏力，重度中毒可表现为腹痛腹泻、频繁呕吐，甚至会危及生命。换句话说，甜的扁蒲可放心食用，苦的扁蒲千万别吃。不过现在菜农也是精心选种，绝大多数扁蒲是甜的，质量上乘。

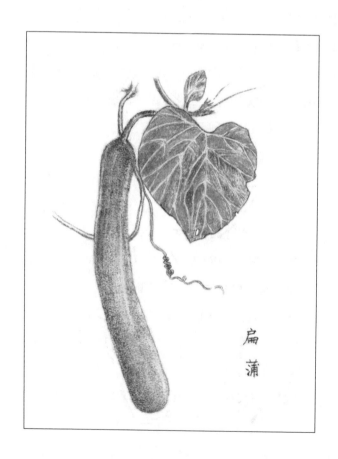

扁蒲

夏天用扁蒲烧菜，清烧的少，一般要配以虾米（皮）或咸肉片或小排骨等同烧。还有一种纯素烧扁蒲，是用初夏时剥好的蚕豆肉（苏州人叫豆瓣）和扁蒲同烧；如放点嫩扁尖同烧，并不放酱油，味清淡而鲜美，暑热季吃十分适口。苏州人烧扁蒲，大多是宽汤，显得有点像汤又有点像炒菜的样子，不过以白烧为多。玉白色略带透明的扁蒲肉，微显淡翡翠绿，看上去非常赏心悦目。

　　扁蒲去皮后，切成约两指高的段，掏去中心的瓤，塞以拌好料的猪肉馅，入油锅两面微煎后再放水煮熟（放少许生抽），就是著名的苏州菜"扁蒲塞肉"。当然具体烧时还有肉馅中拌入葱姜，塞好肉馅后两面抹一点水淀粉，起锅前淋点麻油，或撒香葱末，或放枸杞子，讲究的撒上玉白的干贝丝，最高档的撒少许红红的火腿丝，这些细节由主妇（或饭店大厨）各自发挥，风味略有差异，但都很可口，是夏天的应时佳肴。此外，扁蒲烧汤，也是很好的，方法基本上和烧冬瓜差不多。

后记

　　苏州大学附属第一医院胃肠外科的主任医师、博导毛忠琦教授和副主任医师殷骏博士、主治医师吴润达博士组成小组，采用外科手术治疗各种病态性肥胖，在苏南地区有良好影响。他们有个为病人服务的微信公众号，约我每周义务撰写一篇清淡素菜的小文。为病人服务我当然愿意，但以前学过的普外科知识已趋向于零，我为此阅读了美国的《微创外科学》专著和一些论文，了解此学科专业知识，专门采访了三位病人，亲耳听到病人评价疗效很好，于是才答应了。一年写下来，写有50多篇，我敝帚自珍，这些素菜菜单式稿件没有丢弃。

　　2020年年初，我携家眷出去过春节，谁知春节期间我国出现新冠肺炎疫情，只好住在没电脑也无网线的外面，不能回家，办公的地方也不能去，原先计划要做的事也无法做了。看到手头这素菜初稿，想到了过去我和父母一同走过的岁月，也想到了一些关于菜蔬素食的逸闻趣事，经过思考认识到蔬菜在江南人生活里的重要性和种植、供应的深刻变化，特别是了解了经过南朝梁武帝提倡食素后，影响深远，加上四季分明、特产丰富，江南菜蔬的独特性和苏州在江南素食文化中的地位，形成了从民俗、文化、哲学、健康、历史、家庭等多角度对蔬菜、素食的一些看法，无疑，著名纪录片导演任长箴老师在其作品中对饮食中反映家庭亲情、伦理、地区文化等哲学探索，通过食物反映百姓的丰富内心、体现人和食物本来关系的写作理念，对我影响很大，让我对此书写作的思路明晰起来。

　　于是就借这50多篇简单稿子为基础，充实，改写、补写成这部约30万字的书稿。

我是烹饪界的外行，好在中国饭店协会顾问、江苏省烹饪协荣誉会长、苏州市烹饪协会原会长、苏州饮食文化研究会会长、著或主编《食鲜录》《苏州吃》十部专业著作的华永根，吴越美食推进会创始人、上海食文化研究会首席顾问、吴江区非遗保护专家、《寻找美食家》一书作者蒋洪，著有三部菜谱书的苏帮菜十二宗师之一、中国烹饪（资深）大师鲁钦甫，三人答应做我写作此书的顾问，不仅对我写作时涉及的业务知识把关，随时解答我的咨询，有的细节问题还和我进行讨论，至少在烹饪业务上，不致闹出笑话，并对书稿作了认真审校、修改；《新华日报》主任记者、无锡记者站原站长冯金涛，审看了部分稿件，主任编辑王颖也时有指导。

我们国家发展变化巨大，有些问题非常专业，南环桥农副产品批发市场对我写作有帮助，今天的情况和过去大不一样，他们在市场上打拼出来的专业经验和体会，大大拓展了我的视野。

为了此书，许多人还为我提供了重要的帮助，如苏州图书馆古籍部副研究员钦朝晖，苏州市吴中区原教育局局长陈伟俊，苏州得月楼原支部书记周静嘉和副总经理姚兰，吴门人家菜馆董事长、苏州织造官府菜非物质文化遗产保护人沙佩智，旅居东京的钱衍女士，厨龄四十多年其中在东京烧菜十三年的大厨李普跃，关西地区著名的苏州油画家李壹，定居比利时的孙罕蓓女士和定居德国的卢晓宇女士，都给我提供了有关知识和指导。杨蕴华和沈筱霞女士在本书写作过程中，不厌其烦为我做了全部文员和杂务工作。

对他们支持我写作此书，我心怀感激。特别要感谢为本书赐序的任长箴老师，她是中央电视台《人物》原编导、《舌尖上的中国》第一季执行总导演，对中国餐饮影响深远，2019年在全国上映的纪录电影《生活万岁》导演，还是《极地》《原声中国》等片剪辑指导，在本书还没有动笔她就鼓励我，说书写好后她会写序。她工作安排极度饱满，却还是抽时间认真写序，序中说也认同我此书的写作理念和她有许多相通之处，让我感动和荣幸。

特别要说的是，疫情之下，学校停学，书店人少，许多人的工作和收入受到影响，图书市场发生了巨大变化。作家出版社决定出版此书，我接到电话时，激动、感动之情难于言表。责编桑良勇老师对本书做了许多具体指导，使我获益良多。虽从未谋面，但心里一直有着他的美好形象，激励着我走正路、写好书。

一本书得以出版，其实有许多人默默付出了汗水和心血，我不仅感谢这些宝贵的支持，并将铭记在心，化作今后人生路上新的动力，用努力创作来回报真诚朋友的情义。

书中不妥之处，还请读者不吝指教，在此先致感谢。

嵇元

二〇二一年元月十日于姑苏留余堂

时大寒，太湖冰封